L'EMPIRE DE JADE

ELLIE ARINY

TW : Compte tenu de la toile de fond du XVIIe siècle et du fait que les personnages transitent par l'Afrique au cours de leur voyage, ce roman fait mention d'esclavagisme et comporte des interactions entre les personnages principaux et des personnes réduites en esclavage. Il dépeint également la relation difficile de jeunes gens mariés contre leur gré, notamment au sujet de leur nuit de noces, à une époque où la société ne voyait pas cette pratique comme un problème. Cependant, aucun de ces thèmes n'est idéalisé ou traité à la légère.

Dépot légal : février 2020
Première publication : le 15 février 2020
ISBN : 9781654375980
Prix : 15,90 €

Pour Sean,
qui a cru en moi, même quand
moi je n'y parvenais plus.
사랑해

Pour les plus curieux d'entre vous, un petit guide de prononciation chinoise et un index des personnages sont disponibles en fin de livre (p. 442)

Bonne lecture !

一

CHARLES,

Il me tarde que cette affaire touche à sa fin. Jamais je n'aurais pu imaginer qu'un simple mariage soit la cause d'une telle discorde parmi les miens. Cathau elle-même s'est mise à vociférer des menaces telles que vous n'en auriez pas cru vos oreilles, mon cher ami. Mon élégante épouse, réduite à la plus terrible des mégères. Croyait-elle donc que sa fille ne la quitterait jamais ? Qu'elles vieilliraient ensemble dans un palais doré à gaspiller l'argent que je gagne si difficilement ?

Faites votre possible pour veiller sur la petite à son arrivée aux Indes, ma femme m'en veut assez comme cela sans qu'il arrive le moindre malheur à Claire-Hélène. Et je vous saurais fort gré de transmettre ma requête à ces gens qui vont l'accueillir en Chine. Peut-être ainsi mon épouse acceptera-t-elle de m'adresser à nouveau la parole un jour.

Mais trêve de commérages, mon ami. Les sujets sérieux ne manquent pas. Je tiens à vous remercier de vos conseils sur mes investissements aux Indes et le partenariat avec Shen. Oh, il y en a eu, des sourcils arqués et des regards sceptiques, lorsqu'ils ont appris que je mariais mon aînée à un barbare. Oui, ils étaient si choqués, mais vous auriez dû voir l'avidité dans leurs yeux quand j'ai reçu la cargaison. La convoitise qui enflait derrière chacune de leurs louanges…

Le thé et la porcelaine se sont vendus à prix d'or en Europe. Les collectionneurs se les sont littéralement arrachés et cette cargaison seule nous maintiendrait à flot pendant les années à venir. Il n'est pas question de nous arrêter là cependant. Avec ce navire qui vous amène ma fille, je vous envoie un lot de sel de la plus haute qualité. Je vous fais confiance pour en tirer le meilleur prix. Qu'en est-il de ces tissus que vous aviez promis d'étudier ?

Si vous avez la possibilité de me renvoyer du thé et ces vases peints que Shen a fait parvenir en cadeau de mariage, n'hésitez pas un instant. Les acheteurs défilent d'ores et déjà devant ma porte.

Votre dévoué,
Pierre Neuville

Baronnie de Beaulieu,
Le 14 avril 1620

CHAPITRE

un

DE LA VAISSELLE et des feuilles séchées.

Cette lettre est le dernier souvenir qu'il me reste de mon père. L'encre est désormais à demi effacée, le papier déchiré à force d'avoir été trop manipulé. Peu m'importe. Je la connais par cœur. Et si je pensais que les années avaient eu le temps de panser mes blessures, me voilà aujourd'hui face à une bien terrible vérité.

Malgré les années, malgré les épreuves et tous les instants de bonheur, il me suffit de tenir ce courrier entre les mains pour remonter au jour où ma vie a basculé sans daigner me prévenir. Pour redevenir la petite fille que j'étais alors, égocentrique, naïve, et par-dessus tout terrifiée.

De la vaisselle et des feuilles séchées.

Le prix qu'on avait fixé pour ma main.

Par où commencerais-je mon histoire ? Vous parlerais-je de mon père, cet armateur de génie qui aura su se créer un empire commercial s'étendant de notre France natale jusqu'aux confins de l'Asie ? Ceci est une autre histoire qui mériterait un livre à part entière. Vous parlerais-je des empereurs qui m'ont accordé leur confiance, des expéditions que j'ai menées au-delà des frontières et du pavillon impérial qui porte désormais mon nom ? Certainement, oui, mais le moment n'est pas encore venu. J'aimerais pouvoir peindre sans attendre ce qui fut mes heures de gloire, mais puisque j'ai décidé de coucher ma vie sur le papier, je me dois d'être honnête et de commencer par le début. Aussi peu reluisant soit-il.

Je n'ai que peu de souvenirs de ma plus tendre enfance, mais je me rappelle qu'elle fut heureuse. Insouciante, irresponsable et heureuse.

Claire-Hélène est le nom que je portais à cette époque. Claire-Hélène Neuville. Quelle chose étrange que d'évoquer ce souvenir ! Ce nom, il y a si longtemps que personne ne l'a prononcé.

Je naquis un jour d'hiver, à l'aube du dix-septième siècle, après une nuit terrible qui manqua d'emporter ma mère. Mon frère, Mathieu, avait poussé son premier cri quelques minutes avant moi et les efforts nécessaires pour ce deuxième nourrisson inattendu avaient failli draper la maisonnée de noir. Le destin voulut que nous survivions toutes les deux cependant, la mère tout comme l'enfant, tissant entre nous un lien plus solide que l'acier.

Au fil des années, de nombreuses personnes se joignirent à nos gens. À Mathilde, notre irremplaçable nourrice, se rajoutèrent Blanche et Sophie qui s'occupaient de la cuisine et du ménage en laissant leurs marmots courir partout.

Blanche était la principale complice de mes escapades sur le domaine. Mon oncle ayant veillé à ce que les enfants de son frère reçoivent une éducation digne de leur nom, nos tuteurs nous enfermaient parfois des heures durant pour disserter sur l'histoire du royaume.

Lorsque je parvenais à m'enfuir — et cela arrivait fort souvent — c'était par la porte des cuisines qui donnait sur une petite cour tout près des champs. C'était mon chemin favori pour échapper à la surveillance des adultes.

Blanche savait tout de mon manège, mais lorsqu'on lui posait la question, elle soulevait un adorable sourcil et s'exclamait de sa douce voix :

— Par les cuisines, vous dites ? Bien sûr que non, cela est impossible monsieur, je l'aurais vue passer !

Dans les champs, loin de mes frères et de l'œil perçant de mon oncle, je rejoignais les enfants des domestiques, avec qui je m'étais liée d'amitié.

Et je retrouvai Henri.

Henri était le fils du forgeron, mon aîné de deux ou trois ans à peine, et plus qu'avec tous les enfants du domaine, je me reconnaissais dans son caractère turbulent. À l'arrivée de l'été, nous nous retrouvions toujours dans le champ de colza et chaque jour, nous réinventions l'Histoire. Tour à tour chevaliers, espions et flibustiers, nos aventures nous amenaient sur tous les chemins du royaume, le cœur léger et l'épée au clair, prêts à protéger la veuve et l'orphelin.

Nous étions inséparables, Henri et moi. Il m'avait pris sous son aile alors que je savais à peine marcher et je le suivais depuis avec une dévotion qui aurait rendu mon père vert de rage, s'il nous avait seulement prêté la moindre attention.

Mais comme toutes les époques insouciantes et heureuses, comme toutes ces périodes qu'on imagine éternelles et immuables, mon enfance prit brutalement fin, quelques mois avant mon dixième anniversaire.

Mes parents, Pierre et Cathau Neuville, se disputèrent ce soir-là. Leurs voix s'élevèrent et se heurtèrent telles des vagues en furie, le château résonnant longtemps des échos de cette tempête. Les hurlements se faisaient menaces, puis supplications, puis cris à nouveau. Je ne pouvais saisir les détails de leur désaccord, mais l'existence même d'un différend aussi profond entre les personnes qui m'avaient donné la vie était suffisante pour me glacer jusqu'aux os.

Nous prenions notre repas dans les cuisines lorsque l'orage éclata à l'étage supérieur. Ma nourrice nous précipita sans attendre vers nos chambres. J'eus le temps de la voir faire de grands signes de croix en soufflant bruyamment avant que le battant ne nous enferme dans une demi-obscurité. Marguerite, ma fragile petite sœur, m'observait sans oser dire le moindre mot, ses yeux reflétant la peur et l'incompréhension.

— Viens, fis-je en relevant le drap.

— Que se passe-t-il, Claire ? demanda-t-elle en blottissant son petit corps chaud contre le mien.

À dire vrai, je n'en savais rien. Je n'étais guère plus âgée qu'elle, et tout aussi effrayée. Mais il tenait sans doute de mon rôle d'aînée de prétendre avoir le contrôle de la situation.

— Ne t'inquiète pas Marguerite, tout va bien. Père et Mère parlent fort, c'est tout.

— On ne dirait pas, riposta-t-elle, obstinée.

— Tu devrais me croire pourtant. Regarde, je n'ai pas peur moi. Tâchons de dormir, tout sera redevenu normal demain matin, tu verras.

Incapable pourtant de trouver le repos, je veillai jusqu'à tard dans la nuit, les yeux et les oreilles grand ouverts, à écouter sans vraiment l'entendre le fracas de la bataille qui se déroulait à l'étage supérieur.

Et lorsque je finis par céder à la fatigue, ce fut à des lieues de m'imaginer qu'une décision avait été prise, une décision qui allait changer le cours de ma vie pour toujours.

CHAPITRE deux

AU PETIT MATIN, ma bonne nourrice Mathilde dut me tirer du lit auquel, épuisée par la fatigue, je tentais désespérément de m'accrocher.

— Claire ! Trésor, lève-toi ! Tes parents sont dans la salle à manger. Allez debout !

— Mais, Mathilde, laisse-moi dormir encore un peu…

— Oh que non, petit chenapan, le soleil est haut dans le ciel et on n'attend plus que toi !

— Tu vas réveiller Marguerite, geignis-je d'une voix ensommeillée avant de me rendre compte que j'étais seule dans les couvertures.

Impitoyable, elle arracha les draps et je n'eus d'autre choix que de me lever pour me couvrir, la fenêtre étant grande ouverte et l'automne bien avancé.

Après m'être passé le visage à l'eau fraîche, je m'habillai et descendis dans la salle commune où s'était déjà attablé le reste de ma famille. Mon oncle, Geoffrey Neuville, le véritable Duc de Beaulieu, me dévisagea d'un air réprobateur.

— Claire-Hélène, vous êtes en retard. Asseyez-vous séant, que nous commencions notre prière.

— Bien, monsieur.

— Ma fille, intervint mon père, je souhaiterais ne plus vous voir arriver à cette heure aux repas. Votre présence…

— Après la prière, Pierre, le gourmanda son frère avant de joindre les mains devant lui et d'entamer son sermon quotidien.

Alors qu'il parlait, je m'aperçus que ma mère n'avait pas fermé les yeux comme à son habitude. Son regard ne m'avait pas quittée. Pas un seul instant. On aurait dit qu'elle était en train de retenir ses larmes. Clouée sur ma chaise par l'intensité de son observation, je me mordis la lèvre pour contenir les mots qui voulaient s'échapper. Nous nous étudiâmes mutuellement en silence pendant que la litanie continuait à bourdonner dans mes oreilles.

— Mes enfants, déclara Pierre Neuville après une pause. Aujourd'hui n'est pas un jour comme les autres. Aujourd'hui est un jour crucial, qui marquera j'espère le renouvellement d'une coopération qui a très bien servi notre famille. Je tiens donc à ce que vous fassiez tous, et je dis bien tous, honneur à votre nom ce soir. Un convoi est en route pour Beaulieu. Parmi eux se trouve un de nos partenaires les plus importants. Mathieu, vous souvenez-vous de Shen Bao ?

Mon jumeau le dévorait du regard, terrorisé à l'idée de faire le moindre faux pas.

— À la suite de ce premier contact, continua Pierre Neuville, nous avons tissé un réseau commercial extrêmement lucratif. Nos bateaux se retrouvent aujourd'hui à Calicut, aux Indes, pour y effectuer leurs échanges en toute sécurité. Le détroit de Malaisie n'est pas une passe facile à traverser, notre connaissance de ses voies navigables est également relativement limitée. Comprenez-vous donc, mon fils, l'importance de l'accord que nous avons avec cette famille ?

— En livrant nos marchandises à Calicut, nous n'assumons que la moitié des risques du transport maritime jusqu'à l'Empire de

Chine, répondit mon frère, le torse bombé, fier de l'attention qui lui était réservée.

— Exactement. Mieux encore, nous leur laissons la partie la plus dangereuse du voyage. Ces eaux sont infestées de pirates! Et nous avons toujours la possibilité de retomber sur un autre acheteur si quelque chose était arrivé à leur cargaison.

— Mais, monsieur, si ce sont eux à nos portes ce soir, comment se fait-il qu'ils ne nous aient pas attendus aux Indes?

— Très bonne question, Mathieu.

Mon frère rayonnait littéralement de joie. Il se tenait droit sur sa chaise, le corps tout entier tendu vers notre père, buvant la moindre de ses paroles comme le plus doux des nectars. Je me remuai sur mon siège, jalouse de toute cette attention, mais j'avais beau me retourner le cerveau dans tous les sens, j'étais incapable de trouver un moyen de m'immiscer dans cette conversation.

— Shen Bao se dirige en ce moment même vers Beaulieu pour confirmer les termes d'un contrat très spécial qui nous lie depuis des années déjà, un contrat si délicat qu'il nécessite notre présence à tous les deux. Si nous menons ce projet correctement, nous serons riches. Vraiment riches. Vous êtes en âge de comprendre ces choses à présent. Vous assisterez aux négociations avec moi.

— Quel genre de contrat?

— Claire-Hélène, m'appela soudainement mon père, et pendant un instant — un court et délicieux instant — je fus prise de l'envie de ricaner devant le visage déconfit de mon jumeau qui avait été mis de côté.

— Oui, monsieur?

— Vous porterez votre plus jolie robe ce soir. Et demandez à Mathilde de discipliner un peu ces cheveux. Vous ferez bonne figure devant nos invités, c'est bien compris? Shen vient pour vous voir. Je souhaite qu'il ne soit pas déçu. Nous avons pour projet de vous marier à son fils.

La stupeur m'ôta toute réponse de la bouche. Je n'étais pas si jeune que j'ignorais ce qu'il entendait par mariage, mais c'était un concept encore peu familier. Mon père et ma mère étaient mariés, tout comme mon oncle et ma tante. Mais c'étaient des adultes, pas moi. Ils étaient grands, leurs visages marqués par la ronde des saisons et leurs cheveux striés de gris. Je ne m'étais pas attendue à les entendre me parler de mariage avant bien des années encore.

Je ne souhaitais rien de plus que continuer à jouer dans les champs avec Henri et les autres enfants. Et quel était ce garçon au nom étrange — quel drôle de nom que Shen — que j'allais rencontrer ce soir ?

— Vous embarquerez dans quelques années, disait mon père, indifférent à la vague de questions qui menaçait de me noyer. Nous nous occuperons de choisir une date pour votre départ.

Le futur qu'on me destinait s'éclaircissait peu à peu dans mon esprit. Se marier, cela voulait dire partir. Vivre ailleurs, avec ce Shen. Et partir, cela voulait dire être loin de Henri. La prise de conscience était douloureuse, lente et insidieuse. J'avais la sensation affreuse de vaciller le long d'un précipice, le vent me poussant inexorablement vers le vide tandis que je tentais vainement de maintenir mon équilibre.

— Que… Embarquer ? réussis-je à demander du bout des lèvres.

— Vous rejoindrez le fils de Shen en Chine, expliqua-t-il en détachant chaque mot comme s'il parlait à un sot.

Le vent était trop fort. Je glissais. Je ne pouvais plus résister.

— En Chine ?

— C'est loin, répondit mon frère, un immense sourire aux lèvres, très loin d'ici, tu sais ? On raconte qu'on y trouve des serpents aussi gros que des bœufs et que les hommes se mangent entre eux lorsqu'ils ont faim !

— Mathieu, vous effrayez votre sœur, le réprimanda mon oncle.

Mais le mal était fait. J'avais peur, oh oui. J'étais même terrorisée. Mes parents ne m'aimaient plus. Ils voulaient se débarrasser de moi et m'avaient offerte à des sauvages dans un pays lointain. Ils allaient m'arracher à tout ce que je connaissais, à tous ceux qui m'étaient chers.

De quoi étais-je donc punie ? Je me sentais tomber à présent, je tombais et personne ne tendait la main pour me retenir.

Lors de nos jeux avec Henri, j'étais toujours la première au combat. Forte, courageuse, je ne connaissais pas la peur. J'aurais défié quiconque se mettait en travers de mon chemin, j'aurais défié mon père qui voulait me vendre à des étrangers. Petit à petit, je m'étais tissé un univers à la portée de mes prouesses et le temps en avait effacé les frontières, me soufflant que j'étais réellement ce personnage héroïque.

Ce matin-là pourtant, je n'étais que moi, et ce moi resta la bouche entrouverte, l'œil fixé sur mon père, attendant désespérément qu'il éclate de rire et me rassure en annonçant qu'il ne s'agissait que d'une farce à mes dépens. Ce qu'il ne fit pas bien sûr. Rassurer n'était pas dans son tempérament.

Rire, non plus.

Après le repas, je pris le chemin des cuisines où se trouvait la porte qui menait vers l'arrière du domaine. Une fois dehors, je me lançai sur la voie de terre battue. Des larmes me brûlaient les yeux et j'ignorais s'il s'agissait de larmes de peur, de honte ou de colère. Le vent me fouettait le visage, mes pieds touchaient à peine le sol. Il y avait une sorte de liberté dans la vitesse, une forme d'oubli. Comme si j'avais laissé cette petite fille craintive derrière moi. Peut-être que si je continuais à courir, elle ne reviendrait pas me hanter. Peut-être que si je continuais à courir, je la laisserais derrière moi pour de bon.

La forge apparut au bout du chemin. Henri était avec son père, occupé à la réalisation d'une commande pour ma famille. Insouciante des flammes, je pris la main de mon jeune ami et le tirai à l'extérieur sans un mot. En arrivant aux abords du champ de colza, morne et gris dans l'ultime souffle de l'automne, mes poumons s'étaient embrasés par l'effort. Je tombai à genoux. Les larmes que j'avais retenues coulaient à présent librement le long de mes joues.

Je n'étais pas, à cette époque, en mesure de saisir toutes les conséquences de cette transaction — jamais je n'aurais pu imaginer à quoi ressembleraient mes jours dans ce pays qui n'était pas le mien ni à quelles extrémités je serais poussée dans ma lutte pour la survie — en revanche, je comprenais fort bien qu'on voulait m'arracher à ma maison, on voulait m'arracher à Henri. Le cœur serré et la voix secouée de sanglot, je lui répétais la décision de mon père.

Il m'écouta, le visage grave et les yeux emplis de compassion. Je comprends, me disait ce regard, avec toute la sagesse qu'il tenait des quelques années nous séparant, je comprends ta peine. À cet instant, je pense que je le détestais un petit peu. J'aurais voulu qu'il se fâche, qu'il crie son désespoir et laisse libre cours à sa colère. J'aurais voulu qu'il se batte pour moi.

J'avais comme un nœud dans la gorge, une boule m'empêchant de réprimer les gémissements qui s'échappaient en vagues incontrôlées. Et alors que mon ami m'observait d'un air triste, la douleur ne faisait qu'empirer.

Lorsque j'eus déversé la bile haineuse qui m'empoisonnait l'estomac, lorsque le torrent de mes pleurs se fut asséché, je sentis une pression sur mon épaule et redressai la tête. Henri s'était agenouillé devant moi et me tapotait maladroitement le dos.

— Là, là, me consola-t-il. Plus de larmes, veux-tu ? Que dirait

Claire-La-Borgne si elle te voyait maintenant ?

Claire-La-Borgne, c'était mon nom de pirate. Une jeune femme sans peur et sans reproche qui avait vidé les coffres du royaume, accompagnée de son fidèle moussaillon. Elle se serait moquée de moi, pour sûr. Peut-être m'aurait-elle déjà passé au fil de son épée. Claire-La-Borgne n'avait aucune patience pour les gamins pleurnichards, surtout quand il s'agissait de mon petit frère qui s'écroulait au moindre bobo.

Je me frottai les paupières, mais ne réussis qu'à étaler de la terre sur mes joues.

— Je ne veux pas partir, repris-je d'une voix faible.

— Toutes les filles se marient un jour, non ? Tu devrais le savoir…

— Je ne suis pas…

— Une fille ?

Je faillis acquiescer, mais quelque chose m'en empêcha. C'était le beau visage d'Henri, ses cheveux noirs et bouclés et ses grands yeux bleus. C'était la façon dont il s'illuminait quand il observait les jeunes filles du domaine. Je voulais qu'il me regarde, moi aussi. Je voulais qu'il ne regarde personne d'autre que moi. Un sentiment étrange était en train d'éclore dans le creux de mon estomac. Quelque chose que je ne comprenais pas vraiment. Quelque chose qui me rongeait désagréablement la poitrine.

— Je ne suis pas comme les autres filles, marmonnai-je finalement en tapant la terre du poing.

Il éclata de rire et me tendit le bras pour m'aider à me redresser. Jamais je n'avais réalisé avant ce jour à quel point j'aimais l'entendre rire. Le son cristallin était brisé par des notes plus graves qui me donnaient envie de m'esclaffer à mon tour.

— Allez, la Borgne. On se relève. Ce n'est pas digne d'un capitaine, tu vas me donner des envies de mutinerie si tu continues.

— Tu oses !

— C'est que je n'obéis pas aux mauviettes, moi !

— Mauviette ?!

Je me redressai d'un bond et le poursuivis à travers le champ désert pour tenter de le punir. Mais il était plus rapide que moi, comme d'habitude. Nous courûmes à en perdre haleine. L'épuisement finit par nous conduire dans la remise à l'arrière du domaine, notre refuge préféré à l'approche de l'hiver.

Nous entendîmes bientôt les visiteurs arriver. Ils étaient nombreux et parlaient une langue étrange aux sonorités nouvelles. Rechignant à émerger de ma cachette, je me blottis un peu plus près de mon compagnon, les yeux fermés. Les voix se firent plus proches, puis elles s'éloignèrent à mesure que la troupe remontait la route du château. J'imaginais sans peine le chaos des domestiques s'efforçant de me mettre la main dessus. Mon père devait être fou de rage de ne me trouver nulle part. Qu'il cherche ! S'il croyait que j'allais lui obéir aveuglément, il se trompait sur toute la ligne. Lorsqu'Henri passa son bras sur mes épaules d'un geste protecteur, je me laissai aller contre la chaleur de son corps.

À la nuit tombée, je sus qu'il était l'heure pour moi de faire face à ma famille. J'avais poussé la rébellion assez loin pour ce jour. Pour toutes mes velléités de révolte, je ne souhaitais pas non plus que mon père m'enferme dans un couvent pour me punir de ma désobéissance. À contrecœur, je me redressai et déposai un baiser timide sur la joue de mon ami.

— N'aie pas peur, petite Claire, me murmura-t-il, tout va bien se passer.

Je parvins à réprimer une nouvelle vague de larmes.

— Et je ne pense pas qu'ils soient réellement cannibales. Ton frère cherchait seulement à t'effrayer.

— Qu'en sais-tu ? Mathieu a dit… Ils ne parlent même pas

notre langue, tu les as entendus !

— Rien de trop difficile pour Claire-La-Borgne, non ?

Il me serra la main avec tendresse, un sourire encourageant sur les lèvres. Il était temps.

Les couloirs étaient sombres et froids, mais une douce chaleur se répandait depuis la bibliothèque, où les feux avaient visiblement été allumés. J'aurais dû rejoindre ma chambre pour faire ma toilette, mais je marchai d'un pas décidé vers cette porte dont la lumière filtrait tel un phare au milieu de la nuit. Qu'ils me voient ainsi ! La robe de laine crottée et de la paille plein les cheveux décoiffés. Peut-être cela les ferait-il changer d'avis ?

Je poussai la poignée puis entrai en serrant les poings, me préparant au courroux de mon père. Son visage rouge de colère fut la première chose que j'aperçus, ainsi que ses sourcils qui se fronçaient à la vue de mon état, puis mon regard se détourna, attiré malgré moi par les autres personnes qui se trouvaient dans la pièce. Il y avait là deux étrangers, debout au plus près de la cheminée comme si le froid était insupportable. Le premier était plus âgé que mon père. Il était vêtu d'une longue robe blanche, resserrée à la taille par une large ceinture bleue. Sur son torse était brodé un mystérieux animal à tête de dragon et au long corps recouvert d'écailles, enroulé sur lui-même en un motif complexe. Dès qu'il bougeait, le chatoiement des flammes semblait se refléter dans les plis du tissu. Il avait le visage carré et anguleux, le nez fort et les yeux bridés. Ses longs cheveux noirs qui grisaient aux tempes étaient ramenés en chignon sur le haut de son crâne.

Une telle assurance se dégageait de sa personne que je dus résister à un instinct malvenu qui me poussait à m'incliner.

Le second devait être son fils, réalisai-je dès que je posai les yeux sur lui. Âgé d'une quinzaine d'années, il avait cette même mâchoire anguleuse et ces mêmes cheveux noirs, mais la ressemblance avec son père s'arrêtait là.

On voyait à la rondeur grotesque de ses joues, rougies par la chaleur des flammes, qu'il n'avait pas encore véritablement quitté l'enfance. Ses yeux saillants, aussi sombres que la nuit, lui donnaient un air reptilien, impression renforcée par la façon dont il m'observait intensément sans cligner des paupières. J'avais la sensation d'être une proie qu'il venait de paralyser.

De fait, j'étais pétrifiée. Je décidai qu'après tout, il était fort probable qu'il prenne plaisir à manger de la chair humaine. Peut-être était-il en train de s'imaginer quel goût je devais avoir ?

Toute à mes réflexions, je ne réalisai qu'après de précieux instants qu'il devait s'agir de mon fiancé et je me mis à rougir d'indignation et de peur mêlées.

— Messieurs, déclara mon père, d'un ton sec, je vous présente ma fille, Claire-Hélène Neuville, nièce du baron de Beaulieu.

Une voix s'éleva dans un coin de la salle pour leur traduire ce qui avait été annoncé. Je fus étonnée de voir qu'elle venait d'un homme blond avant de me rappeler subitement de l'associé de mon père qui nous avait jadis quittés pour vivre avec les sauvages.

Les présentations ne furent jamais faites dans l'autre sens. Sans doute n'était-il pas de la moindre importance que j'apprenne le nom de mon futur mari et futur beau-père. Néanmoins, par souci de clarté, je révélerais donc qu'il s'agissait de Shen Bao, riche marchand et collectionneur d'objets rares de son état, et de Shen Ruoyan, son plus jeune fils, héritier du domaine depuis la mort de ses trois aînés. Père et fils ne purent s'empêcher de lever un sourcil surpris après avoir entendu les paroles de leur traducteur.

Il était vrai qu'ainsi affublée, je ressemblais plus à la fille d'un domestique qu'à la nièce du maître des lieux. Le plus jeune me libéra enfin de son regard pour descendre ses yeux le long de ma personne. Tandis qu'il notait l'état de ma tenue et de ma coiffure, ses traits se déformèrent brièvement en une moue dédaigneuse. Sans doute n'était-ce pas là l'image qu'il s'était faite de sa promise.

Je décidai de pousser ma chance en leur offrant un salut disgracieux et pas du tout adapté à leur rang. Mon père m'enfermerait peut-être dans ma chambre une journée entière pour me punir de cet affront, mais cela en valait la peine si cela faisait réfléchir le marchand à deux fois avant de me prendre pour bru. Effort vain de ma part, car si je fus effectivement privée de sortie le lendemain sur ordre paternel, mon geste n'eut pas l'effet escompté sur nos visiteurs qui ignoraient tout de nos coutumes et, par conséquent, de l'impertinence dont je venais de faire preuve.

— Claire-Hélène, cessez tout de suite ces enfantillages. Si vous n'êtes pas capable de faire honneur à votre nom, je me chargerai de vous rappeler à quelle famille vous appartenez. Je vous saurais gré de ne pas leur traduire mes mots, Charles. Inutile de les inquiéter pour rien.

— Je n'oserais pas, Monsieur.

Il se lança immédiatement dans une discussion enjouée avec nos visiteurs. Pendant ce temps, mon père continua de me parler à voix basse.

— Vous vous montrez extrêmement obstinée, ma fille. Depuis quand n'obéissez-vous plus aux ordres ? Vous épouserez ce jeune homme.

— Mais père, ce sont des sauvages…

— Peu m'importe ces enfantillages. Votre mère et moi-même leur faisons confiance pour respecter les engagements qu'ils ont pris envers nous. Le mariage aura lieu. Je compte sur vous pour faire attention à vos manières. Le nom de la famille Neuville est en jeu.

— Comment pourrais-je vivre avec eux quand je n'entends rien à leur langue ?

— Vous apprendrez. Shen Bao a dépêché une gouvernante pour vous venir en aide. Vous la rencontrerez à la première heure demain et commencerez vos leçons aussitôt. Vous serez sous votre meilleur jour et vous vous montrerez une élève exemplaire, j'espère que c'est bien compris. Je ne veux pas recevoir la moindre plainte de la part de vos instructeurs. Vous pouvez vous retirer à présent, j'ai à discuter avec ces messieurs.

CHAPITRE trois

LE LENDEMAIN MATIN, je fus de nouveau réveillée aux aurores par Mathilde qui me tendit une miche de pain chaud et un verre de lait.

J'engloutis la brioche de bon appétit, mon ventre ignorant tout de la tempête dans mon esprit. J'avais très mal dormi cette fois encore, perturbée par la terrible journée de la veille. L'émotion m'avait poursuivie tard dans la nuit et je n'avais trouvé le sommeil qu'après avoir roué de coups mon oreiller de plumes. Inondé de larmes, également, mais c'était un secret que j'emporterais dans ma tombe. Et ma petite sœur avait juré de faire de même, sous peine de subir une vengeance sans pareille.

— Ils t'attendent dans l'antichambre, fit ma nourrice. Charles et deux femmes.

Je soupirai théâtralement en commençant ma toilette, m'attirant un regard compatissant de la part de Mathilde. Ce qui ne l'empêcha pas de me pousser vers la porte à peine quelques minutes plus tard.

Un minuscule salon était attaché à la chambre que je partageais avec Marguerite. C'était là que ma mère avait tenté de nous apprendre la broderie pendant que je jetais des coups d'œil envieux par la fenêtre. Son fauteuil était présentement occupé par une vieille dame aux cheveux blanchissants et à la bouche pincée.

Derrière elle se tenait un étrange couple. Charles Thellier était un associé de mon père, parti avant même ma naissance pour établir un contact commercial avec ce peuple inconnu. J'avais longtemps rêvé de ce vaillant aventurier qui préférait parcourir les chemins d'une contrée mystérieuse plutôt que de passer ses journées à relire des livres de comptes.

Charles était un bel homme, le cheveu blond et bouclé, la barbe soignée et les yeux d'un vert noisette. Son sourire creusait des pommettes dans son teint hâlé.

Sa compagne l'observait avec tant d'amour qu'il en devenait presque difficile de la dévisager. Elle était grande et élancée, les cheveux tels des rubans de soie noire tombant à profusion sur ses épaules. Sa bouche délicatement maquillée formait un cœur carmin contre l'or de son visage. Lorsqu'elle s'aperçut de ma présence et tourna la tête vers moi, l'étrange charme fut rompu et je pus enfin la regarder sans me sentir mal à l'aise.

— Bonjour, Claire, fit Charles en venant s'incliner devant moi comme si j'étais une adulte. Tu ne me connais peut-être pas, je travaille avec ton père. T'a-t-il déjà raconté…

— Oui, j'ai entendu parler de vous.

— C'est vrai ? Merveilleux. Mais tu ne dois pas te souvenir de moi, je ne suis que rarement revenu ces dernières années. Nous préparons notre installation aux Indes pour faciliter le transfert des marchandises entre les deux familles.

— Aux Indes ? Je pensais que vous viviez en Chine.

— Ce n'est plus le cas à présent. Aurais-tu été rassurée d'avoir un compatriote pour t'accompagner dans ce périple ? Je suis désolé, petite Claire. Mais n'aie crainte, le clan Shen est une grande communauté. Tu y seras vite acceptée, je n'en ai aucun doute. Je tâcherai de venir te voir, lorsque le travail me le permettra, mais ce n'est pas aussi facile. Il y a eu… des complications.

Il releva la tête vers sa compagne et un éclair de compréhension surgit soudain entre eux deux. Une nouvelle fois, je me sentis exclue, comme si la bulle qui les entourait s'était brutalement faite impénétrable. Indifférent à mon trouble, il reprit :

— Nous t'accueillerons avec plaisir lors de ton passage aux Indes. Tu pourras rester aussi longtemps que tu le souhaiteras. Et peut-être même nous rendras-tu visite après ton mariage. Mais je m'égare. Ma présence ici avait un but bien précis. Je voulais te présenter Lina, ma compagne. Elle parle un peu français, suffisamment pour te guider dans les leçons à venir. Madame Oh sera ton professeur, mais il peut paraître intimidant de discuter dans une langue complètement inconnue. Nous partirons en même temps que Shen, lorsque viendra le dégel. D'ici là, Lina restera avec toi.

J'acquiesçai lentement et tournai la tête vers la troisième femme qui n'avait pas bougé depuis le début de la conversation. Elle était toujours assise le dos droit, le regard rivé au mur comme si nous n'étions pas là. Sa robe était d'un bleu aussi sombre que la nuit et ses cheveux tirés en un chignon si serré qu'il devait lui faire mal.

— Cela te semblera sans doute une tâche insurmontable, tout d'abord, rajouta Charles en posant les mains sur mes épaules, mais ne perds pas courage, tu peux y arriver. Madame Oh t'enseignera tout ce qu'une jeune fille de bonne éducation doit connaître, à commencer par leur langue. J'espère que tu comprends que c'est un très grand honneur. Shen Bao vient d'une famille très réputée et Ruoyan est l'héritier d'un immense domaine. Leurs femmes sont bien traitées, tu ne manqueras de rien.

Je serrai les dents pour ne pas laisser échapper une réponse malvenue. J'avais certes la réplique facile, mais je n'étais pas non plus dénuée d'éducation. Et puis, d'une certaine façon, j'avais toujours admiré cet homme. Je souhaitais qu'il soit fier de moi. Il appuya brièvement les mains sur mes épaules et m'offrit un sourire encourageant.

— Ton père a besoin de moi. N'hésite pas à me faire appeler si tu as la moindre question.

Puis il sortit sur un dernier regard tendre à Lina. Je me balançai d'un pied sur l'autre, mal à l'aise.

La plus âgée des deux ouvrit la bouche et laissa échapper un mot sec qui ressemblait fortement à un ordre. Intimidée, j'hésitai à répondre quand la plus jeune me fit signe d'approcher. Lorsque je fus devant elles, elle m'indiqua — me sembla-t-il — de tourner sur moi-même. Je m'exécutai, le feu aux joues, avec la désagréable impression d'être un animal de foire.

—Madame Oh dit tu avoir un joli visage, récita Lina, traduisant ce qu'énonçait l'autre femme. Des yeux inhabituels. Mais pieds, tes pieds, être grands.

Je sursautai, outrée, et baissai la tête malgré moi. Que voulait-elle donc dire ? Mes pieds étaient parfaitement normaux ! D'autant que, observai-je avec rancœur, les chaussons dorés que je voyais poindre sous la robe de la vieille femme laissaient à penser que les siens étaient plus grands encore. Surprenant mon regard furibond, Lina releva gracieusement un pan de ses jupons pour me dévoiler ses chaussures.

Si la manœuvre avait eu pour but de m'éclairer, elle ne fit qu'ajouter à ma confusion. Abasourdie, j'examinai sa bottine brodée à peine plus large que ma main. Comment était-ce possible ? Comment pouvait-elle seulement marcher ? Était-ce un sabot dissimulé dans des tissus chatoyants ?

Je fus parcourue d'un frémissement d'horreur. Les gens de ces contrées étaient-ils d'une manière ou d'une autre apparentés à des animaux ?

S'il était vrai qu'ils se mangeaient entre eux, rien n'aurait dû me surprendre. Devant l'expression choquée qu'avait dû prendre mon visage, Lina eut un mouvement de recul. La vieille dame sur son fauteuil laissa échapper une phrase qui, j'en aurai mis ma main à couper, n'était pas un compliment.

Plus tard, lors de mes leçons, j'apprendrais qu'il s'agissait là d'une coutume très respectée en leur royaume que de bander les pieds des petites filles afin qu'ils ne grandissent plus. J'apprendrais aussi que Madame Oh, qui ne s'était pas pliée à cette tradition étant enfant, ne s'était en résultat jamais mariée. C'était d'ailleurs la raison du poste qu'elle occupait auprès de la famille Shen. On racontait même que jeune fille, alors dame de compagnie d'une demoiselle de haut rang, elle avait refusé de se bander les pieds pour ne pas être séparée de sa maîtresse. J'ai toujours eu des doutes quant à cette rumeur. Elle ne correspondait pas à l'image sévère de ma tutrice et je sais à présent le jeune âge auquel on impose cette pratique aux petites filles.

Le jour où je les rencontrai en revanche, j'ignorais tout de cela. Je me rappelle encore avoir décidé, furieuse devant cette humiliation, que Madame Oh serait désormais madame Oh-grand-pied.

Ainsi débuta mon apprentissage des choses de la Chine. On commença par la langue, comme l'avait prédit Charles. Jamais je n'aurais pu imaginer qu'il existait une langue à ce point différente de la mienne. Je me sentais perdue, à la dérive devant tant de notions que je ne parvenais à rattacher à rien. Je butais sur les mots les plus simples. La moindre difficulté devenait une montagne infranchissable.

Lina nous accompagnait presque chaque jour et de sa voix claire elle précisait de quelques mots ce que j'étais incapable de deviner. Oh-grand-pied perdit souvent patience, devant ce qu'elle prenait pour un manque de volonté évident. Une fois, elle tenta même de lever la main sur moi, mais Mathilde, qui rodait dans la pièce en feignant quelque tâche pour mieux me surveiller, était intervenue sur-le-champ, vociférant moult menaces, la poitrine rouge et gonflée au-dessus de son corsage. Mon professeur, de mince corpulence, ne faisait pas le poids face à cette force de la nature.

Ah, ma douce Mathilde, tes bras potelés me manquent tellement. Dès qu'elle avait entendu l'annonce de mon prochain départ, ma nourrice s'était tout de suite prise de méfiance envers ces étrangers qui venaient lui voler son petit trésor. Quelle étrange époque que la nôtre, quand on y pense, où lorsqu'il s'agit de vendre sa fille, la mère s'en trouve moins affectée que la nourrice. Ma mère avait tenté de me défendre, j'en suis persuadée, mais une fois qu'elle s'était avouée vaincue, elle n'avait jamais plus élevé la voix contre ce mariage. Ma bonne nourrice elle, se battait jour après jour, avec les moyens qu'elle possédait, pour adoucir mes peines.

Marguerite, ma douce petite sœur, restait parfois près de nous, sa santé l'empêchant de prendre part à la vie du château. Elle m'observait de ses grands yeux, cachée derrière ses cheveux clairs pour contenir son fou rire devant les sons étranges qui sortaient de ma bouche. La plupart du temps cependant, seule avec les deux femmes, j'attendais avec impatience que la journée se termine, car alors venait pour moi l'heure de la libération.

Quand le soleil embrassait l'horizon, je m'enfuyais par les cuisines et courais retrouver Henri. À chacune de mes apparitions, il délaissait tout travail en cours pour me rejoindre. Son père avait tout d'abord vu d'un mauvais œil mes visites répétées, mais il avait fini par baisser les bras. Henri et moi étions inséparables. Nul sur le domaine n'aurait su mettre un terme à cette amitié, qui se teintait au fil des jours de sentiments plus forts.

Le froid nous obligea bien vite à quitter notre champ favori et nous prîmes l'habitude de passer nos soirées dans la remise où l'on entreposait le foin. Ces moments en sa compagnie étaient mes seuls plaisirs de la journée.

Parfois, nous parlions de la vie que je mènerais si je m'enfuyais, un baluchon sur l'épaule, pour m'engager en tant que pirate et devenir Claire-La-Borgne. Parfois il restait silencieux et m'écoutait raconter mes malheurs du jour. Nous adorions médire sur les étrangers, en particulier sur Oh-grand-pied qui devint l'un de nos sujets de conversation favoris.

Ce fut l'un de ces soirs, près d'un mois après son arrivée, que je croisai de nouveau Ruoyan.

Accompagné d'une troupe de jeunes hommes, dont mon jumeau et Charles, il revenait de la chasse, perché sur un grand étalon noir. Il portait ce jour-là un pantalon bouffant sombre et des bottes en cuir serties de perles. Sa tunique brune était cintrée par une épaisse bande de tissu noir. Lorsqu'il parvint à mon niveau, il mit pied à terre et tendit ses rênes aux hommes qui s'empressèrent de s'en saisir.

Sur un signe discret de Charles, les autres s'éloignèrent et nous nous retrouvâmes seuls. La lumière du crépuscule se reflétait sur sa peau en une teinte grise et maladive. Avec le jeu des ombres, ses joues grotesques et ses yeux, plus saillants que jamais, lui donnaient un aspect presque inhumain. J'avais envie de fuir, mais son regard sombre me maintenait clouée sur place.

Après un moment de silence qui me parut durer une éternité, il parla. Il détacha chacune des syllabes avec une attention presque ridicule et utilisa — j'en suis certaine — des mots parmi les plus simples, mais je n'entendis rien à son discours et mes joues s'enflammèrent. Je baissai la tête pour dissimuler mon embarras.

Il s'approcha en répétant ce qu'il avait essayé de dire, un peu plus fort comme s'il voulait me faire réagir. Lorsqu'il fut devant moi, il leva une main et vint retirer un brin de paille qui s'était accroché à ma tresse. Il le considéra d'un œil étrange avant de regarder derrière moi, à la recherche sans doute de sa provenance. La remise était visible dans mon dos, mais il n'y avait heureusement aucune trace de mon jeune compagnon. Quand il reprit la parole, ce fut les sourcils froncés et la voix menaçante.

S'il m'était apparu effrayant avant cela, les lueurs des torches dessinaient à présent sur son visage des motifs aux allures démoniaques.

— Ne t'approche pas de lui ! lui crachai-je, en français — mon courage ayant ses limites.

Je tâchai de ne pas battre en retraite devant son regard perçant, mais c'était peine perdue. Il émanait de lui une présence, une différence qui me terrorisait. Ses yeux, son visage, la couleur de sa peau, c'était plus que je ne pouvais supporter. Je m'arrachai à sa contemplation et, retrouvant brutalement l'usage de mes jambes, me lançai à toute vitesse sur le chemin qui menait au château.

CHAPITRE quatre

L'HIVER CETTE ANNÉE-là fut particulièrement rude. Il neigea fort et longtemps. Le pays tout entier se couvrit d'un manteau blanc étincelant que le soleil peinait à faire fondre. Des jours durant, le domaine vécut au ralenti et lorsque le ciel s'éclaircissait pendant quelques heures, les arbres et les buissons givrés scintillaient comme des milliers de diamants.

J'adorais parcourir ces étendues immaculées, me jeter dans les tas de neige, glisser sur les rivières gelées. Dehors, le temps s'arrêtait devant la blanche immensité et l'espace résonnait de nos rires. Accompagnée de Henri et mon petit frère Thomas, je m'échappais dès le matin lorsque les températures le permettaient. Seules les voix grondantes de mon père ou de mon oncle parvenaient alors à nous ramener à la maison où nous nous tassions près d'un feu de cheminée ; épuisés, trempés, hilares.

Ce fut une période très dure pour nos invités qui supportaient mal cette interminable saison. On les voyait de moins en moins se promener sur le domaine, ils ne prenaient plus part aux dîners le soir et, pendant quelques jours bénis au plus froid de l'hiver, il me sembla presque que leur présence n'avait été qu'un lointain cauchemar.

Charles nous quitta aux premières tempêtes pour rendre visite à sa famille de La Rochelle négligée depuis des années et leur présenter sa compagne. Ils devaient revenir dans les semaines qui suivaient, mais la neige sur les routes les maintint immobilisés plus longtemps que nous ne l'avions prévu.

Dans un premier temps mes leçons se firent de plus en plus rares, mon professeur, souvent indisposée, devant garder le lit. Mais le répit fut de courte durée, car lorsque madame Oh réalisa que la saison s'était installée pour durer, elle décida qu'il était inadmissible que j'accumule un tel retard et nous reprîmes mon éducation, elle et moi, dans ses quartiers.

Elle présidait désormais à nos séances depuis sa couche, protégée par d'épaisses fourrures, tandis que je m'asseyais sobrement sur une chaise de bois à ses côtés. Je détestais cette façon qu'elle avait de me fixer de ce regard méprisant, comme si j'étais indigne du temps qu'elle me consacrait. Elle avait également gagné en assurance et, puisque ma nourrice n'avait pas accès aux quartiers des invités, elle se montrait plus tyrannique que jamais.

Maintenant que nous étions seules, elle sortait une longue tige souple, scindée sur toute la longueur, qu'elle posait avec tendresse sur ses genoux. À la moindre erreur dans le texte que je récitais, elle l'abattait sur mes doigts ou sur mes cuisses.

Le premier coup m'arracha quelques larmes ainsi qu'un grand choc — personne auparavant n'avait levé la main sur moi — et je tentais de m'orienter de manière à lui dissimuler ces parties de mon corps. Lorsqu'elle s'abstint de remarque, je me pris à espérer que le subterfuge soit passé inaperçu. Espoir futile. Ce n'était pas la naïveté qui était à l'origine de son silence, mais une patience sournoise dont j'allais bientôt faire les frais. Elle attendit, infatigable, et à mon erreur suivante, ce fut ma tête qu'elle visa.

La douleur fut si vive que je fus incapable de réagir pendant quelques secondes. Mes yeux fixés dans le vide, remplis de larmes, ne voyaient plus qu'une vague lumière blanche au sein de laquelle dansaient des étincelles. Je me mordis les lèvres dans une tentative maladroite de contenir mes larmes et repris ma position initiale.

À la suite de cette journée, je m'interdis de pleurer et à chaque coup que je recevais, un nœud grossissait au fond de ma gorge, manifestation physique d'une haine que j'avais de plus en plus de mal à réprimer. Étrangement — et ce n'était sans doute pas ce qu'elle espérait —, la perspective de ces punitions me rendit plus désobéissante encore. Dès que le soleil perçait les nuages, je me débrouillais toujours pour échapper à sa vigilance, sachant qu'elle ne pouvait ni me suivre, ni s'en plaindre à mon père.

Un matin, pendant nos leçons, Oh-grand-pied fut secouée d'une quinte de toux déchirante. Elle avait le teint fiévreux, les yeux brillants et ses doigts tremblaient légèrement alors qu'elle tentait de resserrer son châle autour ses épaules. Un médecin était venu la voir la veille, mais devant nos explications imagées de la saignée qu'il prescrivait, elle s'était mise à gesticuler et parler avec hargne. L'homme avait battu en retraite, vaincu. Et mon professeur l'avait regardé s'éloigner d'un air hautain, drapée dans ses couvertures comme s'il s'était agi d'un manteau d'hermine.

Alors qu'elle reprenait péniblement son souffle entre deux crises, elle m'indiqua d'un geste de la main que ma présence n'était plus nécessaire. Je refusai de m'indigner devant le mépris de son geste et sortis de la pièce, préférant me concentrer sur l'agréable journée qui s'annonçait. En poussant la porte de l'antre de Blanche, je me délectai de l'odeur de cannelle et de cumin, de la douce chaleur et de la vue de la cuisinière au tablier taché qui me souriait avec candeur.

— On s'échappe, petite Claire ?

— Non, Blanche, on m'a demandé de transmettre un message au palefrenier, voilà tout.

— Et c'est là la raison pour laquelle tu te faufiles par la porte de derrière, n'est-ce pas ?

— C'est... C'est un peu ça.

Nos joutes n'avaient pour but que de la faire sourire. Elle n'avait jamais rapporté à mon père mes étranges escapades et je n'avais aucune raison de croire qu'elle commencerait de sitôt.

— Allez, file, mais couvre-toi, au moins. Ne va pas attraper froid.

— Bien sûr Blanche, je ferai attention.

— Tous les jours que Dieu fait, je prie la Vierge que mes petits ne finissent pas comme toi ! C'est que je n'ai pas le temps de leur courir après, moi !

— Apprends-leur à retrouver leur chemin alors, répondis-je en riant.

Je posai la main sur la lourde porte de bois, puis m'interrompis, travaillée par un mystérieux remords.

— Blanche ? Mon professeur ne se sent pas bien. Elle est dans sa chambre, peut-être pourrais-tu lui faire porter une infusion au miel ?

Dehors, une tempête se préparait. D'épais nuages gris obscurcissaient le ciel et le vent s'était levé. Rajustant ma pelisse, je considérai un instant retourner à l'intérieur où les feux brûlaient haut dans les cheminées, mais la perspective de tomber sur mes parents qui me renverraient étudier m'en dissuada. Je pris donc le chemin de la forge malgré la neige, comme à chaque fois que l'ennui venait poindre.

À quelques pas du bâtiment, je vis émerger une silhouette recouverte de fourrure. Les flocons créaient un rideau qui me dissimulait ses traits. Toutefois, alors qu'il parvenait à mon niveau, je reconnus Shen Bao à son visage carré et ses yeux plissés qui dépassaient de sa lourde capuche. Les sourcils haussés devant mon apparition inattendue, il jeta un coup d'œil étonné derrière lui.

Il y avait quelque chose en lui qui m'effrayait, ce calme dont il faisait preuve en toute circonstance, la façon dont ce haussement de sourcil était la seule expression qui venait troubler son paisible visage. Comment pouvait-il émaner de lui une telle confiance alors qu'il était dans un pays étranger où nul ne parlait sa langue ? Comme si j'étais l'invitée sur son domaine et non l'inverse ? Il me regardait parfois comme si j'étais sa propriété. Dans un certain sens, peut-être était-ce vraiment le cas.

— Mon ami… à l'intérieur… Je cherche mon ami, bafouillai-je sans comprendre pourquoi je tenais tant à me justifier.

Il s'écarta sans un mot, le sourire aux lèvres, et me salua de la tête. J'observai son ombre s'éloigner puis disparaître, engloutie par les flocons blancs. J'étais presque étonnée qu'il n'ait pas tenté de m'arrêter.

À l'intérieur de la forge, la chaleur m'enveloppa comme un cocon et je fermais les yeux un instant, bercée par cette agréable sensation. Lorsque je les rouvris, Henri et son père étaient debout près de leur atelier, plongés en pleine discussion. Je m'approchai du four et tendis le cou pour voir ce qui cuisait à l'intérieur.

— Je ferais attention si j'étais toi, petite Claire. Tu vas brûler tes jolis cheveux !

— *Petite ?!*

Il n'y avait rien de plus énervant à mes yeux que lorsqu'Henri m'appelait *petite*. Je détestais ces taquineries qui me donnaient un complexe d'infériorité. Il n'était mon aîné que de deux ans à peine.

Il sourit, amusé d'être à l'origine de mon irritation. J'étais tombée dans le piège, il le savait parfaitement. Je levai mon poing ganté pour l'abattre sur sa poitrine, mais il esquiva en riant. Le soupir bruyant que lâcha son père mit temporairement fin à nos chamailleries.

— Si vous en venez aux mains, ayez au moins l'intelligence de faire cela dehors. Vous pourriez vous blesser sérieusement ici.

La voix du forgeron était rocailleuse, comme l'écho dans une immense grotte vide. Il parlait si peu que la surprise me cloua sur place quelques instants. Une fois l'étonnement dissipé, je tirai légèrement sur la manche de mon compagnon.

Dehors, les flocons s'étaient faits paillettes. Nous nous mîmes à courir sur les sentiers et sans que cela ne soit prémédité, nous commençâmes à rejouer une quelconque bataille, à coup de boules de neige et pistolets imaginaires. Nos cris attirèrent mon jeune frère qui en avait fini avec ses leçons du matin. Thomas prit place à mes côtés — comme il le faisait toujours — et le combat reprit de plus belle.

C'est alors que j'aperçus Ruoyan approcher du coin de l'œil. Il avançait d'un pas incertain, intrigué par nos manières, mais légèrement hésitant. À sa vue, je me sentis envahie de toutes ces émotions, refoulées depuis des semaines. Envolée, la bonne humeur de cette matinée de liberté, je sentis remonter une colère que je ne pouvais pas épancher en présence de ma gouvernante.

Chacun de ses regards accusateurs, des coups qu'elle me portait sans lever un sourcil, chacune de ses remarques méprisantes enflèrent jusqu'à me noyer dans leur fureur. Je fermai les yeux, perdue dans la tempête qui se déchaînait derrière mes paupières. Le nœud dans ma gorge semblait près d'éclater.

J'allais pleurer, compris-je soudain. Là, au milieu d'un terrain de jeu, la vue de mon fiancé était à deux doigts de me faire fondre en larmes. Tout était de sa faute ! Il n'était pas question que je m'abaisse à pleurer devant mes amis. Henri ne se garderait pas de me le rappeler jusqu'à la fin des temps. Il me fallait un moyen d'évacuer toutes ces émotions.

Un exutoire.

Réprimant un gémissement, je battis des paupières. Le jeune chinois se tenait à quelques pas à peine. Je ne perdis pas la moindre seconde à observer son visage tant haï. Il ne me vint même pas à l'esprit que son attitude indécise venait peut-être d'un désir d'engager la conversation avec nous. Je sentis un sourire mauvais naître sur mes lèvres et lui lançai de toutes mes forces la boule de neige que je tenais entre les mains. Je pensais sincèrement qu'il se pencherait pour l'éviter. Il l'aurait pu, certainement. Mais le choc de cette attaque inattendue le pétrifia et le projectile lui fouetta le visage.

Le regard rivé au mien, il rougit furieusement, une expression indignée peinte sur ses traits. Eut-ce été tout autre que lui, j'aurais peut-être présenté mes excuses. La pensée m'en effleura même l'esprit. Mais la vision de la neige qui fondait sur ses joues rondes était si ridicule que je me mis à rire malgré moi. Thomas, qu'un rien amusait, se joignit presque instantanément à mon hilarité. J'avais bien du mal à discerner l'être effrayant qui mangeait des êtres humains à présent. Mathieu avait dû me raconter des histoires.

Parcourue de spasmes nerveux incontrôlables, je portai les mains à mes côtes douloureuses. Je ne peux exactement décrire ce qui se passa par la suite. Un instant, il était à quelques pas de moi, la tunique dégoulinant de neige fondue. Le suivant, il se tenait sous mes yeux, le visage déformé par une expression de fureur. Il avait bougé si vite que mon rire s'était tu dans un hoquet.

Plus que jamais, il m'évoquait un serpent en pleine attaque. Ses sourcils étaient froncés bas sur front ridé par la colère. Il était si près que je voyais des lignes rouges encercler ses pupilles.

Sans me laisser le temps de reprendre mon souffle, il m'empoigna soudainement par le col de mon manteau et me souleva presque de terre. Il me sembla entendre que les rires de Thomas s'étaient mués en sanglots. Pour ma part, j'étais trop surprise pour émettre le moindre son. La peur commençait à se propager dans mes entrailles. Les yeux écarquillés, je portai ma main sur les siennes, tentant vainement de me dégager. La panique rendait mes mouvements gauches et sans force.

J'avais déjà chahuté avec les garçons du domaine, mais quelque chose était différent cette fois. Il y avait une rage dans son regard, dans la façon dont son corps était tendu à l'extrême, jusqu'aux doigts resserrés sur ma chemise. Il semblait sur le point de me faire du mal.

J'avais l'impression qu'il m'immobilisait ainsi depuis des heures, mais je n'avais pas encore cligné des yeux lorsqu'une ombre s'interposa entre nous deux.

Henri.

Il était plus jeune que son adversaire, mais la surprise était de son côté. Il se jeta entre nous, poussant brutalement l'étranger qui alla s'effondrer dans la neige meuble. Je tombai à genoux en tremblant. Mon compagnon n'en menait pas large non plus. Il prenait un risque à intervenir dans nos querelles. Si Ruoyan se plaignait auprès de mon père, il serait sévèrement battu. Et pourtant il était là, campé sur ses deux jambes, les bras dressés devant lui pour me défendre.

Ruoyan se releva doucement, les poings serrés, mais il n'attaqua pas. Il nous dévisagea l'un l'autre d'un regard malveillant pendant de longues secondes. Puis il se détourna et reprit la route du château à grands pas. J'expirai brutalement l'air de mes poumons. Je ne m'étais même pas rendu compte que j'avais retenu mon souffle.

— Je ne veux pas l'épouser, lâchai-je, misérable. Je ne veux pas partir avec eux…

— Tu ne partiras pas, me rassura Henri en me prenant dans ses bras. Nous trouverons un moyen.

Le retour des beaux jours fut marqué par deux évènements importants. Premièrement, les préparatifs de voyage commencèrent pour Shen Bao et son fils. La maison était en effervescence tandis que chariot après chariot, les malles étaient acheminées vers le port de La Rochelle. Les négociations entre les deux hommes avaient porté leurs fruits ; un accord avait été scellé. Plusieurs convois se succéderaient avant mon départ qui aurait lieu l'année de mes quinze ans.

En attendant, ma gouvernante revêche resterait à mes côtés pour parfaire mon éducation. Il avait également été décidé que lors d'un prochain voyage, le clan Shen enverrait trois de ses filles pour me servir de demoiselles de compagnie. Le mariage de l'héritier était apparemment une affaire d'importance publique et il ne fallait pas que je fasse honte à mon futur époux en arrivant dans notre demeure sans entourage.

Mon père et mon oncle auraient dû fulminer au vu de toutes les dépenses que ce surplus d'habitants causerait à la maisonnée, mais ils se promenaient sur le domaine, un sourire constamment plaqué aux lèvres. Ils avaient dû me vendre au prix fort. Tout cela ne faisait que m'effleurer cependant. Alors que nous regardions s'éloigner les voiles du navire depuis le port, je parvenais presque à me persuader que je ne les reverrais jamais. Il me restait cinq ans, plus que suffisant pour trouver un moyen d'échapper à cet ignoble destin.

Le deuxième évènement qui marqua ce printemps, j'aurais préféré mourir plutôt que de l'avouer à quiconque.

Bien malgré moi, je me découvris une passion pour les études.

À force de temps et d'efforts, les lignes étranges qui formaient des dessins complexes se resculptaient devant mes yeux pour devenir des mots et des phrases. Je voyais subitement apparaître un sens là où auparavant il n'y avait eu qu'arabesques d'encre. C'était une sensation enivrante, comme si j'avais été initiée à un mystère. Un secret auquel nul autre que moi n'avait accès. Lorsque je suivais des doigts les élégants tracés d'encre, je me sentais emplie de joie. J'étais un aveugle à qui l'on venait de donner la vue.

Cette révélation ne se fit pas en un jour, elle s'insinua discrètement, petit à petit, sans même que je m'en rende compte. Mais lorsqu'elle fut évidente à mes yeux, lorsqu'il fut impossible de l'ignorer davantage, ce fut le début d'une toute nouvelle étape dans mon éducation. Je me découvris une soif de connaissances dont je n'avais jamais soupçonné l'existence. Plus j'apprenais, plus j'étais avide d'apprendre.

Tous ces sons, que je n'aurais jamais imaginé la bouche capable de prononcer, peu à peu me devenaient familiers. Tant de mots, tous porteurs de subtiles nuances, venaient traduire un seul de nos termes qui soudainement m'apparaissait grossier et inapte. Plus rarement, c'était l'inverse qui se produisait et je riais de l'incompréhension de mon professeur devant mes vaines explications.

Si Oh-grand-pied fut fière de mes progrès, elle ne m'en fit jamais la remarque. Elle cessa en revanche d'utiliser son affreuse canne contre moi lorsqu'elle s'aperçut de l'enthousiasme que je mettais à présent à l'étude.

Cela était déjà une victoire en soi.

Le printemps laissa sa place à l'été, puis à un autre automne avant que je ne sois capable de tenir une conversation simple. Un an plus tard, je comprenais la majorité de ce que mon professeur me disait. Oh-grand-pied décida alors que l'heure était venue de passer à l'étape suivante. Après la langue, je me plongeai dans l'histoire du royaume.

J'appris donc que la Chine avait une histoire de près de quatre mille ans. Du haut de mes douze ans, ce chiffre était abyssal et je peinais à en saisir toute la portée. Durant toutes ces années, des dizaines de dynasties s'étaient succédé dans les larmes et le sang. La famille régnante, les Ming, dirigeait le pays depuis plus de deux cents ans. J'appris qu'elle avait repris le pouvoir à une dynastie étrangère corrompue et que c'était un signe que le Ciel avait rendu leur terre aux Han, le véritable peuple de Chine.

On ne m'épargna pas non plus la liste des monarques et je dus, jour après jour, étudier des textes relatant leurs faits et gestes. Il y avait Hongwu, l'empereur né paysan, Xuande, l'empereur peintre, Zhentong qui fut séquestré dans le palais par son propre frère pendant sept ans, Jiajing qui avait consacré son règne à rechercher un élixir d'immortalité et tant d'autres dont les mésaventures ne cessaient jamais de me surprendre. De sa voix nasillarde, ma gouvernante me racontait les légendes qui avaient forgé l'histoire de son pays. Ses récits étaient pleins de généraux, de concubines et de princes luttant pour la survie de l'empire.

Ou bien — et ce fut sans doute le cas — c'étaient les seuls protagonistes dont je me souvenais une fois nos leçons terminées.

Rêveuse, je me représentais tous ces personnages dans de splendides apparats en train de vivre des aventures exaltantes et dangereuses, d'où ils sortaient toujours vainqueurs. J'étais loin de m'imaginer, alors, les dessous d'une vie au palais impérial, cette angoisse quotidienne d'être écarté du jour au lendemain par le jeu des alliances, cette solitude qui ronge jusqu'au plus profond de soi, cette obsession à douter de tout et de tous, à chercher constamment les motivations cachées derrière le moindre acte, la moindre parole. Non, cette révélation-là viendrait plus tard.

Beaucoup plus tard.

Et pourtant bien trop tôt.

CHAPITRE cinq

AU PRINTEMPS DE ma treizième année, Xiaoli entra dans ma vie.

Nous reçûmes la nouvelle de leur arrivée un après-midi de mai alors que mon père venait de laisser ses entrepôts de La Rochelle après des jours et des jours à faire la vigie auprès des garde-côtes. Nous les attendions depuis plusieurs semaines déjà et ma famille commençait à s'inquiéter. De mon vivant, nul navire n'avait été perdu aux pirates ou aux aléas de la mer, mais la menace n'en existait pas moins.

Chaque jour sans message apportait son lot de tensions et de questions qui restaient sans réponse. Lorsqu'on nous apprit que le bateau avait été aperçu dans la rade, la maison tout entière émergea de sa torpeur. Il fallait nettoyer la chambre que partageraient les demoiselles dans le quartier des invités, changer les draps et couper des fleurs, préparer à souper pour tous ces nouveaux arrivants. J'étais enfermée dans l'antichambre à travailler maladroitement sur une broderie quand mon père poussa la porte, revêtu de sa cape et de ses bottes de voyage.

— Cherchez votre manteau et suivez-moi Claire-Hélène, nous partons pour le port de La Rochelle immédiatement.

— Sont-elles… ?

— Leur bateau accoste en ce moment même. Dépêchez-vous, allons les accueillir comme il se doit.

J'ignorais pourquoi il fournissait autant d'efforts, mais je décidais de me montrer docile pour une fois. Après tout, je mourais d'envie moi-même de rencontrer nos invitées. À l'idée qu'il y aurait désormais à Beaulieu trois personnes de mon âge pour me tenir compagnie, je ne pouvais réfréner un sourire. J'adorais ma petite sœur Marguerite, mais elle ne pouvait guère m'accompagner pour jouer à l'extérieur et à part elle, la plupart des enfants du domaine étaient des garçons.

De plus, ces derniers mois avaient vu une distance se creuser entre ma sœur et moi. Elle était si *jeune*. Je ne lui en voulais pas de l'attention toute particulière qu'elle recevait, ni même du fait qu'elle pouvait à tout moment prétexter un quelconque mal pour mettre fin à ses leçons. J'aurais été bien malvenue de lui envier sa santé fragile. Mais pourquoi donc restait-elle une enfant alors que les mois défilaient pour elle aussi vite que pour moi ? Pourquoi ne riions-nous jamais en nous racontant nos espoirs et nos rêves du bout des lèvres ?

Je souhaitais trouver des confidentes qui m'aideraient à y voir plus clair dans le désordre de mes émotions. Je n'avais plus besoin de petites sœurs. J'avais besoin d'amies.

Le court voyage vers La Rochelle fut des plus désagréables. Il n'y avait rien d'étonnant à cela, puisque mon père et moi ne nous parlions plus vraiment depuis trois ans. La décision qu'il avait prise avait naturellement créé un fossé entre nous, fossé que nous n'avions, ni lui ni moi, cherché à combler. Je l'avais tellement admiré dans ma plus tendre enfance. Mais depuis ce terrible hiver, il était soudainement devenu le vilain de mes histoires.

Lui, ainsi que ce fiancé aux yeux sombres qui hantait toujours mes cauchemars.

Son visage reptilien se dessinait parfois derrière mes paupières lorsque j'allais me coucher. Chaque soir, ses traits m'apparaissaient un peu plus effrayants, la peau d'un gris de plus en plus cadavérique puis recouverte d'écailles luisantes. Je ne l'avais dit à personne. Pas même Henri. Il n'aurait pas manqué de me faire remarquer que seules les petites filles faisaient des rêves aussi ridicules. Et plus les mois passaient, plus j'étais possédée par l'étrange envie qu'il me voie autrement que comme une petite fille.

Une fois sur les quais, le cocher m'ouvrit la porte et me tendit le bras en s'inclinant comme il l'aurait fait devant une adulte. Je ne pus m'empêcher de rougir en y glissant ma main. Ce genre d'attentions à mon égard se multipliaient depuis quelque temps.

Nous arrivâmes juste à temps pour voir nos invitées descendre le long de la rampe qui menait à l'embarcadère.

Je me souviens avec une étonnante clarté du moment de leur débarquement. Mon esprit a peint cette image dans un recoin de ma tête, avec une multitude de petits détails. Je me souviens des bruits que faisaient les vagues qui clapotaient près du quai, des voiles et des drapeaux qui claquaient au vent. Je me souviens de la sensation des embruns sur mon visage et de l'odeur musquée et salée de l'océan. Je me rappelle la façon dont le soleil allongeait les ombres à nos pieds. Je revois encore la foule s'agglutiner derrière nous, hommes, femmes et enfants confondus, pour jeter un coup d'œil aux mystérieuses étrangères. Les nouvelles se répandent vite dans les villes portuaires.

Si je n'ai rien oublié de ce jour, c'est parce qu'en observant l'état des trois jeunes filles, une peur sourde m'avait étreint le cœur. Elles semblaient sur le point de défaillir. Je me surpris même, comme une grande partie de notre audience, à retenir mon souffle jusqu'à les voir à l'abri sur la terre ferme.

Existait-il réellement un moyen d'échapper à mon destin? Face à la terrible réalité de cette scène, mes velléités de fuite me paraissaient affreusement naïves. Si mon père souhaitait que je parte, comment pouvais-je lui désobéir? J'avais tant aimé jouer les pirates pendant mes années d'insouciance avec Henri, mais ces personnages prenaient soudain une dimension plus réelle et nettement moins plaisante. Et si le bateau s'abîmait dans l'océan? Et si nous étions pourchassés par Dieu seul sait quel monstre habitant ces mers sans fond?

Le cœur battant à tout rompre, je ne parvenais pas à détacher mon regard des silhouettes qui avançaient vers nous. J'étais stupéfiée par la dignité dont elles parvenaient encore à faire preuve. Nous voyions tous qu'elles tremblaient sur leurs jambes et luttaient pour rester debout, mais lorsque les marins de l'Auguste leur tendirent timidement un bras, elles les ignorèrent et continuèrent leur route la tête haute.

La première portait une somptueuse robe de soie turquoise, brodée de perles de nacre, légèrement froissée d'avoir passé plusieurs mois pliée au fond d'un coffre. Âgée d'une quinzaine d'années, elle avait les joues satinées et les yeux cernés par une fatigue écrasante. Malgré les taches rouges sur sa peau dues à l'éprouvant voyage, elle était d'une beauté à couper le souffle. La jeune fille qui la suivait devait être sa sœur — on ne pouvait ignorer une certaine ressemblance dans la forme des yeux ou de la bouche — mais elle avait un visage plus rond et les oreilles décollées. Elle se tenait moins droite également et je la vis jeter des coups d'œil furtifs aux hommes qui l'entouraient.

La troisième fut celle qui attira le plus ma curiosité, car tout ce que j'apercevais d'elle était un amas de tissu rose pâle et un bout de nez qui dépassait d'une abondante chevelure noire emmêlée. La minuscule petite fille, qui ne devait pas avoir dix ans, était dans les bras d'un grand marin, inconsciente. Elle paraissait si frêle que mon cœur se serra. Qui était donc ce père qui avait soumis une enfant si jeune à une épreuve pareille ? Toute la haine qui me restait envers ce peuple fondit comme neige au soleil à la vue de ce petit ange endormi.

Mon père me poussa vers elles, m'arrachant à la contemplation de cet étrange tableau et je m'avançai à leur rencontre d'un pas hésitant.

— Vous êtes les bienvenues dans ma maison, balbutiai-je en chinois.

— Li Guoying est honorée de l'accueil que nous réserve la bru de l'honorable Shen Bao, répondit l'aînée.

Du moins était-ce quelque chose de similaire. Ma connaissance des innombrables formules de politesse chinoise était encore si limitée à cette époque.

— Si vous voulez bien nous suivre, vous trouverez de quoi vous restaurer et vous reposer pour vous et vos sœurs.

Je lui adressai un sourire timide, mais son visage ne changea pas d'expression. Lorsque je fis demi-tour, elle prit soin de marcher un pas derrière moi, sans jamais me dépasser.

Un autre homme émergea de l'Auguste et descendit sur le quai d'un pas leste. De haute taille, il avait les épaules solides et les cheveux grisonnants aux tempes. Ses yeux étaient les plus bleus qu'il m'avait jamais été donné de voir. Même la peau rugueuse et hâlée de son visage ne pouvait en ternir l'éclat. Sur sa joue, une large tache sombre virant jaunâtre s'étirait jusqu'à la pommette. Il s'approcha de notre petit groupe à grande vitesse et salua mon père avec déférence.

— Votre second a-t-il les choses bien en main ? demanda ce dernier après l'avoir considéré de haut en bas pendant quelques instants.

— Oui, monsieur.

— Alors vous venez avec nous, Duquesne. Je vous veux au rapport immédiatement.

— Bien, monsieur.

L'homme se retourna vers le géant pour lui prendre l'enfant inconsciente des bras avec une délicatesse qui s'accordait mal à ses doigts recouverts de cals. Durant le trajet vers Beaulieu, je jetai des regards indiscrets vers la petite étrangère blottie contre sa poitrine. Sa tête tressautait légèrement au passage des aspérités de la route, mais le capitaine la tenait solidement contre lui. Elle ne se réveilla pas.

Ses cheveux emmêlés m'empêchaient d'examiner sa figure dans son ensemble et je dus réprimer une soudaine envie de tendre la main pour en écarter les mèches. Toute entière à mon observation, ce fut la voix sèche de mon père qui me ramena brutalement à la réalité.

— Une mutinerie ?

— Avortée, monsieur. Et sans trop de dommages. Vous payez généreusement, et je sais choisir mes hommes. C'est une bonne combinaison, d'habitude.

— Que s'est-il passé ?

— Les vents étaient contre nous. Nous avons tenté de forcer le passage du cap, mais la tempête nous a renvoyé vers l'Est et nous n'avons pu reprendre la route qu'au petit matin lorsque la houle s'est calmée. Cela a été dur pour nos hommes. Mais le plus dur, ça a été après. Le vent nous a soudainement fait défaut sur les côtes occidentales de l'Afrique et nous sommes restés sur le plat pendant des jours. La situation s'est envenimée à cause du rationnement. Les gens avaient faim, la pêche ne suffisait pas à nourrir l'équipage… Une mutinerie a finalement éclaté, mais elle a été matée par le reste des marins. J'ai perdu trois hommes. Cinq autres sont dans la soute à attendre votre décision.

— Et la cargaison ?

— Quelques pertes, répondit Duquesne d'un ton un peu sec, comme s'il réprouvait la question de mon père. Mais rien qui ne soit capital.

Je dévisageai ouvertement les deux sœurs qui fuyaient mon regard. Elles avaient dû deviner le sujet de la discussion. Je peinais à imaginer ce qu'elles avaient traversé. Se trouver au cœur d'un groupe prêt à en découdre au beau milieu de l'océan devait être assez effrayant. Assister ainsi aux prémices d'une mutinerie lorsque personne ne comprend votre langue et ne peut vous venir en aide était au-delà de tout ce que je pouvais concevoir.

À l'arrivée au château, Duquesne remit l'enfant à Madame Oh qui était sortie nous accueillir avant de disparaître dans le bureau à la suite de mon père. Après un dernier regard sur la porte qui se refermait, je m'empressai de rejoindre les jeunes filles pour satisfaire enfin ma curiosité.

Il me fallut insister, ne serait-ce que pour apprendre leurs noms. Seule l'aînée répondait à mes questions, avec des phrases très brèves, sans donner de détails si je ne le demandais pas expressément.

Li Guoying, Li He et Li Ming étaient âgées respectivement de seize, treize et neuf ans. Li Ming, appris-je, répondait le plus souvent au nom de Xiaoli, *petite Li*, surnom qui resta à jamais associé à sa personne, même longtemps après qu'elle fut sortie de l'enfance. On allongea la cadette et remonta la couverture sur ses épaules. Cette dernière se recroquevilla immédiatement, serrant les draps contre elle.

— Avez-vous besoin d'un médecin ? demandai-je à ma gouvernante.

— Cela ira. Elle a juste besoin de repos. Certainement pas qu'un de vos charlatans vienne lui dérober son qi.

Je sais aujourd'hui que les Chinois considèrent que dans notre corps circulent un grand nombre d'énergies dont l'équilibre est fondamental à notre santé. Les saignées, que mon peuple voyait généralement d'un bon œil pour se débarrasser du sang vicié d'un malade, étaient abhorrées de ma gouvernante. Percer ainsi le corps d'un patient, c'était risquer une perte de cette énergie si vitale. Ce soir-là, encore ignorante de toutes ces traditions, je la regardai d'un œil dubitatif, me demandant une nouvelle fois comment ce peuple pouvait à ce point manquer de confiance envers les hommes de science. Venait-elle d'appeler le médecin de notre famille un charlatan ? L'homme avait étudié à Paris et il était sûrement l'un des meilleurs de La Rochelle. Mon père ne se serait pas satisfait de moins.

On porta trois coffres dans la chambre des jeunes femmes, qui commencèrent aussitôt à en sortir des soieries multicolores qu'elles tendaient dans la pièce pour les aérer. Je restai bouche bée devant cette soudaine explosion de couleur. Puis elles demandèrent que soient préparées deux cuves d'eau chaude et qu'on leur apporte de quoi se restaurer. Oh-grand-pied leur répondit avec un sourire amusé :

— Mesdemoiselles, vous oubliez assurément où vous vous trouvez. Il faudra se contenter de ce qu'on vous offre ici. Le souper est pris dans la salle commune, ne le ratez pas ou il vous faudra quémander pour de la nourriture. Je doute que vous parveniez à vous faire servir assez d'eau pour votre toilette, mais tâchez de l'économiser au maximum, car ils ne vous en donneront pas tous les jours. Vous apprendrez bien vite à porter un mouchoir parfumé dans vos manches. C'est le seul moyen d'échapper à cette horrible odeur qui imprègne ici les meubles comme les gens. Cela ne sera pas une expérience facile, mais j'espère que vous ferez honneur à la famille de votre mère. Gardez à l'esprit que notre exil n'est que temporaire. Nous retournerons chez nous bien assez tôt. Nos hôtes ont parfois des habitudes assez surprenantes, mais je vous prie de garder vos réflexions pour vous. Tout se passera pour le mieux.

À la fin de cette tirade, Guoying me lança un regard écœuré avant de porter la main à son front et de s'asseoir sur sa couche. Elle était l'image même de la jeune femme en détresse.

— Je… Je vais voir à ce qu'on vous apporte de l'eau chaude, balbutiai-je précipitamment en sortant de leur chambre.

Je dus me faire violence pour ne pas claquer la porte derrière moi. Je fulminai. La vieille femme ne m'avait pas adressé un seul regard, mais j'avais le sentiment que j'étais la personne visée par ses reproches.

De quel droit se moquait-elle de nous, nous qui l'avions accueillie comme un membre de notre famille ? De quel droit Guoying jouait-elle les princesses alors que nous leur avions ouvert les portes de notre maison ? Qu'elles cuisent dans leur eau et attrapent toutes les maladies du monde si cela leur chantait, je n'allais pas les arrêter ! Et pourquoi, d'ailleurs, courais-je ainsi les couloirs pour satisfaire leur caprice ? N'étais-je pas celle qu'elles étaient venues servir ?

Je m'interrompis brusquement et faillis rebrousser chemin. Mais une once de bon sens s'imposa pour une fois à moi. Je souhaitais devenir leur amie. J'avais besoin d'elles, besoin d'une présence féminine à mes côtés qui m'aiderait à surmonter les bouleversements que je sentais en moi. Je venais d'avoir treize ans, mon corps commençait à changer. Je me sentais plus émotive, la peau à vif. Quelques semaines plus tôt, j'avais saigné pour la première fois et la frayeur et le choc m'avaient perturbé pendant des jours entiers.

J'avais besoin de ces jeunes femmes, pensai-je en cherchant Mathilde au travers des couloirs. Je devais donc faire quelques efforts pour faciliter leur arrivée parmi nous.

Xiaoli ne s'était pas réveillée lorsque ses deux sœurs se présentèrent dans la salle commune à l'heure du souper. Nous prîmes place à table dans un silence gêné. Mon oncle posa quelques questions à nos invitées, mais il abandonna bien vite devant mes pauvres tentatives de traduction.

Lorsque, la prière finie, nous commençâmes le repas, les yeux de Guoying s'agrandirent de stupeur devant mon frère qui piochait la viande de ses doigts et la portait à sa bouche sur un morceau de pain trempé de bouillon. Elle ne prononça pas le moindre mot, et je devinai qu'il lui en coûtait de respecter ainsi le conseil de ma gouvernante. He, la benjamine, ne se posait visiblement pas autant de questions. La faim devait être suffisante pour ignorer la gêne.

J'observai en silence la façon dont elles mangèrent ce soir-là, me demandant comment une chose aussi banale qu'un souper pouvait leur paraître étrangère. Après le repas, elles s'attardèrent dans le salon aux côtés de Madame Oh qui leur expliquait ce qui serait attendu d'elles avant et après mon mariage.

Je ne pouvais pas rester écouter ces discours qui me rendaient malade. D'un pas vif, je repris donc le chemin de l'aile des invités dans le but d'espionner le petit ange qui n'avait pas quitté son lit.

J'étais encore à son chevet quand elle commença à s'agiter dans son sommeil. Elle remua la tête de droite à gauche, ses lèvres craquelées appelèrent sa mère plusieurs fois puis ses yeux s'ouvrirent. Elle retomba alors aussitôt dans une immobilité parfaite. Je m'assis à ses côtés et remontai la fine couverture de laine sur ses épaules en souriant.

— Ne t'inquiète pas, lui murmurais-je en chinois. C'est fini, tu es en sécurité ici, personne ne te fera de mal. Est-ce que tu as faim ?

Xiaoli m'observait en silence, les yeux écarquillés. Je portai un pichet d'eau à ses lèvres afin qu'elle puisse se désaltérer.

— Est-ce que vous êtes… *elle* ? finit-elle par demander.

Elle avait le visage fin d'un petit oiseau et une étonnante voix grave.

— Je m'appelle Claire-Hélène, mais tu peux m'appeler Claire si tu préfères, annonçai-je.

Je ne pus réprimer un sourire à la vue de ses sourcils qui se froncèrent en une bouille adorable.

— Tout le monde vous appelle Jade, là-bas.

— Jade ?

— C'est… une pierre. De la couleur de vos yeux.

Je portai la main à mon visage, étonnée.

— Tu peux m'appeler Jade, dans ce cas. Est-ce que tu peux marcher ? Il y a à manger dans la cuisine.

— Je pense oui… J'aimerais bien manger.

— Je peux aussi te monter quelque chose si tu préfères.

— Non, non ! Ne vous dérangez pas pour moi ! Je peux descendre.

Trop inquiète pour la laisser se déplacer seule, je l'accompagnai aux cuisines. Lorsqu'elle s'assit derrière la haute table de bois, ses pieds ne touchaient même pas le sol. Le visage détendu, elle reprit peu à peu des couleurs en ingurgitant le pain, le beurre et les fruits que lui tendait une Blanche attendrie.

— Quel âge as-tu, petite Li ?

— Xiaoli est née sous le signe du singe et est honorée d'entrer à votre service, demoiselle Jade !

Son visage affichait une expression sérieuse qui contrastait avec l'innocence de sa posture, la miche à la main et les pieds se balançant dans le vide. Je laissai échapper un éclat de rire. Nullement vexée, elle joignit à la mienne le son clair de sa voix.

— Xiaoli ! Tu ne dois pas te comporter ainsi en présence de

Mademoiselle.

Guoying, l'aînée des sœurs venait de faire son entrée avec le port d'une reine. Elle garda les yeux baissés lorsqu'elle se tourna vers moi et m'offrit une courte révérence qui n'avait pas l'air sincère. Il ne m'avait encore jamais été donné de voir, à l'époque, quelqu'un mettre autant de dédain dans un geste de contrition.

Lorsqu'elle s'avança vers la table, je m'aperçus que sa démarche était particulière, comme chaloupée, chacun de ses pas ridiculement petit. Machinalement, mon regard tomba vers ses pieds. Elle portait bien les minuscules chaussures qu'arboraient les femmes de ces régions. Je ne m'en étais même pas rendu compte lors de leur débarquement, toute accaparée que j'étais à les dévisager. Xiaoli n'en avait pas, elle.

En entendant sa sœur la réprimander, la petite s'était jetée du tabouret et se tenait à présent très droite à mes côtés, les yeux rivés au sol.

— Ce n'est pas la peine… commençais-je en lui posant la main sur l'épaule, mais elle m'ignora complètement.

— Je vous prie de m'excuser si les actions de ma sœur vous ont causé un quelconque inconfort, déclama Guoying, d'une voix qui paraissait tout sauf désolée. Elle ne comprend pas quelle est sa place, mais elle apprendra.

— Je… Je ne lui reproche rien…

— Mademoiselle, vous servir est notre honneur. Nous vivons selon une étiquette très stricte, que vous ne connaissez peut-être pas encore. Laissez-moi donc être juge du comportement de ma sœur, je ne souhaiterais pas que l'une d'entre nous puisse agir de façon à vous déshonorer.

Amie. Je voulais m'en faire une amie. Cette belle et mystérieuse étrangère pouvait être ma confidente et m'aider à devenir une femme. Je n'avais besoin que de fournir quelques efforts. Quelques tout petits efforts. Prendre sur moi, par exemple, la laisser agir tel qu'elle l'entendait selon son droit d'aînée.

Malheureusement pour moi, ma bouche a souvent tendance à fonctionner avant d'avoir reçu l'aval de ma raison.

— Je comprends, repris-je en singeant son ton hautain. Mais sachez que dans l'enceinte de notre maison vous ne forcerez personne à agir différemment de ce qu'il souhaite. Et personne ici ne se promène les yeux au sol. Xiaoli, tu peux relever la tête et continuer ton repas, tu dois avoir faim.

La petite hésita quelques secondes, se balançant légèrement d'un pied sur l'autre, puis s'installa timidement à table pour reprendre la miche de pain qu'elle avait lâché dans sa précipitation. Je fixai Guoying du regard jusqu'à ce qu'elle détourne le sien et me sentis auréolée d'une force nouvelle. Pour la première fois, j'étais devenue l'une des héroïnes de mes histoires. J'avais une voix, une véritable influence.

L'espace de quelques instants, je me sentis plus puissante que je ne l'avais jamais été.

On aurait pu argumenter que c'était là une victoire bien facile, que Guoying, venue pour me servir, n'aurait jamais montré l'effronterie de désobéir à un ordre direct, et que si vengeance il y avait, elle viendrait en son temps, sournoise, lorsque je ne m'y attendais plus, lorsque je serais incapable de me défendre.

J'ignorais alors, en mes jeunes années, que c'était là la façon de mon pays d'accueil, où l'on ne règle pas les conflits en face de manière franche, mais par de longs chemins détournés, sinueux comme cet étrange dragon qui en est le symbole.

CHAPITRE
SIX

— JE N'Y ARRIVE pas ! m'écriai-je en jetant le pinceau sur la table.

Sur le pupitre, désormais souillé d'encre, était posé un long parchemin maintenu en place par quatre lourdes pierres. Dessus s'étalaient de pauvres gribouillis que nul n'aurait osé qualifier de calligraphie. À ses côtés, un élégant poème rédigé de la main même de Guoying me narguait par sa perfection.

— Si seulement vous vous concentriez, vous y parviendriez, me répliqua ma gouvernante d'un ton impatient. Il n'y a rien de bien difficile là-dedans. Vous connaissez les caractères, vous pouvez les lire. Je ne vous demande pas d'inventer vos propres vers, juste de recopier ceux que des esprits plus agiles ont écrits avant vous.

— Eh bien je n'y arrive pas, voilà tout. Je n'arrive pas à tenir le pinceau comme vous me l'imposez et à maîtriser l'épaisseur du trait en même temps !

— La calligraphie est un art qui a été longtemps refusé aux femmes, il est de notre devoir d'y exceller afin de prouver que nous ne sommes pas inférieures. Il est encore de nombreux endroits où l'on n'apprend aux femmes ni à lire ni à écrire. Maître Shen, tout comme son père avant lui, a épousé une fille de magistrat. Ils ont toujours tenu à ce que les femmes de leur famille soient autant éduquées que les hommes. Vous ne ferez pas exception. Je ne vous laisserai pas souiller le nom des Shen.

— C'est sans espoir. Voyez par vous-même, j'ai beau essayer, je n'arrive pas à garder l'équilibre entre tous ces traits. Ne pourrions-nous pas abandonner ici et nous concentrer sur l'histoire de votre pays ? J'aimais mieux quand nous parlions d'empereurs et d'espions royaux…

— Jade, soupira-t-elle en utilisant ce surnom qui m'était devenu familier. Cessez de faire l'enfant. Vous n'y arrivez pas parce que vous tracez dans le mauvais ordre. Combien de fois vous ai-je donc dit de commencer en haut à gauche puis de descendre graduellement vers le bas ? Vous vous y prenez mal. Vous ne pouvez vous en prendre qu'à vous-même si vous échouez.

— C'est plus logique de commencer ainsi.

— Vous n'en faites qu'à votre tête, comme d'habitude. Prenez donc exemple sur Guoying. À douze ans à peine, elle avait déjà un trait aussi précis que les grands maîtres. Elle rédige à présent des poèmes qui n'ont rien à envier aux meilleurs écrivains. Tâchez de lui ressembler un peu plus. Elle sait aussi réciter les Classiques sans la moindre erreur, je n'ai pas besoin de vous rappeler combien d'ouvrages vous avez réussi à assimiler à ce jour ?

— Elle joue également du Luth à la perfection, renchérit He en gloussant.

Bien entendu. Guoying était parfaite. Guoying était belle, douée, humble. En ce moment même, elle était gracieusement assise dans son fauteuil, absorbée par son travail comme si elle n'était pas concernée par la futilité de tous ces éloges. Guoying était parfaite. Mais elle ne voulait pas devenir mon amie. Elle continuait d'ignorer mes œillades et de couper court à mes tentatives de discussion.

Et venait-elle tout juste de sourire discrètement d'un air satisfait pendant que tous les yeux de la pièce étaient rivés sur moi ?

— Faites donc un effort, Jade. Vous me montrerez un meilleur résultat demain.

Oh-grand-pied sortit alors, me laissant seule avec les trois sœurs. Je soupirai et repris le pinceau entre mes doigts tachés. Quand j'imaginais que mon calvaire touchait à sa fin, voilà qu'on inventait une nouvelle forme de torture.

— Savez-vous vraiment toutes écrire ainsi ? murmurai-je à Xiaoli qui s'appliquait à recopier un mot stylisé en tirant légèrement la langue, perdue dans sa concentration.

— Pas toutes non, Guoying est particulièrement douée. Elle tient ça de notre mère. Huiyin était la fierté de la famille Shen, mais Guoying est meilleure encore.

— Votre mère était une Shen ? Comme Shen Bao ?

— Shen Huiyin est la sœur cadette de Shen Bao, nous coupa l'aînée. Ils ont un frère également, mais il est très malade et ne quitte plus sa propriété de Yangzhou depuis des années.

La révélation me choqua au point que je ne réalisai pas que, pour la première fois peut-être, Guoying venait de m'adresser la parole d'elle-même. Je m'étais imaginé que les trois demoiselles étaient des sortes de servantes, peut-être les filles d'une concubine de la famille.

— Avez-vous d'autres frères et sœurs ? demandai-je,

— Il n'y a que nous trois. Maman croit qu'elle a été punie de son mauvais mariage en n'ayant eu que des filles à offrir au clan Shen.

— Xiaoli ! Ne va pas embêter mademoiselle Jade avec ces histoires ! Ce ne sont pas des choses qu'on raconte.

— Elle ne me dérange pas…

— Elle n'agit pas comme elle le devrait.

C'était toujours ainsi avec Guoying. Lorsque je pensais avoir fait des progrès, elle redevenait aussi froide et cassante qu'au premier jour. Chaque fois que Xiaoli se sentait à l'aise et commençait à me parler librement, elle la rabaissait.

— Ces histoires m'intéressent, bien au contraire, tentai-je pour faire sourire la petite.

— Les tracas de notre mère ne sont pas pour vos épaules mademoiselle, répliqua l'aînée. Vous devriez plutôt vous intéresser à la famille de votre époux, puisqu'elle sera bientôt la vôtre. Savez-vous que Maître Shen avait eu cinq enfants de son épouse ? Et plus encore de ses concubines…

— On m'a parlé de frères, qui sont décédés aujourd'hui.

— Oui, cela s'est passé un an avant ma naissance.

J'attendis quelques instants, mais elle n'ajouta rien. Décidément, il était impossible d'avoir une discussion normale avec elle. Je poussai un soupir et me penchai de nouveau sur ma calligraphie. Quelques heures plus tard, alors que nous étions en train de ranger nos outils, je me rapprochai discrètement de Xiaoli pour continuer mon interrogatoire à voix basse.

— Shen Bao est le patriarche du clan Shen, me répondit-elle, il y a un autel pour ses fils dans chacune de nos maisons. Baohai, Changyao et Lianfeng. Nous prions pour eux chaque année, comme l'ordonnent nos parents.

— Que s'est-il passé ?

— Les fièvres. Elles ont emporté leur mère, Yunxia, également. Je n'en sais pas plus, c'est arrivé longtemps avant que je naisse.

— Si ta mère est une Shen, cela fait de toi la cousine de Ruoyan ?

— Oui c'est bien ça. Mais nous vivons loin d'eux, je ne les ai jamais rencontrés.

— Pourquoi vous envoyer ici alors ?

— Je l'ignore.

Elle jeta un coup d'œil à ses sœurs, sans doute pour vérifier que nous n'étions pas épiées.

— Ma mère nous a ordonné de partir. Peut-être qu'elle espère qu'ils la rappelleront à Shaoxing et que nous ne serons plus obligés d'habiter si loin ? Avant que mon père meure, il avait emprunté beaucoup d'argent. Shen Bao a refusé de s'occuper d'elle lorsqu'elle s'est retrouvée seule.

— Pourquoi ? N'était-ce pas sa sœur ?

— Ma nourrice dit parfois que nous payons tous les choix de ma mère. Elle avait épousé un homme que ses parents n'approuvaient pas et nous avions tous été punis pour son égarement. Nous vivons dans une maison loin de la ville, où ma mère reprise des vêtements en cachette. Quand j'étais vraiment petite, ses doigts étaient tout abîmés et elle pleurait beaucoup. Puis un jour, des coffres sont arrivés remplis de soieries et de bijoux. Nous sommes parties peu après.

Mes leçons avec ma gouvernante et les trois jeunes filles s'étiraient généralement de l'aube jusqu'à la mi-journée. C'était le seul moment où Guoying et He daignaient m'adresser la parole. Le reste du temps, elles me suivaient toutes les trois, quelle que soit mon activité, ombres éternellement silencieuses. Parfois, pendant nos heures d'études, elles me décrivaient la vie qui m'attendait de l'autre côté de l'océan. Malgré mes requêtes répétées, mes cours d'histoire étaient apparemment bel et bien terminés. Nous abordions désormais l'étiquette et le savoir-faire de la vie courante dans l'Empire Ming.

Durant des heures interminables, on me parla de vêtements et de coiffure, j'appris comment me tenir en présence de mes aînés, comment servir le thé, comment manger ou comment me faire oublier lorsque la situation le demandait. La tête me tournait de tant d'informations. Elles tentèrent également de m'enseigner des rudiments de peinture ou de musique, à l'aide d'une magnifique cithare qu'elles avaient apportée dans leur pénible voyage.

Malgré leurs efforts, mon impatience se révéla un obstacle infranchissable à cette aventure. Incapable de rester des heures assise à m'entraîner comme les sœurs Li le faisaient parfois, je ne tirais de l'instrument que des sons stridents. Je me rappelle que je préférais de loin les écouter. Guoying, tout particulièrement, pouvait jouer des mélodies dont la grâce me faisait venir les larmes aux yeux et me remplissait d'une volonté de l'égaler. Puis mes doigts se déplaçaient sur les cordes et le charme était rompu.

Le comportement de Guoying à mon égard n'avait pas changé lorsque l'été céda finalement sa place à l'automne. J'avais fini par admettre qu'elle m'en voulait de sa présence ici et qu'elle ne deviendrait jamais mon amie.

— Je suis votre humble servante, m'avait-elle dit, un jour. Puis-je vous prier de ne pas me rendre la chose plus difficile encore en me mettant face à des choix qui ne devraient pas être les miens ?

La seconde sœur, He, n'était pas méchante en soi, mais elle admirait sa sœur plus que tout au monde. En conséquence, elle n'allait jamais à l'encontre de ce que son aînée décidait. Si elle ne parvenait pas à m'opposer cette même fausse modestie teintée de mépris, elle ne me témoignait d'aucune affection qui aurait pu irriter Guoying.

Il restait donc Xiaoli. Ah, ma petite Li ! Elle fut comme un soleil venu éclairer notre demeure. Même mon père, aussi froid qu'un glacier, n'avait su résister à ses charmes. Il lui demandait souvent de chanter après le souper et elle s'exécutait, les joues rouges de plaisir. Sa voix s'élevait et résonnait entre les murs, d'une pureté et d'une puissance qui contrastaient avec son petit corps frêle.

Excitée par ses prouesses, je suppliais Blanche de lui apprendre quelques chants simples de mon pays. Ma nouvelle amie s'attela à la tâche avec empressement, répétant phrase après phrase de son adorable accent. Elle se tira avec brio de ce défi, enchantée de pouvoir à présent prononcer quelques mots dans une langue qui n'était pas la sienne. J'entrepris alors, durant nos heures libres de l'après-midi, de lui enseigner le français.

Elle se révéla bien meilleure élève que je ne l'avais jamais été, poussée par une soif de savoir et acceptant toutes mes remarques avec une humilité qui me faisait honte. J'avais tenté pendant si longtemps d'échapper à la vigilance de mon professeur.

Les rares fois où nous parvenions à nous isoler, ma petite Li oubliait tout des règles qu'elle était sensée suivre en ma présence. Elle me parlait ouvertement, critiquait ses sœurs sans aucune pudeur. J'adorais lorsqu'elle imitait de sa jolie voix leurs intonations arrogantes. J'amenais alors mon frère dans la conversation et nous finissions par rire tellement fort que les côtes m'en faisaient mal. Les mois s'écoulèrent. Nous devînmes inséparables.

Un de ces jours, la curiosité prenant le pas sur la délicatesse, je lui demandai pourquoi elle n'avait pas les pieds bandés comme ses sœurs.

— Ma mère m'a expliqué que j'ai été vouée à votre service peu après ma naissance, m'avait-elle répondu, pas gênée le moins du monde. Ils ne savaient pas à quel âge je partirais, mais ils ont estimé que je n'aurais pas le temps d'atteindre l'âge nécessaire, cela prend plusieurs années, vous savez ? Ils ont dû préférer renoncer plutôt que de me faire risquer un voyage pareil avec le pied à moitié formé.

— Est-ce que tu le regrettes ?

— Est-ce que je regrette le fait de pouvoir marcher à une vitesse qui sied à un être humain ? De pouvoir courir si l'envie m'en prend ? Est-ce que je regrette de ne pas avoir connu les souffrances que je voyais les autres subir ?

— Madame Oh m'a expliqué que c'était un critère de beauté, que les femmes ne pouvaient pas espérer faire un bon mariage si leurs pieds n'avaient pas été bandés.

— C'est ce que disaient les autres filles aussi… Les filles du voisinage se moquaient de moi. Mais cela m'importe peu non ? Maintenant que je suis à votre service, je n'ai plus besoin de faire un bon mariage ! Je vous suivrai où vous irez…

— Guoying et He….

— Ces deux idiotes n'ont pas abandonné l'idée de trouver un mari, avait-elle souri, même moi je sais qu'il sera trop tard pour elles lorsque nous rentrerons…

Je déglutis, mal à l'aise. Je n'avais jamais songé au fait que mon mariage avait bouleversé leurs vies tout autant que la mienne. Xiaoli s'était tue, les yeux noirs posés sur mon visage, puis avait repris en me tenant la main.

— Vous n'avez pas à vous inquiéter, mademoiselle Jade, vous avez cet air triste parfois… Votre fiancé voudra de vous, même si vous n'avez pas les pieds bandés ! Vous êtes spéciale… Il le verra. Je n'ai jamais rencontré le jeune maître, mais je suis sûre qu'il le verra. Il n'y a personne comme vous là d'où je viens.

Un rire nerveux me comprima la gorge. Elle pensait que c'était la peur de ne pas lui plaire qui me rendait triste alors que la simple mention de mon fiancé suffisait à me renvoyer à mes cauchemars. En réalité, j'étais surtout marquée par l'absence de mon plus cher ami, que je n'avais que très peu revu depuis l'arrivée de mon entourage désigné. Henri me manquait affreusement.

Les semaines se transformèrent en mois et les premières neiges vinrent balayer la fraîcheur de l'automne. Quatre saisons. C'était tout ce qui me restait avant ce que j'imaginais être la fin de ma vie.

Un matin de mars, je tirai Xiaoli à l'écart de ses sœurs pour lui chuchoter à l'oreille.

— J'ai besoin de ton aide, mais tu dois me promettre de garder le secret.

Elle souleva un sourcil et jeta un regard discret à ses sœurs qui avaient dû remarquer notre manège. Je prenais un gros risque, j'en étais consciente. Mais que pouvait-il bien m'arriver de pire ?

— Que se passe-t-il, Jade ? vous pouvez compter sur moi, vous le savez bien.

— J'avais… J'avais un ami avant que vous nous rejoigniez. Je ne l'ai pas revu depuis si longtemps. Et je sais que mes parents ne seraient pas heureux de savoir que je passe du temps avec lui. Madame Oh n'aimerait pas le savoir non plus.

— Un ami ?

— Quelqu'un d'important pour moi.

Son visage se fendit d'un adorable sourire. Je me perdis un instant dans ses grands yeux sombres qui reflétaient une sagesse qui n'était pas de son âge. Elle comprenait. Elle devinait les sentiments inavoués, à jamais prisonniers de mes lèvres. Comment était-ce possible alors que j'étais moi-même si confuse ?

— Mademoiselle, vous êtes toute rouge, s'affola-t-elle à voix haute. Sortons prendre l'air, je pense que vous avez besoin de faire quelques pas à l'extérieur.

Je sentis les regards de Guoying et He nous suivre pendant que nous traversions le salon, mais elles ne firent aucun geste pour nous accompagner. En raison de leurs pieds bandés, elles préféraient la broderie et la musique à nos longues balades le long des falaises.

Cette fois-ci cependant, le rivage n'était pas notre destination. Je m'engageai sans la moindre hésitation sur le chemin qui contournait le château pour nous diriger vers la forge. La peur me nouait les entrailles à l'idée de revoir Henri. Qu'allait-il penser de moi ? Aurions-nous seulement des choses à nous dire ? J'étais étranglée par une succession d'angoisses plus ridicules les unes que les autres.

J'ignore à quel moment exactement je me mis à trembler, mais une petite main chaude vint bientôt serrer la mienne pour la forcer au calme.

— Il doit être vraiment important, cet ami.

Je sursautai, non parce que j'étais surprise de la perspicacité de la jeune fille — et je l'étais, soyez-en assurés — mais parce qu'elle avait parlé en français. Les progrès de Xiaoli étaient si rapides qu'ils en devenaient presque effrayants.

— Nous y voilà, répondis-je d'une toute petite voix. La forge est ici.

Des volutes de fumée s'échappaient de l'épaisse cheminée en pierre. La porte n'était qu'à quelques pieds de moi, mais je n'osais pas franchir cette distance. Je n'étais pas revenue depuis l'arrivée des sœurs Li, plus d'une année auparavant. La dernière fois qu'Henri m'avait vue, je n'étais qu'une petite fille. Et aujourd'hui… Aujourd'hui j'avais du mal à comprendre ce qui m'arrivait, coincée entre deux âges, ni gamine, ni véritablement femme.

Au milieu de cette marée d'inquiétudes, une pensée plus terrible que les autres déferla sur moi. Henri était-il seulement toujours parmi nous ? Était-il parti pour la ville pour finir son apprentissage ? Il en avait plus que l'âge à présent. Bizarrement, ce fut cette crainte qui dérouilla mes membres glacés et me projeta vers la forge dans un mouvement brusque.

Lorsqu'on a quatorze ans, une année est une période aussi longue qu'une éternité tout entière. Pourtant, alors que je poussai la porte, la chaleur de la pièce m'enveloppa avec une douce familiarité.

Le père de Henri me considéra d'un regard surpris, mais son fils ne perdit pas un instant. Il déposa ses outils, retira son lourd tablier de cuir, puis, avec un mot d'excuse pour le forgeron, il nous rejoignit près de l'entrée un sourire aux lèvres. C'était comme s'il avait su que j'apparaîtrais ce jour.

Durant cette éternité depuis notre dernière rencontre, Henri avait changé. Il ne ressemblait plus au petit garçon qui chahutait avec moi dans les champs de colza. Sa voix même, lorsqu'il prononça mon nom, fit courir un frisson le long de ma nuque.

Quand il me prit la main, mon regard se posa sur sa manche, salie et élimée par le travail à la forge. Ses doigts étaient rugueux, couverts de cal sans doute et le contraste avec ma peau lisse était une sensation fascinante.

Henri se méprit sur les raisons de mon silence et retira brutalement sa main comme s'il avait peur de me brûler. Le mouvement m'arracha à ma contemplation et je relevai la tête pour croiser son regard. J'y lus une certaine hésitation qui lui donna l'air beaucoup plus jeune. En un instant, il était redevenu mon compagnon d'enfance.

La joie prit le dessus sur toutes mes appréhensions et je le tirai à l'extérieur comme nous le faisions autrefois. Il me suivit en riant, se laissant guider alors qu'il aurait aisément pu me dépasser en quelques foulées. Je nous conduisis d'instinct à la remise, l'endroit où nous avions l'habitude de nous retrouver pendant les mois d'hiver. À ma grande honte, je dois avouer que j'avais complètement oublié la présence de Xiaoli à mes côtés.

Lorsque la porte nous enferma tous les trois dans la semi-pénombre, nous partageâmes un nouveau moment d'inconfort. Mes deux amis se dévisageaient en silence, la tête pleine de questions qu'ils n'osaient poser.

— Henri, je te présente Xiaoli, commençais-je assez lentement pour être comprise de la jeune fille. Xiaoli, je te présente…

— Henri, ton ami.

— Ravi de faire ta connaissance Xiaoli, répondit le jeune homme en butant sur la sonorité de cette langue qu'il ne maîtrisait pas.

— Cela signifie « Petite Li », répliqua-t-elle. Tu peux appeler moi « Petite Li ». Appeler moi… M'appeler ?

Elle éclata de rire et sa voix magnifique dissipa en un instant le malaise qui flottait entre nous. À même la paille, nous nous lançâmes dans l'une des conversations les plus étranges de ma jeune vie. Dans un mélange de français, de chinois et de langues des signes, les deux personnes les plus importantes à mes yeux apprenaient à se connaître.

Xiaoli, dotée d'une sagesse qui n'était décidément pas de son âge, comprit vite que nous souhaitions être seuls. Après quelques charmantes minutes à discuter de tout et de rien en particulier, elle s'excusa et nous laissa en tête à tête. Pour la première fois depuis de nombreux, nombreux mois, je retrouvai mon meilleur ami.

Rien n'avait changé, mais tout était différent. Ses yeux brillaient d'une joie non dissimulée lorsqu'ils croisèrent les miens. Une vague chaude me parcourut et je me jetai dans ses bras, trop heureuse pour trouver les mots qui convenaient à la situation.

Le temps nous manqua pour nous raconter tout ce que nous avions vécu. Il voulait tout savoir sur mes nouvelles amies, ce qu'elles m'avaient appris sur ce lointain pays qui allait devenir le mien. Je lui racontai tout, avec un enthousiasme que je n'avais jamais su posséder. Je lui parlai des livres que j'étudiais, des héros que j'admirais. J'avais tant de choses à lui dire que je ne cessai de passer d'un sujet à l'autre. Je ne saurais aujourd'hui rapporter avec exactitude ce dont il me parla cet après-midi-là. Il y avait tant d'émotion, de sanglots, de rires, que je doute parfois que notre conversation ait eu le moindre sens.

Je me souviens en revanche avec une étonnante clarté du moment où il m'apprit qu'il allait partir. Son père avait fait envoyer un courrier à un cousin qui vivait à Paris afin qu'il le prenne en apprentissage. D'après ce qu'il me raconta, cet homme qu'il n'avait jamais vu travaillait à présent dans une orfèvrerie près de l'hôtel des Tournelles. J'étais touchée de la manière dont le forgeron essayait de préparer les bases d'un avenir meilleur pour Henri. J'y repense souvent, encore aujourd'hui, me demandant sans cesse s'il ne cherchait pas surtout un moyen de l'éloigner des problèmes que je pouvais causer. Peut-être avait-il pressenti la menace qui pesait sur les épaules de son jeune fils ?

Sans doute son destin aurait-il été différent s'il avait réussi à le soustraire plus tôt à mon influence.

CHAPITRE
Sept

JE ME SOUVIENS encore du jour où mon enfance prit véritablement fin.

C'était un dimanche après-midi, à l'aube de mon quinzième printemps. Les préparatifs du départ avaient commencé depuis quelques jours déjà, mais je refusai tout bonnement de songer à ce voyage et au fiancé qui m'attendait de l'autre côté de la mer.

L'année qui s'était écoulée avait été l'une des plus heureuses de mon existence. Xiaoli et moi nous échappions autant que possible pour rejoindre Henri et je sentais à chaque rencontre notre amitié évoluer vers quelque chose de plus tangible, de plus profond. Nous n'étions plus des enfants. Il n'avait jamais évoqué le sujet, mais je savais qu'il pensait parfois la même chose que moi.

J'avais été si heureuse au cours de ces mois qui avaient suivi nos retrouvailles que je refusais de contempler la date de mon départ qui approchait.

Approchait.

Approchait encore.

Jusqu'à être si proche qu'elle embrassait l'horizon.

Xiaoli et moi avions passé une heure sur les falaises, assises l'une contre l'autre, les yeux sur les voiles qui se découpaient sur les vagues. Emmitouflée dans ma lourde pelisse, je ruminai de sombres pensées.

— Ne vas-tu pas rejoindre Henri aujourd'hui ? demanda ma compagne dans son français qui s'affirmait de jour en jour.

Je n'étais pas de très bonne humeur ce jour-là. J'aurais de loin préféré que nous gardions le silence.

— Jade ? Ne parlerons-nous pas de notre expédition ? Il sera bientôt temps de part…

— Partir, partir. Tu n'as que ce mot-là à la bouche en ce moment. Tu n'attends que ça n'est-ce pas ?

— Non, bien sûr que non. Mais madame Oh a déjà commencé ses malles et…

— Je ne veux pas le savoir.

Elle haussa les épaules et reporta son regard vers la mer. Ce n'était pas la première fois qu'elle abordait le sujet, comme si elle ignorait tout des troubles violents qu'il faisait naître en moi. Lorsqu'elle ramenait ainsi sans cesse la discussion vers ce sujet, je me sentais contrariée. Et lorsque j'étais contrariée, je disais souvent des choses que je ne pensais pas vraiment.

— Jade ?

— Allons donc, puisque tu ne peux pas te taire, partons.

— Ne m'en veux pas, je n'aime pas quand tu es en colère.

— Ne parlons plus de tout cela alors.

— Mais il faudra bien que tu…

— Vas-tu te taire à la fin ?

— Bien, bien, je me tais. Allons retrouver Henri, il est le seul qui parvienne à te faire sourire de toute façon.

Nous pénétrâmes dans la remise à l'heure où le soleil commençait à se faire bas à l'horizon. Henri était déjà là, allongé dans la paille les bras croisés derrière le crâne, une expression espiègle sur le visage. Ma compagne le salua en silence puis, encore vexée des mots que je lui avais jetés sur la falaise, prit congé de nous pour attendre dehors.

— Que lui arrive-t-il ? fit le jeune homme. Elle a l'air en colère.

— Elle s'en remettra.

— Oh, tiens ? La douce et aimable Claire se serait-elle froissée avec sa suivante ? Cela m'étonne bien de toi…

— Tu te moques ! Encore…

Mais il avait réussi à me rendre le sourire. Je pris place à ses côtés en silence. Sa présence parvenait toujours à adoucir mes peines. Je posai ma tête contre son épaule et soupirai de façon théâtrale. Je m'étais attendue à ce qu'il me repousse en riant ou me demande ce qui n'allait pas, mais il ne prononça pas le moindre mot. Son corps s'était même tendu à mon contact. Je fronçais les sourcils, confuse.

— Que se passe-t-il ?

— Je… Je dois te dire quelque chose. Mais tu dois promettre de ne pas te mettre en colère.

— En colère ?

— Ou pleurer. Je ne sais pas quoi faire quand tu pleures.

Je pressentis que la discussion était en train de prendre un tour déplaisant et me redressai pour le regarder dans les yeux.

— Dis-moi.

— Je pars. Pour Paris. Dans deux jours, maintenant.

Je baissai précipitamment la tête pour qu'il ne voie pas les larmes qui menaçaient de couler sur mes joues.

— Non, par pitié, ne pleure pas. Cela devait arriver. Et puis que me restera-t-il ici une fois que tu ne seras plus là ?

— Je ne veux pas partir, protestai-je. Je ne veux pas.

— Et si tu partais avec moi ? Je t'avais promis de trouver un moyen ! Je sais que ce n'étaient que des divagations d'enfants, mais…

Je le dévisageai, interdite, le cœur gonflé d'un espoir fou. Existait-il un autre moyen ? Pourrions-nous disparaître, aujourd'hui même, et ne jamais regarder en arrière ? Y aurait-il une place à Paris pour moi, lorsqu'il y installerait sa boutique ? Pourrais-je renoncer à tous mes privilèges, renoncer à ma famille ? Renoncer à Xiaoli ?

Il leva le bras pour me caresser la joue avec douceur. Les possibilités qu'il avait éveillées filaient à toute vitesse devant mes yeux. Était-ce là la réponse ultime au problème de mon mariage ? Sans réfléchir plus avant, je posai mes doigts sur les siens et acquiesçai. Son regard plein de promesses accrocha le mien tandis que sa main se faisait plus large, prenant mon visage en coupe. Une douce chaleur naissait à l'endroit où sa peau touchait la mienne. Il s'approcha et posa ses lèvres sur les miennes. Délicatement d'abord, hésitantes et curieuse, teintées du goût salé de mes larmes. Puis il prit de l'ardeur et déplaça son emprise sur ma nuque tandis que son baiser se faisait plus enflammé.

Je coulai mes bras autour de ses épaules afin qu'il se rapproche et son poids me fit doucement basculer dans la paille. Lorsqu'il joua de ses dents sur ma lèvre inférieure, je laissai échapper un gémissement on ne peut plus féminin qui nous surprit tous les deux. Il s'écarta alors vivement, comme s'il venait d'être piqué par une guêpe. Le souffle court, il me fixait d'un air choqué.

— Pardon ! Claire, pardonne-moi, je ne voulais pas...

Je l'interrompis en le tirant vers moi pour lui dérober de nouveau les lèvres. Je tirai le col de sa chemise puis passai la main au milieu de ses boucles plus douces encore que je ne l'avais imaginé. Il faisait naître des sensations en moi dont je voulais comprendre l'étendue. Je ne savais pas exactement ce que nous étions en train de faire, mais une chose était sûre, je ne voulais pas m'arrêter.

Ses lèvres quittèrent les miennes pour descendre dans mon cou puis sur mon épaule. Partout où il passait, je sentais comme des picotements qui se répandaient agréablement dans tout mon corps.

— Est-ce... Est-ce que tu es sûre ? demanda-t-il, l'œil fiévreux.

Je ne pouvais pas réfléchir. Je ne *voulais* pas réfléchir. Aussi hochai-je la tête pour le rassurer puis le fit taire d'un nouveau baiser. Mes mains, tremblantes, glissèrent sous sa chemise pour se poser sur sa peau brûlante. Il sursauta à ce contact et ses yeux me dévisagèrent avec tant d'amour que j'eus envie d'immortaliser ce moment à tout jamais dans mon esprit.

Sa main descendit le long de mon cou et je poussai un gémissement quand elle effleura ma gorge. Il s'attela à détacher mon corsage avec de petits gestes fébriles, dévoilant ma jeune poitrine. Je me consumais de l'intérieur. Mon corps était si chaud que l'air sur ma peau me fit l'effet d'une traînée d'eau froide. Lorsqu'il y pressa la chaleur de sa bouche, le contraste de température me foudroya et je dus me retenir pour ne pas crier de plaisir.

Nous aurions dû être plus prudents.

Si seulement.

Lorsqu'un léger bruit retentit près de la porte, nous étions trop perdus au milieu de nos jeux amoureux pour l'entendre. Personne ne venait jamais ici à cette heure de la journée, la remise avait toujours été un havre parfaitement sûr où nous nous retrouvions tous les deux. Sans doute était-ce la raison pour laquelle nous ne prêtions pas vraiment attention à ce qui nous entourait.

Un léger bruit, puis plus rien.

Cela aurait pu être n'importe quoi, un animal qui passait le long du bâtiment, le vent qui soufflait entre les lattes de bois ou mon frère qui rentrait de la chasse. Cela aurait pu être quelque chose de plus dangereux également, mais cette idée ne parvint pas à trouver sa route jusqu'à nos esprits échauffés.

Ce n'est que lorsque des voix s'élevèrent à l'extérieur que je devinais que quelque chose ne tournait pas rond. Une jeune fille criait. Ce qu'elle disait, j'étais trop éloignée pour le comprendre, mais l'urgence de son ton ne laissait aucun doute. Il y avait un problème.

Un mauvais pressentiment étouffa d'un coup le feu de mon excitation. La jeune femme criait toujours, et je venais de reconnaître la voix de Guoying. Henri s'écarta de moi. Lui aussi semblait émerger d'un songe. Ma jupe montait à présent haut sur mes cuisses et mon corsage était défait, dévoilant ma peau laiteuse. Poussée par je ne sais quel instinct, j'entrepris de remettre de l'ordre dans ma tenue, mais je ne fus pas assez rapide.

La porte s'ouvrit dans un bruit sourd et je vis Mathieu entrer, l'arme au poing. Il n'avait pas pu comprendre ce que l'étrangère cherchait à lui dire. Il n'avait pu que se fier à l'horreur de son ton et s'était sans doute imaginé faire face à quelque danger. Un voleur peut-être. Ou bien une bête sauvage. Certainement pas sa sœur à demi nue allongée dans la paille avec le fils du forgeron. Le choc se lut sur ses traits comme dans un livre ouvert. Puis son visage se transforma. Incrédulité, colère, rage, je vis tout cela sur son expression, avant qu'il ne bondisse sur Henri.

Dieu merci, il avait lâché son épée.

Il se jeta en hurlant sur mon ami et le roua de coups. La peur s'empara de moi à l'idée que l'un d'eux n'en vienne à tuer l'autre dans sa furie. Je me souviens de cette affreuse sensation, comme si mes entrailles se contractaient et que l'air ne parvenait plus à mes poumons. Je n'arrivais même pas à crier. Tout s'était passé si vite. Les deux hommes roulèrent dans le foin, étrange bataille de coups de poing et de pied au milieu des jurons que poussait mon frère.

— Vaurien ! fils de rien ! Tu as posé la main sur ma sœur ! Je te ferai châtier !

Quelle ironie, ne pus-je m'empêcher de songer, qu'il semble soudainement se soucier à ce point de mon honneur alors que nous ne nous adressions guère plus que quelques mots par jour, voire par semaine ? Cette réflexion fit irruption dans ma tête et déchira le rideau trouble qui m'avait emprisonnée, me ramenant brutalement à la réalité.

— Arrêtez ! Arrêtez ! hurlai-je en me jetant au milieu d'eux pour être immédiatement repoussée dans la paille comme si je ne pesais rien. Arrêtez, par pitié !

Lorsqu'enfin ils s'immobilisèrent, mon frère tenait Henri par le col. Ce dernier, dont l'œil droit prenait peu à peu une horrible couleur violette, était à peine conscient.

Qu'avions-nous fait ?

Mon Dieu, qu'avais-je fait ?

— Je t'en prie Mathieu, ne lui fais pas de mal…

— Rhabille-toi sur-le-champ ! me cracha-t-il en réponse. Je vais faire appeler Père.

— Mathieu, non ! Pitié…

Peine perdue. Il me considéra d'un œil menaçant puis sortit en traînant son prisonnier derrière lui. C'est alors que je constatai que nous n'étions plus seuls dans la remise. Guoying et Xiaoli se tenaient, tête baissées, près de la lourde porte. Thomas, mon jeune frère, était là également, ainsi que deux compagnons de chasse de mon jumeau. Un par un, ils quittèrent la pièce sans même croiser mon regard. Xiaoli resta en arrière et dès que nous nous retrouvâmes seules, elle se jeta à mes pieds, le visage éperdu de tristesse.

— J'ai essayé de l'arrêter, répétait-elle sans fin. J'ai essayé, mais elle savait. J'ai essayé de l'arrêter…

Je tombai à genoux à ses côtés et laissai libre cours à mes larmes. À peine formulé, mon rêve s'était écroulé. J'avais encore du mal à réaliser ce qui venait de se passer. Avais-je vraiment cru qu'il nous serait possible de nous enfuir en abandonnant tout ce que nous connaissions ? Avais-je seulement cru que nous parviendrions à survivre par nous-mêmes ? Ma petite Li s'était battue pour conserver mon secret tandis que je complotais pour disparaître et la laisser en arrière.

Lorsque mon père entra dans le bureau où l'on m'avait sommée de l'attendre, la vision qu'il offrait m'effraya au plus haut point. Je ne l'avais jamais vu dans un tel état. Il hurla, me secoua, jura, m'appelant de noms qu'il ne m'avait jamais été donné d'entendre. Il me demanda si le garçon m'avait touchée, si ma vertu était intacte, si j'avais seulement conscience du mal que j'avais fait à ma famille. Je répondis d'une voix timide, mais il ne crut pas un seul des mots qui sortaient de ma bouche.

Il faut croire que la parole d'une « dévergondée » ou d'une « ribaude de bas étage » avait peu de valeur à ses yeux. J'affrontai rafale après rafale de cet ouragan, les larmes menaçant de se répandre à chaque instant.

Et tout au long de cet étrange interrogatoire, me donnant la force de faire face à la tempête, la petite main chaude de Xiaoli demeurait serrée dans la mienne.

Le prévôt suivit mon père de quelques heures. Les années ont depuis effacé son nom de ma mémoire, mais je me souviens encore qu'il s'agissait d'un vieil homme au regard las, le nez camus et le cheveu rare. Il dégageait une odeur rance, désagréable mélange de tabac et de sueur. On me posa à nouveau les mêmes questions. Henri m'avait-il touchée ? Avions-nous eu des rapports par le passé ? Depuis combien de temps essayait-il de me séduire ? Avait-il eu pour projet de m'enlever ? Je niais tout en bloc, mais mon juge n'accorda guère plus de valeur à ma parole. Il me tint de longs et prétentieux discours, sur le malheur qui venait de se produire, sur l'autorité de mon père que nous avions piétinée sans le moindre égard. La peur à l'idée de ce qui allait arriver à Henri si je cédais me donna la force de lui tenir tête.

Je détestais les entendre parler ainsi, les voir essayer d'avilir cette chose merveilleuse que nous avions partagée. Tous les moments que nous avions vécus défilaient devant mes yeux clos, nos jeux et nos disputes, mes caprices, ces derniers instants dans la grange. Il avait été un véritable ami au cours de toutes ces années. Il avait toujours été là pour moi dès que j'avais besoin de lui, telle une ancre qui m'empêchait de partir à la dérive. Et moi, je ne lui avais apporté que du malheur.

Finalement, il fallut prendre la décision de m'examiner. Le prévôt conseilla un médecin de sa connaissance qui ferait le déplacement pour quelques pièces d'or, mais mon père le refusa d'un geste. Les docteurs parlent. Et c'était la dernière chose dont la famille Neuville avait besoin.

Il prit donc le parti de faire quérir la sage-femme qui avait présidé aux naissances de tous ses enfants, ainsi qu'aux accouchements difficiles de bébés qui n'avaient pas survécu. Il la savait discrète et dévouée à notre famille. La vieille femme se présenta à notre porte le surlendemain.

Pour avoir déjà été témoin de l'empressement avec laquelle elle répondait d'habitude à nos requêtes, je devine aujourd'hui que mon père avait cherché par là le moyen de me faire méditer sur mes torts, seule, dans l'ancien donjon de Beaulieu.

Au sommet de cette imposante construction de pierre d'un autre âge se trouvait une chambre modestement meublée, dans laquelle mes frères étaient enfermés lorsqu'ils désobéissaient, comme l'avaient été mon père et ses frères durant leur jeunesse. Je devais être la première fille à y séjourner.

Le plancher était sale et grossier, l'air pesant du fait de la minuscule fenêtre de papier huilé qui plongeait la pièce dans une doucereuse ambiance jaunâtre. Non qu'il y ait eu quoi que ce soit dans la salle qui aurait bénéficié de plus de lumière. Les murs noircis par la fumée des torches, le lit qui n'était guère plus qu'une latte de bois recouverte d'un large morceau de laine et le vieux bureau dans le coin dont le bois pourrissait lentement ne demandaient pas à être vus.

Cet endroit respirait la solitude et la misère. C'était toutefois plus propre que les cachots, où devait séjourner mon pauvre Henri.

Henri.

Ma conscience m'avait travaillée à chaque instant depuis notre séparation, m'empêchant de dormir plus d'une heure ou deux.

Le manque de sommeil, l'angoisse, la faim et l'hygiène douteuse à laquelle j'étais réduite me transformèrent en moins de temps qu'il n'en fallut pour contacter la vieille femme. Lorsqu'elle poussa la lourde porte de ma prison, je peine à imaginer quelle vision je lui offrais, les cheveux emmêlés, les yeux rouges d'avoir trop pleuré et trop peu dormi, assise à même le sol les genoux serrés contre ma poitrine.

Elle entra dans la pièce d'un pas trainant, le dos courbé, appuyée sur sa canne de bois noueux, mais lorsque je relevai la tête, le regard qu'elle posa sur moi était vif et me perça au plus profond de mon âme. Elle boitilla lentement jusqu'au lit — chaque mouvement semblait lui arracher de douloureux efforts. Durant ce long trajet, je ne l'avais pas quittée des yeux un instant, prostrée contre le mur de l'autre côté de la chambre.

— Et bien mon enfant, fit-elle au bout d'un moment de silence. Approche donc, je ne vais pas te faire de mal.

Je m'exécutai sans un mot, le visage rivé au sien, avant de m'immobiliser à côté de ses genoux.

— Voilà qui est mieux. Sais-tu pourquoi tu es ici ?

J'acquiesçai. Ma gorge refusait obstinément d'émettre le moindre son.

— Mon pauvre petit, tu trembles de peur… Tu n'as rien à

craindre de moi tu m'entends ? Comprends-tu pourquoi je suis venue ?

— Je... Je crois, oui.

— Quelqu'un a-t-il déjà pris le temps de t'expliquer ce qui se passe lorsqu'une femme s'offre à un homme ? Non ? Je vois. Ta mère aurait dû t'en parler il y a un moment. L'union d'un homme et d'une femme, lorsqu'elle est bénie par le Seigneur est à l'origine de la naissance d'un enfant, tu sais cela, n'est-ce pas ? Tu te dois de rester pure pour ton mari, afin que votre union soit bénie par notre Seigneur lorsque l'heure sera venue. Le ciel a doté toutes les jeunes filles d'une protection, afin que ton mari sache que tu es restée pure. Une membrane, qui bloque l'entrée de ton précieux trésor. Lorsque tu t'offres à un homme pour la première fois, cette membrane se déchire et tu n'es plus vierge. Est-ce que tu comprends mieux, à présent, la raison de ma présence ici ?

Lentement, les paroles se tracèrent un chemin dans mon esprit. Lentement, jusqu'à ce que je réalise qu'elle était là pour vérifier l'existence de cette protection dont elle me parlait. Les implications d'une telle inspection s'enchaînèrent à une vitesse folle dans mon esprit. Je l'imaginai fureter entre mes cuisses et le sang se retira de mon visage, me laissant aussi pâle que la mort. Qu'allait-elle me faire ? Elle s'aperçut de mon malaise et ce fut d'un ton radouci qu'elle reprit la parole.

— T'es-tu offerte à ce garçon ?

— Non ! m'exclamai-je d'une voix rendue rauque par des heures et des heures de silence.

Incapable de retenir mes larmes plus longtemps, j'éclatai en sanglots et me réfugiai contre ses genoux noueux. Au-dessus de moi, je la sentis caresser mes cheveux avec tendresse. Un contact rassurant et affectueux que je n'avais jamais connu.

— Shhhh... mon enfant, calme-toi. Je te crois, chut...

— Est ce que… demandai-je d'une voix misérable lorsque les sanglots eurent fini de déchirer ma gorge, est-ce que cela fait mal ?

— Oui, un peu. Mais cela ne dure qu'un court instant je te le promets.

Je reniflai dans ses jupes, comme l'aurait fait un enfant en bas âge. La vieille femme continuait de glisser les doigts au travers de mes cheveux emmêlés avec douceur, caressant mon front de sa paume ridée.

Là, réfugiée dans ce cocon de tendresse, bercée par ses caresses et ses murmures encourageants, je lui racontai tout. Mon enfance avec Henri, notre amour naissant, la nouvelle des fiançailles, Ruoyan qui m'effrayait tant, madame Oh et sa canne souple, Xiaoli et son rire angélique, Henri, encore Henri, mes espoirs d'une vie à ses côtés, la joie qu'il apportait à mon quotidien, le soutien sans faille qu'il m'avait toujours porté et la façon dont son visage s'illuminait lorsqu'il me voyait. Je lui racontai tout, jusqu'à notre dernière rencontre dans la grange quelques jours plus tôt et ma voix se brisa à évoquer ces instants maudits.

Ce fut comme si l'on avait rompu une digue. Le flot de paroles s'écoula, ininterrompu, de toutes ces choses que je n'avais jamais dites à personne.

Une fois la rivière tarie, je me sentis vidée, exténuée, mais plus légère également, comme si je venais de me débarrasser d'un poids trop lourd pour mes frêles épaules.

Je ne suis plus cette petite fille ignorante et naïve à présent et je sais qu'une oreille attentive ainsi que de la gentillesse envers une personne qui n'en connaît que peu peuvent délier bien des langues et amener des confidences que la force n'a pu arracher. La petite fille que j'étais alors ne savait rien de cela.

Je me rappelle avoir songé amèrement qu'elle avait dû user de quelque obscure magie pour m'arracher avec autant de facilité ce que je me battais pour garder secret depuis de longs mois. C'en était fini de moi. J'avais avoué; rien ne me ramènerait en arrière. Je serrai les dents en attendant dans le silence tendu le verdict de ma punition.

Après mon monologue, qu'elle n'avait pas interrompu une seule fois, la sage-femme resta muette pendant d'interminables minutes, comme si elle réfléchissait à mes paroles. Puis elle poussa un soupir qui me fit sursauter et se redressa.

— Sèche tes larmes, ma petite. Tu n'as rien à craindre. Ce garçon ne t'a pas touchée, je m'en porterai garante devant ton père.

Je levai brusquement les yeux vers elle, comme pour confirmer qu'elle avait bien dit ce que je croyais avoir entendu. Son visage ridé était étiré en un sourire triste, le regard empli de pitié. Ma gorge sèche me brûlait à chaque respiration, mais il en aurait fallu plus pour empêcher les mots suivants de sortir de ma bouche.

— Et Henri ? Que va-t-il lui arriver ? Vont-ils… oh mon dieu, vont-ils le tuer ?

Ma voix n'était guère plus qu'un murmure. Les mains sur la couverture de laine, je me redressai avant de dévisager mon interlocutrice que je dépassai à présent d'une tête.

— Que va-t-il arriver à Henri ?

— Je peux parler en sa faveur, si c'est ce que tu désires. Mais je ne peux te garantir que le sort qui l'attendra sera plus clément que la mort. Il a commis une faute grave et j'ignore ce qu'il a déjà avoué au prévôt. Il vivra, mais personne ne pourra le sauver de la justice royale. Est-ce malgré tout ce que tu souhaites ?

— Je ne veux pas qu'il meure à cause de moi, reniflai-je.

— Ainsi en sera-t-il. Claire, si tu ne veux pas encourager ton père davantage, ne lui parle plus du garçon. Tu ne ferais qu'alimenter sa colère. Il est temps de mettre tout cela derrière toi. Tu as de la chance, mon enfant, d'être née comme tu l'as été. Il n'aura pas eu cette fortune. Que cela te serve de leçon. Tu dois comprendre les responsabilités qui viennent avec les droits d'une naissance telle que la tienne. Il te faudra grandir, Claire, pour survivre dans ce monde.

Ce soir-là, allongée sur la couverture de laine rêche, je sentis les serres de la culpabilité se refermer sur moi. J'étais la cause du sort de mon meilleur ami, aussi sûrement que si je l'avais moi-même poussé dans les bras du bourreau. Qu'allait-il advenir de lui ? Où était-il en ce moment ? Mon esprit se noyait sous un déluge d'horreurs. Et il y avait Xiaoli. Ma petite Xiaoli que j'avais projeté d'abandonner sans un instant d'hésitation.

Comment pourrais-je jamais la regarder en face ? Et pourtant, dans ce futur qui m'attendait et auquel je ne voyais désormais plus d'issue, pourrais-je seulement survivre sans son aide, elle qui serait ma seule amie à l'autre bout du monde ?

CHAPITRE huit

LORSQUE LA PORTE s'ouvrit de nouveau quelques jours plus tard, j'étais brisée. La fatigue, la peur et la faim prolongée ont souvent cet effet-là sur les gens.

Ce fut Mathilde qui vint me délivrer. Elle me serra longuement contre son opulente poitrine, puis me prit la main et me guida le long des escaliers. Je la suivis sans un mot, l'esprit vide et les mouvements maladroits, tel un pantin désarticulé.

J'étais comme étrangère à mon propre corps, observant l'univers qui m'entourait au travers d'une brume cotonneuse. À ma grande honte, je dois avouer que je ne remarquai même pas l'absence d'Henri.

Ce soir-là, je plongeai dans un sommeil sans rêves dont je n'émergeais véritablement que près de deux jours plus tard, l'esprit enfin clair. Mathilde n'avait presque pas quitté ma chambre, m'apportant des légumes frais et me forçant à avaler un peu de bouillon chaque fois que je reprenais conscience.

Xiaoli était assise à mon chevet lorsque j'ouvris les yeux.

— Jade ? fit-elle de sa douce voix. Parle-moi, s'il te plait.

Je remontai ma couverture sur mon visage et me recroquevillai dans mes draps. Je n'étais pas encore prête pour cette confrontation.

La main sur mon épaule, elle me secoua légèrement.

— Pas maintenant, répondis-je, laisse-moi s'il te plait.

— Jade ? Jade ?

Je gardai le silence. Elle resta à mes côtés jusqu'à l'arrivée de Mathilde qui portait un bol de bouillon fumant. Je ne sais quelle discussion muette elles partagèrent dans mon dos, mais ma petite Li disparut, sans ajouter un mot.

Une fois restaurée, le nom de Henri se rappela brutalement à ma conscience. J'ignorai s'il était seulement encore en vie. Dès qu'il me fut possible, je m'éclipsai de ma chambre et pris le chemin de la forge — familier, si familier. J'aurais voulu courir, mais je n'y parvenais pas. Chaque pas me plongeait dans le souvenir douloureux de l'insouciance dans laquelle j'avais vécu.

Henri et moi avions marché sous les pommiers ici même. Là, au travers des doux vallons de mon pays, j'apercevais le champ de colza qui se parait peu à peu de jaune. À cette distance, je ne pouvais pas voir le soleil qui se reflétait sur le bleu des vagues aux pieds des falaises, mais je pouvais sans difficulté me représenter la glorieuse scène qui s'étendait au-delà de nos terres.

Chaque pas me ramenait à un passé, douloureusement révolu. Et pourtant, je n'accélérai pas. Mon cœur se plaisait à remuer le couteau dans la plaie.

Je trouvai la forge porte et volets clos, sans la fumée qui s'élevait habituellement de l'épaisse cheminée. J'en fis deux fois le tour, tentai en vain de pousser la porte pour jeter un coup d'œil à l'intérieur, mais c'était peine perdue. La petite demeure qui jouxtait la forge n'était pas fermée à clé, elle. Je poussai le battant et pénétrai d'un pas hésitant dans la pièce sombre. Je n'étais jamais venue ici auparavant. La maison se réduisait à une grande salle au sol de terre battue, pourvue d'un rideau qui séparait les lits de la pièce de vie.

Il y avait là une table et un placard en bois, désespérément vides, ainsi qu'une cheminée aux cendres refroidies. Les deux lits étaient aussi glacés que le reste de la maisonnée.

La porte se referma dans un bruit assourdissant, me plongeant d'un coup dans les ténèbres et me faisant sursauter.

Plus personne ne vivait ici.

Je rebroussai chemin d'un air las. Lorsque je poussai la porte des cuisines, Blanche était en train de préparer le repas du soir.

— Et bien ma petite, tu n'as pas l'air dans ton assiette. Assieds-toi, je vais te donner quelque chose.

— Blanche… Qu'est-il arrivé à Henri ?

— Tiens, prends un peu de bouillon. J'y ai glissé un peu d'eau-de-vie, tu dormiras mieux après.

— Blanche ?

— Chut, petite Claire. Ne dis rien. Bois et retourne te coucher, je ne pense pas que tu devrais déjà être debout.

— Je reviens de la forge, la porte était condamnée.

— Je sais.

— Que s'est-il passé ?

Elle soupira et me regarda au travers des mèches brunes qui s'échappaient de sa coiffe.

— Il est parti.

— Henri ?

— Son père. Il a plié bagage et il est parti du jour au lendemain. Il a préféré la route plutôt que de rester et travailler pour… enfin… tu dois comprendre…

— Et Henri ? Que s'est-il passé ?

Les yeux de la cuisinière étaient voilés lorsqu'elle détourna le regard.

— Tu n'as personne d'autre à qui demander ?

— Blanche ! Je t'en supplie…

— Si ton père sait que je t'ai raconté…

— Je ne lui parlerai plus jamais ! Je le hais ! Ils lui ont fait du mal n'est-ce pas ?

— Il est parti. Le prévôt l'a offert en main-d'œuvre à un armateur qui envoyait un bateau pour la Nouvelle France, pour les fourrures, je crois. Son père a disparu le lendemain. Je pense qu'il est parti chercher un travail près du port, pour attendre le retour du petit.

Mes mains collées au bol me brûlaient, mais je ne fis aucun mouvement pour les déplacer. La douleur me maintenait ancrée dans la réalité et j'avais mérité une punition bien plus ample que ces aiguilles qui irradiaient ma chair. Malgré tout, aucune larme ne coula sur mes joues.

— Claire ? Est-ce que ça va ? Ma petite, comme ce doit être dur. Je devine ce qui s'est passé entre vous, nous le savons tous plus ou moins. Ne te sens pas coupable, tu ne savais pas ce que tu faisais. Ta mère aurait dû te mettre en garde, ou Dieu me pardonne j'aurais pu le faire moi-même. Tu arrivais en âge de ressentir ce genre de chose. Tu ne savais pas que tu faisais quelque chose de mal. Ne te fais pas souffrir ainsi.

Elle posa les yeux sur mes mains et me les écarta de force. Lorsqu'elle aperçut les cloques rouges, elle me traîna vers un bac d'eau dans un soupir.

— Henri va souffrir, murmurai-je. À cause de moi.

— Il va souffrir oui, mais il est autant en cause que toi, ma petite.

— Il doit me haïr plus que tout…

— Je suis sûre qu'il ne te hait pas.

— Il devrait. Je me déteste, moi. Comment ai-je pu croire… Comment ai-je pu…

— Retourne dans ta chambre Claire, repose-toi et guéris. Ta route ne sera pas facile non plus.

J'aurais dû l'écouter, mais j'étais consumée par le désir morbide de comprendre tous les détails des derniers instants de mon compagnon à Beaulieu. Parce que j'étais la propriété de mon père, notre amour avait fait de lui un voleur. J'aurais vomi, si j'avais eu plus qu'un simple bouillon dans l'estomac.

Henri avait été condamné à mort, telles étaient les rumeurs qui avaient couru dans la maisonnée. Mais la sentence n'était jamais arrivée. Au beau milieu de la nuit, les soldats de Beaulieu avaient reçu l'ordre d'escorter le gamin jusqu'aux quais et de le confier au premier bateau en partance.

C'était ainsi que Henri avait disparu, à peine remis de ses blessures, pour un long voyage sur les mers sans même dire adieu à son père. La seule famille qui lui restait. Il était parti pour la Nouvelle France, une terre qu'on disait si froide que la neige tombe haut comme des palissades et que les larmes gèlent sur vos cils.

Personne n'avait compris ce revirement si rapide et dans le secret de la nuit. Mais moi, je savais.

La magie de la vieille sage-femme avait empêché le meurtre de mon ami, tout comme elle m'avait poussée à avouer mes torts. Ses paroles si sombres résonnaient dans ma tête. *Je ne peux te garantir que le sort qui l'attendra sera plus clément que la mort.* Elle devait être pour quelque chose dans les remords de mon père.

Henri avait encore une chance. Je m'accrochai à cette pensée comme un homme perdu en mer à son radeau. Je priai pour que mon ami fasse preuve de suffisamment de rage de vivre pour surmonter cette épreuve. Mais cela ne faisait plus grande différence pour moi. Même s'il parvenait contre toute attente à revenir vers nos côtes, je ne serais plus là pour l'y accueillir.

J'espérais que son père le serait, lui.

Malgré mon amertume, mes yeux restèrent secs. Je n'avais que trop pleuré. Ces quelques jours passés dans la faim et l'angoisse avaient été la source de nombreuses réflexions et je comprenais à présent que la faiblesse ne me mènerait nulle part. L'heure était venue de m'endurcir, de tirer le meilleur de ce qui m'était offert. Je me jurai de ne plus jamais verser de larmes et je tins parole. Pour un temps du moins.

Jusqu'à ce que mon chemin croise de nouveau l'homme qui hantait mes cauchemars.

À mon retour dans ma chambre, il me fallut affronter Xiaoli. J'avais espéré me glisser dans mes couvertures et plonger dans l'oubli, mais la chance n'était pas de mon côté.

La plus jeune de mes compagnes était assise sur mon lit lorsque je poussai la porte, les mains sur ses genoux drapés de parme.

— J'aurais pu tout te raconter, tu sais, fit-elle d'un ton légèrement vexé. Je me suis tenue au courant de tout ce qui s'est passé cette semaine. Les gens ne se rendent pas compte que je les comprends et parlent sans crainte devant moi.

— Xiaoli…

— Pourquoi ne m'as-tu pas demandé ?

— J'avais honte.

— J'ai failli à mon devoir également. J'aurais dû empêcher Guoying de vous trouver. Nous avons toutes les deux quelque chose à nous reprocher.

— Tu m'as aidée quand rien ne t'y obligeait et moi, je n'ai rien fait pour toi. Moi, je parlais de m'enfuir avec lui… De te laisser ici ! Comment peux-tu avoir envie de rester à mes côtés ?

— Je sais ce qu'il représentait pour toi Jade. Je voulais te rendre heureuse.

— Je ne suis qu'une égoïste. Et à cause de moi, il est en train de souffrir. Je ne veux plus voir personne !

— Henri n'aurait pas souhaité te voir triste comme cela. Reprends-toi. Un long voyage nous attend, même si tu ne veux pas y penser…

— Comme si cela me faisait quelque chose à présent… Attends. Le voyage n'est pas repoussé ? Le mariage annulé ? Pourquoi Oh-grand-pied n'est-elle pas ici à me menacer de mille morts pour avoir déshonoré la famille Shen ?

— Je l'ai convaincue de me laisser te parler d'abord. Seule. Elle pense que tu as fait cela pour tenter de faire échouer les fiançailles. Elle ne voudrait pas te laisser l'emporter ainsi. Elle est en colère, pour sûr, mais elle gardera le secret.

— Elle a cru mon père sur parole ? Ou nos docteurs ? Ne craint-elle pas que je me retrouve avec un enfant au milieu du voyage ?

— Un enfant ? Est-ce que vous avez…

— Non, bien sûr que non. Mais pourquoi me ferait-elle confiance ?

— Guoying ne lui a pas tout raconté. Pas dans les détails.

— Et comment est-ce possible ? Tu l'as convaincue, elle aussi ?

— Je n'ai pas eu besoin. Elle s'est sentie très mal. Je sais qu'elle ne te tient pas en haute estime, mais elle ne voulait pas te voir souffrir comme ça. On ne traite pas les femmes ainsi dans notre famille.

Je pris place à ses côtés sur mon lit et me laissai aller contre son épaule. Xiaoli était plus petite que moi et la position n'était pas des plus confortables, mais je restai sans bouger pendant de longues minutes.

— Tu peux pleurer, tu sais. Maman disait que cela fait du bien parfois, quand personne ne regarde. Cela évacue le trop-plein de colère et restaure l'équilibre des émotions. Je ne le répéterai pas.

J'acquiesçai contre sa nuque, mais mes yeux restèrent secs.

Comment décrire les jours qui suivirent ? J'eus l'impression de les vivre au travers du regard de quelqu'un d'autre. Xiaoli m'emmenait chaque jour me promener sur le domaine, montrant une curiosité exagérée pour tout ce qu'elle voyait. Je lui sus gré de ses efforts pour rendre à mon visage son sourire.

Parmi ses sœurs, si l'accueil fut moins chaleureux, il n'en fut pas moins cordial. Guoying, qui m'avait dénoncée, eut même la décence de paraître gênée devant mes traits émaciés. Oh-grand-pied, dont j'avais attendu une réaction virulente, ne m'offrit qu'un regard légèrement dédaigneux, guère différent au fond de son expression habituelle.

Je ne comprenais pas vraiment pourquoi elle avait choisi de fermer les yeux sur cet incident. Même si elle n'en avait entendu que des bribes, elle devait savoir que j'avais bafoué l'autorité de mon père en fréquentant un jeune homme. Elle qui m'enseignait depuis des mois les vertus de l'épouse parfaite, c'était fort étonnant qu'elle ne m'ait pas attachée à une chaise pour vérifier d'elle-même que le reste de la maisonnée ne lui cachait pas quelque chose. Xiaoli maintenait qu'elle agissait ainsi par ignorance des faits, mais j'étais persuadée qu'on lui avait demandé de me ramener en Chine coûte que coûte. Sans doute cette association entre nos deux familles apportait autant à mon père qu'à son propre maître.

La veille du départ, mon père me fit appeler dans son bureau.

Engagé dans une discussion avec son épouse, il ne remarqua pas ma présence jusqu'à ce que je sois juste devant lui. Alors, seulement, il redressa la tête et me dévisagea comme s'il me voyait pour la première fois.

À dire vrai, il me revoyait en effet pour la première fois depuis des jours et Xiaoli m'avait aidée à soigner mon apparence pour ce que je pensais être le dernier de nos entretiens. Elle avait tressé ma crinière blonde en une longue natte rehaussée de fleurs printanières et apporté une robe rouge, que ma nourrice venait de retoucher. Le col et les manchons de fourrure d'hermine étaient plus doux que toutes les pelisses que je possédais.

Son regard me parcourut d'un air presque étonné.

— Claire-Hélène, je me réjouis que ce jour soit enfin arrivé. Vous ferez une très belle épouse. Votre gouvernante m'a fait comprendre que vous n'apporterez pas le déshonneur sur leur famille. C'était un compliment. Vous savez tout comme moi à quel point ces gens-là font grand cas de leur honneur. Le voyage sera long, mais écoutez bien les consignes du capitaine Duquesne et tout se passera pour le mieux. Un émissaire vous attendra à Calicut pour vous transporter jusqu'à votre belle famille. Mes bateaux font le voyage une fois par an, comme vous le savez bien. Utilisez-les pour nous faire parvenir de vos nouvelles, ou votre mère ne me pardonnera jamais. Nous ferons de même.

Il avait parlé d'une voix monocorde, sans me laisser le temps de lui répondre. Sa plume était à mi-chemin entre lui et la feuille et je ne pouvais m'empêcher de fixer des yeux la goutte d'encre qui se balançait, menaçant de s'écraser sur son pourpoint à tout moment.

— Je vais vous laisser à présent, reprit-il d'un ton condescendant qui ne me manquerait pas une fois partie, je suis sûr que votre mère souhaite vous entretenir de sujets plus… *féminins*.

Sur ces mots, il reposa sa plume à côté du papier, s'essuya les doigts d'un air distrait et prit congé sans un regard.

— Claire-Hélène ?

Ma mère me rejoignit à pas mesurés, les joues ravagées par les larmes. Je m'étonnais que mon père l'ait laissée pleurer. Ma mère était la seule personne sur terre qui pouvait l'attendrir. D'abord silencieuse, droite et lointaine comme une image dans une église, elle se transforma et tomba à genoux devant moi.

— Je suis désolée, tellement désolée, ma fille ! s'écria-t-elle, la voix entrecoupée de sanglots. J'aurais tant voulu t'éviter tout cela… mais nous ne vivons pas dans un monde de femmes. Ma voix a si peu de pouvoir ici. J'ai essayé de lui faire entendre raison…

— Mère ?

— J'ai eu la chance de me marier par amour, aussi incroyable que cela puisse te paraître aujourd'hui. Je ne peux t'expliquer à quel point j'aurais voulu cela pour toi. Ton père n'est pas un mauvais homme, Claire, il cherche à faire ce qu'il y a de mieux pour sa famille. Il voit plus loin que toi, ou moi. J'espère que tu trouveras au fond de toi la force de lui pardonner un jour.

J'en doutais fort, mais je gardai cette réflexion pour moi et l'écoutai revivre son passé. Elle avait une jolie voix, douce et prenante, et je me trouvai malgré moi presque captivée par son récit. L'histoire de la fille d'un marchand, dont la mère était morte en couches, tombée amoureuse au premier regard de l'ambitieux jeune homme venu faire affaire avec sa famille.

Elle me parla de la souffrance qui avait précédé ma venue au monde, moi l'enfant qui avait suivi mon frère à l'étonnement de tous. Elle décrivit le nourrisson chétif que j'avais été, l'horreur qui l'avait saisie chaque fois qu'elle croyait me perdre, des mois durant, sans véritable répit. Elle n'avait jamais quitté mon berceau et sa plus grande terreur avait été que je disparaisse les rares fois où elle se laissait aller au sommeil. Elle me parla de l'amour qu'elle avait porté à cet enfant de sa chair, décuplé encore par les épreuves que nous avions traversées ensemble. Elle ressentait l'instinct viscéral et inexpliqué de me protéger de tout, même du reste de ma famille. Personne n'avait osé lever la main sur moi. Mon propre père n'avait pas pu s'approcher pendant des semaines.

Je ne l'avais jamais su.

En grandissant, j'avais vu tous mes caprices exaucés et mes fautes pardonnées. J'avais vécu avec plus de liberté encore que les garçons de mon âge, persuadée que je prenais ce que je souhaitais avoir, alors qu'on me le tendait sur un plateau d'argent. Elle savait tout de mon amitié naissante avec le jeune Henri, mais le bonheur dans lequel je grandissais se reflétait au centuple dans son cœur et elle n'avait pas trouvé le courage de me rappeler à l'ordre.

Elle m'avait observé, remplie d'adoration, jusqu'au jour de l'arrivée de Shen Bao et de son fils.

— Ton père m'a annoncé ce soir-là qu'il avait passé un accord, plusieurs années plus tôt, pour ta main. Je savais que je devais te laisser partir un jour, mais je me suis sentie déchirée. Quand il m'a appris à qui il avait fait cette promesse, quelque chose s'est brisé. J'ai essayé de le faire changer d'avis. Nous nous sommes disputés comme jamais, pendant des heures et des heures. Il n'a pas flanché, alors qu'il ne me refuse jamais rien… Rien n'est plus pareil depuis ce jour, ni entre lui et moi, ni entre toi et moi. Après cette nuit, je n'osais plus croiser ton regard. Mon trésor, j'avais honte d'être si faible.

Sa main glissa dans mes cheveux tandis qu'elle ramenait des mèches derrière mes oreilles en soupirant.

— Ruoyan est un bon garçon, tu sais ? J'ai pu discuter avec lui à l'aide de Charles, il te traitera bien. Peut-être est-ce une chance au final ? Tu aurais pu tomber sur bien pire ici.

Je repensai au garçon au visage reptilien, auquel mon imagination avait désormais rajouté des écailles luisantes et grisâtres ainsi que des yeux jaunes et menaçants. Une chance ? Je ne comprenais pas comment elle pouvait tenir de tels propos. Elle me sacrifiait à des barbares. Comment osait-elle parler de chance ?

— Parle-moi Claire, je t'en prie, dis-moi que tu me pardonnes, j'aurais ainsi l'esprit en paix. Ton père m'a assuré que le voyage se déroulerait sans accroc. Vous ferez une première escale à Lisbonne, puis aux Indes. La famille Shen dispose d'entrepôts là-bas, il est plus prudent que vous fassiez le reste du chemin sur un de leurs bateaux, puisqu'ils connaissent la région mieux que nos marins ne le pourront jamais. Envoie-moi un courrier à votre arrivée en Inde, tu as bien compris ?

— Oui, mère.

Elle se redressa en caressant mes joues, les yeux dans le vague.

— Oui, tu seras forte. Tu l'as toujours été. Si un de mes enfants doit souffrir pareil destin, il vaut peut-être mieux que ce soit toi. Je n'ignore pas que tu as toujours rêvé de voyages et d'aventures...

— Ce n'est pas une aventure lorsque vous me vendez à des barbares comme du vulgaire bétail ! crachai-je sans réfléchir.

Elle fit un pas en arrière, blessée.

Je ressentis une légère honte à décharger ainsi sur elle une rage qui était clairement dirigée contre mon père, mais il était trop tard et, au fond de moi, je lui en avais toujours voulu de ne pas avoir pu arrêter la transaction dont j'avais été l'objet.

— Vous n'avez jamais tenu compte de mon avis ! Je ne veux pas épouser cet étranger ! Je ne l'ai jamais voulu ! Vous dites que vous m'aimez, mais vous m'avez abandonnée. Savez-vous seulement ce que ma gouvernante m'a fait subir pendant nos leçons ? J'aimais Henri, je l'aimais, Mère. Pourquoi avez-vous fait cela ? Pourquoi nous faire souffrir ? Qu'avons-nous donc fait de si terrible ? Vous l'avez envoyé à la mort !

Elle avait pâli et me regardait à présent les yeux écarquillés par l'effroi.

— Claire... Mon enfant. Pardonne mon égoïsme, je n'ai jamais su affronter ton jugement. Pardonne-moi, afin que je puisse faire la paix avec moi-même.

Un des classiques que j'avais dû étudier ces dernières années me revint en mémoire. Le livre de la piété filiale était cher à ma gouvernante. Dans cet ouvrage, Confucius, un éminent philosophe chinois parlait de la piété filiale comme la racine de toutes les vertus. Un enfant devait respecter et honorer ses parents tout comme un sujet devait respecter et honorer son Prince. Si j'avais vraiment retenu la moindre information de mes interminables heures d'étude, n'aurais-je pas dû être capable d'appliquer cette philosophie au cas présent en allégeant le poids qui pesait sur les épaules de ma mère ?

Il faut croire que je n'étais pas une très bonne élève.

— Rien n'a changé, hier comme aujourd'hui. Vous ne cherchez pas à me protéger, vous ne cherchez le pardon que pour votre propre confort. Je ne vous pardonnerai jamais ! Jamais ! Vous avez détruit le peu de bonheur qu'il me restait... Il n'y a plus rien pour moi ici, à présent.

Elle porta la main à sa bouche pour dissimuler son hoquet de surprise. Ses yeux me fixaient d'un air choqué, comme si elle peinait à croire mes paroles. Je me retournai, le dos aussi droit que possible, luttant pour retenir les larmes que j'avais juré de ne plus verser et sortis de la pièce la tête haute.

Ce fut la dernière fois que je la vis.

CHAPITRE
neuf

LES NUAGES ÉTAIENT sombres et menaçants le lendemain matin lorsque nous prîmes la route de La Rochelle, comme si le Ciel lui-même cherchait à me faire ses adieux. Mes coffres avaient été envoyés la veille et je n'avais rien d'autre qu'une petite sacoche comprenant les quelques possessions dont je ne voulais pas me séparer.

Je broyais du noir en regardant la voie défiler sous mes yeux par la fenêtre du coche. À mes côtés, mes trois compagnes ne pouvaient, elles, contenir leur excitation. Au terme d'un voyage long de plusieurs années, elles rentraient finalement chez elles. Je leur enviai cela. Chaque minute qui s'écoulait, chaque pas de nos chevaux m'en éloignait. Je me représentais ce lien déjà ténu qui me retenait à mon foyer s'étirer, toujours plus fin, tandis que nous progressions. Il finirait par casser et alors, je n'aurais plus personne.

— J'ai entendu dire que les jardins de la villa Shen sont les plus beaux après ceux de l'Empereur ! s'exclama He en agitant son éventail. Je meurs d'envie de les voir de mes yeux !

— Ne vous excitez pas ainsi, la réprimanda ma gouvernante. Il ne sied pas à une jeune femme de faire preuve d'autant d'exubérance.

Le ton n'était pas aussi sec que d'habitude. Oh-grand-pied elle-même devait être particulièrement de bonne humeur à l'idée de fouler de nouveau le sol de sa patrie.

— N'est-ce pas vrai cependant, Madame ? demanda Guoying d'une voix cajolante. Vous avez dû les voir non ? Combien de temps avez-vous passé là-bas ?

— Plus de vingt ans.

— Étiez-vous au service de Shen Bao durant votre jeunesse ?

— J'étais au service de Song Yunxia, la défunte épouse de notre maître et la mère de son héritier. Je suis arrivée en même temps qu'elle sur le domaine.

— La villa Shen est pratiquement votre foyer, alors.

— En effet.

— Cela a dû être fort difficile pour vous de quitter votre maison par loyauté pour votre famille, et ce pendant si longtemps…

— Je sers la famille Shen depuis bien avant votre naissance, jeune fille, insinuez-vous que j'aurais préféré déshonorer le souvenir de ma maîtresse en refusant l'ordre de son époux ?

— Loin de moi cette idée, Madame. Vous êtes un exemple de loyauté et d'humilité pour nous toutes. J'espère juste que la personne qui a causé tous ces problèmes a fait montre de gratitude devant votre sacrifice.

La pique m'était destinée, mais je relevai à peine un sourcil. La peste pouvait dire ce qu'elle voulait, mon cœur était de glace et je ne ressentais plus rien. Elle pouvait piétiner mon honneur et se moquer de moi si cela lui chantait, elle ne pourrait jamais me faire plus de peine que ma propre famille ne l'avait fait.

Ma mère n'était pas descendue de ses quartiers pour me dire adieu ce matin-là. J'avais passé plusieurs heures à ressasser notre dispute de la veille, des heures à me convaincre de lui présenter des excuses. Mais elle ne s'était pas montrée.

J'avais attendu, en vain, devant le carrosse, priant de voir sa robe carmin émerger dans la cour. Elle aurait tressé mes cheveux en couronne, apportant avec elle un panier de sucreries pour passer le temps jusqu'à La Rochelle. Elle m'aurait dévisagée, des larmes dans les yeux, et m'aurait serrée dans ses bras sans un mot. Elle aurait compris le pardon que je n'osais prononcer à voix haute.

Mais elle n'était pas venue et les excuses étaient mortes dans ma bouche. J'avais été choquée de cette double trahison.

Mes frères et sœurs étaient présents, eux, mais peut-être aurais-je préféré qu'il n'en soit rien. À la façon dont ils m'avaient regardée et serrée poliment dans leurs bras, je m'étais rendu compte que je les avais déjà perdus. Ils m'avaient fait leurs adieux bien longtemps auparavant, lorsque j'avais commencé à fréquenter mes trois demoiselles de compagnie peut-être. Ou alors lorsque mes actions dans la grange avaient fait de moi une personne de mauvaise influence. Ou alors bien plus tôt encore, lorsqu'ils avaient compris que j'allais partir et ne plus jamais revenir.

Seule Mathilde avait pleuré ce matin-là, au milieu de cette étrange pièce de théâtre. Son ample poitrine était secouée de sanglots et elle m'avait serrée si fort contre elle que j'en avais eu le souffle coupé. Mes petites mains s'étaient agrippées à ses épaules, jusqu'à ce qu'on m'oblige à la lâcher.

Pierre Neuville chevauchait à présent aux côtés du carrosse qui nous emmenait vers La Rochelle. Je voyais la croupe de sa jument baie et son long manteau sombre en soulevant les rideaux de notre voiture. Les yeux sur l'horizon, il ne jetait pas un seul regard en arrière. Mon oncle nous avait accompagnés pendant quelques lieues, puis il nous avait quittés sur des félicitations pour mon futur mariage.

— N'oublie jamais qui tu es, m'avait-il dit. Quoi qu'il advienne, tu restes une Neuville, rien ne pourra changer cela.

Leurs visages à tous défilaient devant mes yeux fermés. Je me souvenais de la plus petite ride, de la forme que prenait leur bouche quand ils riaient. Je savais qu'un jour leurs traits s'estomperaient dans ma mémoire.

Le temps est un compagnon qui ne pardonne pas.

La Rochelle était une très jolie ville, toute en couleur et bercée par les vagues. L'air y avait constamment ce goût salé qui donne envie de voyages. Lorsque mon père nous y emmenait, enfants, nous visitions souvent la jetée pendant qu'il réglait les taxes ou se plongeait dans les négociations relatives à son commerce. J'aimais admirer le ballet des mouettes et les marins aux visages burinés qui déplaçaient caisse après caisse sur le sol de pierre. Parfois, l'odeur des épices surpassait celle de la mer.

Lorsque le ciel pleurait en revanche, le monde se paraît de gris, triste miroir des nuages au-dessus de nos têtes. Nous arrivâmes dans les dernières heures de l'après-midi, un de ces jours sans couleur. Le brouillard avait englouti les rues et la température était fraîche pour un jour de printemps. À l'image même de mon humeur.

Mon père avait réservé une chambre dans une petite auberge près du port, car l'embarquement était prévu le lendemain matin aux aurores. L'établissement qu'il avait choisi était une maison à tourelle, dans une ruelle reculée et bien éclairée, à l'opposé des quartiers de marins où boissons et prostituées envahissaient les trottoirs.

Je ne trouvai pas le sommeil cette nuit-là, malgré le confort des oreillers de plume. Après que mes compagnes se furent endormies, au terme d'une longue discussion enjouée, je me glissai hors de la chambre. La porte n'était pas verrouillée. Sans véritable objectif, je descendis les escaliers de bois, grimaçant à chaque fois que mon pied faisait grincer le parquet.

La salle commune était vide, à part deux hommes avachis sur une table, ainsi qu'un groupe de jeunes filles qui nettoyaient le sol à grandes eaux. Je continuai mon chemin et parvins dans le vestibule. Personne n'y montait la garde. Le cœur battant à tout rompre dans ma poitrine, je poussai la lourde porte de chêne et glissai la tête à l'extérieur. L'obscurité paraît les ruelles désertes d'une aura sombre et mystérieuse.

Personne ne pourrait me retrouver si je disparaissais soudainement au milieu de la nuit. Je n'aurais pas à partir sur les mers et épouser Ruoyan. Mais pour aller où ? Qu'adviendrait-il d'une jeune fille seule et sans argent perdue au milieu de La Rochelle ?

Je laissai échapper un soupir déchirant puis refermai la porte.

Je me demande souvent, aujourd'hui, quel est le moment exact où j'ai accepté mon sort. Quel est l'instant précis où j'ai mis fin à mes révoltes enfantines et accepté le fait que j'allais épouser un païen en terres barbares ? Était-ce à ma sortie du donjon, comme je l'avais d'abord cru ? Lorsque j'avais réalisé que j'avais causé du tort aux deux personnes qui m'étaient le plus chères ? Était-ce lorsque j'avais perdu Henri, me privant de la seule véritable raison qui me retenait encore dans cette maison ? Était-ce cette nuit de printemps à La Rochelle, alors que je contemplais la ruelle déserte où je n'aurais sans doute pas survécu bien longtemps ? Ou bien serait-ce des mois plus tard, lorsque le mystérieux capitaine Duquesne me ferait une proposition des plus étranges ?

Mon père nous réveilla comme prévu une heure avant l'aube. Il était parti superviser le chargement du vaisseau après notre arrivée et j'ignorais s'il était seulement revenu à l'auberge pour dormir quelques heures.

La nuit semble souvent plus sombre dans les moments qui précèdent l'aurore. Ce matin-là, les contours du navire se découpaient à peine sur le ciel noir, impressionnant ensemble de bois et de cordes qui me paraissait plus grand que jamais.

Les jambes tremblantes, je fis mes premiers pas sur ce qui allait devenir ma maison, ma ville et mon univers tout entier pendant de longs mois.

Le capitaine nous attendait sur le pont. Il n'avait pas beaucoup changé depuis la première fois où je l'avais vu à l'arrivée de Xiaoli et de ses sœurs. Âgé d'une quarantaine d'années, les épaules larges et la peau aussi rêche que du cuir, ses impressionnants yeux bleus reflétaient la danse des lanternes qui nous entouraient. Il salua mon père puis se tourna vers moi.

— Bienvenue à bord, mademoiselle Neuville. Je suis Jean Duquesne, capitaine de l'Auguste. Je suis honoré de vous accueillir à bord de mon petit royaume. C'est une brave bête, elle nous emmènera à bon port, laissez-moi vous en assurer.

— Nul ne doute de vos capacités, Capitaine, répliqua mon père sans me donner le temps de répondre.

Il posa une main sur mon épaule, un contact aussi léger qu'une plume. Je remarquai qu'il gardait son regard vers la proue du navire. Était-ce par flegme qu'il ne baissait pas la tête vers moi pour me faire ses adieux ? Ou bien ressentait-il une minuscule pointe de honte pour ce qu'il était en train de faire ?

— Faites bon voyage, Claire-Hélène.

Ce fut tout. Pas d'effusions sentimentales, pas de conseils ni de menaces. Nous n'étions plus rien l'un pour l'autre. Il salua Duquesne et Madame Oh, puis redescendit sur le quai. Je l'observai s'éloigner en frissonnant. Quel genre d'homme pouvait se séparer de sa fille ainsi ?

— Cessez donc de trembler, mon enfant, retentit la voix chaude du capitaine. Suivez-moi je vais vous montrer vos quartiers. Nous vous avons réservé la chambre du second et fait installer un deuxième lit si vous souhaitez garder votre gouvernante auprès de vous. Une autre cabine a été vidée pour vos trois demoiselles de compagnie. Les portes ferment à clé, et on leur portera leur repas. Je me doute qu'elles préféreront rester à l'écart après les incidents de leur dernier voyage.

— Si vous n'y voyez pas d'inconvénient Capitaine, j'aimerais partager ma chambre avec l'une de mes compagnes. J'ignore si mon père aurait accepté, mais…

— Votre père ne peut plus vous imposer ses décisions à présent, mademoiselle. Il en sera fait selon votre plaisir. Je souhaite vous rendre ce voyage aussi agréable que possible. Vous êtes également invitée à me rejoindre dans mes quartiers pour dîner. Il serait triste qu'une personne de votre condition en soit réduite à manger sur des plateaux de fer. Je ne pourrais entretenir l'ensemble de vos invitées, mais si vous désirez venir avec *l'une de vos compagnes*, elle est la bienvenue.

Alors que nous gagnions les cabines, le vaisseau me frappa par son immensité. Il était plus long encore que ce que j'avais imaginé depuis le quai. Les marins s'activaient autour de moi, en suivant une chorégraphie qui n'était connue que d'eux-mêmes, comme une fourmilière soudainement dérangée par un passant. Certains briquaient le pont à l'aide d'une grosse pierre grise, d'autres étaient perchés dans le gréement visible contre le ciel qui allait en s'éclaircissant. Nul ne parut porter attention à notre groupe.

— Mes quartiers se trouvent derrière cette porte, continuait le capitaine. C'est aussi ici que nous nous retrouverons pour le souper. N'hésitez pas à venir me chercher si l'on vous importune, Mesdemoiselles, Madame, je me suis porté garant devant votre père, vous m'entendez ? Si je ne suis pas là, vous pourrez faire appeler mon second, M. Etienne Hellec. Je me suis assuré qu'il vous vienne en aide si besoin.

Le navire comportait plusieurs chambres pour les invités qui payaient pour le voyage. Lorsqu'elles étaient vides, les grands maîtres d'équipage se relayaient pour s'éloigner des cales bondées. La mienne était située juste à côté de celle du capitaine, tandis que Madame Oh et les deux aînées Li se partageaient une pièce à l'étage inférieur. J'aperçus plusieurs portes closes dans leur couloir.

— Nous serons rejoints à Lisbonne par un groupe de Jésuites qui prendra les dernières chambres, nous expliqua Duquesne. C'est toujours une bonne chose d'avoir des prêtres à bord ! Ils intercéderont auprès du Seigneur pour un voyage sans tempête. Non que l'Auguste craigne les tempêtes, elle est plus solide qu'elle en a l'air. Mais préparez vos confessions, mes petites demoiselles, cela peut toujours servir !

Il éclata de rire, visiblement fier de son trait d'esprit avant de nous laisser à la contemplation de nos cabines. La pièce que je partageais avec Xiaoli disposait de deux couchettes, d'un fauteuil et d'une table de bois sombre. Le parquet était recouvert d'un épais tapis rouge qui semblait assez confortable pour s'y tenir pied nu. La lueur vacillante des lanternes éclairait la salle d'un jeu d'ombres et de lumières mouvantes. Une observation plus minutieuse m'apprit que tous les meubles étaient cloués au sol.

Je touchai du bout des doigts l'une de ces vis de métal grossier. Pourquoi tant d'efforts ? Le roulis n'était pas si terrible que cela.

— Oh, cela sera pire lorsque nous lèverons l'ancre, m'indiqua Xiaoli, et je me rendis compte que j'avais parlé à voix haute. Tu auras l'impression que l'estomac te remonte jusqu'à la gorge et tu seras malade. Très malade. Mais tu t'y feras. Le secret est de se laisser aller au mouvement du bateau au lieu de le combattre. Cela passe plus vite ainsi.

Malgré le sérieux de ses propos, Xiaoli rayonnait comme à son habitude. Rien ne pouvait entacher la bonne humeur de ma petite Li. À l'image de la jeune fille malicieuse et spontanée se superposa un instant celle de la petite fille malade et chétive qui avait débarqué des années plus tôt. La température sembla chuter de plusieurs degrés.

La cabine se mit à bouger d'elle-même et le bois grinça tout autour de nous.

— C'est l'heure du départ, déclara Xiaoli en me prenant la main. Viens.

— Je suis bien ici, répondis-je d'un ton buté.

— Je pense que tu le regretteras si tu ne fais pas tes adieux à ton pays.

Comment faisait-elle pour toujours trouver les mots justes ?

Nous ressortîmes sur le pont au milieu d'une activité qui allait croissante. Les marins couraient autour de nous, les directives fusaient de tous les côtés. À travers le désordre qui n'en était pas vraiment un, Xiaoli me tira d'un pas sûr vers le gaillard d'arrière d'où nous pourrions observer la terre qui rapetissait peu à peu. Le soleil levant nimbait la côte d'une lueur bleutée presque irréelle. Je regardais sans le croire les toits de La Rochelle, à présent aussi minuscules qu'une maison de poupée.

C'était fait.

J'étais partie.

Comme c'était facile.

Je voulus pleurer, mais aucune larme ne trouva son chemin jusqu'à mes yeux secs. Sans m'en rendre compte, je raffermis ma prise sur la petite main chaude de Xiaoli.

— Je suis là, me murmura-t-elle en retour.

Bientôt, la terre ne fut plus qu'une ligne à l'horizon. Nous n'avions pas bougé. Le ciel s'était dégagé pendant la nuit et nous voguions sous une étendue bleue, accompagnés par quelques oiseaux marins qui chantaient d'une voix sonore. L'air vivifiant laissait un goût salé sur ma langue lorsque j'ouvrais la bouche. J'apercevais les flots rouler contre la coque avant de se briser dans une épaisse mousse blanche. Les hommes de l'équipage riaient tout autour de nous, échangeaient des plaisanteries en travaillant et s'inclinaient profondément en une parodie de courtoisie quand ils croisaient mon chemin.

Ils m'avaient semblé menaçants le matin même quand j'avais grimpé à bord, mais à la lumière du jour, ils paraissaient heureux. L'amour d'un marin va d'abord à l'océan, disait souvent mon père. Je comprenais un peu mieux à présent. Sous l'infinité du ciel, ils étaient à leur place. Ils étaient libres.

L'excitation me gagna également quelques instants, la sensation de faire partie d'une grande famille, d'être enfin libérée de mes parents. Libre avec la mer et le ciel comme seuls compagnons. Quelques instants seulement. Puis vinrent les nausées.

Elles frappèrent d'un coup, alors que j'avais baissé ma garde. Elles frappèrent quand je ne m'y attendais plus et j'agrippai la rambarde pour rejeter tout ce que mon estomac contenait dans les profondeurs de la mer, au milieu des rires et des acclamations de l'équipage.

Ainsi commença le plus long voyage de toute ma vie.

CHAPITRE dix

NOUS ÉTIONS PARTIS de La Rochelle accompagnés d'un second navire, le Bien-aimé. Deux autres bateaux nous rejoignirent au port de Lisbonne. Les long-courriers agissaient souvent ainsi pour se protéger d'attaques de pirates le long de la route des Indes. Et puisque tout moyen était bon pour amortir l'investissement d'une expédition telle que la nôtre, une demi-douzaine de Jésuites prirent également place à bord tandis que l'on chargeait un supplément d'eau et de vivres dans nos cales.

J'étais montée sur le pont à la mi-journée pour observer les manœuvres avec curiosité. La taille de la ville était étourdissante. Sous mes yeux ébahis s'étendait une forêt de toits pourpres et de clochers qui s'élançaient haut dans le ciel. L'air de ces latitudes, plus doux que l'endroit où j'avais grandi, charriait des effluves acidulés, des notes étranges provenant d'épices qui m'étaient inconnues et des relents de poisson. L'odeur de la mer était omniprésente à bord d'un bateau, mais après deux jours de voyage j'avais commencé à m'y habituer.

Jamais il ne m'avait été donné d'observer pareille foule, ou pareille ville. De notre position, je parvenais à distinguer les passants qui se promenaient sur la berge, vêtus pour certains de noir de la tête aux pieds, pour d'autres de vêtements multicolores, le chef couvert d'extravagants chapeaux à plumes. J'aperçus au loin un groupe d'hommes à la peau aussi sombre que l'ébène, attachés les uns aux autres sur la grève.

— Des esclaves, retentit une voix qui me fit sursauter.

Le capitaine Duquesne apparut à ma droite et prit place à mes côtés, le regard tourné vers la terre.

— Une vision bien pénible pour vos jeunes yeux, Mademoiselle.

— Que va-t-il leur arriver ?

— Certains seront employés ici, dans les maisons de dignitaires ou de nobles. La plupart seront envoyés aux Amériques pour y travailler dans les champs de coton. C'est un dur labeur et les propriétés ont un besoin constant de renouveler leur main-d'œuvre.

— Ils n'ont pas le choix, n'est-ce pas ?

— En effet.

— C'est horrible…

— Ainsi va notre monde.

— Faîtes vous… Avez-vous déjà…

— Votre père ne me l'a jamais demandé. Je suis le capitaine, mais il a son mot à dire sur le type de marchandises dont nous faisons commerce en son nom.

— Le feriez-vous, s'il vous en donnait l'ordre ?

Il me dévisagea un instant avec curiosité, puis reporta son regard sur l'horizon en silence. Refusait-il de me répondre parce qu'il ne voulait pas avouer qu'il serait capable d'un commerce aussi inhumain, ou bien pour taire le fait qu'il était prêt à désobéir à mon père ?

Tournant de nouveau mon attention vers la terre ferme, j'avalais nerveusement ma salive et fis un pas en arrière, comme si m'éloigner de la scène pouvait en atténuer la violence.

— Capitaine ? Pourriez-vous mettre une carte à ma disposition ? J'aimerais avoir une vision plus claire du trajet que nous suivons.

— Je ferais mieux encore. Posséder une carte n'est pas tout, je peux vous apprendre à la lire. Offrez-nous le plaisir de votre compagnie ce soir après le souper et nous en discuterons.

— Je vous en serai extrêmement reconnaissante.

— C'est une route bien longue qui nous attend, nous devons bien trouver un moyen de remplir nos soirées n'êtes-vous pas du même avis ? Que pensez-vous de Lisbonne ? Je suppose que c'est la première fois que vous admirez la Ville Blanche. Enfin, pas tout à fait, saviez-vous qu'on appelle ainsi La Rochelle, parfois ?

Je reportai mon attention sur la ville.

— C'est si… grand.

— Grand, dites-vous ? Vous n'avez en effet pas voyagé bien loin au-delà de vos murs, mon enfant. Lisbonne est une belle ville, c'est vrai, mais nul ne peut la comparer à Paris !

Je jetai un regard dubitatif aux toits qui s'étiraient jusqu'à l'horizon. Il m'était difficile d'imaginer une ville plus imposante. Aujourd'hui je sais que même Paris et ses cinq cent mille habitants pâlissent devant la cité des empereurs chinois, Shuntian et son million d'âmes.

— Mademoiselle Neuville, il y a autre chose dont je souhaitais vous parler. Nous entamerons demain un très long voyage et si le Ciel est clément notre prochaine escale sera à Sofala. Nous avons du bétail, de l'eau et du vin en quantités, je ferai en sorte que vous ne souffriez pas de la faim, mais je ne peux pas en dire autant pour mes matelots. Vous savez également que nous ne voyageons habituellement pas avec des femmes à bord. Ça pourrait être dur pour mes gars qu'on leur promène constamment sous le nez ce dont ils sont privés. Pour votre sécurité, je vous conseillerais de garder cabine pendant les passages les plus difficiles. Surtout si la nourriture se fait plus rare.

Le lendemain soir, après avoir passé une nuit à superviser les préparatifs d'un nouveau départ, le capitaine Duquesne nous accueillit pour un agréable souper de ragoût accompagné d'un vin doux coupé à l'eau. Je m'étais quelque peu habituée au roulis du bateau et arrivai désormais à ne pas vomir à la fin de chaque repas. Mes nuits, en revanche, étaient toujours difficiles. Je restais parfois éveillée pendant des heures, à combattre le tournis, et dès que je fermais les yeux j'avais l'impression que mon estomac me remontait dans la gorge. De plus, les rares fois où je parvenais à m'endormir, mes rêves étaient peuplés de monstrueux hommes serpents aux yeux de pierre.

— Amarres, haubans, bouts, énonça la voix du capitaine, me tirant de ma rêverie.

Sous le coup de la surprise, je renversai un peu de vin sur la nappe brodée. Je jetai un regard mi-coupable mi-curieux à mon amie qui me sourit en retour.

— Le capitaine a la bonté de m'enseigner tous les termes par lesquels on désigne les… Ces choses qui tiennent les voiles, m'expliqua-t-elle d'un ton léger. Je suis fascinée par ces superstitions. Nous n'avons pas ce problème chez nous, enfin je ne crois pas.

— Pas de superstition ? Cela m'étonnerait vraiment ! D'après ce que j'ai compris de Madame Oh, votre vie est régie par les traditions et les superstitions !

— Non, non, je ne parlais pas des superstitions en général. Je parlais de celle-ci. Chez nous, on appelle les… Les *shéng* par leur nom.

Elle avait prononcé le mot corde en chinois avec un air de conspiratrice qui fit rire le reste de la tablée.

— La petite dame a raison, renchérit Duquesne. Parfois, moi aussi je ne sais plus d'où viennent toutes ces histoires. Se signer quand un goéland vous coupe le passage sur le pont, détourner le regard des arcs-en-ciel, c'est bon pour les fillettes ! Mais voyez-vous, un équipage fonctionne bien mieux si vous respectez ses croyances. Savez-vous qu'on n'embarquait jamais de femme à bord des navires il fut un temps ?

— Et pourquoi donc ?

Le Capitaine me dévisagea d'un air entendu, avant de faire un geste vers le deuxième homme qui nous accompagnait ce soir-là, Hellec, son Second.

— Au risque de heurter vos jeunes oreilles, répondit ce dernier, la main à la ceinture qu'il avait du desserrer après avoir avalé la moitié du ragoût à lui seul, cela a pour cause des problèmes d'ordre plus pratique que superstitieux !

J'aimais la franchise avec laquelle ces hommes parlaient, même si je devais avouer être parfois perturbée de leur propos. Ici, je me sentais traitée en adulte, et non plus en petite fille. À partir du moment où je m'étais affranchie de mes parents, en posant le pied sur le pont de l'Auguste, j'étais devenue une femme. Peut-être était-ce mieux ainsi. On n'envoie pas les enfants à l'autre bout du monde épouser de force des sauvages sanguinaires. Des sauvages. Une image ridicule, je le savais. À vrai dire, je n'en croyais déjà plus un mot moi-même. C'était simplement une chose que je ne parvenais pas encore à m'admettre. Ma colère était mon armure. Je n'étais pas certaine de ce qui pourrait me protéger si on me l'enlevait.

Après le repas, Jean Duquesne étala sur son impressionnant bureau de grandes cartes pleines d'annotations. Je m'approchai en dévorant le papier des yeux. Il y en avait une qui représentait les côtes de l'Europe. J'en avais déjà vu une similaire orner les murs des quartiers de mon père. Mais celle qui attira mon regard était jaunie et racornie, couverte de marques et de traces de pliures. J'y reconnaissais l'Europe, mais au milieu de territoires dont les contours m'étaient inconnus.

— Nous nous trouvons ici, déclara le capitaine en me montrant un point au sud-ouest du Royaume d'Espagne. Nous sommes partis de Lisbonne ce matin même et suivons à présent cette route-ci.

Son doigt parcourait une ligne imaginaire qui s'éloignait des terres vers l'Ouest avant de bifurquer vers le sud-est et les côtes africaines.

— Voyez-vous cette région ?

— Le Cap de Bonne-Espérance, répondis-je en me penchant sur les petites lettres calligraphiées à l'encre noire.

— Les tempêtes y sont fréquentes et extrêmement violentes, s'exclama le Second du ton bourru qui était habituellement le sien. C'est le passage le plus dangereux dans la route des Indes. Lorsque le ciel se déchaîne, on perd tout repère. Nord, Sud, Est, Ouest, plus rien de tout ça ne compte. Et on est en grand danger de faire fausse route. Un de nos bateaux a fait demi-tour sans le savoir et une fois l'ouragan terminé il a continué pendant des jours de ce côté-ci de l'Afrique, avant de se rendre compte qu'il faisait route inverse !

— N'écoutez pas ce vieux corbeau de malheur... C'est une étape assez difficile en effet, les tempêtes y font rage et l'équipage sera déjà fatigué de son long voyage. Mais nulle crainte, nous l'avons bravé des dizaines de fois pour votre père et nous sommes toujours là pour raconter notre histoire non ? Après avoir passé le Cap, nous remonterons le long des côtes et ferons escale ici, en face de cette île. C'est un comptoir portugais, mais notre association avec eux nous offre un droit de cale. Ensuite, nous reprendrons la route, vers les Indes. C'est un endroit magnifique, vous verrez.

Il parlait en faisant de grands gestes, la bouche déformée par un large sourire et les yeux brillants.

— Permettez-moi, Capitaine, mais ne serait-il pas plus judicieux de suivre les côtes africaines le long du voyage afin de raccourcir le trajet ? Nous pourrions également nous fournir en vivres en faisant des escales lorsque la nourriture vient à manquer.

— Vous avez le sens de l'observation n'est-ce pas ? Eh bien, en théorie, oui. Mais voyez-vous mademoiselle Neuville, en suivant la route que nous prenons, nous entrons dans un fort courant marin qui nous rabattra vers le sud en moins de temps qu'il n'en faut pour vous pomponner ! Faites donc confiance à ce vieux loup de mer, je connais la mer mieux que ma propre femme !

Il éclata d'un rire tonitruant et se détendit dans son fauteuil en saluant Hellec qui partait prendre son quart. Je continuai d'observer la carte sous toutes ses coutures.

— Est-ce les Amériques ? demandai-je en désignant un grand pays au milieu des océans.

— Oui, enfin une partie. Les côtes s'étendent beaucoup plus bas au sud. Cette carte date d'il y a quelques années maintenant, on en connaît à présent beaucoup plus sur les frontières et les…

— Où se trouve la Nouvelle France ?

— Ah.

Il devait savoir. Les rumeurs couraient vite parmi les marins et tout le port avait dû entendre l'histoire du petit forgeron de Beaulieu qui avait été embauché en catastrophe sur un navire de La Rochelle. Ce qu'il savait de plus, je l'ignorai, mais son regard perçant était loin d'être naïf.

— La Nouvelle France est ici, me répondit-il en désignant le nord des Amériques.

Mes yeux se perdirent dans les lignes de la carte. La Nouvelle France. Henri devait actuellement se trouver quelque part au milieu de cet immense océan.

Je continuai à y songer longtemps après avoir rejoint ma cabine. Une partie de moi était rassurée que sa destination ne soit pas aussi lointaine que je ne l'avais cru. Une autre n'oubliait pas que le voyage n'en était pas moins périlleux pour autant. Allongée sur ma couchette, je fixai la carte que le capitaine m'avait donnée, comme si elle pouvait d'une manière ou d'une autre m'indiquer la position de mon pauvre ami.

Le sommeil me fuyait une fois de plus. Après des heures et des heures à me retourner dans le lit, suant au milieu des draps, j'enfilai ma robe de laine durcie par le sel et sortis sur le pont. Personne n'était là pour me surveiller, mais j'étais incapable de rester enfermée plus longtemps. De plus, Duquesne avait parlé de me dissimuler aux yeux de l'équipage lorsque la nourriture viendrait à être rationnée. Nous ne naviguions que depuis quelques jours à peine, sûrement n'était-ce pas encore le cas.

Après l'air lourd et irrespirable de ma cabine, la fraîcheur de la nuit était comme une bénédiction. Au-dessus de moi, le ciel était tellement couvert d'étoiles qu'il paraissait parcouru de traînées nacrées. Envoûtée, j'avançais sans véritable but, laissant au vent le soin de sécher la sueur de mon visage.

Un sifflement retentit brutalement au-dessus de ma tête. Je n'eus pas le temps de crier qu'une forme atterrit agilement devant moi et se redressa en m'intimant le silence d'un geste de la main. Le choc passé, je me rendis compte qu'il ne s'agissait que d'un jeune garçon. Il venait de sauter des haubans qui s'élevaient vers la hune.

Il jeta un regard à droite, à gauche, puis se pencha vers moi pour me prendre la main.

— C'est pas très prudent de s'ballader à c't'heure mad'moiselle ! Vous pourriez passer par'sus bord. Personne y vous r'trouverait !

Il avait le visage franc, encadré de cheveux clairs qui paraissaient argentés sous la lueur de la lune. Son nez épaté avait visiblement été cassé plusieurs fois malgré son jeune âge. Il souriait cependant avec candeur et ses yeux semblaient réellement inquiets.

— Comment t'appelles-tu ?

— Henri, mad'moiselle !

Ce fut comme un coup porté à l'estomac. C'était un nom extrêmement courant, et je ne pouvais associer le visage altier de mon ami à ce jeune marin, mais la souffrance n'en était pas diminuée pour autant.

— Merci, H... Henri. Je... Et bien je vais peut-être rentrer maintenant.

— J'vous ai vu r'garder les étoiles là-haut ? Voudriez pas les voir un peu plus près ?

Je suivis son regard qui glissait le long du mât jusqu'à la petite passerelle qui se trouvait à son sommet, perdue dans l'obscurité. L'excitation me gagna à l'idée de faire quelque chose d'interdit.

— Tu peux m'emmener là-haut ? Comment ?

— Suivez-moi, c'est tout ! Faites confiance au brave Henri, qu'y disent !

Il s'élança dans les mailles avec autant d'agilité que s'il avait fait cela toute sa vie. Peut-être était-ce vraiment le cas après tout. Je m'approchais en jetant un regard inquiet vers les flots sombres qui venaient se briser sur la coque du navire. Si je tombais, la chute serait fatale.

— Vous avez peur, mad'moiselle ?

Il n'aurait pas pu mieux choisir ses mots pour me pousser à faire le premier pas. Redressant les épaules, j'attachai tant bien que mal ma robe autour de mes cuisses pour ne pas entraver mon ascension.

D'un geste décidé, je posai le pied sur la rambarde et me soulevai à la force de mes bras. L'échelle bougeait avec mes mouvements, ralentissait mon avancée. Après quelques minutes à peine, mes muscles brûlaient sous l'effort.

— R'gardez pas en bas ! ça s'ra plus dur de continuer après... me conseilla mon nouvel ange gardien.

Je ne surprendrais personne en disant que ma toute première réaction fut précisément de jeter un coup d'œil par-dessus mon épaule pour voir ce qui me séparait du pont. Ce faisant, je poussai un cri de stupeur et resserrai mes doigts à m'en blanchir les jointures. Nous ne devions pas être arrivés à mi-chemin, mais j'avais déjà l'impression d'être aussi haut que les nuages. L'écume des vagues m'était totalement invisible à présent. Je ne voyais qu'un abyme noir d'un côté et la masse rassurante du pont de l'autre.

J'entendis le jeune marin rire au-dessus de moi. À l'aise comme une araignée sur sa toile, il redescendit à mon niveau pour me tendre la main.

— N'vous inquiétez pas, si vous tombez, j'vous attraperai. On est plus bien loin, vous l'regretterez pas faites-moi confiance.

Nous atteignîmes la hune en un seul morceau, une éternité plus tard. Henri me dépassa d'un geste et m'aida à me hisser sur la sécurité relative de la plate-forme où je m'écroulai, le cœur battant à tout rompre.

— Regardez ! vous êtes pas montée jusqu'ici pour regarder le sol si ?

Je laissai échapper un petit rire nerveux et me redressai. Ici, au sommet du monde, je fus frappée une nouvelle fois par l'immensité du ciel, que plus rien ne venait entraver. Nous étions si hauts. Je distinguais quelques formes floues qui devaient être des marins déambulant sur le pont, mais l'activité frénétique du jour s'était calmée. La vue depuis cet angle-ci était impressionnante. Je n'étais plus réellement sur le bateau qui fendait les eaux sous mes yeux, je le survolais depuis un nuage.

— C'est magnifique... Tu viens ici tous les soirs ?

— Mon quart est çui de la minuit. J'vois le mieux dans le noir !

— Qu'y a-t-il donc à voir ?

— L'Esperança, le Bien-aimé, ils sont juste là-bas vous les

voyez ?

Je plissai les yeux, mais la nuit était trop sombre pour distinguer autre chose que de vagues lumières dans l'obscurité. Je le laissai donc à sa mission quotidienne, renversant la tête en arrière pour me perdre dans l'infini du ciel.

Lorsqu'il nous fallut redescendre, je jetai un regard désemparé vers l'échelle qui disparaissait dans les ténèbres. Mes muscles s'étaient refroidis et je n'avais pas envie de les soumettre de nouveau à une telle épreuve. Henri dut deviner la cause de mon trouble, car il se mit à rire, de ce rire qui était si communicatif.

— Accrochez-vous à moi, cela ira plus vite !

Sans doute n'était-ce pas le plus valeureux des choix, mais je le saisis à pleine main. Nous redescendîmes ainsi sur le pont, lui se mouvant avec une extrême agilité sur les haubans et moi dans son dos, agrippée à son cou comme si ma vie en dépendait.

CHAPITRE onze

LA ROUTE DES Indes est fort longue et, lorsqu'on est un passager enfermé dans sa cabine, mortellement ennuyeuse. L'ennui est un danger que l'on a tendance à sous-estimer. C'est pourtant un ennemi des plus vicieux, car sous ses airs innocents, il travaille à vous rendre négligent.

Avec chaque jour qui passait, nos vivres s'amenuisaient. Des biscuits secs et de la viande salée apparurent tout d'abord sur la table, en lieu et place des légumes que nous avions l'habitude de manger. Puis, l'eau douce fut rationnée. Enfin, même les biscuits devinrent pâteux et insipides. Je savais malgré tout que mon sort était doux comparé au reste des matelots.

Très vite, les visages des membres de l'équipage s'amincirent et perdirent leur couleur. Leurs mouvements étaient plus lents, leurs gencives rougies par le sang. Incapable d'oublier les sombres conseils du capitaine au début de notre expédition, je n'osai plus les déranger davantage.

Et s'il m'arrivait encore parfois de rejoindre Henri à la faveur de la nuit, le sac rempli de vivres que j'avais chapardées à la table de Duquesne, c'était le cœur de plus en plus lourd et l'esprit de moins en moins vif.

Une nuit, à l'approche du Cap de Bonne-Espérance, je fus arrachée à mon sommeil par un horrible bruit qui me secoua jusqu'au plus profond de mes entrailles. La chambre était plongée dans l'obscurité, mais je discernais des torrents de pluie sur la fenêtre, au rythme des éclairs qui déchiraient le ciel. Je me redressai sur mon lit, une sueur froide ruisselant le long de mon dos.

L'épouvantable gémissement retentit de nouveau. Mon regard se porta instinctivement vers ma compagne de cabine, malgré l'improbabilité qu'un tel bruit ait pu émaner d'une gorge humaine. Xiaoli était réveillée. La couverture remontée jusqu'au menton, elle tremblait de toutes ses forces. Avec un peu de retard, je réalisai que le vacarme ne provenait pas d'un endroit en particulier, mais de partout autour de moi. Il s'agissait de la complainte du bois du navire, qui ployait, tirait et se tordait, agonisant sous l'action de forces extérieures. J'avais le sentiment que le bateau risquait d'être déchiqueté d'un moment à l'autre sous la violence conjuguée du vent et des flots.

Je ne saurais pas expliquer pourquoi je sortis de ma chambre ce soir-là.

Peut-être craignais-je que la cabine elle-même ne m'avale lors de sa destruction imminente. Nul doute que si je m'étais interrompue — ne serait-ce qu'un instant — pour réfléchir, j'aurais vite compris que si notre destin était de sombrer au milieu de l'océan, il n'était pas un endroit plus sûr qu'un autre. Malheureusement pour moi, mon instinct prend souvent le dessus dans des situations où il n'est pas toujours le bienvenu.

Le bateau tanguait avec fureur. Le capitaine nous avait prévenues que le Cap était une étape difficile, mais je n'avais jamais imaginé la violence qui se déchaînerait contre nous.

Sur le chemin, les mouvements brusques du navire me projetaient tantôt sur le mur de gauche, tantôt sur celui de droite comme si je ne pesais rien. Enfin, j'émergeai à l'air libre, pour me retrouver aussitôt trempée des pieds à la tête.

Battu par la pluie, le pont ressemblait désormais à une rivière parcourue de lames d'eau qui renversaient sans distinction hommes et matériel sur leur passage. Les vagues s'élevaient plus haut les unes que les autres. Nous étions ballottés au milieu de l'océan en furie, complètement impuissants. La nuit résonnait de cris, mais j'étais incapable d'en comprendre le sens. Étaient-ce des ordres ou des marins cédant à la panique ?

Sans savoir pourquoi, j'avançai tant bien que mal, m'accrochant à tout ce qui se trouvait à ma portée. C'était l'enfer lui-même qui se déchaînait. Prise d'un accès de bon sens, je voulus faire demi-tour, mais impossible de retrouver mon chemin. L'orage était comme une barrière entre le gaillard d'arrière et moi. S'il y avait eu des lanternes, elles avaient depuis longtemps été balayées par les flots.

Complètement paniquée, j'avançai à l'aveugle. Le vent hurlait, la pluie me trempait jusqu'aux os. Mes pieds glissaient sur le pont et je priai pour trouver sur mon chemin la porte et le calme relatif des cabines. Malheureusement, lorsqu'un obstacle vint s'interposer sur ma route, ce ne fut pas la porte tant désirée. Je butai sur le garde-fou et mes mains ne rencontrèrent que le vide alors que je trébuchai. Le feu qui fendit le ciel à cet instant précis illumina les flots déchaînés devant mes yeux. Je hurlai, tombai à genoux sur le pont et m'agrippais aux cordes — au diable les superstitions, que pouvait-il bien arriver de pire — avec la force du désespoir.

C'est alors qu'un marin surgit devant moi. Je vis sa bouche s'agrandir de surprise et me crier quelque chose, mais le vacarme était tel que nous ne pouvions rien entendre d'autre que la tempête. Avisant ma situation, il m'ordonna d'un geste de rester calme et de l'attendre. Le nœud dans ma poitrine se décrispa légèrement. Je le vis faire un pas dans ma direction et tendre les bras vers moi comme s'il voulait me prendre la main, puis le vaisseau fit un brusque écart et il passa par-dessus bord devant mes yeux effarés.

Un instant, tout au plus.

Une seconde il était devant moi, la suivante il ne l'était plus. Je ne l'avais même pas entendu hurler.

Mes doigts se resserrèrent à m'en faire mal. Sans doute pleurais-je, sans doute criais-je. Je n'étais plus en mesure d'entendre le son de ma propre voix.

Une forme noire attira mon regard dans les eaux furieuses. Je craignis un moment qu'il ne s'agisse d'un monstre marin venu nous achever, mais c'était en réalité un autre bateau, malmené lui aussi par les vagues. À la faveur des éclairs, j'aperçus ses voiles déchirées et ballottées par les vents.

Des larmes chaudes coulaient le long de mon visage, aussitôt balayées par la pluie. L'eau glacée et salée me piquait les yeux, s'insinuait dans ma bouche et mes narines, manquant de m'étouffer à chaque vague.

Je ne sais par quel miracle je parvins à rester dans cet équilibre précaire, entortillée dans les cordages, mais je le fis. Je survécus. Et lorsque les cieux se calmèrent, bien des heures plus tard, je n'avais pas bougé. Le matelot qui me trouva dut s'y reprendre plusieurs fois avant de réussir à dégager mes doigts engourdis. On me transporta dans ma cabine, à moitié inconsciente, et je m'endormis aussitôt d'un sommeil parcouru de rêves dérangeants.

Je tombai malade à la suite de cette terrible expérience. Je fus saisie d'une fièvre ardente qui se montra plus coriace que les traitements que nous avions à notre disposition. Mes jours et mes nuits se brouillèrent en une hallucination sans fin, faite d'ouragan et de naufrages, de hurlements et de monstres aux ailes brisées qui avaient parfois l'allure d'un navire en perdition, et parfois l'allure d'un homme monstrueux aux yeux de reptiles. Ces derniers m'effrayaient davantage que tous les autres réunis.

Lorsque j'émergeai enfin de mon délire, quatre jours plus tard, nous avions dépassé le Cap de Bonne-Espérance, au terme d'une bataille contre l'océan qui nous avait pris trois marins. Je n'ai jamais osé demander leurs noms. Lâche que j'étais, je craignais de donner une identité à l'homme qui avait disparu devant mes yeux. Il n'était qu'un visage parmi tant d'autres. J'étais persuadée que tant que je ne connaissais pas son nom, il se perdrait un jour dans les méandres de l'oubli.

Grossière erreur. Je ne l'ai jamais oublié. Je me souviens encore de son menton fuyant et de la cicatrice qui lui courait la joue. Je me rappelle qu'il avait les sourcils broussailleux et qu'il lui avait manqué une dent quand il avait ouvert la bouche pour me parler. Lorsque je ferme les yeux aujourd'hui encore, je revois son visage avec autant de détails que le soir de la terrible tempête. Il fut le premier homme que je vis mourir.

Il fut le premier homme à mourir pour moi.

CHAPITRE douze

SOFALA ÉTAIT UNE véritable forteresse, construite sur une île au milieu de l'embouchure d'un immense fleuve. Inattaquable par voie terrestre. C'était l'un des plus grands bastions portugais des côtes orientales de l'Afrique. Et notre dernière étape avant de rejoindre Calicut où je serais probablement échangée contre une cargaison de porcelaine qui ferait de mon père le plus heureux des hommes.

Rui de Melo Sampaio, représentant de sa majesté Philippe II des Hasbourg, roi d'Espagne et du Portugal, nous accueillit en personne, le visage poudré et la fraise impeccable, la barbe taillée en pointe sur un menton fuyant. Je ne pus m'empêcher d'admirer la figure de sa femme, Teresa, qui, la trentaine avancée, avait le teint aussi frais qu'une jeune fille. Elle portait une lourde robe ocre qui ondulait par vague à chacun de ses pas et laissait sa gorge découverte, à la limite de l'indécence. Un filet d'or emprisonnait la masse de ses cheveux auburn qu'elle avait rassemblés à la base de son cou.

— Mademoiselle, déclara le gouverneur dans un Français à l'accent roulant, c'est un honneur de vous recevoir. Vous êtes la bienvenue ici. Mes domestiques vont vous conduire à vos quartiers afin que vous puissiez vous laver et vous changer. Nous nous retrouverons pour souper dans une heure.

Je le remerciai d'une révérence maladroite, et laissai Duquesne discuter avec les capitaines des autres navires de notre convoi. Le Bien-aimé et les galions portugais avaient fait leur entrée au port quelques heures avant nous, tout aussi endommagés que l'Auguste par le passage du Cap.

Deux femmes nous conduisirent dans l'aile du château destinée aux invités de l'ambassadeur. Elles ne prononcèrent pas le moindre mot, se contentant de nous désigner une porte qui donnait sur une vaste chambre laquelle renfermait sa propre salle de bain.

Une fois à l'intérieur, trois autres serviteurs firent leur entrée avec des baquets d'eau chaude, la peau aussi noire que les prisonniers que j'avais vus à Lisbonne. Elles portaient toutes de simples robes de coton, les cheveux dissimulés sous un foulard blanc.

J'observai les volutes de vapeur qui s'élevaient du bac avec envie. Après tout ce temps en mer, l'idée de me glisser dans l'eau chaude relevait plus du rêve que de la réalité. Envolées, toutes mes craintes de maladie, la baignoire en étain chantait comme une sirène. En me voyant regarder la scène d'un air émerveillé, Xiaoli éclata de son rire cristallin, puis elle m'aida à retirer mes vêtements raidis par le sel et pourris par l'humidité.

Je ne pus m'empêcher de gémir tandis que mon corps se liquéfiait sous l'effet de la chaleur et des huiles odorantes, alors que mes muscles engourdis se détendaient les uns après les autres. Sur le bateau, notre hygiène avait été plus que rudimentaire, réduite à quelques toilettes sèches dès que nous le pouvions. Je ne fus pas surprise de voir l'eau se teinter de noir en quelques instants.

Un peu plus tard, propre pour la première fois depuis des mois, je demandai à ce qu'un nouveau bain soit préparé pour ma compagne qui rougit sous le coup d'une attention à laquelle elle n'était pas habituée. Les femmes s'inclinèrent et se plièrent à nos ordres comme s'ils émanaient du roi en personne.

J'avais l'impression de faire preuve d'indélicatesse en les observant travailler, mais je ne savais pas où tourner mon regard. Ces femmes étaient-elles des esclaves, comme les prisonniers de Lisbonne ? Ou bien vivaient-elles ici de leur plein gré comme les domestiques de Beaulieu ?

Au fond de moi, cependant, je connaissais la réponse à cette question. Elle se trouvait dans la façon dont les jeunes femmes détournaient les yeux et s'écartaient instinctivement de moi chaque fois que je m'approchais. Comme si elles avaient peur de se mettre en travers de mon chemin. Personne ne se comportait comme ça avec mon oncle. Ne sachant pas quoi faire d'autre, j'essayai de leur sourire, de parler d'une voix douce, mais rien ne fonctionnait. Un mur se dressait entre nous.

Et lorsque je pris gentiment l'une d'elles par le bras pour demander des serviettes supplémentaires pour Xiaoli, la jeune fille glapit et sursauta comme si mon contact l'avait brûlée.

Ce fut finalement de fort mauvaise humeur que j'arrivai au souper un peu plus tard, la tête pleine de l'injustice dont j'avais été témoin.

La table se remplit vague après vague devant mes yeux ébahis. On nous servit du poulet mariné dans une sauce au citron épicé, du poisson, des crustacés, un étrange plat à base de feuilles de manioc, ainsi qu'une quantité de fruits et légumes. Il y avait si longtemps que je n'avais pas vu autant de nourriture.

— Essayez de vous restreindre, mademoiselle Neuville, me dit gentiment le capitaine Duquesne. Votre estomac aura du mal à supporter si vous avalez aussi vite, surtout après une si grande période d'abstinence.

Je jetai un regard coupable à mon assiette que j'avais remplie jusqu'à ras bord et dans laquelle je piochais avec impatience bouchée après bouchée. J'eus envie de répliquer que cette nourriture valait bien quelques maux de ventre, mais la façon dont il m'observait, un sourcil ironiquement dressé me fit changer d'avis. Je m'éclaircis la gorge et commençai donc à manger avec plus de modération.

Le gouverneur et les capitaines conversaient agréablement dans un mélange de français et de portugais et je sentais mes paupières s'alourdir, rêvant du lit que j'avais aperçu dans mes quartiers. Je ne repris mes esprits qu'en étant amicalement bousculée par le capitaine Duquesne qui me dévisageait en souriant.

— Capitaines, était en train de dire le gouverneur en s'adressant aux quatre marins qui avaient répondu à son invitation. Je vous prie de nous garder un petit peu de votre temps à la mi-journée. Je meurs d'envie de vous montrer nos plantations. Le nouveau système d'irrigation est une véritable merveille. Les plans pourraient valoir leur pesant d'or.

— Je m'en ferai une joie, gouverneur.

— Je souhaiterais également vous faire visiter nos casernes. Nos fournisseurs ont eu beaucoup de chances ces derniers mois, les esclaves sont forts et bien portants. Vous ne trouveriez pas de meilleure main-d'œuvre sur la côte ouest.

L'atmosphère se refroidit brusquement. Duquesne et le capitaine du Bien-aimé se dévisagèrent avant de croiser mon regard d'un air gêné.

— Monseigneur de Melo Sampaio, je crains qu'il n'y ait erreur, nous ne sommes pas des négriers. L'industrie Neuville ne met pas la main dans ce genre de commerce.

— Ah, mais ce n'est pas ce que m'a écrit votre patron. Monsieur Neuville, c'est bien ça ? Vous m'avez remis une lettre de lui à votre arrivée.

— C'est bien le cas.

— Saviez-vous de quoi le segnor Neuville voulait m'entretenir ?

— La missive était cachetée, gouverneur, vous êtes le premier à avoir posé les yeux sur son contenu.

— Il me demande si le commerce des esclaves pourrait lui être profitable, tenez, regardez.

Duquesne prit le courrier des mains du gouverneur et la parcourut rapidement, les sourcils froncés. Mon estomac se révulsa. Je n'avais jamais imaginé cela possible, mais mon père venait de tomber encore un peu plus bas.

— Que se passe-t-il, Jean ? s'inquiéta le capitaine du Bien-Aimé, de l'autre côté de la table. Nous ne faisons pas route vers les Amériques. Et quel intérêt d'acheter des hommes ce côté-ci du pays ? Vous auriez un meilleur taux de succès en suivant les côtes occidentales de l'Afrique comme le font les autres…

— Il veut créer un lien avec l'Asie.

— L'Asie ? Mais cela ne se fait pas.

— Pas exactement messieurs, les interrompit le gouverneur. Cela s'est fait, il y a de cela fort longtemps. Les esclaves transitaient d'Afrique vers les îles en mer de Chine avant de remonter vers l'empire. Ce fut un commerce florissant autrefois, il ne tient qu'à nous de le relancer. La traversée vers l'Asie est plus courte et comporte moins de dangers que celle des Amériques. Vous en perdriez moins sur la route et le profit en serait d'autant plus grand. Pensez-y seulement, Capitaines. Imaginez…

— Vous faites erreur, Monsieur. Je ne peux parler au nom de vos compatriotes, mais il est hors de question que je m'abaisse à ce genre de pratiques. J'ignore pourquoi M. Neuville vous a écrit cette lettre, mais il ne m'en a pas touché un mot et je considère cette discussion close.

J'avais vu le visage de Duquesne virer au blanc, puis au cramoisi pendant le discours du gouverneur. Ses poings s'étaient refermés sur la nappe ivoire et il ne relâcha le tissu que lorsqu'il se tut, l'air indigné.

— Enfin, Capitaine, ne refusez pas avant de savoir ce que vous pourriez manquer. Accompagnez-moi demain pour visiter les casernes. Je n'ai rien à voir avec ces esclavagistes de l'Ouest. Les hommes et les femmes sont bien traités ici, ils ne se plaignent pas. Nous pourrions y amener la jeune mademoiselle, beaucoup de femmes trouvent l'aventure…

— C'en est trop. Je n'associerai pas mon bateau à ce genre de pratique. Je me retire sur-le-champ. Mademoiselle Neuville, je vous prie de me permettre de vous raccompagner jusqu'à vos quartiers. Vous avez besoin de repos et cette conversation n'est pas de celles auxquelles une jeune femme telle que vous devrait prendre part. Venez.

Nous avions prévu de rester à Sofala une dizaine de jours. Le capitaine Duquesne nous fit reprendre la route dès le lendemain.

Après près de cinq mois en mer, je connaissais le bateau par cœur. Vers la fin de l'expédition, peu avant notre escale à Sofala, je me mouvais à sa surface avec autant d'aisance que les marins. C'est pourquoi je fus extrêmement étonnée le deuxième jour après notre départ des côtes africaines de ressentir à nouveau les crampes systématiques du mal de mer. Les marins rirent lorsqu'ils me virent pliée au-dessus du bastingage, mais gentilles brutes qu'ils étaient, ils m'apportèrent des plantes dont l'infusion devait soulager mon estomac.

Mes compagnes ne se portant pas beaucoup mieux, nous passâmes de nouveau les premiers jours enfermées dans nos cabines, somnolant à longueur de journée sans jamais vraiment nous endormir. Seule Oh-grand-pied semblait miraculeusement insensible aux mouvements de la mer. Je commençais à croire la vieille femme indestructible.

Comme après notre départ de La Rochelle, les symptômes finirent par se calmer et je pus enfin reprendre ma place à la table du capitaine. Ce dernier avait constamment un air sombre au visage. Je me doutais que la lettre de mon père en était la cause.

— Va-t-il vous demander de transporter des esclaves après votre retour en France ? l'interrogeai-je un soir.

— Il n'oserait pas. C'est un trafic inhumain et je refuse d'y prendre part.

— Il vous dirait que refuser d'y participer ne les aiderait en rien, puisque vous n'empêcherez pas les autres de le faire à votre place. En prenant soin vous-même d'une cargaison vous pourriez être sûr de les amener à bon port dans l'état que vous aurez décidé, en les traitant comme des hommes et non des animaux si telle est votre décision. Vous leur offririez une meilleure chance de survie.

Il s'immobilisa, le pain à mi-chemin entre l'assiette et la bouche.

— Vous parlez, mais ce sont ses mots que j'entends.

— C'est mon père, répondis-je tristement. Je connais sa façon de penser.

— Et qu'en pensez-vous, vous-même, mademoiselle Neuville ?

— Capitaine, réfléchissez. Ne suis-je pas la dernière personne au monde qui vous conseillerait de traiter des êtres humains comme des marchandises et de les livrer à un homme qui les restreindra contre leur volonté ?

Il me dévisagea en silence, les sourcils légèrement froncés. Ses yeux bleus étaient si perçants et lumineux que je battis prudemment en retraite, plongeant les miens dans mon plat. Notre table était particulièrement fournie ce soir-là. Entre les viandes et les légumes achetés à Sofala, les poissons pêchés aux alentours de l'Équateur et la cave de vin du capitaine qui ne désemplissait jamais, le coq s'était donné à cœur joie.

— Je prie qu'il ne me propose jamais un tel commerce, reprit-il enfin en se levant pour sortir une bouteille de cognac. Et s'il le fait, je me verrais forcé de refuser. Je ne fais pas commerce des hommes.

— Que se passera-t-il si vous refusez ? Peut-il vous retirer le bateau ?

— C'est un peu plus compliqué que cela. L'Auguste est à moi.

Ses doigts se crispèrent sur la bouteille qu'il reposa sur le comptoir. De sa main libre, il toucha le bois de la cabine, ferma les yeux et inspira profondément.

— J'ai toujours été son capitaine et je me plais à penser que l'équipage ne suivrait pas aisément un autre que moi. Peut-être n'est-ce là que pure vanité…

Il resta curieusement immobile de longs instants, avant de se tourner finalement vers moi.

— L'Auguste est à moi, mais votre père est celui qui a investi le plus d'argent dans sa construction et son maintien. Je suppose que s'il advient, le conflit ne sera pas beau à voir. Prions pour qu'il n'arrive pas. Le gouverneur se fait des idées. J'aurai une bonne discussion avec nos partenaires à Calicut et je lui prouverai qu'il s'agit d'une grosse erreur.

— Bonne chance.

Il reprit la bouteille et remplit un des petits verres de liquide ambré, un rictus sur les lèvres.

— Je ne vous sers pas, je pense que votre père aura assez de reproches à me faire sans qu'en plus je ne fasse de vous une ivrogne.

Après l'équateur, nous bifurquâmes vers l'Est et les eaux profondes de l'océan Indien. Enfin, un mois après notre départ de Sofala, nous fîmes notre entrée dans la baie de Calicut. L'excitation était à son comble à bord, car les marins resteraient postés quelques semaines à terre avant de prendre le chemin du retour. Cette perspective semblait en enchanter plus d'un, surtout après avoir passé tant de temps confinés sur l'Auguste.

Quant à moi, emportée par l'effervescence, il me semblait presque difficile de réaliser que ce qui était la fin du voyage pour eux ne l'était pas pour moi. De mon poste d'observation favori près de la proue je détaillais le rivage qui s'approchait peu à peu du navire. Calicut était une charmante ville, protégée par des montagnes à l'horizon. Les ruelles étroites débordaient d'une foule hétéroclite dont je ne distinguais qu'un foisonnement de couleurs. L'odeur de multiples épices, sucrée et piquante à la fois couvrait jusqu'aux habituels miasmes de l'océan qui empestait d'habitude les ports.

Le capitaine Duquesne me rejoignit en souriant. Ces derniers temps, j'avais l'impression qu'il se trouvait constamment dans mon champ de vision, comme s'il me gardait à l'œil. J'étais souvent confuse en sa présence. J'avais envie de le haïr pour être la personne qui m'avait amenée ici, mais je devais avouer qu'il n'avait été qu'un parfait gentilhomme envers moi.

— C'est une sacrée vue, n'est-ce pas ? s'exclama-t-il en embrassant la ville du regard.

— En effet oui, je n'avais jamais admiré un endroit pareil.

De par certains côtés toutefois, Calicut me rappelait Lisbonne, ou plutôt une version déformée de Lisbonne tirée de l'esprit d'un artiste en proie à des rêves étranges. Toute à l'observation de la ville, je poussai un cri de surprise devant la scène que je découvris à terre. Tout près de la berge, là où les maisons se faisaient plus rares et plus petites, un groupe de marins chargeait du matériel sur le dos d'énormes animaux. Ces monstres faisaient bien la taille de plusieurs hommes et leurs oreilles battaient au vent tels des éventails.

Le capitaine éclata de rire devant mon regard choqué.

— Des éléphants, m'expliqua-t-il. Natifs de ces contrées. On les utilise pour déplacer les marchandises et les hommes. Cela vous ferait-il plaisir d'essayer ? Vous pourriez m'accompagner visiter les terres intérieures. J'ai à y faire pour votre père.

— Rien ne me ferait plus plaisir, Capitaine. Il me faudra convaincre ma gouvernante, mais je tâcherai de me montrer à la hauteur.

— Quand on parle du loup…

— Jade !

Mon nom, en chinois, sonna dans l'air chaud de cette fin d'été. Je me retournai pour voir s'approcher Oh-grand-pied, droite et stricte dans sa robe sombre.

— Jade, veuillez me suivre s'il vous plait. Une délégation sera peut-être au port pour nous accueillir. Il est hors de question qu'ils vous voient arriver ainsi, le visage à découvert et les vêtements tachés comme la dernière des paysannes.

— Capitaine, le devoir m'appelle, quand donc vous reverrai-je ?

— Je serai présent ce soir, pour souper. Nous discuterons de notre petite escapade à ce moment-là, répondit-il en s'inclinant.

— Jade ? Nous n'avons plus de temps à perdre, suivez-moi à présent.

— Bien, bien, fis-je en lui emboîtant le pas.

— Vous resterez enfermée dans votre cabine jusqu'à que nous fassions monter une cuve et de l'eau propre. Je dépêcherai vos trois demoiselles de compagnie pour vous trouver une tenue convenable. Et un voile. Les quais regorgent de marchands de toutes origines, une jeune fille de bonne éducation ne laisserait jamais voir son visage au milieu d'une telle foule.

— Vous voulez que je me cache ? Mais pourquoi donc ?

— C'est ainsi que vont les choses. Les demoiselles ne vont pas dans les rues ainsi, tête nue.

— C'est ridicule.

— Après votre mariage, vous en discuterez avec votre époux et je lui laisse le soin de mettre fin à vos enfantillages. Jusque-là, vous m'écouterez, moi, c'est bien compris ? Eh oui, je n'ignore pas que nous vous avons laissé la liberté de faire comme vous l'entendiez jusqu'à aujourd'hui. Arpenter le pont aussi librement qu'un homme, sortir la nuit quand vous pensez que personne ne vous surveille, relever vos jupes pour courir. C'est terminé à présent. Lorsque vous descendrez de ce navire, il faudra vous soumettre à nos habitudes. Nous pourrions rencontrer des connaissances du vénérable Shen une fois à terre. Votre vertu ne doit pas être contestée jusqu'à votre mariage… Elle ne doit pas être contestée davantage, ajouta-t-elle d'un ton lourd de sous-entendus qui me fit rougir.

C'était un coup bas.

Après m'être baignée et frictionnée, après m'être coiffée et habillée, je jetai un coup d'œil au miroir de bronze poli et ne pus m'empêcher de sursauter. Je n'avais guère vu mon reflet depuis six mois. Mon visage semblait hagard et mes joues creuses. Il était vrai que me sentais plus faible qu'à notre embarquement à La Rochelle, mais je n'avais pas imaginé que la fatigue serait aussi flagrante. Je passai un doigt sur mes traits, pour vérifier que la personne qui me rendait mon regard dans le miroir était bien moi.

— Allons, allons, s'exclama ma gouvernante en me faisant sursauter. Attachez ceci et nous pourrons sortir. Vous le porterez chaque fois que vous serez en public, et ce jusqu'à votre mariage, c'est bien compris ?

Elle me posa sur la tête un étrange chapeau noir. Une gaze sombre était suspendue à ses larges rebords, suffisante pour me dérober à la vue de mes interlocuteurs, mais assez transparente pour ne pas complètement restreindre ma vision. Mi-intriguée, mi-énervée, je tirai sur le bandeau qui me démangeait le cou.

Un détachement d'hommes des entrepôts de Shen Bao nous attendait près des quais et je me surpris à jeter des regards anxieux à la recherche de celui qui hantait mes cauchemars. Nul monstre ne semblait se cacher parmi la petite troupe. Je m'en voulus de ne pas avoir demandé à ma gouvernante si mon futur époux avait fait le déplacement pour me rencontrer. Peut-être n'en savait-elle pas plus que moi après tout.

Je fus conduite devant une étrange chaise en bambou, entourée de quatre porteurs. La structure paraissait des plus instables et j'aurais préféré marcher, mais la pression que Madame Oh appliqua sur mon bras était suffisante pour me faire passer l'envie de résister.

Le groupe vêtu de vert nous escorta au travers de la ville. L'après-midi touchait bientôt à sa fin, mais les rues ne désemplissaient pas. Des commerçants de tous pays se mélangeaient dans un joyeux désordre. Certains des locaux ne portaient que des courtes braies blanches, dévoilant leur peau brunie par le soleil. Les autres arboraient un véritable arc-en-ciel. Je vis des femmes, le front marqué de rouge, les cheveux rassemblés dans des voiles colorés et des bijoux en or. Je leur enviai leur visage découvert tandis que je patientais sous la gaze noire, la sueur ruisselant goutte après goutte dans mon cou.

Les odeurs d'épices étaient entêtantes, les couleurs omniprésentes, même à la tombée de la nuit. Dans un coin de la ruelle, un attroupement révéla un groupe de musiciens qui jouaient une mélodie entraînante à l'aide d'une cithare et d'une longue flûte. Le son se répercutait sur les bâtiments voisins et emplissait l'espace d'une façon presque magique. J'aurais tant aimé pouvoir m'arrêter et les écouter davantage, mais rien ne semblait pouvoir ralentir mon escorte. Elle se frayait un chemin au milieu de la foule comme un navire fendant l'eau.

Nous parvînmes dans un quartier un peu plus reculé où l'architecture des maisons détonnait avec le reste de la ville. Certaines affichaient des caractères chinois sur les linteaux. Nous étions clairement arrivés. Un des porteurs m'aida à m'extirper du palanquin une fois l'escorte arrêtée. J'étais en train de remettre distraitement de l'ordre dans mes robes froissées lorsque j'aperçus une silhouette familière émerger de l'une des demeures.

— Charles ! m'exclamai-je

Je m'élançai vers lui si vite que Madame Oh n'eut pas le temps de me réprimander de mon exubérance. Il était si étrange, et si merveilleux, de voir un visage connu dans cet environnement qui ne l'était guère. Il sourit, s'inclina, puis m'indiqua la porte qui se trouvait derrière lui.

La maison au sol de pierre était basse et aérée, construite autour d'un atrium. Les meubles étaient de bois sombres et les murs blanchis à la chaux. Lina, l'épouse de Charles que j'avais rencontrée en France des années plus tôt, était à l'intérieur, plongée en pleine discussion avec le capitaine Duquesne.

— Ah, lança la jeune femme qui n'avait rien perdu de sa beauté. Nous vous attendions. Asseyez-vous.

— Vous pouvez retirer votre voile ici, si vous le souhaitez, Claire, ajouta son époux. Nous avons renvoyé les domestiques pour ce soir. Il nous faudra nous contenter du minimum pour le souper !

Je me tournai vers ma gouvernante qui ne fit pas un geste pour m'arrêter et déliai le lourd chapeau. Je pouvais finalement respirer de nouveau.

— Lina, votre français s'est considérablement amélioré, la complimentai-je en m'asseyant.

— C'est exactement ce que je disais ! s'exclama le capitaine. La dernière fois que nous nous sommes croisés, elle osait à peine soutenir mon regard.

— C'était il y a des années, Capitaine. Et vous ne le savez peut-être pas, mais votre regard est toujours des plus difficiles à soutenir.

— Je vois que les Indes vous ont fait du bien ! Il n'y a pas si longtemps, vous fuyiez la Chine comme des clandestins !

— Jean, je t'en prie. Lorsque tu parles ainsi à ma femme, tu lui fais peur.

Le capitaine éclata de rire et se resservit d'une carafe de liquide ambré.

— Si tu me retires tous mes petits plaisirs Charles, je ne vois pas pourquoi je m'acharne à revenir ici !

— Comment se sont passées les négociations ?

— Il faudra quelques jours, je pense. C'est toujours comme cela. Et c'est tant mieux, cela n'a pas été la plus tranquille de nos expéditions, ça fera un peu de bien à mes gars de se reposer. J'en profiterai pour aller jeter un coup d'œil à l'atelier dont tu m'as parlé. Le Neuville ne parle plus que de ça depuis qu'il a reçu le convoi des Arméniens. C'est sa dernière lubie. Comme s'il n'était pas assez riche…

— Jean.

Le capitaine se reprit, tournant vers moi un regard gêné. Mais s'il s'était attendu à voir une critique dans mon expression, il se fourvoyait complètement. Je les fixai, les yeux et la bouche grande ouverte, choquée et immoralement ravie d'entendre quelqu'un dire du mal de mon père.

— De quel atelier parlez-vous ? demandai-je, puisque j'avais toute leur attention.

— Votre père a reçu un échantillon de coton peint dans une cargaison de Marseille. Cela proviendrait d'Arméniens, qui auraient appris la technique aux Indes. Je vais essayer d'en ramener.

— Il y a un atelier à quelques heures de la ville. Ils ont leur propre champ et font les teintures eux-mêmes, comme je le disais tout à l'heure. Je tâcherai de trouver un guide pour nous y emmener.

— Merci Charles. Vous plairait-il de venir avec nous, mademoiselle Neuville ? Je vous ai promis une balade en éléphant si je me souviens bien.

Charles leva un sourcil étonné et se tourna de nouveau vers moi. Mes joues se mirent à rougir mais je décidai de les ignorer, mes yeux rivés à ceux du capitaine.

— Avec plaisir. J'aimerais que Xiaoli m'accompagne, si cela ne vous dérange pas.

— Inséparables, ces deux-là… Oh, une autre chose dont je voulais discuter, Charles, j'ai entendu de terribles rumeurs pendant mon passage à Sofala. Le gouverneur essayait de nous faire acheter des esclaves pour les amener aux Indes. De quoi parlait-il donc ? Il n'y a pas de commerce de ce côté-ci de l'Afrique.

— J'ai bien peur qu'il n'ait pas complètement tort.

— Importe-t-on des hommes aux Indes ? En Chine ?

— Cela s'est déjà fait par le passé. La dynastie Yuan était une branche d'origine guerrière et de nombreux esclaves transitaient par les Indes pour être offerts à l'Empereur.

— C'était il y a des centaines d'années. Pourquoi recommencer maintenant ?

— C'est différent aujourd'hui. Les hommes que je vois ne sont pas des tributs. Ce ne sont que des suppositions Jean, garde cela bien en tête. J'ai l'impression qu'il se trame quelque chose en Chine. Que la dynastie n'est plus aussi stable. Shen n'est pas le seul chef de clan à avoir installé ses quartiers à Calicut. Chez d'autres, nous avons observé ces derniers mois une augmentation du personnel. Un nombre important d'hommes, de différentes origines. J'ai peur que certains ne soient en train de monter une petite armée.

— Une invasion, tu penses ?

— Non, rien d'aussi grave. Il ne serait pas possible de dissimuler une armée telle que celle-là. Mais je ne serais pas surpris que certains gouverneurs se réservent la possibilité de gagner leur indépendance à la force des armes. L'empereur se fait vieux et les rumeurs qui nous parviennent de la Cité Interdite sont des plus inquiétantes. Peut-être n'est-ce là que des divagations de marins. Nous sommes après tout bien loin de la capitale Ming.

Je sentis un frisson me remonter le long de la nuque. N'était-il pas assez qu'on m'ait vendue à un pays de païens, voilà que j'apprenais qu'il s'agissait d'un pays aux portes de la guerre ?

CHAPITRE treize

LE LENDEMAIN, APRÈS une nuit de sommeil, je réussis à convaincre Oh-grand-pied de me laisser visiter les ruelles marchandes de Calicut. J'avais espéré partager un moment d'intimité avec Xiaoli, mais à ma grande déception, entre ma gouvernante, les sœurs Li et l'escorte, ce fut finalement une douzaine de personnes qui m'accompagnèrent ce jour-là.

Nous n'étions pas encore sortis du quartier chinois quand notre route fut bloquée par un groupe, au moins aussi imposant que le nôtre, qui avançait en sens inverse. Oh-grand-pied eut juste le temps de se pencher par-dessus mon épaule pour me murmurer de garder le silence avant qu'il n'arrive à portée d'ouïe.

L'homme qui les menait était un Chinois d'une quarantaine d'années. Il avait un visage rond au teint cireux et un ventre rebondi qui tirait sur sa tunique. De légers fils argentés marquaient ses tempes, mais le reste de ses cheveux étaient aussi noirs que les ailes d'un corbeau. Ses petits yeux, à moitié cachés par d'épais sourcils broussailleux étaient rivés sur moi, comme s'il tentait de percer les mystères de mon voile.

— Tiens, tiens, mais qu'avons-nous là, fit-il d'une voix de ténor. Je vous reconnais, vous travaillez pour le vieux Shen non ?

— Vénérable Ye, s'inclina le chef de ma troupe. En effet, c'est bien le cas.

— Le vieux Shen serait-il en train de prendre épouse ?

Il éclata d'un rire profond qui fit trembler les bourrelets de graisse sur son menton.

— Ma foi, même ce vieux bougre doit chercher à réchauffer son lit les nuits d'hiver, hein ? Mais regardez-moi ces mains ! Je ne savais pas qu'il les aimait si jeunes. Le vieux taureau préfère l'herbe tendre, n'est-ce pas ce qu'on raconte !

Je cachai précipitamment mes doigts derrière mes larges manches.

— À moins que… il lui reste un fils. Tu es donc sa bru. Mais pourquoi enverrait-il chercher une épouse pour son fils parmi ces barbares ? Dis-moi, petite hirondelle, quelle est donc ton identité ?

Il s'approcha si près en posant cette question que deux des membres de mon escorte s'interposèrent en se plaçant devant ma chaise à porteurs. Il les dépassait d'une tête cependant, et son regard curieux ne me quitta pas un seul instant alors même qu'il faisait marche arrière.

— Nous nous reverrons, petite hirondelle. Je n'en doute pas.

Cachée sous la gaze noire, les cheveux maintenus relevés sous le chapeau pour aérer ma nuque, j'étais totalement anonyme. Il n'avait rien vu de moi, mis à part mes mains. Il ne pouvait pas avoir deviné d'où je venais. C'était sans doute la raison pour laquelle Oh-grand-pied m'avait ordonné de ne pas lui répondre. Mon accent aurait immédiatement trahi le secret de mes origines.

— Qui est-ce ? demandais-je doucement en le regardant s'éloigner

— Ye Dongfen.

— Est-il un proche de la famille Shen ?

— Un rival, plutôt. Ils sont en compétition sur de nombreux marchés à Shaoxing.

— Il m'a semblé… étrange.

— Il apprécie particulièrement mettre les gens mal à l'aise. Maître Shen sera de méchante humeur s'il a deviné votre identité.

— Il la découvrira bien assez tôt, non ?

D'une certaine manière, sans vraiment comprendre pourquoi, il me paraissait évident que nos routes viendraient à se croiser de nouveau. Il nous avait quittés avec tant d'assurance et de calme, comme s'il s'apprêtait à me revoir au souper.

Lorsqu'il n'y eut plus trace du marchand, ma petite troupe reprit son chemin vers les marchés que je détaillai avec plaisir. Descendre de ma chaise ne me fut pas autorisé, pas plus que retirer le voile noir qui me brouillait la vue. Je fus donc contrainte à regarder défiler les passants et les échoppes depuis mon perchoir.

Un des marchands avait posé sur son étalage des condiments de toutes les couleurs dont les odeurs me chatouillaient les narines. Son voisin exposait des saris ornés de magnifiques broderies. Une fois, au travers de la foule, j'aperçus un groupe de marins de l'Auguste, occupé à négocier à grand renfort de mimes et de rires. Je voulus faire un signe pour les saluer, mais lorsqu'ils se retournèrent et remarquèrent mon escorte, ils s'inclinèrent avec respect et s'écartèrent pour laisser place au convoi. Mon geste suspendu, je jetai un regard derrière mon épaule pour les observer disparaître à l'angle d'une rue. Qu'il était étrange de voir sans être vu.

Les jours défilèrent, chacun d'eux semblable à celui qui l'avait précédé. Après l'incident avec le marchand Ye, ma gouvernante ne m'avait plus autorisée à sortir, de peur qu'on ne fasse le lien en apercevant la jeune fiancée émerger de la maison de Charles, qui n'était pas inconnu des habitants du quartier.

Le repas du soir était mon seul moment de distraction de la journée. Parfois le capitaine Duquesne se joignait à nous. Lorsqu'il ne le faisait pas, il venait presque à me manquer. Une autre personne à qui je serais triste de faire mes adieux.

— Notre expédition pour l'atelier est prévue demain, nous dit-il, un soir. J'ai payé un guide et loué des éléphants. Me ferez-vous l'honneur de votre présence, mademoiselle Neuville ?

Depuis mon arrivée, Lina et son époux avaient donné congé à tous leurs domestiques afin de me permettre de me promener sans voile à l'intérieur des murs. Une seule femme était restée, qui ne quittait jamais les cuisines.

— Je ne sais pas si c'est très raisonnable, intervint mon hôte.

— Et j'ignore si Madame Oh me laisserait partir.

— Faites-vous accompagner de Charles et Lina, ils seront là pour veiller sur votre vertu.

— Jean, soupira finalement Charles. Depuis qu'elle a croisé la route d'un marchand de Shaoxing, les soldats sont sur des charbons ardents. Shen souhaite vraiment ménager son effet de surprise et les gens commenceront à se douter de quelque chose si on se rend compte que la fiancée est logée chez moi. Ne suis-je pas un des seuls européens du quartier chinois ? Le lien ne prendra pas longtemps à être fait.

— Tu as peur qu'on la voie sortir sous ces tonnes de voiles, entourée de son escorte ?

— Exactement. Shen Bao a spécifié qu'il voulait qu'elle lui soit délivrée en toute discrétion quant à son identité.

— Et bien, laissons-la se promener avec son visage à découvert dans ce cas ! Personne ne fera le lien entre un jeune mousse un peu trop frais pour sa condition et la mystérieuse fiancée qui arpente les rues de Calicut vêtue de noir.

— La laisser sortir habillée en homme ? Jean, enfin, tu n'y penses pas ! Que dirait son père ?

— Mon père n'est pas là, intervins-je, n'est-ce pas ?

— Exactement ! s'exclama Duquesne en m'adressant un clin d'œil. Et il ne saura rien qui n'apparaît pas dans mon rapport. Je vous ferai porter des tenues de mousse demain matin. Une pour vous et une pour l'une de vos compagnes, si je ne m'abuse ?

— Je vous remercie, Capitaine.

— Jean, j'ai comme l'impression que tu as eu une mauvaise influence sur notre protégée ces six derniers mois…

— Bah, ne me remerciez pas. Et puis, je vous laisse le plus dur. Écarter la gouvernante acariâtre.

Il porta son verre à ses lèvres en souriant d'un air entendu. Charles soupira et jeta un coup d'œil à Lina qui acquiesça lentement.

— Je m'en chargerai, dit-elle.

— Demain, et c'est tout, rajouta son époux d'un ton qui se voulait strict, mais dans lequel perçait un amusement non feint.

Lina sut en effet s'y prendre. J'ignore quel argument elle employa, ou quelle promesse elle lui fit, mais le lendemain matin, lorsque nous nous réveillâmes, Oh-grand-pied n'était nulle part en vue.

Charles nous apporta lui-même les vêtements de marin, les déposa sur le lit que je partageais avec Xiaoli et me jeta un regard lourd de sous-entendus avant de nous laisser. J'examinai avec excitation les chausses et la large chemise de coton blanc. Ce serait la toute première fois que je porterais un tel attirail. Ma petite Li et moi nous mîmes à pouffer comme des enfants en les enfilant. Malgré nos cheveux tressés le long du dos, nous ne ressemblions pas vraiment à des hommes, mais tant que personne ne nous prêtait attention, cela serait suffisant.

Guoying et He gardaient généralement leur chambre le matin, il ne nous fut donc pas difficile de rejoindre le salon sans nous faire remarquer. Là, le capitaine et quatre marins de l'Auguste s'inclinèrent en nous voyant approcher. Henri le hunier était parmi eux, et mon visage se fendit d'un sourire à sa vue. Un hâle rouge pour le moins inhabituel sur les joues, il me tendit le bras. Il tenait au cœur de son poing offert un petit anneau cuivré.

— Ach'té avec ma solde ! Pour pas qu'vous nous oubliez !

— Oh, Henri, c'est tellement gentil ! Je ne comptais pas t'oublier, tu sais…

Je pris l'anneau de sa main et le glissai à mon index. Le jeune marin rayonnait littéralement de plaisir.

— Allons, en route, nous pressa le capitaine. Nous avons un long chemin devant nous.

Ikshan était le nom de notre guide. Il avait la peau sombre des gens de son peuple et un large sourire édenté. Lorsqu'il se tenait à même le sol, ses jambes arquées lui donnaient un air étrange, comme s'il n'avait pas l'habitude de marcher. Je m'approchai d'un pas timide des deux animaux monstrueux qui l'accompagnaient. Jamais je n'avais croisé de créatures aussi grosses. Sur une petite claque et un ordre de leur maître, les énormes bêtes se baissèrent pour nous permettre d'atteindre la grande et confortable litière sur leur dos.

Je m'installai sur le premier éléphant en compagnie de Xiaoli et du capitaine tandis que les trois marins grimpaient sur le second. Ikshan, lui, prit place sur le cou de notre monture afin de nous diriger vers les montagnes.

Les yeux écarquillés, j'observai la ville défiler en contrebas. Au bout de quelques heures de route, le sol se fit plus escarpé, le plat de la vallée s'arrondit pour laisser place à de douces collines. L'air était humide et lourd sous la voûte des arbres gigantesques, mais cela ne semblait pas importuner Duquesne qui n'arrêtait pas de parler.

Enfin, la forêt s'arrêta de façon si brutale qu'elle ne pouvait être naturelle. Une maison à plusieurs étages avait été construite au centre d'une immense clairière, entourée d'une foison de tissus colorés qui séchaient au soleil sur des pics aussi hauts que des arbres. Le vent soufflait sur les étoffes en un doux ruissellement évoquant les feuilles qui s'agitent dans la brise. Ma mâchoire se décrocha devant tant de splendeur.

Lorsque nous nous approchâmes plus avant, je pus me rendre compte que les employés qui allaient et venaient portaient tous des pinces sur leur nez. Des effluves nauséabonds commençaient d'ailleurs à parvenir jusqu'au mien.

— L'odeur est pour le moins... désagréable.

— Je vous avais promis un éléphant, pas une parfumerie, répondit le capitaine en riant. Vous n'êtes pas obligées de m'accompagner à l'intérieur, cela sera sans doute pire. Je demanderai à Hugues de veiller sur vous deux.

— Serez-vous long ?

— Je tâcherai de faire au plus vite. Mais il me faut percer le mystère de ces chefs-d'œuvre, voyez-vous.

Il sauta à terre avant même que l'animal ait fini de se baisser et se dirigea vers un homme qui venait à notre rencontre. Je descendis puis tendis la main à Xiaoli pour l'aider à me rejoindre. Nous nous promenâmes ainsi au milieu des voiles et des cotons multicolores, subjuguées toutes deux par cet étrange et magnifique lieu. Il y avait si longtemps que nous n'avions pas marché ensemble, elle et moi. Je ne sus que dire d'abord, le cœur lourd des regrets du passé et des craintes de l'avenir.

— Merci, murmurai-je au bout d'un très long moment de silence.

— Pardon ?

— Je voulais te remercier Xiaoli, te remercier pour tout ce que tu as fait pour moi. On t'a arrachée à ta famille, à ton pays, à cause de moi. Pourtant tu as toujours été à mes côtés. La seule personne sur qui je puisse compter. Et dire que je prévoyais de t'abandonner... je ne suis pas digne de ton amitié.

Elle me lança un de ces regards dont elle avait le secret. Un de ceux où se mêlaient la femme et l'enfant. Ses yeux sombres plongèrent dans les miens et ne me lâchèrent plus jusqu'à ce que, incapable de les soutenir plus longtemps, je finisse par baisser les miens.

— Henri te faisait sourire comme personne. Je pense que c'est à cause de ça que je voulais vous aider. Il te rendait heureuse. Mais m'abandonner ? N'y pense même pas. Je t'aurais suivie ce jour-là, tout comme je te suivrais aujourd'hui si tu décidais de marcher droit devant nous jusqu'à ce que nous soyons perdues dans les collines et qu'on ne nous retrouve jamais.

Je refermai mes doigts autour des siens et l'arrêtai. Les voiles colorés s'agitaient en douceur sous la brise tout autour de nous.

— Tu serais partie avec moi ? Tu aurais abandonné ton pays pour moi ?

— Les souvenirs que j'ai gardés de mon foyer sont chaque jour un peu plus flous. Je ne suis même plus certaine de considérer l'empire comme mon pays. Ces dernières années, je les ai passées avec toi et j'aime Beaulieu autant que toi. Tu es plus importante pour moi que ne le sera jamais une maison, Jade, bien sûr que je t'aurais suivie.

La honte me submergea. Jamais je n'avais imaginé qu'elle aurait été capable de prendre une telle décision pour moi. Ma gorge se comprima et pendant un instant, je crus que j'allais pleurer.

— J'ai peur, Xiaoli ! m'exclamai-je en la serrant contre moi. J'ai si peur... Je voudrais être forte, mais je ne sais pas comment.

— Est-ce l'idée de vivre si loin de chez toi qui t'effraie autant ?

— Non, tu te trompes.

Nous nous assîmes à même le sol, les doigts jouant dans l'herbe tendre.

— Je le pensais au début, repris-je. Je pensais tout détester de ce peuple auquel mon père m'avait vendue. Mais tu es arrivée et tu m'as ouvert les yeux. Toi, et Oh-grand-pied, même si elle ne m'entendra jamais le lui avouer, je préférerais mourir. J'aime ta langue, ta culture. Je meurs de curiosité de voir de mes propres yeux ce dont vous m'avez parlé. Et tu te trompes. Je n'aime pas Beaulieu. Je l'ai aimé, c'est vrai. Mais lorsqu'ils m'ont arraché Henri, ils m'ont pris la dernière raison que j'avais de vouloir rester. Mes frères et sœurs me détestent, mon père ne me considère pas comme sa fille et ma mère… je croyais qu'elle m'aimait, mais en fait elle n'aime qu'elle-même. Il n'y avait plus rien pour moi quand nous sommes parties. Plus rien que des vieilles pierres et des souvenirs que j'aimerais oublier.

— C'est donc Ruoyan qui te terrorise autant ?

— Je sais, ce n'est qu'un homme, un jeune garçon. Mais tu ne le connais pas Xiaoli, tu ne l'as jamais vu. Il y a une lueur folle dans ses yeux, une violence glacée qui me paralyse. J'ai peur qu'il me fasse du mal. J'ai peur qu'il ne soit pas vraiment un homme.

— Pas vraiment un homme ?

— C'est ridicule n'est-ce pas ? J'essaie de me persuader que les années ont accentué mes peurs enfantines, mais je n'y arrive pas. Quand je pense à lui, quand je pense qu'il va me toucher, j'ai peur. J'ai si peur. J'ai supplié mes parents, j'ai supplié mon père de ne pas m'envoyer, mais ils n'ont rien écouté. Il ne leur importe pas que je sois malheureuse, tant que leur conscience est tranquille et leur portefeuille bien rempli.

— Tout ira bien, Jade. Je suis là. Je resterai à tes côtés quoiqu'il arrive. Jusqu'à ce que tu te sentes forte de nouveau.

— Jusqu'à ce que je me sente forte de nouveau ? répétai-je en souriant malgré moi.

— Et après ! Je ne te quitterai pas, même si tu me le demandais. Essaie seulement de te débarrasser de moi une nouvelle fois, tu verras…

Je laissai échapper un petit rire et la serrai de nouveau dans mes bras, heureuse de l'avoir à mes côtés. Un froissement d'herbe nous fit sursauter. Je me retournai brusquement pour distinguer une ombre se découper sur l'étoffe tendue derrière nous. L'homme, car la carrure ne laissait pas de doute, toussa un instant pour annoncer sa présence avant d'écarter le tissu d'un revers de la main. C'était le capitaine. Il se tenait respectueusement à quelques pas de nous, un sourire triste sur le visage. Avait-il surpris notre discussion ? Nous avions parlé en français, sans vraiment réaliser que nous pourrions être entendues.

— Je m'excuse de vous déranger, mesdemoiselles, mais je pense qu'il nous faut partir sur-le-champ si nous souhaitons avoir le temps de visiter la région et de rentrer avant la tombée de la nuit. Je ne voudrais pas qu'on m'accuse de vous avoir enlevées.

Nous déjeunâmes à même l'herbe près d'un lac où les éléphants se baignèrent et s'arrosèrent à l'aide de leur gigantesque trompe. L'un d'eux prit Henri pour cible et le jeune marin se retrouva trempé des pieds à la tête. Il resta estomaqué quelques instants, avant de plonger ses mains dans l'eau en riant pour participer à la bataille. Lorsqu'il admit sa défaite et revint vers nous, il me lança un regard espiègle qui gonfla mon cœur de nostalgie.

Qu'ils allaient me manquer !

Cet après-midi dans la jungle indienne me fit l'effet d'un baume. Les rires et les agréables discussions que nous partageâmes ce jour-là me rendirent ma bonne humeur. Je parvins presque à oublier la raison pour laquelle je me trouvais dans ces contrées étranges. Lorsque les arbres s'espacèrent et que les toits de Calicut se montrèrent au fond de la vallée, le silence se fit peu à peu. Le capitaine gardait les yeux droit devant lui d'un air sévère, et Xiaoli me tenait la main sans ajouter un mot. La distraction qu'avait été cette petite expédition prenait fin. Nous devions à présent revenir à la réalité.

— Claire-Hélène.

Je sursautai. Jamais encore Duquesne ne m'avait appelé par mon prénom. Je détachai mon regard des toits pourpres à l'horizon et plongeai dans ses impressionnants yeux bleus.

— Claire, avant que nous nous quittions, je tenais à vous dire que j'étais désolé.

Je gardai le silence. Il cherchait visiblement ses mots et je ne voulais pas l'interrompre.

— Je n'ignore pas que vous n'avez aucune envie d'être ici, ou d'épouser le fils Shen. J'ai prétendu que cela n'avait pas d'importance, que c'est ainsi que va la vie, mais je comprends un peu mieux à présent. Vous seriez la dernière personne au monde à me recommander de priver un homme de sa liberté ou de le livrer à quelqu'un qui deviendra son propriétaire, m'avez-vous dit. Quel idiot me suis-je senti. Vous poser cette question… à vous. Vous êtes une jeune femme très agréable Claire, j'ai appris à vous connaître ces derniers mois. Je souhaitais vous dire que j'étais désolé d'être celui qui vous a amené ici. S'il y avait quelque chose que je puisse faire pour vous aider, sachez que je le ferai.

— Capitaine, votre intention me va droit au cœur. Je ne pense pas qu'il soit en votre pouvoir de faire quoi que ce soit.

— Je le regrette, comprenez bien.

— À moins que vous ne soyez prêt à m'engager comme matelot et à vous enfuir avec la cargaison de mon père ?

J'avais dit cela sur le ton de la plaisanterie, mais son regard pénétrant et sérieux ne quitta pas le mien un seul instant.

— Me le demanderiez-vous ?

La surprise me priva de ma voix. Je n'avais pas pensé qu'il

prendrait ma remarque sérieusement. Je considérai son offre pendant une minute. La liberté de suivre un destin que j'aurais choisi, ne pas avoir à épouser Ruoyan, vivre aussi libre qu'un homme. J'avais tant souhaité une telle vie. Mais cela voulait aussi dire vivre en exil, mettre la vie du capitaine et de sa troupe en danger. Je songeais quelques instants à l'homme qui était mort en me venant en aide sur l'Auguste. À Henri, qui avait été puni par ma faute. Qui étais-je pour risquer la vie de tous ces gens pour ma satisfaction personnelle ?

— Non, Capitaine, répondis-je finalement d'un ton calme, et je vis la courbe de ses épaules se détendre. Je n'ai nul souhait de vous soumettre à pareil danger. Et même ceci ne pourrait me rendre ce qui m'a été volé.

— Je comprends. Et j'en suis désolé.

— Souhaitez-moi bonne chance, alors, je m'en vais épouser un barbare ! Oh, pardon ! m'excusai-je précipitamment auprès de Xiaoli qui secoua la tête en riant.

— Savez-vous qu'ils nous considèrent eux-mêmes comme des barbares ? demanda le capitaine en souriant.

Je me souvins des interminables sermons de ma gouvernante sur notre hygiène discutable et ne pus m'empêcher de sourire. Je le savais, en effet.

L'Empire Ming s'estimait le seul pays civilisé au milieu d'un océan de barbares, la terre autour de laquelle nous gravitions tous. Cet immense empire pratiquait depuis des générations une politique très isolationniste, et rares étaient ceux qui, comme mon futur beau-père, acceptaient de faire commerce avec l'extérieur.

— Encore une chose, reprit Duquesne, me tirant de ma rêverie. Ceci est pour vous.

Il me tendit une petite sacoche de cuir que j'ouvris précautionneusement. À l'intérieur se trouvait un ensemble de cartes qui couvraient la totalité du monde connu.

— Continuez de les étudier. Si mes voiles m'amènent un jour en Chine, jeune Claire, je viendrai vous rendre visite. D'ici là, portez-vous bien.

Lorsque Charles nous accueillit à la tombée de la nuit, la terrible ombre de Madame Oh planait sur ses épaules. J'avais espéré précéder ma gouvernante afin qu'elle ne s'aperçoive pas de notre petite escapade, mais nous n'avions pas réussi. Aucun mot ne peut rendre justice à son état d'esprit ce soir-là. Elle nous enferma dans une chambre, coupa l'accès à Charles ou à Lina et nous battit à l'aide de son bâton souple. Avec autant de vigueur que les premières fois.

Il y avait si longtemps qu'elle n'avait plus fait usage de force envers moi. Elle nous punissait bien entendu d'être sorties sans escorte, qui plus est en compagnie d'un homme, mais je savais qu'il y avait plus. Nous l'avions défiée, nous nous étions jouées d'elle en filant dès qu'elle avait le dos tourné. Chacun des coups qu'elle portait sur nos jambes nues était un moyen pour elle de recouvre r un peu de sa fierté blessée.

J'acceptai donc ma punition, bien que de mauvaise grâce, comme paiement pour ma journée de liberté.

CHAPITRE quatorze

UNE DIZAINE DE jours plus tard, je me tenais sur le pont du Vaisseau Sacré, regardant le rivage s'éloigner en jouant avec l'anneau en cuivre à mon index. Je n'avais pas revu l'équipage de l'Auguste après notre visite du temple, mais Charles m'avait remis une lettre d'adieu et une bible reliée de la part du capitaine. Étrangement, je me sentais plus sereine à présent. Songer à mon futur époux me faisait toujours trembler, mais je me pensais assez forte pour affronter cette épreuve.

J'avais fait mon choix.

La terre s'éloigna lentement, puis disparut à l'horizon. C'était une vision familière désormais. À cette distance, tous les paysages se ressemblent. Lorsqu'il n'y eut plus devant mes yeux que les bleus entremêlés de l'océan et du ciel, je me détournai et traversai le pont pour rejoindre ma cabine.

Le Vaisseau Sacré était le bateau affrété par Shen Bao pour la dernière étape de notre voyage. Je n'avais jamais vu un navire d'une taille aussi démesurée. Deux fois plus grand que l'Auguste, il était également infiniment plus luxueux. Je commençais presque à croire leur allégation d'être la nation la plus avancée au monde.

Lorsque j'avais aperçu ce monstre manœuvrer dans le port de Calicut, je m'étais demandé comment un tel géant pouvait flotter sur les mers. Je ne parvenais toujours pas à regarder les vagues sans un certain vertige.

Les cales étaient réparties sur plusieurs étages, une multitude de pièces, certaines plus vastes que la salle de bal de mon oncle. Ma spacieuse chambre était dotée d'un grand bassin que les servantes venaient remplir tous les matins d'une eau pure et chaude. La salle de bain, séparée du reste de mes quartiers par un auvent de bois, était lumineuse et resplendissante de propreté. Madame Oh et les trois sœurs dormaient dans une petite dépendance dont la porte donnait sur mon antichambre.

À l'extérieur, le pont, long d'au moins quatre cents pieds, comportait neuf mâts, arborant chacun une immense voile orange. Près de la poupe se trouvait une serre où l'on avait installé un potager. Un véritable potager, dont les légumes enrichissaient les assiettes du commandant et des officiers. Deux marins étaient entièrement dédiés à son entretien. Une trappe aménagée donnait accès à une petite remise où l'on entreposait les graines à l'abri du soleil. Une batterie de cuisiniers travaillait également chaque jour d'arrache-pied pour nourrir les trois cents personnes à bord. Le bateau était si grand que je ressentais à peine le roulis qui m'avait rendue malade sur l'Auguste.

La brise nous poussait vers le sud-ouest et le détroit de Malacca. Nous avions prévu d'y accoster deux jours le temps de remplir les cales de vivres puis repartir. Xiaoli avait glané cette information auprès d'un groupe de marins un peu bavard. Elle avait également appris que l'expédition avait fait un premier arrêt à Ceylan, une île voisine, et revenait actuellement la soute chargée de rubis.

À mon grand désarroi, aucun des matelots n'était autorisé à m'adresser la parole. On ne m'interdisait jamais directement de sortir sur le pont, mais lorsque ma silhouette voilée apparaissait, ils se détournaient et se dispersaient plus vite qu'un banc de poissons.

Le matin, j'avais pris l'habitude de faire une promenade sous le ciel, accompagnée tantôt des trois sœurs, tantôt de Xiaoli et de ma gouvernante. Je laissais souvent mon oreille se balader dans ces rares moments de liberté. J'aimais surprendre les discussions des matelots et de leurs supérieurs. Leur langage était différent de celui que j'avais étudié, beaucoup moins présomptueux et plus riche en images. J'appris pendant ce voyage des mots qui auraient fait rougir ma gouvernante.

Le reste du temps, je gardais ma chambre, bien malgré moi. Je détestais toujours autant être enfermée. Lorsque ma mauvaise humeur atteignait des sommets et que même Xiaoli n'osait plus me déranger, je me retranchais dans mes couvertures pour contempler les cartes que le capitaine m'avait laissées.

Le quinzième jour, tout bascula de nouveau.

Xiaoli venait d'arranger le voile bleu nuit sur mon chapeau et de lacer ma tunique de soie pour notre promenade matinale. Oh-grand-pied se tenait derrière moi, le regard fixé sur mon reflet dans le miroir de bronze poli.

— Lorsque nous serons à Shaoxing, disait-elle entre ses lèvres serrées, il vous faudra reprendre vos études des classiques. Je ne pense pas que Maître Shen sera satisfait de vos progrès…

— La dernière fois qu'il m'a vue, je ne pouvais pas aligner plus de trois mots en chinois. Regardez-moi aujourd'hui… Comment pourrait-il ne pas être satisfait ?

— Il vous faut apprendre à contrôler votre langue Jade. Votre époux n'appréciera pas si vous lui répondez ainsi. Et vous êtes encore bien loin du niveau d'une jeune femme de bonne famille.

— Je n'ai que fa…

Je fus soudainement interrompue par un terrible vrombissement. Le silence se fit aussitôt dans mes quartiers. Un second bruit déchira l'air. Un craquement. Une explosion.

Je me levai et m'approchai de la porte à pas feutré. Xiaoli s'accrocha à moi d'une main moite.

— Que se passe-t-il ? demanda He d'une voix fluette.

— Sûrement un avertissement, le capitaine a fait tirer les canons pour décourager un navire de nous menacer.

Madame Oh avait la tête haute et ses mouvements étaient calmes, mais je remarquais un certain tremblement dans sa voix. Un bruit d'explosion retentit de nouveau.

Trop près. Beaucoup trop près.

Ce n'était pas nos canons qui envoyaient des tirs d'avertissements. On nous tirait dessus !

Mue par le besoin de comprendre ce qui se passait, je poussai la porte et m'élançai dans les escaliers. Une fois sur le pont, je me mis à courir vers la rambarde sans aucune pensée pour la bienséance. Xiaoli se maintenait à mon allure, ses cheveux décoiffés volant derrière elle comme des ailes noires.

Une brume matinale flottait encore sur les vagues, mais il faisait suffisamment clair pour voir les frégates qui nous avaient encerclés. Elles étaient beaucoup plus petites que le monstre sur lequel nous nous trouvions, mais également beaucoup plus rapides. Les deux autres navires de notre convoi tentaient une manœuvre pour contrer les intrus, mais ces derniers, plus vifs que l'éclair, réagissaient toujours à temps et changeaient sans cesse de cap.

Une main se posa sur mon épaule et je laissai échapper un cri de surprise.

— Rentrez tout de suite ! s'écria Oh-grand-pied qui nous avait rattrapées.

Je fixai ma gouvernante du regard en essayant de reprendre mon souffle. Son apparition soudaine avait manqué de peu de me faire défaillir. Je jetai un coup d'œil derrière elle. Guoying et He se tenaient elles aussi sur le pont, juste à côté de la porte qui menait à nos quartiers. Leurs yeux écarquillés étaient visibles même à cette distance.

Un nouveau coup de canon fit trembler l'air et je vis une giclée d'eau dépasser du garde-fou. Les deux demoiselles firent précipitamment demi-tour sans demander leur reste. Je savais que je devais les suivre sans attendre, mais la peur me pétrifiait sur place.

— Que se passe-t-il ? m'exclamai-je.

— Quelque chose auquel nous ne pouvons rien. Allez vous mettre à l'abri. Immédiatement !

Mais il était trop tard. Les bruits d'artilleries s'étaient faits plus proches, les cris plus virulents. Je vis des grappins et des échelles apparaître sur le pont, puis les arquebuses remplacèrent les canons. Les hommes s'agitaient autour de nous, courant aux armes, prenant leurs positions. Personne ne nous prêtait la moindre attention. Dans le chaos le plus total, l'abordage venait de commencer.

Sans réfléchir davantage, j'attrapai la main de Xiaoli et m'élançai vers les portes qui menaient aux espaces privés. Notre présence ne ferait qu'empirer la situation. Si nous devions gagner, je ne pouvais rien faire pour les aider. Si nous devions perdre, eh bien, mon sort ne serait pas différent que je sois ici ou cachée dans ma cabine.

Les deux groupes se rencontrèrent autour de nous. J'entendis le bruit de sabres qu'on dégaine, de lames qui s'entrechoquent. Je tâchai de garder mes yeux braqués sur ma destination, de ne pas me laisser distraire par les combats, de ne pas penser au fait qu'un coup de feu pouvait nous atteindre par erreur. Comment diable la situation avait-elle pu dégénérer aussi vite ? J'avais l'impression d'être sortie quelques minutes plus tôt ! Avais-je passé des heures à observer nos ennemis approcher sans bouger ? Et pourquoi ce maudit bateau était-il si grand ?

Oh-grand-pied, Xiaoli et moi-même parvînmes à la porte des

quartiers passagers pour la trouver verrouillée de l'intérieur. Ma gouvernante frappa le bois de toutes ses forces en appelant Guoying et He, mais personne ne lui répondit. Les deux jeunes filles avaient dû fermer derrière elles et se réfugier dans le coin le plus éloigné pour se mettre en sécurité.

Mon regard croisa celui de Madame Oh, impuissant. Le sien brillait d'une fureur à peine contenue. Elle se retourna et évalua notre situation pendant une demi-seconde. L'enfer se déchaînait toujours sur le pont du navire, mais personne ne nous prêtait attention pour le moment. Les pirates devaient se débarrasser de la menace que représentaient les marins avant de s'occuper de nous.

— Les quartiers du capitaine, fit-elle en nous désignant une porte près du gaillard d'arrière. Dépêchez-vous. Ne m'attendez pas, enfermez-vous !

Je suivis son ordre avec plus d'empressement que jamais et nous reprîmes notre course effrénée vers la sécurité. Mais le bateau était interminable et la poupe semblait s'éloigner au fur à mesure que nous avancions.

Nous étions presque parvenues à notre destination lorsqu'un corps tomba à nos pieds. Je faillis trébucher sur le jeune homme qui observait le ciel avec des yeux vitreux, le visage figé dans une expression d'horreur. Le sang s'échappait à grosse vague de sa gorge tranchée pour se déverser sur le pont de bois. Je fis un pas instable en arrière et m'écroulai dans les bras de Xiaoli. Nous étions toutes deux incapables de détourner le regard. Prise de nausée, je sentis mon estomac se révulser.

Mon premier réflexe fut de me retourner pour chercher une présence rassurante. Mon père, ma mère, ma gouvernante, même. Mais la foule des combattants nous avait séparées de madame Oh et je ne voyais d'elle qu'un bout de robe dissimulé derrière une caisse. J'avais besoin de réfléchir, de prendre une décision, mais tout allait si vite et mon cerveau refusait de fonctionner.

Une ombre s'abattit sur nous, celle de l'homme qui avait tué le marin. Il nous dévisageait avec surprise, choqué de trouver deux jeunes femmes au milieu des mers, si loin de leur pays.

Je vis la convoitise naître dans son regard comme si le temps avait ralenti sa course. Ses lèvres s'étirèrent pour dévoiler des dents gâtées. Le chapeau qui me dissimulait me désignait clairement comme une jeune femme de bonne famille, ce qui faisait de moi un butin important.

Il m'est arrivé de nombreuses choses au cours de ma vie. Certaines de ces choses ont gravé leur marque indélébile dans mon cœur et dans ma chair. J'ai vécu des moments de bonheur indescriptibles et d'autres de désespoir sans fond. Mais jamais, je pense pouvoir l'affirmer, je ne connus une terreur si soudaine et si brutale qu'à la seconde où je vis le pirate bondir sur moi, le sabre au clair.

Mon cœur explosa dans ma poitrine et mes pensées se figèrent. Une seconde, une demi-seconde peut-être, où je vis ma dernière heure arriver. Le sang battait si vite que ma tête et ma poitrine me faisaient mal. Je n'aurais pas pu bouger, même s'il m'avait laissé une minute complète pour m'enfuir.

J'étais paralysée.

Mes mains heurtèrent douloureusement le sol. J'étais incapable de me souvenir de comment j'en étais arrivée là. Le visage grotesque du pirate me bloquait le ciel. Il empoigna mon chapeau à pleine main en tirant d'un coup sec. Puis il disparut et le ciel reprit sa place dans mon champ de vision.

Mon cœur battait de façon si erratique que je n'étais plus capable de nourrir la moindre pensée logique. Je ramenai frénétiquement la gaze autour de mon visage comme si elle pouvait m'offrir une quelconque protection. Comme si c'était une armure qui me dissimulait aux yeux de ceux qui voulaient me faire du mal.

— Jade ! Dépêchons-nous !

La voix familière me rendit un peu de bon sens. Je relevai la tête. Xiaoli avait frappé le pirate de toutes ses forces avec l'arme de l'homme à terre. Il n'avait fait que chanceler, mais cela l'avait projeté sur le chemin d'un autre marin contre lequel il se battait à présent.

Je pris la main tendue de ma jeune amie et la laissai m'aider à me remettre sur pieds. Je n'étais pas sûre d'en avoir la force. Où était donc la gamine intrépide que j'avais été ? Celle qui rêvait de devenir un pirate pour parcourir le monde et en amasser toutes ses richesses.

Elle n'avait été que l'illusion naïve d'une enfant gâtée.

— Il y a trop de gens entre nous et le gaillard d'arrière, s'écria Xiaoli en m'éloignant de la rambarde qui était le véritable siège du chaos. Jade ? Jade !

Je reprenais peu à peu mon calme à chaque respiration. J'étais encore vivante, mais il fallait me secouer si je souhaitais le rester. Xiaoli m'avait traînée derrière un tas de voiles qui nous offrait un bref instant de répit. Mais il suffisait qu'un combattant avance dans notre direction pour découvrir notre cachette. Nous devions continuer.

— Je suis là, soufflai-je. Je suis là.

— Le ciel soit loué ! Tu ne répondais plus, j'ai cru… j'ai cru que je t'avais perdue. Je ne vois pas comment traverser le pont pour rejoindre les quartiers du capitaine. Ils sont trop nombreux !

Nous étions si proches. Quelle pitié de devoir échouer alors que nous étions si proches ! Mon regard accrocha alors une trace de verdure à quelques pas de nous et je me souvins de la remise sous le potager.

— Xiaoli ! lui criai-je à l'oreille en la poussant sans aucune douceur sur sa droite. Le potager !

Elle réagit plus vite encore que je ne l'avais espéré et nous nous jetâmes à corps perdu vers notre salut. Le visage de ma compagne était aussi pâle que ceux des cadavres qui jonchaient le pont. Je ne devais pas offrir un meilleur spectacle.

Les battants donnaient sur un escalier qui s'enfonçait dans les profondeurs du bateau. Là, deux nouvelles portes s'ouvraient sur une pièce sombre et exsangue, remplie de sacs de graines et de légumes. Incapable de me réfréner plus longtemps, je tombai à genoux et rendis tout le contenu de mon estomac.

Une fois mes haut-le-cœur apaisés, je m'adossai au mur pour voir où nous avions atterri. L'absence de fenêtre plongeait la salle dans une obscurité presque totale. Je me débarrassai des restes de mon voile sans attendre afin de trouver quelque chose qui pourrait nous être utile.

Avisant des outils de jardinier, j'ordonnai à Xiaoli de chercher tout ce qui pourrait barrer le passage et empêcher d'éventuels ennemis de nous trouver. Nous travaillâmes de concert, sans un mot superflu, à une incroyable vitesse née de l'urgence de notre situation.

Notre mission achevée, je m'assis au fond de la cale, les genoux repliés contre moi, le sabre que nous avions emporté abandonné à mes pieds. Ma petite Li dénicha un sac d'oignons dans un coin de la pièce et le tira à elle, ultime rempart contre le danger qui nous menaçait.

Nous ne pouvions plus qu'attendre à présent.

Attendre, et espérer.

CHAPITRE
quinze

JE NE SAURAIS dire combien de temps nous attendîmes dans cette cave obscure, tous les sens aux aguets. Les heures s'écoulèrent et les bruits de lutte au-dessus de nos têtes semblèrent s'estomper. Malheureusement, depuis notre cachette, nous n'avions aucun moyen de deviner s'il s'agissait d'une bonne ou d'une mauvaise nouvelle.

Les derniers échos de pas affairés sur le pont résonnaient dans l'air de notre abri. Chaque vibration me faisait sursauter. Je jetai un coup d'œil dans la direction de Xiaoli, mais elle était aussi terrifiée que moi. Ses larmes étaient visibles même dans la pénombre.

Brutalement, le linteau de la porte se mit à trembler sous l'assaut de chocs répétés. Je me recroquevillai un peu plus, tandis que Xiaoli attrapait bravement des oignons à pleine main.

Les outils que nous avions calés tremblèrent, ployèrent, puis cédèrent dans un grand fracas tandis que la porte s'ouvrait d'un coup sec. Trois hommes occupaient l'espace vide, l'armure et le visage couvert de sang. Sans réfléchir davantage, nous leur lancèrent nos dernières munitions. Ils se figèrent quelques instants sous l'attaque, puis levèrent les bras pour nous signaler leur défaite.

Xiaoli interrompit son geste, un oignon toujours serré dans son petit poing.

— Capitaine Wu ? Est-ce bien vous ?

— Mesdemoiselles, fit l'homme en s'inclinant. Je suis rassuré de vous retrouver indemne. Nous avons eu peur lorsque nous n'avons trouvé que deux d'entre vous barricadées dans votre chambre.

— Est-ce… Est-ce terminé ? demandai-je d'une voix faible.

Il m'observa un moment sans répondre. Son examen prolongé me mit mal à l'aise, mais je réalisai vite la cause de son choc. C'était la première fois qu'il voyait mon visage.

Pourtant, à mon propre étonnement, son expression ne trahissait qu'un léger doute, teinté de curiosité. Malgré l'absurdité de ma présence ici, il restait maître de ses émotions. Lorsqu'il parla de nouveau, ce fut même d'une voix calme, extrêmement lente, comme s'il doutait de ma capacité à le comprendre.

— Oui mademoiselle. Nous nous sommes débarrassés de ces brigands. Nous étions plus nombreux que l'ennemi avait imaginé, nous voyageons exceptionnellement avec une importante escorte, ordre du vénéré Shen qui tient à ce que vous lui arriviez saine et sauve. Ne vous inquiétez pas davantage, une des frégates s'est enfuie et le mot courra vite que nous ne sommes pas une simple caravane de marchands. Les pirates du détroit de Malacca sont dangereux, mais pas stupides. Ils y penseront à deux fois avant de nous attaquer à nouveau.

Je laissai tomber mes bras en poussant un soupir de soulagement. L'oignon que je n'avais pas réalisé tenir roula à terre dans un bruit mat. Pendant quelques instants, tandis que les outils volaient en éclat, j'avais cru ma dernière heure arrivée et le relâchement de cette tension me laissait faible et désorientée.

— Vous avez fait du bon travail, mesdemoiselles, reprit le capitaine d'un ton étrange. Nous avons mis du temps à vous trouver, et nous connaissons notre vaisseau. La prochaine fois cependant, si vous vous retrouvez dans pareille situation, je vous conseillerais d'utiliser ceci. Ce sera sans doute plus efficace que de lancer des légumes sur vos assaillants.

Il désignait du doigt le sabre oublié à mes pieds. Je compris soudain pourquoi j'avais trouvé sa voix anormale. Il essayait de contenir son rire. Je poussai un des charmants jurons entendus à bord pendant ces dernières semaines et cela mit un terme à sa concentration. Il laissa échapper un rire retentissant.

— Allez chercher la gouvernante, indiqua-t-il à l'homme qui se tenait derrière lui après m'avoir jeté un coup d'œil. Ramenez-la ici, seule. Et pas un mot sur l'identité de notre invitée. À quiconque, vous avez bien entendu ?

— Bien, monsieur.

— Madame Oh est en vie ? demandai-je.

— Un peu secouée, mais rien de grave.

Je laissai échapper un profond soupir. Nous n'avions plus revu ma gouvernante après avoir été séparées d'elle sur le pont. L'idée qu'il ait pu lui arriver quoi que ce soit parce que nous ne l'avions pas attendue me rongeait le cœur à petit feu. Je n'aurais jamais imaginé pouvoir ressentir un tel soulagement à la pensée qu'elle était en vie.

Quelques minutes à peine plus tard, Oh-grand-pied arriva, les bras couverts d'un voile noir qu'elle me jeta à la hâte sur les cheveux. Toute empathie disparue, je frissonnai en réalisant qu'il était plus important pour elle de me soustraire au regard des soldats plutôt que de vérifier que je n'avais pas été blessée pendant l'attaque.

Ceci fait, elle m'aida à me lever et me laissa prendre appui sur elle pour soutenir mes jambes encore tremblantes. J'étais de nouveau aveugle, mais j'avais eu le temps de voir que son légendaire chignon était défait et que ses cheveux gris pendaient tristement sur ses épaules. Elle avait le visage noirci, mais comme la porte avait été refermée, je n'avais pas su distinguer s'il s'agissait de poussière ou de sang.

— Capitaine, l'entendis-je dire d'une voix sévère. Vous ne prononcerez pas un mot de ce que vous avez vu dans cette salle. Et cela va pour vous aussi, Messieurs. Vous n'en parlerez ni à vos compagnons d'armes, ni à vos femmes, ni à vos enfants. Si la moindre rumeur naît à notre retour, je vous en tiendrai personnellement responsables.

— Madame, loin de nous l'idée de défier les ordres du vénéré Shen. Je peux vous assurer du silence de mes hommes.

— Votre assurance n'est pas suffisante capitaine. Si j'entends la moindre rumeur, si j'entends la moindre remarque, Shen Bao sera alerté. Je connais vos visages, j'apprendrai vos noms. Vous ne voulez pas vous attirer sa colère. Ni la mienne. Souvenez-vous-en.

Les trois hommes ne répondirent pas, mais j'entendis un bruissement de tissus qui me laissa à penser qu'ils s'étaient inclinés devant l'incroyable vieille femme.

Nous avions perdu cinquante hommes en tout. Mais les dégâts que nos marins avaient infligés à la troupe ennemie étaient beaucoup plus importants. C'était donc une victoire que nous fêtions alors même que nous rejetions les corps des pirates et nos propres morts à la mer. Sur l'Auguste, nous avions pleuré nos disparus. Là d'où je venais, chacun d'entre eux aurait eu droit à une courte messe, une prière, un nom lancé contre les vents. Ce ne fut pas le cas sur le Vaisseau Sacré. Ces hommes n'avaient fait qu'accomplir leur mission en donnant leur vie pour ma survie et celle du bateau.

Ici, dans l'Empire Ming, les pertes individuelles, si elles avaient permis la victoire du groupe, n'étaient pas confrontées avec la tristesse que j'avais l'habitude d'éprouver.

J'étais peinée pour tous ces morts. Peinée pour le jeune homme qui avait eu la gorge tranchée devant mes yeux et même pour celle du pirate qui m'avait menacée. Un mort reste un mort, et nul ne devrait mourir autrement que dans son lit, entouré de sa famille, après une longue vie bien remplie.

Madame Oh m'aida à rejoindre ma suite, où attendaient Guoying et He, le souffle court, encore sous le choc.

— Il va sans dire que je suis très déçue de vous, mesdemoiselles, les tança Oh-grand-pieds. Vous avez fait preuve d'un égoïsme à toute épreuve aujourd'hui. Vous faites honte à votre nom.

— Madame... Je suis... Nous avons eu si peur, plaida He. Nous pensions que vous vous cacheriez dans les quartiers du capitaine. Ils étaient sûrs et...

— Nous sommes prêtes à recevoir toute punition que vous jugerez convenable, la coupa Guoying d'une voix humble à laquelle je ne croyais absolument pas.

La vieille femme les dévisagea un instant et je vis les traits de son visage s'adoucir légèrement. Je remarquai que son dos n'était plus aussi droit que lorsqu'elle avait fait irruption dans la cabine, sa voix également plus faible.

— Nous verrons cela une fois arrivées à Shaoxing. Tâchez de mieux vous comporter à l'avenir. Je ne vous laisserai pas bafouer le nom de votre mère une nouvelle fois.

Les deux jeunes femmes acquiescèrent, tête baissée, voutées par le poids de leur honte. Madame Oh se tourna vers moi et me désigna le fauteuil d'un geste las.

— Je vais vous chercher de l'eau, fit-elle. Lavez-vous et essayez de dormir. Nous avons toutes besoin de repos. Le capitaine m'a promis qu'une telle mésaventure ne se répéterait pas. Faisons-lui confiance. Je vais trouver les cuisiniers pour...

— Non, attendez.

La vieille femme tremblait de tout son corps tandis que la pression retombait peu à peu. Je lui pris les mains et la forçai à s'asseoir à mes côtés.

— Ne bougez pas. Vous êtes encore plus secouée que moi. Asseyez-vous, rien ne presse. Nous sommes toutes en sécurité à présent.

— Vous devez…

— Je le ferai. Dans quelques instants. Guoying ? He ? Pouvez-vous demander à ce qu'on nous apporte de l'eau chaude ? Et un peu d'alcool pour nous réchauffer.

Je m'attendais à ce que ma gouvernante me contredise, mais elle garda le silence et porta une main à son front, le bras posé sur l'accoudoir. Son corps était encore secoué de légères convulsions qu'elle ne parvenait pas à réprimer. Je ne l'avais jamais vue aussi vulnérable.

Les deux sœurs m'obéirent promptement, quittant la chambre à la recherche de ce que je leur avais demandé. Elles devaient m'être reconnaissantes de leur donner un but, car c'était la toute première fois que Guoying se soumettait à mes ordres sans aucun geste de défi. Je suppose que nous avions toutes besoin de faire quelque chose de concret, de bouger, n'importe quoi pour éviter de penser à la façon dont nous aurions pu mourir aujourd'hui.

— Xiaoli, demandai-je, prise d'une soudaine inspiration. Chante pour nous, veux-tu ? Quelque chose de joyeux.

Ma compagne me regarda sans comprendre, mais elle obéit, les cheveux encore défaits et la robe déchirée par notre chute. Lorsque sa voix s'éleva, il me sembla qu'on venait de retirer un bâillon qui m'étouffait et qu'enfin je pouvais respirer.

Elle chanta, jusqu'au retour de ses sœurs. Elle chanta alors qu'elles préparaient un thé dans lequel elles versèrent quelques gouttes d'alcool. Elle chanta encore, pendant ce qui me sembla être des heures et, du début à la fin, je gardai les doigts de madame Oh serrés entre les miens pour les réchauffer.

La chanson agissait comme un baume, nous calmant, nous rappelant que notre voyage touchait à sa fin. Elle me disait que bientôt, j'aurais de nouveau une maison.

Guoying et He s'assirent à même le sol, le dos contre mes genoux et ceux de notre gouvernante, sans prononcer le moindre mot.

Jamais encore je ne m'étais sentie aussi proche de ces femmes.

二

CHAPITRE
Seize

LORSQUE NOUS PASSÂMES les murs de Shaoxing, mon corps vibrait d'une tension telle que je n'en avais jamais connue, mélange d'appréhension à l'idée de ce qui m'attendait et d'excitation devant tout ce que j'allais découvrir.

Neuf mois après avoir quitté mon foyer un matin de printemps, mon errance touchait enfin à sa fin.

Le souvenir des murs de Beaulieu s'éloignant doucement me rongeait encore le cœur. J'entendais des rires. Les miens, ceux de Henri. Je me remémorai ma douce Mathilde qui peignait ma tignasse indisciplinée et les reproches qu'elle me faisait d'un ton à peine convaincu, son regard débordant d'amour. J'avais eu une famille à Beaulieu. Pas la famille que le sang m'avait dictée, certes, mais une famille tout de même.

Aujourd'hui, j'allais retrouver un foyer. Mais ma famille, elle, était bel et bien perdue.

Les soldats de la tour de garde s'inclinèrent profondément lorsque notre escorte leur fournit une autorisation de passage tamponnée du caractère stylisé de ma nouvelle maison. Derrière les rideaux de ma chaise à porteurs, je ne voyais que des ombres et je dus me faire violence pour ne pas les relever et espionner discrètement les alentours. Ma curiosité ne pouvait se satisfaire des bribes de paysages que j'apercevais au travers de la double protection de mon voile et du palanquin.

J'étais donc aveugle le jour de mon entrée dans la ville, mais cela n'empêchait pas le reste de mes sens de fonctionner avec fébrilité.

Des parfums plus alléchants les uns que les autres embaumaient l'air de ma petite prison. J'entendais les cris des marchands et les voix insouciantes d'hommes et de femmes qui vaquaient à leurs tâches quotidiennes, dans un chinois chantant.

Avec chaque seconde qui s'écoulait, la tension s'accentuait jusqu'au point où il me sembla que toute mon escorte devait entendre les battements affolés de mon cœur. Une partie de moi avait presque hâte de mettre pied à terre.

De plus, j'étais bien obligée de l'avouer, je mourais d'envie de voir ces jardins merveilleux que m'avait décrits Madame Oh. Une villa dont même l'empereur serait jaloux, des jardins tels qu'il n'en existe nul autre, à part ceux de la Cité Interdite, ce que j'aurais par ailleurs l'occasion de vérifier de mes propres yeux, mais cela est une autre histoire, qui viendra en son temps.

Lorsque mon escorte ralentit puis déposa la chaise sur le sol, il me sembla que mes membres s'étaient mis à trembler sous la contradiction de mes sentiments. Ma main était suspendue à quelques pouces des rideaux, mais je ne parvenais pas à trouver le courage de les soulever. Quelqu'un prit finalement cette décision pour moi et tira d'un coup sec la dernière protection qu'il me restait face au monde extérieur.

Je ressentis un étrange pincement au cœur, qui aurait tout aussi bien pu être du soulagement que de la déception, lorsque je découvris la demeure devant laquelle nous étions arrivés. Grande de deux étages et d'une superficie plus vaste que celles qui l'entouraient, elle ne ressemblait cependant en rien aux grandioses descriptions qui m'étaient parvenues du domaine des Shen.

La porte principale donnait à même la rue mais on pouvait également distinguer, sur le côté qui longeait le canal, des escaliers menant à une seconde entrée. Les murs étaient d'une propreté impeccable et les fenêtres recouvertes de papier translucide qui dissimulait l'intérieur aux yeux des passants. J'ignorais où nous étions arrivés, mais une chose était sûre, ce n'était pas la maison de mon futur époux.

Un toussotement dans mon dos me fit sursauter et je réalisai que mon escorte n'avait pas bougé. Devant moi, le buste légèrement incliné, trois femmes attendaient que je fasse mon entrée pour se redresser. Je les dépassai d'un pas incertain et pénétrai dans la demeure en prenant soin de lever les pieds pour ne pas trébucher sur la longue pierre transversale qui semblait en barrer le passage.

L'ouverture donnait sur une grande pièce, remplie de tables et de hautes chaises en bois sombre. Pas un grain de poussière ne venait perturber ce tableau immaculé. Les murs étaient recouverts de tentures de soie rose qui s'agitaient sous une légère brise. Il y avait des fleurs également, beaucoup de fleurs. Des fleurs fraîches au parfum raffiné, arrangées en bouquets pour nous accueillir.

Une auberge, donc, et complètement vide de surcroit.

— Où sommes-nous ? demandais-je dans un souffle, comme si ma voix pouvait briser l'étrange sérénité qui semblait s'être emparée des lieux.

— L'auberge des Quatre Rues, répondit Madame Oh. Il est de coutume pour la mariée d'être transportée en palanquin depuis la maison de ses parents jusqu'à celle de son époux. À partir d'aujourd'hui, ceci devient donc votre maison.

— Une auberge ?

— Le bâtiment entier a été loué pour vous et vos servantes.

Aucun homme ne pénétrera ici jusqu'à votre départ, mais vous conserverez tout de même votre voile devant le personnel.

— Combien de temps vais-je devoir rester ?

— Cela dépendra des oracles. Nous allons consulter les auspices pour savoir quelle sera la meilleure date pour votre mariage.

— Allons-nous devoir attendre longtemps ?

— Aussi longtemps qu'il le faudra. Faites preuve de patience, pour une fois.

Envolée, la gouvernante fragile et tremblante avec qui j'avais fait connaissance sur le Vaisseau Sacré. Oh-grand-pied était de retour, dans toute sa magnificence.

Il fut donc décidé que l'auberge des Quatre Rues deviendrait ma maison. Et elle le devint en effet. Elle devint même mon univers tout entier. Je ne saurais dire avec précision combien de temps je restais dans cet étrange cloître. Les jours finirent par se fondre les uns dans les autres, si bien que je n'en ai gardé que peu de souvenirs. L'étage avait été décoré d'une manière similaire au rez-de-chaussée et la palette de couleurs claires devint vite une source incessante de maux de tête. Les fleurs étaient changées chaque matin et ces odeurs qui m'avaient paru si délicates à mon arrivée devinrent vite entêtantes et capiteuses.

Dans cet étrange lieu, presque oublié du temps, je pouvais rester des jours sans voir personne d'autre que ma petite Xiaoli. Ou bien était-ce plutôt des heures qui me paraissaient plus longues que des journées ? Je l'ignorais.

Parfois, l'après-midi, une servante descendait dans une cave loin sous le plancher où l'on entreposait de la glace qui ne fondait jamais. Elle en coupait des morceaux qu'elle recouvrait d'un liquide sirupeux et m'apportait sur un plateau de bois verni accompagné de thé aromatique. Malgré mon émerveillement initial, même ce rituel finit par me lasser.

Dans cet endroit presque irréel, tout me semblait faux, depuis les fleurs qui renaissaient à l'identique chaque matin, jusqu'à la brise qui soulevait les soieries dans un manège sans fin.

Il me tardait désormais d'en finir.

Un jour, je fus réveillée par une agitation au rez-de-chaussée. La salle commune, désespérément vide depuis mon arrivée, fourmillait subitement de monde et l'air palpitait en raison de la frénésie ambiante. Cramponnée à la rambarde, je n'osai descendre les marches. J'étais brutalement trop timide pour m'approcher de tous ces étrangers.

Sous mes yeux ensommeillés, les servantes se mouvaient sans cesse dans un ballet envoûtant autour d'une table centrale sur laquelle elles déposaient couche après couche d'un tissu rouge sang. Ma robe de mariée, me susurra ma voix intérieure, et je sus que l'heure était arrivée.

Je tentai d'ignorer la peur qui me saisit le cœur et descendis l'escalier d'un pas tremblant. L'énorme masse carmin m'hypnotisait. Même à cette distance, le vêtement étincelait dans la lumière ambiante. Lorsque je parvins devant la table centrale, je vis que le bustier était brodé de minuscules rubis qui représentaient un oiseau en plein envol.

— Jade, retentit la voix de ma gouvernante, vous êtes finalement réveillée. J'allais justement vous chercher. L'heure est arrivée.

— Jade ? Tout va bien ? demanda Xiaoli à mon oreille devant mon silence borné.

— Je vais bien, oui, juste un peu… sonnée. Que dois-je faire ?

J'aurais voulu dire que tout était si soudain, que tout allait si vite, mais au fond de moi je ne le pensais pas le moins du monde. J'avais eu une année entière pour me préparer à ce jour.

Xiaoli me ramena d'un pas léger vers l'étage, où m'attendait un bain agrémenté d'huiles parfumées. J'y passai une heure à me prélasser dans l'eau chaude. Ce furent les derniers instants de repos que je connus avant que ne reprenne le bal des sœurs Li. Tel un essaim d'abeilles, elles tournoyaient sans fin autour de moi, tantôt me maquillant, tantôt tirant mes cheveux à m'en faire mal, tantôt glissant sur ma peau nue une soie légère dont le contact me faisait frissonner.

Lorsqu'elles eurent fini, elles apportèrent une grande pièce de bronze poli afin de me montrer le résultat. La robe, cintrée à la poitrine, tombait jusqu'à mes pieds dans un mouvement fluide. D'un rouge éclatant, elle était rehaussée par plusieurs épaisseurs de gaze carmin qui se soulevaient au moindre de mes gestes.

Les rubis brillaient de mille feux sur mon buste mis en valeur par une étole foncée qui pendait le long de mes épaules. Sur ma tête, elles avaient monté une étrange couronne de métal et de perles turquoises. Au niveau du front scintillait un diadème où était accrochée une unique pierre aussi verte que mon regard.

Je devais avouer qu'elles avaient fait du beau travail, même si la personne qui me dévisageait dans le miroir avec sa peau d'albâtre et ses yeux soulignés de noir m'était une parfaite inconnue.

Madame Oh entra dans la pièce où je m'étais changée avec un sourire satisfait sur le visage. Dans la main, elle tenait un sac recouvert de tissu chatoyant qu'elle tendit à Guoying sans plus de cérémonie.

— Qu'est-ce donc ?

— Des chaussures pour votre mariage.

— Quel est le problème avec mes chaussures actuelles ? demandai-je en désignant les bottines de cuir élégant qui m'avaient été offertes à mon arrivée.

— Il est inconcevable pour une femme de célébrer ses noces sans avoir eu les pieds proprement bandés… commença-t-elle d'une voix absolument neutre.

— Non ! Que… que comptez-vous faire ?

Elle dut sentir ma peur et haussa les épaules d'un air dédaigneux. Quel culot, alors qu'elle-même n'avait jamais eu à subir ce traitement !

— Nous avons cherché pendant des jours un artisan capable de réaliser ce petit miracle. Il est trop tard pour vous bander les pieds Jade, ne faites pas l'enfant et cessez donc de trembler. Voyez plutôt ce que je vous ai apporté.

Je baissai les yeux vers le contenu du colis à présent ouvert sur le sol et découvris d'étranges chaussures.

Cousues dans un tissu rouge brodé de fil doré, elles étaient clouées sur une plateforme à peine plus large que ma main. Ainsi, lorsque je marcherai, il semblerait au public que mes pieds ne faisaient guère plus que la moitié de leur taille réelle.

— C'est loin d'être suffisamment petit pour répondre aux critères actuels, mais au moins vous ne ferez pas honte à votre famille.

— Mais enfin, comment mes pieds pourraient-ils être la cause d'un tel problème ! Vous exagérez.

— Jade, nous avons déjà parlé de tout cela. La ville entière va avoir les yeux tournés vers vous aujourd'hui, je ne vous permettrai pas le moindre faux pas.

— Comment vais-je pouvoir marcher avec ces choses ? Je serai en équilibre plusieurs pouces au-dessus du sol ! Et si je tombe ?

— Vous ne tomberez pas.

— Et si je trébuche ?

— Jade nous n'avons pas le temps pour ces enfantillages. Vous ferez attention et il ne vous arrivera rien. Asseyez-vous à présent.

Évoluer se révéla une tâche extrêmement ardue, tout comme je l'avais pressenti. Chaque pas était instable et les lacets me coupaient la circulation au niveau des chevilles. Mais après quelques minutes assez ridicules, je finis par m'habituer à cet étrange outil.

— Tu es magnifique, Jade, me souffla Xiaoli en français tandis que je m'apprêtais à passer la porte.

— Merci.

— Pas si vite, m'interrompit Madame Oh. Votre voile.

Elle me recouvrit aussitôt d'un morceau de soie aussi rouge que ma robe.

Je commençais à en avoir plus qu'assez de cette manie de me cacher dès que je faisais un pas à l'extérieur. Pire encore, alors que les voiles que j'avais précédemment portés étaient accrochés à un chapeau aux larges bords et cousus dans un tissu légèrement transparent, celui-ci était complètement opaque, posé à même la couronne. Lorsqu'il tomba devant mes yeux, le jour céda brusquement sa place à la nuit.

— Enfin ! Que voulez-vous je fasse avec ça ! m'exclamai-je alors que mon agacement se teintait peu à peu de colère. Je n'y vois absolument rien !

— Vous ferez avec, répliqua Oh-grand-pied d'un ton qui n'autorisait aucune complainte. Maître Shen a décidé qu'il ne souhaitait pas que la populace voie votre visage. Vous serez libre de retirer votre voile une fois à l'abri de ses murs, lors de la cérémonie privée.

— Je vais devoir le porter toute la journée ? me lamentai-je en le soulevant d'une main.

— Exactement.

Je poussai un soupir à fendre l'âme et vis ses épaules se tendre. Elle n'avait jamais apprécié mes mauvaises manières. C'était pourtant un signe de résignation plus que de révolte. Il n'était déjà pas facile de négocier avec ma gouvernante en temps normal, je n'osais même pas imaginer la faire céder alors que l'ordre venait du patriarche du clan Shen.

— Allons-y, Jade.

— Mon époux attend-il derrière cette porte ? demandai-je, prise d'une peur soudaine

— Il n'a pas fait le déplacement.

— N'est-ce pas une part de vos coutu…

— Jade, inutile de tergiverser. Il est l'heure.

Soutenue par deux domestiques, je sortis de la demeure d'un pas incertain. L'après-midi devait toucher à sa fin, mais je n'y voyais guère plus qu'au milieu de la nuit. Un pas après l'autre, j'avançai en gardant résolument les yeux baissés vers l'interstice entre ma robe et le voile, où je pouvais au moins deviner où je posai les pieds.

Lorsque nous émergeâmes sur le seuil de l'auberge, j'entendis des clameurs s'élever de tous côtés. Toute la ville avait été invitée, m'avait dit la vieille gouvernante, mais je ne l'avais pas crue jusqu'alors.

Le palanquin m'entraîna au milieu de rues, toutes aussi bondées les unes que les autres et mes porteurs devaient par moment s'arrêter pour disperser la foule. Le trajet me parut prendre une éternité ; j'avais du mal à réaliser que l'heure était vraiment arrivée.

La fin de mon voyage.

J'avais patienté trop longtemps pour que cela semble réel.

Dans la lumière déclinante de l'après-midi, nous marchâmes encore et encore, jusqu'à ce que je sois complètement déboussolée par le labyrinthe des ruelles. J'aurais été bien incapable de retrouver l'auberge, même si ma vie en avait dépendu. Plus tard, j'apprendrais que mon beau-père avait demandé à faire de nombreux détours afin de faire parade de sa bru mystérieuse, bru dont l'identité serait le ragot de tout un chacun pendant des jours et des jours.

Une fois arrivé à destination, on m'aida à me redresser et les clameurs reprirent de plus belle. Mon esprit n'y faisait plus attention cependant. Là, devant ce qui me semblait être un long mur, je croyais distinguer une ombre solitaire au travers du tissu qui m'aveuglait, l'ombre d'un homme qui attendait, droit et impassible.

Mon époux.

Je sentis mon cœur battre furieusement dans ma poitrine, et mes lèvres se mirent malgré moi à formuler une prière silencieuse.

CHAPITRE dix-sept

NOUS AVANÇÂMES LENTEMENT, un pas maladroit après l'autre, jusqu'à ce que je sois assez près pour le toucher. Plus rien ne bougea pendant de longues minutes. Le monde entier s'était tu. Au travers de tout ce rouge me parvenait des odeurs inconnues, un parfum musqué d'homme, teinté de notes boisées qui m'évoquaient la nature après la pluie. Elles me semblaient bien différentes de l'odeur du jeune garçon que j'avais rencontré il y a des années, mais ma mémoire ne se souvenait sans doute pas de détails aussi triviaux.

Il y eut comme un mouvement à la périphérie de mon champ de vision et je sentis une main se refermer brusquement autour de mon poignet. Nous devions à présent nous incliner l'un devant l'autre en signe de salutation, comme me l'avait suffisamment répété ma gouvernante, mais il ne m'en laissa pas le temps.

D'un geste sec, il me tira à lui et s'éloigna sans un mot le long du mur. Il avançait à grands pas, sans prendre conscience que je trébuchai pour le suivre, incapable de voir où je posai mes pieds. Sa poigne puissante me faisait mal.

Nous dépassâmes une première porte, avant de tourner immédiatement sur la gauche pour en franchir une deuxième. Au travers de l'interstice entre le voile et ma robe, je vis que nous étions sur un chemin dallé avec une précision rigoureuse. Il y avait du mouvement autour de nous, des bruits de discussions et pourtant, nous ne nous arrêtions pas.

Je ne serais pas amenée à la visiter avant plusieurs jours encore, mais je me sens obligée de m'interrompre quelques instants pour vous décrire cette incroyable demeure qu'était la villa Shen.

L'édifice était organisé autour de deux cours intérieures. La première, vaste étendue de terre battue, était située près de l'entrée. C'était là que Shen Bao recevait lors des grandes occasions où, comme au jour de mon mariage, on parsemait le sol de fleurs aux pétales multicolores.

Le reste du temps, c'était le domaine privilégié des gens de la maison. Le linge y était étendu les jours de grand soleil, les gardes y organisaient leurs exercices quotidiens à l'aube. Elle était entourée d'une voie couverte dont le toit bleu et vert tranchait avec le rouge des colonnes de bois peint.

Un élégant pavillon bloquait la vue sur la cour privée. Ce bâtiment avait été le foyer de la villa lorsque la mère et les frères de mon époux étaient encore en vie. L'âge d'or de la famille Shen. Cette époque révolue où les murs résonnaient des rires de trois vigoureux fils. À présent, Shen Bao passait la plupart de son temps dans ses quartiers personnels et la grande construction luxueuse n'était utilisée que pour recevoir des invités de marque. De chaque côté de ce pavillon se trouvaient deux étroites arches qui conduisaient à la seconde partie du domaine.

Dans cette seconde cour, en grande partie pavée, siégeaient un ensemble de bancs et de petits arbres. On y avait également édifié une majestueuse fontaine de marbre à l'inspiration européenne. Des naïades s'élançaient depuis une sculpture centrale et les tonneaux négligemment posés sur leurs épaules déversaient avec force une eau translucide qui allait rejoindre un bassin immaculé. Le contraste avec le reste de la villa était saisissant.

Tout au fond de la cour se trouvait l'entrée pour les quartiers personnels du maître de maison, le seul bâtiment du domaine à posséder un étage. Y étaient aménagées la chambre de Shen Bao, ainsi qu'une multitude de salons dans lesquels il recevait ses invités. À sa droite, se dressait la suite que je partagerais avec mon époux, ensemble de pièces arrangées en rectangle autour d'un espace à l'air libre que je ne saurais qualifier de jardin puisqu'on le traversait en quelques pas à peine.

Dans le coin de cour que formaient nos quartiers et celui de Shen Bao se trouvait la porte qui menait vers les jardins. C'était une étrange ouverture ronde, presque entièrement dissimulée par les bâtiments qui l'entouraient. Lorsqu'on la traversait, on pénétrait dans un autre monde. Le parterre s'étendait sur un terrain presque aussi vaste que le reste de la maisonnée, protégé par des murs hauts comme deux hommes.

À l'intérieur, on se perdait dans une véritable forêt de cyprès, sapins et autres bambous aux apparences si différentes et pourtant si harmonieuses. Un banc de carpes orangées avait même élu domicile dans le lac artificiel qui avait été creusé au cœur de l'écrin de verdure.

Lorsque je commençai à découvrir mon nouveau foyer, je fus étonnée que personne ne profite de ce petit coin de paradis. Les concubines et leurs enfants ne sortaient que très peu de leur quartier et le reste des domestiques l'ignorait tout simplement. Deux jardiniers y travaillaient quotidiennement, en l'honneur de la défunte maîtresse Shen qui aimait y passer ses journées de son vivant.

Je m'accommodai finalement fort bien de cette situation, car elle me procura l'isolement que je recherchais par la suite, mais laissons cette histoire venir en son temps et revenons donc au jour de mon arrivée dans la villa Shen.

Ruoyan, d'une poigne sèche, m'avait menée au centre de la cour où résonnait une douce musique. À la faveur de la nuit tombante, la lueur de centaines de torches apparaissait au travers du tissu de mon voile comme autant d'étoiles lumineuses.

Ce n'est qu'en trébuchant sur une marche que je compris que nous étions arrivés devant une sorte d'estrade.

— Ma fille, m'appela Shen Bao. Je suis heureux de t'accueillir dans cette demeure, tu es ici chez toi à présent.

— Je suis honorée de vous considérer comme ma famille.

J'avais répondu d'une voix basse — j'avais deviné que le marchand serait déçu si je gâchais ses efforts à conserver le mystère de mon identité en laissant les invités entendre mon accent — mais je sentis la poigne de mon fiancé se desserrer subitement. Il devait être surpris de m'entendre parler chinois, la dernière fois que nous nous étions croisés, des années plus tôt, je ne lui avais pratiquement jamais adressé la parole.

— Assieds-toi près de moi, ma fille.

Guidée par Ruoyan, je parcourus les quelques marches restantes et pris place à sa gauche pendant que mon fiancé disparaissait de l'autre côté de la tribune. Au cours de mes études, j'avais entendu de nombreux récits de mariages dans l'Empire Ming. Mme Oh m'avait parlé des traditions ancestrales, des heures passées à me préparer et attendre mon mari, seule dans la chambre. Les mariages étaient des contrats entre deux familles et se déroulaient principalement dans le secret des appartements privés. C'était peut-être, en effet, ce à quoi un mariage était censé ressembler, mais ce n'était pas le cas de ce mariage-ci. Ce mariage-ci était un spectacle.

L'un après l'autre, des hommes se présentèrent devant l'estrade, offrant des cadeaux qui allaient d'un groupe d'oies sauvages, à des coffres remplis de bijoux. Shen Bao acceptait tout cela avec des messages de gratitude polie. Jamais un mot ne me fut adressé. Jamais on ne me demanda d'ouvrir la bouche. Ruoyan ne parla pas non plus, laissant son père répondre à tous les solliciteurs.

Sans m'en rendre vraiment compte, je commençai à me masser le bras. Mon poignet était sensible là où mon fiancé l'avait enserré et l'air me semblait plus froid sur la peau échauffée. Une voix m'arracha soudain à ces réflexions.

— Et bien, petite hirondelle, j'ai bien failli rater cette magnifique cérémonie.

Quelqu'un se tenait devant nous, mais à cause de ce maudit voile tout ce que j'en voyais était une ombre qui se découpait dans la lumière des torches. Je n'avais pourtant pas besoin de mes yeux pour le reconnaître, la façon dont il m'avait appelée suffisait à réveiller ma mémoire. J'avais croisé cet individu dans le quartier chinois de Calicut, aux Indes.

Je sentis les deux hommes sur l'estrade se tendre.

— Ye Dongfen, articula mon beau-père d'une voix polie. Cette jeune femme est désormais ma bru, je te prierai de ne pas lui parler sur un ton aussi familier.

— Toutes mes excuses, vieux Shen. Je me disais que la demoiselle serait rassurée d'entendre une vieille connaissance.

Encore une fois, je sentis plus que je ne vis les regards des trois hommes se tourner vers moi, comme s'ils me brûlaient au travers du tissu.

Pour la première fois de la journée, sans doute même pour la première fois depuis mon arrivée sur ces étranges terres, je fus reconnaissante à mon voile de l'abri qu'il me prodiguait.

Je gardai le silence, certaine que Ye cherchait justement à me faire parler. Nul ne demanda la moindre explication sur ce qu'il venait d'avancer. Après une pause inconfortable, il se retira, laissant sa place au courtisan qui le suivait dans la file.

Le manège continua pendant ce qui me sembla être de nombreuses heures. Durant les premiers instants, je tâchais de faire abstraction de tout ce qui m'entourait, mais le temps ne m'en parut que plus long. Je commençai alors à me concentrer sur la scène qui se déroulait au-delà de ce que mes yeux pouvaient voir.

C'était comme un jeu.

De chaque homme qui venait nous présenter ses vœux, je n'entendais que la voix. Cela était suffisant pour que mon esprit s'enflamme et leur donne un visage, une vie bien à part. J'essayai de deviner quelles étaient leurs relations avec mon beau-père. Étaient-ils des partenaires en affaire, de lointains cousins ou bien des curieux tentant d'apercevoir mes traits au-delà du voile? Ces derniers étaient les plus nombreux, décidais-je. Je me concentrai sur leur voix, fis des efforts pour cataloguer leurs inflexions afin de pouvoir vérifier mes théories si je les croisais à l'avenir. Il y avait trop d'invités cependant, et je savais que je n'en serais pas capable.

Néanmoins, à force d'écouter ces innombrables formules de politesse, je parvins à entendre des différences dans la façon dont elles étaient prononcées. Les mots étaient les mêmes, mais certains montraient plus d'enthousiasme que d'autres.

Je ressentis même parfois une légère mauvaise volonté, qui serait sans doute passée inaperçue à mes yeux si le tableau ne s'était pas résumé entièrement aux sons.

Le jeu prit soudain une nouvelle dimension. Il ne s'agissait plus de savoir qui était qui, mais de deviner qui regrettait mon arrivée dans la famille Shen. Je pris conscience ce jour-là du fait que les mots n'étaient qu'une façade et que la façon dont une personne les prononçait en disait bien plus que leur contenu. Une découverte capitale pour survivre dans un pays où votre pire ennemi peut être celui qui sourit tendrement à vos côtés.

Perdue dans mes réflexions, je ne réagis pas tout de suite lorsque la musique se tut. Je ne bougeai pas davantage lorsque l'écho d'un mouvement se répercuta sur l'estrade. Ce n'est que lorsque deux mains chaudes se posèrent sur mes épaules, mc faisant sursauter, que je compris que cette partie de la cérémonie était finie.

— Viens.

La voix était grave, posée, et je mis un moment à me rendre compte qu'il s'agissait de Ruoyan. Je me levai doucement, m'inclinai devant l'audience quand il me l'indiqua d'une légère pression, puis le suivis lorsqu'il me prit la main pour me conduire vers le pavillon central. Derrière nous, les musiciens avaient entamé un air festif pour accompagner les invités qui mangeaient en riant et parlant fort.

La seconde cour était infiniment plus calme, mais elle n'était pas vide pour autant. Des torches brillaient autour de nous et j'entendais le doux chant de l'eau qui coulait contre la pierre, mais la nuit m'empêchait de distinguer ce qui m'attendait.

Un magistrat était présent pour prendre acte de notre union, un oracle pour lire les auspices, d'autres étaient ici comme témoins. Nul ne me demanda de parler et je restai muette, sentant la température qui commençait à chuter aux courants d'air frais qui jouaient avec ma robe.

Une voix me ramena brutalement à la réalité. L'homme qui venait de prendre la parole n'était pas chinois. J'aurais été bien en peine de savoir ce qu'il disait, mais j'étais capable de reconnaître du latin quand j'en entendais.

– Mon père a jugé bon de faire appeler un de vos prêtres pour bénir notre union selon vos coutumes, annonça Ruoyan, de cette voix qui différait tant de celle qu'il avait eue enfant.

Je ne savais pas si je devais être touchée de l'attention, ou effrayée de la menace sous-jacente. Une fois notre mariage béni devant Dieu, je n'aurais réellement plus aucune échappatoire.

Je m'agenouillai sur un coussin de prière et sentis Ruoyan m'imiter. L'odeur de forêt m'enveloppa de nouveau tandis qu'il se positionnait à mes côtés pour recevoir la bénédiction du Jésuite.

Après avoir fini de parler, l'homme s'approcha de nous et tendit un objet dont mon époux se saisit. Je plissai les yeux pour tenter de deviner ce qui se passait, mais ne compris qu'au dernier instant, quand on me tira le bras, qu'il s'agissait des anneaux. Ruoyan m'écarta les doigts pour y glisser le bijou sans douceur. Puis, ce fut mon tour. Malgré l'aide de Guoying qui dirigeait mes mains, mes doigts tremblaient tandis que je m'emparais des siens.

Le silence se fit à la suite de ce petit rituel. Un froissement de tissu m'apprit que mon compagnon s'était relevé. Sans un mot, il me prit le bras et d'une légère pression m'indiqua que je devais à présent m'incliner devant les derniers invités.

— Est-ce fini ? demandais-je à voix basse tandis que nous nous redressions.

— Presque. Mon père nous a conviés à partager un thé, en privé, avant que ne s'achève la cérémonie.

Un grondement discret s'éleva de mon ventre et me rappela que je ne m'étais rien mis sous la dent depuis le matin.

— Suis-moi, se contenta-t-il de dire en me tirant par le bras.

En haut des larges marches, nous pénétrâmes dans un pavillon si fortement éclairé que je dus cligner des yeux même derrière mon voile. Deux gardes avaient ouvert les portes et s'empressèrent de les refermer après notre passage.

— Mon père nous attend à l'étage, déclara Ruoyan, d'un ton quelque peu nerveux.

— Bien, allons-y.

— Attends.

Je m'arrêtai dans mon élan et me tournai vers lui. Son ombre se découpait nettement dans la lumière ambiante.

— Nous sommes seuls, fit-il d'une voix un peu rauque.

Je me raidis brusquement. J'avais compris où il voulait en venir. L'ombre au-delà de mon voile bougea légèrement et je sus que c'était sa main qui s'approchait de mon visage. Mon estomac se noua et je fis un pas précipité en arrière, tentant de lui échapper.

Pas assez vite, cependant.

Ses doigts se posèrent sur le bord de mon voile au niveau de mes épaules. Il resta immobile, comme s'il hésitait lui aussi à faire ce geste qui scellerait notre destin plus encore que la cérémonie qui venait de nous unir. Je me sentis rougir furieusement et cela ne fit que décupler mon malaise. Comment pouvais-je être perturbée à ce point, plus de six ans après, par ce garçon qui ressemblait tant à un reptile ? Je me haïssais presque autant que je le détestais, lui.

Je me fis violence pour ne pas arrêter ses mains qui soulevaient lentement, pouce par pouce, la soie carmin qui m'avait retenue prisonnière depuis le matin. J'avais voulu arracher cette chose toute la journée, mais à présent je ne souhaitais rien de plus que de la garder un peu plus longtemps.

Juste un peu plus longtemps.

Rien qu'un

petit instant.

CHAPITRE dix-huit

CE N'ÉTAIT PLUS un jeune garçon.

Telle fut ma première pensée en découvrant enfin son visage. Comment décrire le choc et le soulagement au terme de l'attente qui me torturait depuis des mois ? Il était là, devant moi, et j'avais envie de pleurer et de rire tout à la fois.

J'ignorais pourquoi, mais dans toutes les représentations que je m'étais faites de ce jour, il n'avait jamais vraiment grandi, et je m'étais presque attendue à retrouver l'adolescent aux joues rondes auquel j'avais dit adieu des années plus tôt. À la vérité, je n'étais pas sans savoir qu'il aurait changé — nul n'est immunisé face aux effets du temps — mais rien n'aurait pu me préparer à ce qu'il soit, pendant ces quelques années, devenu un homme à part entière. Il devait avoir plus de vingt ans à présent — si ma mémoire ne me faisait pas défaut — et je ressemblai véritablement à une petite fille à côté de lui.

Son visage, qui avait hérité des traits durs et de la mâchoire carrée de son père, avait complètement perdu sa rondeur enfantine. Ces joues gonflées et rouges qui l'affublaient constamment d'une expression grotesque avaient disparu, remplacées par des pommettes anguleuses et légèrement creusées. Sa peau était également bien plus lumineuse que dans mon souvenir, prenant la couleur de l'or sous les lanternes, loin de la teinte grisâtre que je lui connaissais.

Il avait les cheveux tirés sur les tempes, dissimulés sous un haut chapeau noir qui aurait donné un air comique à tout autre que lui. Ses yeux sombres, deux puits sans fond, me fixaient avec une telle intensité que j'étais incapable d'effectuer le moindre mouvement. Mais ce n'était pas les yeux du serpent qui avaient hanté mes cauchemars. Il n'y avait d'ailleurs ni écailles luisantes sur son visage, ni ailes déchirées dans son dos.

Il n'avait pas bougé non plus. Sans doute me détaillait-il de la même manière que j'étais en train de l'observer, tentant de faire le lien entre la jeune femme devant lui et l'enfant de ses souvenirs. J'étais incapable de deviner ce qu'il ressentait en cet instant précis. Était-il déçu ? En colère ?

Devant ce regard froid, je sentis la peur, désormais familière, me nouer de nouveau les entrailles.

— Viens.

Un mot, et ce fut tout. Il se retourna et s'éloigna sans me toucher davantage. Je le suivis, découvrant l'opulent pavillon où résidait mon beau-père. Les pièces que je traversais avaient été décorées avec goût des artefacts que Shen Bao entreposait dans sa demeure.

Cette partie de la villa était comme un hymne au voyage. Ici, une horloge ramenée d'Europe était délicatement posée sur un guéridon chinois au côté d'une sculpture ronde et primitive dont l'origine m'était inconnue. Là, une toile de maître, passablement abîmé par de longs mois en mer, était fièrement accrochée sur un mur dont les teintures brillantes et colorées parlaient de pays tropicaux et d'excursions à dos d'éléphant. Sur une écritoire, j'aperçus une calligraphie en train de sécher et elle-même semblait pittoresque dans cet écrin de trésors sans fin. L'ensemble formait un étrange tableau où le désordre devenait harmonie.

Moi qui n'avais vécu que dans notre petit château de campagne qui sentait bon la terre et les champs de blé, il me sembla que je pénétrai dans la demeure d'un prince. Même les appartements de Sa Seigneurie le gouverneur de Sofala, dans tout leur luxe défraîchi, pâlissaient devant la splendeur de la villa Shen.

Notre destination se trouva être une salle aux murs couverts de tissus bariolés. Il s'agissait du salon où mon beau-père recevait ses invités de marque. Le maître de maison était assis à même le sol, installé sur d'épais coussins qui bordaient une table basse. À l'instar de mon époux, je m'inclinai profondément lorsqu'il nous aperçut, la main sur mon imposante coiffe afin d'éviter une catastrophe.

— Ah ! Jade ! Approche-toi, mon enfant. Laisse donc ce vieillard t'observer d'un peu plus près.

Je fis comme il m'avait demandé, surprise de noter à quel point en effet il avait vieilli. Il se tenait toujours le dos droit, mais ses cheveux étaient à présent plus blancs que gris et de nombreuses rides cernaient son regard vif.

— Quelle magnifique enfant, ton père devait enrager de te perdre ainsi.

— Mon père était ravi de mon départ, car son souhait le plus cher était de respecter les engagements qu'il avait envers vous. Votre collaboration est de la plus grande importance pour la famille Neuville.

— Vraiment ? Ton père est un homme d'honneur.

— Je n'en doute point, répondis-je d'un ton un peu sec, en me demandant si la rancœur que je ressentais à son égard était perceptible.

— Quelle chance, également, reprit mon beau-père sans relever mon amertume, d'avoir eu une fille telle que toi. Ta beauté devait éclairer ces murs froids dans lesquels tu as grandi.

— Vous me faites trop d'honneur.

— Asseyez-vous.

Nous obéîmes en silence tandis qu'une jeune servante au visage éblouissant de fraîcheur s'approchait pour remplir nos tasses d'un liquide sombre et parfumé.

— Je souhaite te féliciter Jade, tu parles notre langue mieux que je ne l'avais imaginé. L'écris-tu également ?

— Oui, monsieur, mais fort lentement, malheureusement.

— Je n'ai aucun doute que tu continueras de progresser. Nous ferons venir des professeurs afin que tu puisses persévérer dans tes études.

— Merci, répondis-je, et ce n'était pas un mensonge.

— Tu nous feras honneur. Ils sont nombreux, ici, les hommes qui ne voient en leur bru qu'un moyen de perpétuer leur nom. Tu te rendras vite compte que je ne suis pas de ceux-là. Tu seras le visage des femmes de ma maison et tes connaissances dans notre histoire et notre culture y aideront grandement. Quel est ton niveau en musique et en poésie ? Peux-tu réciter les classiques ?

— Je... Je les ai étudiés, mais...

— Pas d'inquiétude, il te reste du temps avant que nous te présentions au monde. J'espère que tu sauras te montrer tout aussi douée que tu ne l'as été dans l'apprentissage de notre langue.

J'en doutais fort.

— Je ferai de mon mieux, répondis-je toutefois.

— Bien. N'oubliez pas non plus vos devoirs, mes enfants. Aujourd'hui plus que jamais, j'ai besoin de voir le nom de Shen perdurer. Je compte sur vous pour me présenter un petit fils d'ici la saison prochaine.

Je rougis. La chaleur traîtresse se diffusa jusqu'à la racine de mes cheveux. Je jetai un regard discret vers mon époux, mais il avait les yeux rivés à ceux de son père, impassible.

— Fils, tu prendras la direction des préparatifs pour la fête du printemps cette année.

Je plongeai le nez dans ma tasse tandis que la discussion évoluait vers des sujets commerciaux qui ne me concernaient pas. Quelques instants avaient suffi pour que je sois mise de côté et oubliée. Alors que le débat entre les deux hommes perdurait, je tentai d'ignorer la douleur sourde au creux de mon ventre.

— Mes enfants, déclara finalement Shen Bao d'une voix forte qui me fit sursauter, je vous laisse vous retirer. Un repas vous attend dans vos quartiers et je suppose que vous souhaitez rester un peu seuls. Vous devez avoir beaucoup de choses à vous dire.

J'étais certaine que les choses que j'avais envie de dire n'étaient pas celles qu'il avait envie d'entendre. Je lui répondis cependant par un sourire poli et suivis Ruoyan lorsqu'il quitta la salle.

Nous émergeâmes à nouveau dans la cour et nos pas nous dirigèrent vers le bâtiment voisin. Nos quartiers s'ouvraient sur une large pièce de vie, éclairée par de nombreuses fenêtres. Le mobilier était simple, mais confortable et la lumière devait y être accueillante en pleine journée. Une seconde porte donnait sur un minuscule jardin d'où l'on pouvait également accéder aux chambres qui l'encerclaient.

Lorsque nous fîmes notre entrée, Xiaoli était en train de déposer le dernier plat sur une table déjà extrêmement chargée. Elle m'offrit un sourire triste avant de s'incliner profondément comme le voulait la coutume. Je remarquai qu'elle n'avait pas revêtu la tenue verte que portaient les gens de la maison qui s'étaient retirés sur la pointe des pieds à notre arrivée et cela me rassura. J'avais craint que ma meilleure amie ne soit réduite au statut de servante.

— Madame, j'ai été désignée comme votre première dame de compagnie. À partir d'aujourd'hui, je superviserai tout ce qui touche à votre quotidien.

— Merci, répondis-je en me demandant par quel miracle ce

n'était pas Guoying que j'avais devant les yeux.

Les Chinois vivaient dans une société très hiérarchisée, il m'avait semblé évident qu'on appointerait l'aînée des filles Li à mon service après mon mariage.

— Ce n'est pas la peine de t'abaisser à les remercier, m'interrompit une voix sèche qui me fit sursauter. Une personne de ton rang ne se met pas ainsi à la merci du domestique.

Surprise, je levai les yeux vers mon compagnon. Il me fallut quelques secondes pour comprendre qu'il venait de critiquer ma politesse.

— Mais… c'est mon amie…

— Une personne de ton rang n'offre pas son amitié aux domestiques. Souviens-t'en.

D'un geste hautain, il indiqua à Xiaoli de sortir. Elle lui obéit précipitamment, la tête baissée, mais j'avais eu le temps de voir des larmes perler sous ses paupières. Xiaoli avait beau être née sur ces terres, elle avait, comme moi, grandi en France dans un environnement privilégié et elle devait avoir du mal à assimiler ces nouvelles règles. Étrangère dans son propre pays. En fin de compte, sa situation était peut-être pire que la mienne.

Lorsqu'elle fut sortie, je posai mes poings sur mes hanches et pris une inspiration afin de reprocher à Ruoyan ce qu'il venait de faire, mais il m'imposa le silence d'un regard froid.

Un seul regard.

Il m'avait fait taire d'un seul regard.

Décontenancée, je le suivis sans un mot lorsqu'il s'installa à table. Je ne savais pas qui je haïssais le plus, moi pour être aussi faible ou lui pour être, eh bien, *lui*.

Troublée de me retrouver seule avec l'homme qui était désormais mon époux, je piochai distraitement dans les assiettes en lui jetant des coups d'œil en coin. La faim qui m'avait torturé toute la soirée semblait comme envolée. Mon estomac était si serré qu'il m'était impossible d'avaler quoi que ce soit.

Ruoyan n'était apparemment pas sujet à de telles préoccupations et il mangeait avec autant d'appétit que s'il ne s'était rien passé. Je finis par briser le silence.

— Que va-t-il se passer maintenant ?

Il se redressa d'un geste et me détailla curieusement, comme s'il venait de se rappeler de ma présence.

— Être mon épouse te donne certains droits, commença-t-il calmement. Tu seras cantonnée à tes quartiers quand mon père reçoit, mais le reste du temps tu es libre de te promener à ta guise sur le domaine. Nous ne sommes pas aussi stricts que les autres clans à ce sujet. Nous allons faire venir des tuteurs qui se chargeront de continuer ton éducation et…

— Non, je… Je voulais parler de maintenant.

— Ah.

Il posa ses baguettes et son regard se fit plus intense. Sa main se leva doucement pour venir frôler ma joue. Ce fut comme s'il m'avait brûlée. Sans réfléchir, je me jetai brusquement en arrière en renversant ma chaise dans un bruit sourd.

— Je vois, fit-il d'une voix cassante. Et bien maintenant, tu es ma femme, tu te doutes de ce qui va se passer.

Je sentis des frissons me parcourir le dos et la nuque. Attendait-il une réponse ? Que devais-je faire ? S'enfuir me paraissait tout à coup une solution des plus attrayantes. Si je me mettais à courir, pourrais-je atteindre la porte avant qu'il ne me rattrape ?

— Assieds-toi, veux-tu ? Je n'ai pas fini de manger.

Puis, sans ajouter le moindre mot, comme si nous ne nous étions interrompus que pour parler de la pluie et du beau temps, il reprit le cours de son repas.

Je pris place à ses côtés, maudissant à chaque instant la peur qui me faisait trembler comme une feuille. Depuis quand n'étais-je qu'une vulgaire lâche ? J'avais survécu à d'effroyables tempêtes, à une attaque de pirate. J'avais vu mourir des hommes devant mes yeux. J'avais grandi, poussée par les rigueurs du voyage et les catastrophes qui s'étaient abattues sur nous. Qui était donc cet homme pour me donner l'impression d'avoir de nouveau neuf ans ?

Il n'avait rien du terrifiant portrait que j'avais dressé de lui pendant ces longs mois en mer. Il était grand, imposant même, mais la peau de son visage ne m'évoquait plus celle d'un reptile. Ses yeux saillants me fixaient d'un air dur, mais ils ne paraissaient plus aussi monstrueux que l'image que j'en avais gardée. Pourquoi alors ? Qu'avait-il de différent ? Devais-je n'y voir qu'un reliquat de mes terreurs enfantines ?

Un soupir me tira brusquement de mes réflexions.

— Je ne vais pas te sauter dessus, tu sais, tu peux te détendre.

— Mais... Vous venez de dire...

— C'est notre nuit de noce, à quoi t'attends-tu ? N'en va-t-il donc pas de même dans ton pays ?

— Si... enfin, je suppose.

Il tourna la tête à droite et à gauche. Quatre domestiques se tenaient debout près de l'entrée, prêts à répondre à la moindre de nos requêtes.

— Ils sont là pour nous surveiller, murmura-t-il en se penchant. Lorsque nous aurons... terminé, disons, ils viendront prendre les preuves de la consommation de notre union et les porteront devant mon père. C'est ainsi que notre mariage sera validé aux yeux de tous.

— Peut-être pourrait-on... tentai-je.

— Mentir ? T'enfuir ?

— Je ne voulais pas...

— On ne m'a pas donné le choix non plus, tu sais ? Mais je sais où est ma place et je respecterai les vœux de mon père. Comprends bien que je ne t'aurais pas touchée s'il en avait été autrement, je n'ai aucun appétit pour les petites filles terrorisées.

Sa tirade me fit l'effet d'une gifle, la colère se mêlant violemment à la peur. Pour qui se prenait-il…

— Suis-je donc un monstre à tes yeux ?

— Non, messire.

— Pourquoi cet air de chiot battu dans ce cas ?

— Vous me pardonnerez mon manque d'enthousiasme, messire, mais je n'ai moi-même aucun goût pour les barbares et les païens.

Le coin de ses lèvres se releva l'espace d'un instant, fugace, puis il reporta son attention sur mon assiette.

— Tu ne manges pas.

— Je n'ai pas faim.

— Arrêtons cette comédie dans ce cas. Souhaites-tu avoir un peu de temps pour te préparer ?

Surprise par le changement abrupt de sujet, je sursautai, manquant de peu de renverser le verre de vin derrière lequel je m'étais cachée. Mon corps entier n'était plus qu'une boule de nœuds. Mais remettre l'échéance à plus tard ne ferait rien pour apaiser la tension qui m'habitait. Plus vite nous y allions, plus vite nous en aurions terminé.

Sans un mot, je me levai et le vis avaler d'un seul coup l'alcool qui restait dans son verre. Peut-être cherchait-il également à se donner du courage.

Une arche au fond de la pièce s'ouvrait sur une chambre agréablement meublée, éclairée de nombreuses bougies rouges qui conféraient au grand lit dans l'alcôve un aspect presque onirique, île de lumière tout juste sortie de mes songes. Il était présentement recouvert d'un drap immaculé. La fameuse preuve, très certainement.

Au-dessus du lit était accrochée une croix et si je n'avais pas été dans cet état de peur panique, j'aurais sans doute apprécié cette petite touche dont le but était de me mettre à l'aise.

— Tes quartiers sont-ils à ton goût ?

— Cela changerait-il quelque chose s'ils ne l'étaient pas ? demandais-je en me retournant.

— Pour moi non, mais je suis sûr que mon père s'empresserait de remplacer tout le mobilier et la décoration si tu le lui réclamais.

— Pourquoi ? Pourquoi se donner autant de mal pour moi ?

— Mon père est un collectionneur Jade, tu es sa dernière acquisition. Ne te méprends jamais sur ses intentions. Tu disposes d'un peu de temps, car il souhaite ménager son effet, mais lorsque tu lui seras d'une quelconque utilité, il viendra te chercher, fais-moi confiance.

— Me chercher pour quoi ?

— Je crois que ce sera une surprise pour nous deux, ironisa-t-il.

Je voulus répliquer, mais fus interrompue par les quatre domestiques qui nous avaient suivis dans la chambre et refermaient à présent la porte de papier derrière eux. Que se passait-il ?

Mon époux se rendit compte de leur présence et soupira. Il porta son verre à ses lèvres et je réalisai qu'il s'était resservi de cet alcool doré, une teinte plus claire que le cognac que le capitaine buvait sur l'Auguste. Ses gestes semblaient plus nerveux qu'en début de soirée.

Il s'approcha à pas feutrés de moi alors que je reculais à la même vitesse, la bile envahissant peu à peu ma gorge. Le lit vint bientôt mettre fin à ma fuite et je fus réduite à le regarder s'avancer, avec la très désagréable impression d'être la proie qu'il chassait. Mes yeux volaient de la menace qu'il représentait aux quatre femmes présentes derrière lui. Pourquoi ne me venaient-elles pas en aide ? Allaient-elles rester et assister à mon asservissement ? D'une certaine façon, le fait que cette nuit ait des témoins accentuait mon sentiment d'humiliation.

Je sentis les larmes me brouiller la vue. Ruoyan avala une nouvelle gorgée et se retourna.

— Que faites-vous encore là ? s'exclama-t-il d'une voix dure. Sortez.

— Mais, monsieur votre père…

— Dehors. Laissez-nous.

Les quatre femmes s'inclinèrent avant de quitter la chambre, mais elles n'allèrent pas plus loin que le salon. Une fois la porte refermée, leur ombre se découpait clairement sur la fenêtre de papier. Lorsque Ruoyan se tourna dans un nouveau soupir, la peur fleurit dans mes entrailles.

Un instant plus tard, il était devant moi et emplissait tout mon champ de vision. Le parfum boisé qui l'entourait était à présent teinté de l'odeur âcre du vin qu'il avait bu pendant le repas. Je ne voyais, ne sentais et n'entendais plus que lui. Une insupportable nausée remonta soudainement du plus profond de mon être. Je fus prise d'un haut-le-cœur et manquai de peu de rejeter le pauvre contenu de notre souper à ses pieds.

Il n'y avait aucune issue. Aucune fuite possible.

Il s'arrêta un instant et me fixa sans ciller pendant ce qui me sembla être de longues minutes. Il sondait mon regard, comme s'il cherchait une réponse. J'ignorai s'il pouvait y voir autre chose que la peur qui me tétanisait.

Ses mains se posèrent sur mes épaules et il me poussa avec douceur afin que je m'asseye sur les draps de soie. J'aurais presque préféré qu'il fasse preuve de violence. Peut-être ainsi mon esprit pétrifié aurait pu s'éveiller et le combattre. Je doutai qu'il existait un moyen d'avoir le dessus sur lui, mais ma fierté n'aurait peut-être pas été autant piétinée. Avec son calme détaché, il me mettait à bas sans me laisser l'occasion de lutter.

— Souhaiterais-tu boire quelque chose ? Tu as l'air tendue.

— Non.

— Tu es sûre ?

Je haussai les épaules, sans réaliser qu'il ne comprendrait peut-être pas le sens de ce geste. Il déposa le verre sur le sol à côté du lit et s'accroupit pour se mettre à mon niveau. Son haleine sentait l'alcool, mais ses yeux n'avaient rien perdu de leur lucidité.

— J'aurais aimé que nous ayons le choix.

— Grand bien vous en fasse.

Il releva mes jupons sur mes hanches avec autant de détachement qu'un médecin qui ausculte son patient puis se débarrassa du lourd manteau qu'il avait porté pour la cérémonie. Le vêtement tomba à ses pieds comme une cascade d'eau sombre.

Ruoyan s'allongea alors sur moi, les coudes posés de chaque côté de mon visage et laissa ses doigts caresser ma joue. Le frisson que je ressentis fut loin d'être agréable. Le corps tremblant, je tournai la tête, fermai les yeux et imaginai que j'étais ailleurs. À Beaulieu. Sur l'Auguste. À l'auberge de Shaoxing, même. Mais il était impossible d'oublier où je me trouvais, de faire abstraction du poids de ce corps sur le mien et de la chaleur qu'il dégageait.

— Jade ? murmura-t-il

— Finissons-en, lui lançai-je d'une voix qui sonnait plus détachée que ce dont je me pensais capable.

— J'essaierai d'être doux.

— Je n'ai que faire de votre douceur. Contentez-vous d'en finir.

D'où me venait donc la volonté de répondre ainsi ? Je l'ignorai. J'étais à deux doigts de fondre en larmes. Ruoyan prit ma joue en coupe et tenta de tourner mon visage vers le sien, mais je le poussai de toutes mes maigres forces.

Pendant un long moment, rien ne se passa et mon corps malgré moi commença à se détendre. C'est alors qu'il me pénétra. La douleur me foudroya. Je réprimai le cri qui me monta aux lèvres, mais ne pus empêcher les larmes de couler sur mes joues.

L'année précédente — même s'il me semblait parfois que cela avait été dans une autre vie — la sage-femme qui m'avait expliqué les relations entre un homme et une femme m'avait prévenue que la première fois me ferait mal. Mais elle avait aussi dit que cette brûlure serait de courte durée. Quel mensonge ! Alors que Ruoyan accélérait le mouvement de ses hanches, je sentais un élancement vibrer douloureusement dans tout mon corps.

Je gardai les yeux fermés, me concentrai sur mes souvenirs pour m'empêcher de penser au corps de mon époux au-dessus du mien, mais l'horreur occupait tout mon esprit. Après de longues minutes, je le sentis se crisper puis s'immobiliser, le souffle court.

Je refusai obstinément de tourner la tête, ou d'ouvrir les yeux pour le regarder. Enfermée dans ma bulle, je tentais d'ignorer mon corps douloureux et de prétendre que rien ne m'était arrivé. Lorsqu'il se retira de moi, le froid qui s'engouffra brusquement entre mes jambes descella mes lèvres, m'arrachant un cri de surprise alors que j'avais réussi à ne rien laisser échapper jusque-là.

Ruoyan s'approcha après un moment d'hésitation, glissant un doigt sur les mèches que les larmes avaient collées à mes joues. Soudainement réveillés, mes muscles raidis recommencèrent à trembler.

— Laisse-moi, suppliai-je d'une voix faible en me recroquevillant pour fuir son contact.

— Laisse-moi t'aid…

— Va-t'en !

Il resta à mes côtés un instant de plus, puis je l'entendis remettre de l'ordre dans sa tenue et quitter la pièce.

Enfin seule, je laissai libre cours à mes sanglots.

CHAPITRE dix-neuf

DANS LA MINUTE qui suivit son départ, les serviteurs revinrent dans mes quartiers. Je m'interdis de les observer. Le moindre mouvement, la moindre parole aurait rendu ma situation plus tangible. Les yeux clos, je réfléchissais si fort aux murs qui m'avaient vu grandir qu'il me sembla presque les voir se dessiner à l'intérieur de mes paupières. L'Auguste aurait fait l'affaire également.

N'importe où plutôt qu'ici.

Un souvenir cruel émergea soudain dans le brouillard de mes émotions. Le visage du capitaine qui me proposait à demi-mot de m'aider à m'enfuir. J'imaginais sans peine l'éclat de volonté qui avait dû traverser mon regard lorsque j'avais pris la décision de refuser. Quel courage ! Quelle force d'esprit ! Quelle naïveté ! Pourquoi n'avais-je pas embrassé à pleine main la solution qui s'offrait à moi ?

Un souffle chaud sur mon oreille me ramena à la réalité. Pourquoi ne me laissait-on pas me morfondre dans mon déni en paix ?

— Jade, Jade, ma très chère Jade, calme-toi… me murmura Xiaoli de sa douce voix. Est-ce que tu peux te lever ? Je t'ai fait préparer un bain.

Elle avait parlé en français, sans doute pour protéger tant qu'elle le pouvait ce qui restait de mon intimité. Je me redressai péniblement. Un coup d'œil par-dessus mon épaule me confirma que deux femmes étaient déjà en train de retirer le drap marqué de sang. À la vue de cette tache, ainsi qu'à la sensation du liquide poisseux qui coulait désormais entre mes jambes, je me sentis sale et souillée.

Je me débarrassai de ma robe froissée aussi vite que possible et entrai dans la cuve. L'eau chaude fit des miracles pour détendre mes muscles, mais elle fut en revanche inutile pour consoler mon âme blessée.

Je ne savais pas vraiment ce à quoi je m'étais attendue, mais une chose était sûre, certainement pas à ce qui venait de se passer. Je me souvenais encore du merveilleux moment que j'avais partagé avec Henri dans la grange avant que tout ne s'écroule. Il n'y avait eu aucune peur, juste lui et moi, portés par nos sensations. Aucune honte, aucune douleur. Avait-ce été un mensonge ? Aurais-je fini par le haïr, comme je haïssais à présent Ruoyan, si nous n'avions pas été interrompus, ce jour-là ?

L'aube me trouva éveillée, après une très mauvaise nuit à me retourner sans cesse entre mes draps, la tête pleine de questions auxquelles nul ne pouvait répondre. Les trois sœurs Li et ma gouvernante m'attendaient dans le salon lorsque j'y fus conduite par l'essaim de servantes qui m'avait baignée et habillée. De Ruoyan, aucune trace. Je m'obstinai à ne pas regarder dans la direction de ses appartements, de l'autre côté de la petite cour.

Xiaoli m'apporta des beignets cuits à la vapeur ainsi qu'un plateau de fruits. Tandis que je piochais çà et là avec l'appétit d'un moineau, Oh-grand-pied énumérait mes nouveaux devoirs d'épouse. Je serais bien incapable de répéter ce dont elle me parla ce jour-là. Au bout d'un moment, Guoying se leva brutalement et sortit de la salle aussi rapidement que ne le permettaient ses pieds bandés, sans jeter le moindre regard en arrière. He disparut aussitôt dans son sillage.

Tirée de mes rêveries par ce mouvement soudain, je fixai mon attention sur la porte qui se refermait, avant de me tourner vers ma gouvernante.

— La rancœur ne sied pas à une jeune femme bien éduquée, soupira Oh-grand-pied.

— Que se passe-t-il ?

— Li Guoying fait preuve d'un manque de jugement inacceptable. Une femme doit apprendre à intérioriser ses émotions, surtout si elles vont à l'encontre de son éducation. Retenez bien cela, Jade. Toi aussi, Xiaoli. Ton comportement doit être irréprochable, à présent.

— Est-ce pour cela que Guoying vient de partir ? Elle est jalouse de Xiaoli ?

— Je ne pense pas qu'elle soit jalouse de moi, répondit mon amie de sa jolie voix. Elle est juste fâchée que son droit d'aînée n'ait pas été respecté.

— Pourquoi ne l'avez-vous pas appointée Première suivante ? demandai-je à ma gouvernante.

— Vous parlez trop. Et vous posez des questions bien trop directes.

— Pourquoi ne l'avez-vous pas fait ? insistai-je.

Après la nuit que je venais de passer et mon humeur déplorable, l'heure n'était pas aux subtilités de toute façon. Elle soupira, l'air agacé, mais répondit tout de même.

— Le Yang coule à flots dans vos veines. Vous avez besoin de Yin pour le tempérer, sans quoi vous précipiterez votre chute. La famille Shen a besoin d'une descendance, d'une alliance stable pour faire perdurer son nom. Xiaoli vous aidera à trouver cet équilibre. Et puis…

Elle nous considéra quelques instants en silence.

— Et puis ? l'encourageai-je.

— Un jour, vous comprendrez peut-être, pourquoi j'ai fait ce choix.

Après son départ, Xiaoli resta à mes côtés et me décrivit sa journée de la veille. Sa voix claire et enjouée me remit un peu de baume au cœur. Tant qu'elle était là, je n'avais pas tout perdu.

L'œil pétillant, elle me raconta comment le cuisinier, qui était fort bel homme, lui souriait sans cesse depuis les festivités et avait même veillé à ce que ses repas soient accompagnés de petits beignets sucrés normalement réservés au maître et à sa famille. Il avait les lèvres de la couleur d'une pêche bien mûre me disait-elle, et les joues marquées de traces de farine, mais d'une manière adorable bien sûr. Elle se demandait si ses œillades signifiaient quelque chose et s'il finirait par lui faire des avances. Peu lui importait, au final, puisqu'elle ne pourrait prendre époux avant ses sœurs aînées et ce jour n'était pas près d'arriver maintenant qu'elles avaient passé l'âge d'être courtisées.

— Et puis je devrais le suivre dans sa famille et abandonner la mienne, t'abandonner toi et c'est hors de question, je préfère encore rester avec toi ! Hé, Jade ! tu m'écoutes ?

Je sursautai, prise en flagrant délit. Mon regard ne l'avait pas quittée un instant, mais mes pensées s'étaient envolées, souhaitant à leur tour découvrir ce monde coloré qu'elle me décrivait.

— Pardonne-moi, petite Li. Je me disais que j'aimerais tant visiter tous ces endroits dont tu m'as parlé. J'ai besoin de sortir, j'étouffe ici.

— Bien sûr ! Nous pourrions commencer par le jardin ? Tu vas adorer le jardin !

Un coup à la porte interrompit notre discussion. Une voix posée s'éleva de derrière les fenêtres.

— Jade, nous souhaiterions faire votre connaissance, nous

laisseriez-vous entrer ?

— Ce sont les concubines, me souffla ma compagne d'un air désolé.

L'huis s'ouvrit presque aussitôt sur trois femmes aussi dissemblables que le jour et la nuit. Proche de la cinquantaine, la première avançait, le dos très droit, avec la grâce de ceux qui s'attendent à être admirés. Ses cheveux, montés en chignon complexe sur son crâne au front large étaient striés d'un gris ne parvenant pas à l'enlaidir. Elle avait les yeux ronds et fort écartés l'un de l'autre, ce qui lui conférait un air très doux. Lorsqu'elle me sourit, des rides entourèrent ses paupières, marquant des zones d'ombre sur son maquillage.

Zhangyu était la première concubine de mon beau-père. Elle lui avait été offerte peu de temps après son mariage et l'avait depuis accompagné avec loyauté. Les sœurs Li m'avaient raconté qu'elle avait été une grande amie de la défunte mère de mon époux. Dans mon innocence d'alors, la nouvelle ne me surprenait pas. Il était facile d'imaginer que se retrouver entre femmes pour pleurer sur ses malheurs après une nuit à remplir ses devoirs conjugaux devait avoir quelque chose de réconfortant.

Probablement pas aussi agréable que de traîner son partenaire dans la boue d'un enclos à porc, mais on devait se contenter de ce qu'on avait sous la main.

Je souris à la direction que prenaient mes pensées. Mon esprit combatif me revenait peu à peu, après plusieurs jours de torpeur et de peur panique. La lumière du soleil qui se déversait à flots par les fenêtres ouvertes devait y être pour quelque chose. Elle me donnait l'impression d'être à l'extérieur. J'avais toujours détesté me sentir enfermée.

— Ma très chère enfant, s'écria la Première Concubine d'une voix qui me faisait penser à du miel. Le protocole voulait que nous attendions votre visite, mais nous mourions de curiosité de voir enfin votre visage !

— Maître Shen disait que vous étiez un bourgeon en pleine croissance, mais vous voilà tout éclose à présent ! renchérit la Seconde Concubine dans un gloussement.

Je me tournai doucement vers cette dernière, incapable de ne pas la dévisager. Elle était petite, guère plus grande que je ne l'étais, et aussi ronde que la première avait été longue. Sa poitrine abondante semblait à l'étroit dans son corsage et le tissu était tendu à l'extrême autour de ses hanches. Ses bras potelés, couverts de gaze transparente, avaient la couleur délicate d'un pétale de fleur. Elle respirait la bonne humeur et ne cessait de se dandiner d'un pied sur l'autre, incapable de rester immobile plus de quelques secondes. Je m'attendais à la voir froncer les sourcils devant mon inspection indiscrète, mais sa seule réponse fut de rire.

— Vous vous demandez ce qu'il me trouve n'est-ce pas ? fit-elle sans la moindre honte tandis que je secouai la tête en rougissant.

Son visage n'avait rien de l'élégance de la première femme, ou de la beauté fragile de Guoying. Elle avait les yeux très bridés et le nez proéminent. Néanmoins, lorsqu'elle souriait, elle me donnait envie de rire à mon tour et je pouvais tout à fait comprendre qu'on puisse tomber sous son charme.

— Je suis extrêmement féconde, reprit-elle d'une voix amusée en me faisant un clin d'œil exagéré. Les hommes d'ici ne peuvent y résister ! Quelques petits garçons bien dodus et me voilà entrée dans la propriété ! Ravie de faire votre connaissance, Jade, je m'appelle Bing.

Zhangyu poussa un long soupir, les yeux vers le ciel, comme si elle avait renoncé depuis bien longtemps à corriger sa compagne. Réprimant un fou rire, ce qui était un miracle en soi après les mois que je venais de passer, je me tournai vers la troisième femme qui se tenait dans l'ombre de ses aînées, la tête baissée. Mei, puisque tel était son nom, n'était la concubine de Shen Bao que depuis quelques années. Elle avait la taille fine et la poitrine épanouie. Ses cheveux détachés volaient autour d'un visage ovale aux larges yeux sombres. Elle aurait pu être très belle, n'était cette cicatrice qui prenait naissance sous son menton et descendait sur son cou jusque dans les plis de ses vêtements. Elle avait rejoint la famille quelques années auparavant à la suite d'un accord commercial alors que le maître des lieux honorait déjà avec moins de ferveur les couches de ses femmes. En conséquence, elle n'avait eu qu'un seul enfant, une petite fille, âgée de bientôt six ans. Elle parlait peu et se contentait de suivre les discussions en hochant légèrement la tête, le regard vague.

Ainsi les rencontrais-je, et ainsi resteraient-elles à jamais dans ma mémoire, Zhangyu la douce, Bing l'excentrique et Mei la solitaire.

Il y avait une autre femme sur le domaine, mais je ne serais pas amenée à la croiser avant plusieurs jours encore. Changyin était la toute dernière des concubines de mon beau-père et de loin sa favorite. Arrivée depuis quelques semaines à peine à Shaoxing, elle était si belle et si respectueuse des traditions qu'elle ne sortait jamais des quartiers intérieurs sans se voiler. Il aurait été difficile de déterminer son âge avec précision — elle avait un de ces visages à la beauté intemporelle qu'on n'imagine pas vieillir un seul instant — mais si elle était plus âgée que Mei, ce n'était pas de beaucoup. La perfection de ses traits était telle que même les domestiques soupiraient après elle. La jeune femme qui l'aidait à délacer ses pieds et à les laver dans un bain d'eau parfumé au jasmin répétait à l'envi qu'elle n'avait jamais vu de pied si menu ou de peau si douce. Changyin était une femme énigmatique, qui cultivait avec évidence les mystères qui l'entouraient.

Une femme qui n'aurait jamais fait le chemin pour venir me rencontrer.

Non, Changyin attendait que l'on aille à elle.

— Notre curiosité est maintenant assouvie, peut-être devrions-nous laisser cette jeune femme en paix, je suis sûre qu'elle a besoin de repos après la nuit qui vient de s'écouler, déclara Zhangyu d'une voix ferme.

— Ta curiosité, vieille femme, pas la mienne. Je meurs d'envie d'entendre tous les détails sur le dernier-né Shen. Je l'ai vu gambader sur le domaine depuis qu'il est en âge de courir. Il se cachait derrière les buissons quand je donnais le sein à mon Mengyao et s'imaginait que je ne pouvais pas le voir. L'adorable petit diable. Il faisait une fixation sur ma poitrine, je me demande à quoi il ressemble à présent ?

Bing me lança un regard entendu avant d'éclater de rire comme si nous étions les meilleures amies du monde. Le brusque rappel à ma situation m'avait en revanche complètement dégrisée. Zhangyu dut deviner le revirement de mon humeur, car elle changea précipitamment de sujet.

— N'hésitez pas à nous rendre visite si vous vous sentez triste ou effrayée, Jade. Nos quartiers sont bruyants, mais c'est toujours mieux que ces murs vides. Vous devez être bien seule.

— Nous sommes toutes loin de nos familles, répliqua Bing en faisant la moue, sans doute vexée qu'on l'ait ainsi privée des détails qu'elle était venue chercher, je ne nous vois pas en faire des montagnes.

— Les années qui filent ne t'assagissent en rien à ce que je vois, petite sotte. Tu ne dirais pas la même chose si l'on t'envoyait prendre époux à l'autre bout du vaste monde. Un mari tartare, c'est ce qu'on aurait dû prévoir pour toi ! Avec lui, tu ne passerais pas toutes tes journées à te goinfrer de gâteaux au miel !

La Seconde Concubine se mit à glousser doucement et je fus surprise de me rendre compte qu'un lien très fort existait entre ces deux-là, malgré les chamailleries qui les opposaient sans cesse.

— Combien de temps a duré votre voyage, ma chère enfant ?

— Près de neuf mois, je pense.

— Combien cela a dû être éprouvant ! Lorsque vous vous sentirez plus à l'aise, venez nous raconter votre périple. Je meurs d'envie d'apprendre tout de vos péripéties… Je suis persuadée que vous avez vu plus de choses durant l'année écoulée que nous pendant nos vies entières.

— Vraiment ?

— Je n'en doute pas un instant.

— Ne sortez-vous donc jamais d'ici ?

— Nous nous rendons en ville plusieurs fois par an, souvent pour les festivals. Mais il y a peu de raisons, il n'y a rien dehors que nous ne possédons pas déjà.

Il me sembla que les murs se refermaient peu à peu sur moi à l'idée que j'allais aussi rester prisonnière de ces appartements.

Plusieurs heures plus tard, je revenais doucement vers mes quartiers, l'esprit reposé par l'après-midi que j'avais passé dans le jardin. Xiaoli m'avait prévenue que je tomberais sous son charme et elle n'avait pas eu tort.

Dès l'instant où j'avais mis le pied dans ce paradis de végétation, mes soucis s'étaient estompés l'un après l'autre, jusqu'à ne plus ressentir qu'un calme serein. Le terrain était un véritable labyrinthe de fourrés, bois, lacs et rochers disposés sans aucune logique apparente. Des chemins de pierre serpentaient au milieu de ce désordre, tantôt propres et bien pavés, tantôt avalés par les arbres et les buissons.

En suivant l'un d'eux, j'avais remonté le cours d'une petite rivière cristalline pour arriver à un lac où s'ébattait une foule de gros poissons aux couleurs vives. Au sommet d'une colline artificielle m'attendait une pagode de bois peint. C'était le point culminant du domaine, le seul endroit d'où on pouvait apercevoir les montagnes au-delà des murs. Les yeux sur les lignes ondulantes à l'horizon, on avait l'impression d'être dans un jardin au milieu d'un autre jardin.

Je pouvais m'asseoir sur les bancs de pierre et laisser mon regard voyager à l'extérieur en m'imaginant que rien ne m'empêcherait de m'y rendre. Le temps s'était écoulé avec douceur tandis que, les genoux remontés contre ma poitrine, je contemplais la liberté qui était presque à portée de main.

J'avais trouvé ce qui allait devenir mon refuge pendant de nombreux mois.

Deux hommes en livrée verte montaient la garde devant ma porte lorsque je revins peu avant le coucher du soleil. J'en déduisis sans peine que l'héritier Shen était à l'intérieur. Confortablement assis dans un fauteuil, il avait la tête posée sur le dossier avec nonchalance, les yeux perdus dans le vague tandis qu'une servante lui remplissait une tasse de thé fumant avec grâce. Ses longs doigts fins étaient repliés contre sa tempe, comme s'il était plongé en pleine réflexion.

Revigorée par ma journée solitaire à l'extérieur, plaisir qui ne m'avait plus été donné depuis si longtemps, je me sentais plus forte. Il n'était qu'un homme, rien de plus. Je n'avais aucune raison de m'abaisser devant lui. Aucune raison de continuer à le craindre.

Mais pourquoi, dans ce cas, mon cœur s'était-il soudainement mis à battre plus vite ? Je haïssais ces peurs enfantines. Le torse bombé, tentant de paraître plus grande que je ne l'étais, je me plantais devant lui.

— Que puis-je faire pour vous, messire ? demandais-je d'un ton aussi sec que possible

Il ouvrit brusquement les yeux et les posa sur moi avec surprise.

— Nous sommes revenus à « messire » alors ? répliqua-t-il d'une voix douce. Pas besoin d'employer de termes honorifiques avec moi tu sais.

— Que puis-je faire pour toi dans ce cas ? Je vois deux tasses sur la table, je suppose que tu m'attendais ?

— Assieds-toi. J'ai entendu dire que tu avais visité le jardin. L'as-tu trouvé à ton goût ?

— Je ne vois pas pourquoi je devrais te rapporter mes faits et gestes. Si tu comptes me surveiller, je suis certaine que tes petits soldats s'en chargeront avec joie.

— Je cherchais juste à faire la conversation Jade.

— Ah oui ? Et bien je n'ai aucune envie de faire la conversation.

— Je comprends, soupira-t-il. Pourrons-nous parler d'hier, dans ce cas ? Je…

— Nous ne parlerons pas d'hier. Nous ne parlerons plus jamais d'hier. Hier n'a pas existé. Maintenant, si cela ne dérange pas Votre Seigneurie, je me retire dans ma chambre. Je tiens à préciser que la porte ne vous sera pas ouverte.

— Tant de fiel dans ton cœur. Pourquoi nous rendre les choses si difficiles ?

— Difficiles ? Peu m'importe que vous trouviez cela difficile. Vous n'avez aucune idée de ce que j'ai pu ressentir !

Je n'étais pas près d'avouer que ce venin était probablement la seule arme qui me restait. Il soupira avant de se lever lentement, dépliant ses jambes et son dos jusqu'à me dominer de toute sa taille.

— Je t'attendais, Jade, parce que je souhaitais vraiment que nous parlions d'hier. J'ai conscience que tu n'as aucune envie d'être ici, je suis désolé que ce destin t'ait été imposé au mépris de ta volonté, mais laisse-moi te rappeler que c'est aussi mon cas. Ce mariage a été arrangé par nos familles, je n'ai pas eu mon mot à dire, tout comme toi.

— Vous n'aviez pas l'air de cet avis, hier, lui crachai-je au visage.

— Je respecte les décisions de mon père. Hier, nous avons fait ce qui était attendu de nous. Tu peux dormir tranquille à présent, cela ne se reproduira plus. Je te l'ai déjà dit, je n'ai jamais été attiré par les petites filles terrorisées.

Je pris une profonde inspiration, me préparant à lui lancer une réplique cinglante quand il ouvrit la bouche, un sourcil sardoniquement levé.

— Une jeune femme obstinée et désobéissante, en revanche, pourrait se montrer un défi intéressant.

Rien n'aurait pu être plus efficace pour me faire taire. Il me quitta sur un dernier regard et je me retrouvai seule.

CHAPITRE vingt

QUELQUES SEMAINES FURENT nécessaires pour m'accoutumer au rythme de la maisonnée. Une collation était servie à l'aube et les déjeuners selon les désirs de chacun. Le souper, seul, était pris en commun lorsque le chef de famille était présent.

Car Shen Bao s'absentait souvent, parfois pour de longues durées, parfois sans même prévenir de sa destination. Les domestiques se tenaient alors sur le qui-vive afin que tout soit prêt dès le retour du maître.

Bing, bavarde comme au premier jour, m'expliqua qu'il rencontrait des partenaires commerciaux et politiques dans la région, invité sur leur domaine pendant plusieurs jours pour d'importantes réunions. Tout ce système me paraissait bien nouveau et lorsque je lui demandai de quoi pouvaient-ils donc parler pendant ces longs entretiens, elle ne put que secouer la tête d'un air désintéressé. Ce fut Zhangyu qui me répondit, le visage serein et la voix posée.

— Ils cherchent à pétitionner l'empereur pour qu'il diminue les taxes sur les biens importés de l'étranger. Certaines familles dans la région ont eu les relations nécessaires pour faire fi des lois sur le commerce extérieur et ont pu ainsi s'enrichir de manière considérable. Mais les impôts se font plus lourds chaque année. Même Maître Shen ne pourra continuer longtemps si la situation ne s'améliore pas.

Je la fixai d'un air interdit. Les notions qu'elle évoquait étaient nouvelles pour moi, mais je pouvais en comprendre la logique. Ce qui me paraissait le plus étrange, c'était de voir combien elle semblait à l'aise avec le sujet. Je m'étais imaginé que les femmes, cloîtrées dans leurs quartiers, n'avaient pas accès à ce genre de connaissance. Je commençai à peine à découvrir l'étendue de mon erreur.

— Vont-ils y arriver ? À pétitionner l'empereur ?

— Le gouverneur de Shaoxing leur rend la tâche difficile, car il est farouchement opposé à l'arrivée de barbares sur notre territoire. De plus, il s'agit du représentant de l'Empereur et les hommes puissants ne changent pas facilement d'avis.

— Pourquoi ont-ils besoin de lui ?

— Les choses seraient beaucoup plus simples s'ils étaient soutenus par quelqu'un. Nous ne sommes qu'une petite ville au regard de l'empire que gère Sa Majesté. Il accordera plus d'intérêt aux exigences des marchands lorsqu'ils arriveront à Shuntian si le gouverneur se range à leur avis.

— Y êtes-vous déjà allée ? À Shuntian ? demandais-je, ramenant la discussion vers des sujets qui me paraissaient moins ennuyeux. On m'a dit que les jardins de la Cité Interdite étaient les plus beaux sur terre.

— Jeune fille, vous avez voyagé plus loin que nous toutes réunies. Je ne doute pas que si l'une de nous a l'occasion un jour de reprendre la route et de voir ce fameux paradis, ce sera vous. Il y a quelque chose en vous, un excès de Yang peut-être, comme si le vent lui-même cherchait à vous pousser sur les chemins. Vous ne passerez pas votre vie entre ces murs.

Quelle étrange prédiction, et ô combien vraie elle se révéla être.

Lorsque Shen Bao était absent, son fils devenait le maître de maison et s'enfermait dans les quartiers de son père avec l'intendant. Je le voyais encore moins durant ces moments, ce qui n'était pas pour me déplaire. Le reste du temps, nous avions appris à nous ignorer le plus poliment possible.

Il se levait tôt pour s'entraîner avec les gardes, parfois avant même le lever du soleil. De mon côté, j'attendais patiemment dans mon lit que notre salon commun ait été nettoyé de toute trace de sa présence avant d'appeler Xiaoli. Le soir, il travaillait généralement tard, et après les intenses journées que je passais je n'avais guère l'envie de veiller.

Fidèle à sa promesse, mon beau-père m'avait entourée d'un essaim de professeurs qui se relayaient pour m'enseigner tout ce qu'une jeune femme devait savoir. Mes heures se partageaient entre l'apprentissage des classiques, les répétitions de luth, les cours d'étiquette et tant d'autres que je peine aujourd'hui à m'en souvenir. Mes instructeurs étaient stricts et pour la plupart fort mécontents de la lenteur de mes progrès, une lacune qu'ils ne pouvaient qu'attribuer à mon manque d'intelligence, puisqu'ils n'avaient aucun moyen de deviner qu'une étrangère les contemplait sous le voile noir.

Dans les moments les plus difficiles, je dois admettre que j'en vins presque à regretter les manières brusques de Madame Oh.

Un matin, alors que j'étais assise derrière une longue et magnifique cithare, les doigts entourés de tissu, à pincer au hasard les cordes d'un air distrait, je reçus la visite de mon beau-père. Mon professeur m'avait laissé répéter un morceau simple une demi-heure auparavant, mais l'objet devant moi se montrait des plus récalcitrants. Lorsque Shen Bao se fit annoncer dans mes quartiers, je me relevai brusquement, manquant de peu de renverser le précieux instrument.

— Ma fille, ma fille, fit-il dans un sourire, nul besoin de te lever. Accepterais-tu que ce vieil homme s'asseye à tes côtés pour t'écouter jouer ?

— Vous risquez d'être fort déçu, monsieur, je n'ai aucun don pour la musique. Madame Oh est presque devenue folle à tenter de m'en inculquer les bases lorsque nous étions en France.

— Je n'ai aucun mal à l'imaginer, répondit-il en riant. Tu n'as pas à te sentir désolée, nous avons tous nos propres talents. Si ce n'est pas la musique, tu découvriras le tien bien assez tôt.

— Ne m'en voudriez-vous donc pas si je ne parvenais pas à m'élever au niveau de vos concubines ? Mes instructeurs m'ont laissé entendre que je serais un déshonneur pour votre famille.

— Tu te montreras à la hauteur de nos espérances Jade, je n'en ai aucun doute. Si un fruit est cueilli avant l'heure, n'est-il pas terriblement amer ? Il faut l'entourer d'attention jusqu'au moment où il n'attend plus qu'à être récolté. Un professeur doit s'armer de patience pour amener son élève au bout de la route qu'il a choisie. Et à mon âge, si j'ai appris quelque chose, c'est bien à être patient.

— Vous semblez si confiant dans mes capacités à réussir.

— Je vois les choses en grand. Et je devine dans ton regard une soif de vie qui me satisfait. Je n'ai jamais oublié la flamme qui brillait dans tes yeux le jour où je t'ai vue pour la première fois.

— Je pensais que vous seriez en colère, ce jour-là, avouais-je en rougissant au souvenir de la façon dont j'avais fait leur connaissance.

— En colère ? Quelle idée ! J'ai beaucoup d'ambition pour cette maison, ainsi que pour mon fils. Les responsabilités d'un pouvoir tel que celui que je veux lui transmettre ne pourront être endossées par quelqu'un de faible. Et c'est cela que j'ai lu dans ces yeux magnifiques, lorsque tu étais enfant. Je pense que tu le rendras plus fort.

Je l'observai d'un air curieux. Il avait un visage très similaire à celui de son fils, anguleux, la mâchoire carrée, mais contrairement à ce dernier, il avait un regard bienveillant et son sourire n'exprimait aucune cruauté.

Ce jour-là, il émanait de lui un parfum de jasmin, que je savais être l'odeur de Changyin, sa toute dernière concubine. Il y avait quelque chose de perturbant à se dire que le vieil homme passait parfois la nuit en compagnie de la jeune femme.

Je ne l'avais pourtant jamais vue malheureuse ou déprimée au petit matin.

— Comment se déroule ton acclimatation, mon enfant ? Est-ce que tout est fait selon tes désirs ?

— Je… Oui, je n'ai aucune plainte à formuler, Maître Shen.

— Écoute-moi bien, reprit-il en me couvrant d'un regard plein de sollicitude, je sais que Ruoyan est un peu rustre par moment, mais c'est un bon garçon. Il a grandi avec les fantômes de ses frères et cela l'a rendu réservé. Ne garde pas tes distances trop longtemps, j'ai hâte de pouvoir serrer mon petit fils dans mes bras.

Que pouvais-je donc répondre à une telle injonction ? J'avais beau haïr son fils, je comprenais fort bien son désir de perpétuer le nom de ses ancêtres.

Je fus frappée de la prise de conscience brutale qu'un enfant grandissait peut-être déjà à l'intérieur de moi. Bafouillant une justification indistincte, je fermai les yeux à la recherche d'une nouvelle sensation, d'un sentiment quelconque qui m'indiquerait que je n'étais plus seule. Comment la vie pouvait-elle naître d'une chose aussi abominable ? Je connaissais déjà à l'époque la triste histoire de ma naissance qui avait failli coûter la vie à ma mère. Étions-nous tous ainsi ? Conçus dans la douleur, venant au monde dans la souffrance ?

Je relevai la tête. Le vieil homme m'étudiait en silence, un sourire aux lèvres, inconscient des troubles qui m'agitaient le cœur et l'esprit. Y avait-il une autre voie ? Un secret auquel je n'avais pas encore été initiée ?

Lorsque je n'étais pas dans le quartier des concubines ou entourée de mes tuteurs, j'aimais m'isoler dans le jardin. Le début de l'hiver était doux sous ces latitudes et je ne craignais ni la pluie ni le vent. Je retournais souvent sous la petite pagode près du lac aux poissons. Là, assise sur les bancs de pierre, je laissais défiler les heures de la journée en m'imaginant être ailleurs. Je me sentais comme un animal en cage.

Une grande et belle cage aux barreaux d'or, remplie de coussins de soie.

Mais une cage malgré tout.

La carte du capitaine Duquesne, que je portais chaque jour secrètement dans une poche intérieure de mon vêtement, était le point de départ de toutes mes escapades imaginaires. Je faisais d'abord le tour de l'Empire Ming qui, avais-je appris, était un immense territoire bordé au Sud-Ouest par le royaume du Tibet, perché dans des montagnes, et au Nord par la Tartarie, ces terres peuplées de nomades qui attaquaient constamment les Ming.

Mon propre pays, qui à mes yeux se limitait au château de mon oncle, me semblait bien petit en comparaison.

Je suivais ensuite les contours des continents, me demandais quels trésors pouvaient s'y cacher. Aurais-je pu les découvrir de mes propres yeux si j'avais accepté la proposition du capitaine de l'Auguste ? Cette question ne me quittait que rarement.

Je ne doutais pas un instant qu'il n'avait formulé cette offre que poussé par un honneur que je ne comprenais qu'à peine. M'aurait-il vraiment enlevée, si les mots avaient pu sortir de ma bouche ? Là était la véritable énigme.

Au fond de moi, j'espérais que la réponse était non. Ainsi je me retirais le poids de la décision que j'avais prise ce jour-là. Ainsi je n'avais plus besoin de regretter. Il m'était pourtant impossible de ne pas songer à ce à quoi ma vie aurait pu ressembler si je m'étais enfuie. Mon imagination s'enflammait à la plus petite tentation et celle-ci n'était pas des moindres. Serions-nous devenus des parias ? Des pirates ? Voyagerions-nous au gré des vents, poussés de port en port par la faim et les rêves de gloire ?

La triste image des bandits qui nous avaient abordés en mer de Chine faisait alors surface dans les méandres de mon esprit. Les yeux inexpressifs de ce jeune homme qui me fixaient par-delà la mort. Soudainement lasse, mes rêves d'aventure noyés dans une tempête brutale, je finissais souvent par toucher du doigt la France, ce pays qui était le mien, avec en tête toujours la même question. Le reverrais-je un jour ?

— Madame ?

Je relevai les yeux, tirée de mes pensées par cette voix inconnue. Le soleil était haut dans le ciel, et j'avais comme à mon habitude pris place sur les bancs de pierre de ma pagode. Mon professeur du moment avait été retenu en ville par une affaire pressante et je m'étais échappée dès que j'avais pu afin de m'isoler dans mon petit paradis.

Deux soldats se tenaient respectueusement à quelques pas du pavillon. Un regard rapide à leur poitrine m'apprit qu'ils ne portaient pas l'insigne doré réservé à la garde personnelle de Shen Bao. Le premier des deux avait de longs cheveux soyeux attachés en catogan. Il avait les yeux creusés et le nez busqué au milieu d'un visage à l'expression mélancolique. Son sourire, en revanche, était de ceux qui inspirent confiance.

Le second, de carrure athlétique, mais plus fin que son compagnon, avait — chose étrange — de courts cheveux indisciplinés. Les hommes de ce pays, en tout cas tous ceux que j'avais croisés jusqu'alors, portaient tous fièrement leur abondante chevelure, que ce soit prisonnière d'une tresse, volant librement sur leurs épaules ou bien remontée en chignon serré sur le haut de leur crâne. C'était la première fois que je voyais quelqu'un qui désobéissait à cette règle tacite.

Il avait des yeux brillants bordés de longs cils noirs. La peau de son visage ovale était lisse et ses lèvres bien dessinées. Il était jeune, guère plus que mon propre âge, et je me demandai depuis combien de temps il travaillait dans cette maisonnée.

— Madame ? reprit le premier. Je vous prie de pardonner notre intrusion, mais nous avons un message pour vous.

— Dans mon pays, on a coutume de donner son nom avant de transmettre un message, lui répondis-je, l'humeur légère.

Je n'étais pas sérieuse, j'avais même fait l'effort d'accompagner ma tirade d'un grand sourire afin qu'il comprenne que je ne cherchais qu'un peu de conversation. Fort malheureusement, ce trait d'esprit dut se perdre quelque part dans la traduction.

— Pardonnez-moi ! s'écria-t-il en s'inclinant brusquement, imité par son camarade. Je suis Bai Yun et mon compagnon se nomme Luo Yexi. Nous sommes tous deux de la garde personnelle de Shen Ruoyan.

— Monsieur Bai, repris-je en soupirant, quel était ce sujet dont vous vouliez m'entretenir ?

— Shen Ruoyan souhaite vous faire savoir qu'il sera présent au dîner de ce soir.

— Grand bien lui en fasse, je le prendrai donc dans ma chambre pour ne pas le déranger.

— Madame... reprit-il d'un ton hésitant. Je me suis mal exprimé. Il nous a chargés de vous dire qu'il vous attendait pour manger au coucher du soleil.

— Oh. Je suppose que c'est un ordre et non une requête ?

— Il ne nous a pas demandé de lui apporter de réponse, madame.

Ses yeux étaient fixés sur les dalles à nos pieds avec une expression étrange, comme s'il ne souhaitait rien de plus que de retourner les pierres et s'enterrer dessous. Le second, toujours à l'extérieur du pavillon, me regardait d'un air gêné en se balançant d'un pied sur l'autre.

— Vous pouvez vous retirer dans ce cas, répondis-je avec un soupir. Je n'ai nulle part où aller de toute façon. Je le verrai ce soir.

Ils s'inclinèrent et firent demi-tour. L'esprit bouillonnant de questions, je ramenai mes genoux vers moi sur le banc de pierre, geste très peu féminin qui me suivait depuis l'enfance. C'est alors que le jeune homme du nom de Yexi se retourna brusquement et s'avança de nouveau vers moi, les joues rouges et la voix hésitante.

— Vous devriez rentrer, un orage se prépare.

— Merci, je ne tarderai pas.

CHAPITRE vingt et un

J'ÉMERGEAI DE LA voûte des arbres et traversai la porte qui menait à la cour intérieure quelques instants plus tard. L'après-midi n'était que peu entamé et je ne voulais pas revenir dans mes quartiers aussi tôt. Je ne ferais qu'y tourner en rond en me demandant pour quelle raison mon époux souhaitait brusquement me voir alors que nous nous évitions depuis le mariage. Mon beau-père était absent depuis trois jours, trois jours durant lesquels son fils s'était pratiquement enfermé dans les bureaux du maître de maison.

Mes pas prirent alors la direction des appartements des concubines, où je savais trouver la distraction et la compagnie qui me manquait. Quelle ne fut pas ma surprise lorsque seul le silence m'y accueillit.

Les servantes en livrée verte qui passaient le balai se dispersèrent à mon arrivée comme un banc de poissons effrayés. Des enfants en bas âge jouaient tranquillement avec des objets en bois sous l'œil averti de leur nourrice, mais aucune des quatre femmes n'était en vue.

Sachant qu'elles ne s'éloignaient que rarement, j'étais sur le point de faire demi-tour pour me rendre au pavillon central où elles s'étaient peut-être installées pour l'après-midi lorsqu'un cri strident vint percer la brume qui recouvrait peu à peu les toits.

Sans réfléchir, je me précipitai vers le bâtiment d'où il était sorti. Une petite fille, d'une demi-douzaine d'années tout au plus, était attachée à une chaise à l'aide de solides cordons de soie. Devant elle se tenait une domestique plus âgée, la main serrée autour du pied de l'enfant qu'elle pliait à la force de ses doigts. La petite avait les joues ravagées de larmes et tirait en vain contre les liens qui la retenaient prisonnière tandis que la vieille femme continuait de comprimer inexorablement jusqu'à la faire hurler de nouveau.

Ce son effroyable m'arracha de ma torpeur. Je n'ignorai pas la raison de cette horrible cérémonie qui se déroulait devant mes yeux. Suivant la coutume chinoise qui voulait que toutes les femmes portent des chaussures longues de quelques pouces, on était en train de briser le pied de cette pauvre enfant afin qu'il ne grandisse plus. La colère fit trembler quelque chose dans ma poitrine. Le bruit qui s'échappa de ma gorge ressemblait au roulement des tempêtes.

— Arrêtez ! m'écriai-je en me jetant devant la chaise pour bousculer la terrible femme. Arrêtez ceci immédiatement !

La fureur m'étouffait. Nulle raison ne valait d'imposer pareille torture à autrui. La petite fille venait de perdre connaissance et sa tête reposait, sans force, contre le haut dossier de son siège. Je m'attaquai hargneusement aux nœuds et libérai l'enfant qui tomba dans mes bras telle une poupée de tissu.

— Amenez-la dans sa chambre et occupez-vous de son pied immédiatement ! grondai-je aveuglée par la rage. À partir d'aujourd'hui, vous ne malmènerez plus aucun enfant dans cette maison, c'est un ordre ! Vous m'avez bien comprise ?

La servante acquiesça rapidement de la tête, l'air effrayé. Être l'épouse de l'héritier Shen avait ses avantages après tout. Jamais je n'aurais imaginé que ma parole puisse un jour détenir tant de pouvoir. Je lui tendis la petite qu'elle serra contre son sein avant de disparaître aussi vite que si je l'avais menacée de mort.

Tout entrain perdu, je pris le chemin de ma chambre en ruminant contre les pratiques barbares et incompréhensibles de ce peuple. Xiaoli ne parvint même pas à me calmer tandis qu'elle arrangeait mes cheveux de ses doigts agiles en me relayant les dernières rumeurs.

Le soir venu, lorsque Ruoyan s'engouffra dans nos quartiers la mine sombre, je sus qu'il était d'humeur aussi belliqueuse que moi. Je m'en réjouis presque. La confrontation qui s'annonçait serait une agréable distraction aux larmes de l'enfant qui ne quittaient pas mon esprit.

— Que me vaut le plaisir de cette visite, mon cher époux ? demandai-je d'un ton acerbe sans même lui laisser le loisir de s'asseoir.

— Que tu le croies ou non, je fais face chaque jour à des problèmes qui dépassent ton imagination de petite fille et je cherchais juste un moment de calme…

— Je suppose que vous devez être fort déçu de ne pas l'avoir trouvé dans ce cas.

— S'occuper d'un domaine tel que le nôtre est un travail de tous les instants, Jade, et je n'ai absolument pas le temps de passer derrière toi pour régler tous les problèmes que tu causes !

— Moi ? Qu'est-ce que cela a à voir avec moi ?

— J'ai reçu une plainte aujourd'hui. Mei, la troisième concubine de mon père, est venue m'annoncer que tu as interrompu…

— C'est à cause de la fille, c'est ça ? le coupai-je sous le coup d'une colère renouvelée. Tu veux parler de cette pauvre petite n'est-ce pas ? C'est moi qui devrais me plaindre ! Ruoyan, ils étaient en train de la torturer ! Elle était attachée ! Elle pleurait ! Comment peut-on faire une telle chose à un enfant ? Elle en a perdu connaissance ! Que voulais-tu donc que je fasse ?

Ruoyan poussa un long soupir et prit place sur une chaise en bois près de la table, portant la main vers son visage afin de se masser les tempes d'un air las. Il resta silencieux quelques instants, comme s'il réfléchissait à la situation sous l'angle que je lui avais fourni et je crus presque qu'il en viendrait à se ranger à mon avis.

Presque.

Lorsqu'il reprit finalement la parole, c'était d'une voix posée, absente de toute émotion, mais empreinte malgré tout d'une distance qui me faisait trembler. Le calme avant la tempête.

— C'est elle qui s'est plainte. L'enfant. À son réveil, elle a été voir sa mère en pleurant et lui a dit que la méchante nouvelle maîtresse ne voulait pas qu'elle se marie. Sa mère a bien entendu pris cela comme une insulte. Est-ce là le résultat que tu cherchais ? Souhaites-tu faire de sa fille ta servante en la tenant éloignée de toute possibilité de mariage ?

— Je… pardon ? Bien sûr que non ! Elle souffrait… S'est-elle vraiment… Je veux dire, comment peut-on volontairement…

— Tu as sûrement appris qu'il s'agit là d'une étape obligatoire dans la vie d'une femme. Je suis certain que ta gouvernante t'aura inculqué les connaissances nécessaires pour comprendre notre culture. Ce n'est définitivement pas une conversation à avoir avec ton époux.

— Ce sont là des traditions absurdes ! Comment un royaume tout entier peut-il se réduire à torturer ainsi ses propres enfants ?

— Jade ! répliqua-t-il en m'agrippant sèchement par les épaules.

Je me rendis brutalement compte qu'il n'était plus assis, séparé de moi par la protection tout illusoire d'une haute table de bois. Sans que je l'aie vraiment vu bouger, il se tenait à présent juste sous mes yeux et me dominait de toute sa taille.

— Je ne te permettrai pas de critiquer notre culture tant que tu seras sous notre toit ! Personne ne t'a demandé ton avis, cet enfant encore moins que les autres. Elle souhaite suivre la coutume et ce n'est pas ton rôle que de l'en empêcher.

— Si elle accepte de se faire du mal, c'est parce que vous lui avez répété qu'elle devait le faire depuis qu'elle est en âge de comprendre ! Pourquoi diable une femme devrait-elle se mutiler pour pouvoir trouver un époux ? Peux-tu affirmer que toutes ces femmes ne sont pas en train de s'estropier pour l'unique raison que vous avez décidé qu'il en serait ainsi ? Parce que leurs futurs maris en ont fait un critère de beauté ignoble ? Qu'y a-t-il d'ailleurs de si attirant dans ces chairs brisées, si horribles qu'elles doivent les dissimuler dans des chiffons pendant leur vie entière ?

— Ah, Jade, si seulement c'était aussi simple. Ne cherche pas à changer nos traditions. C'est une tâche impossible, même pour toi.

Je reniflai d'un air méprisant, afin de lui faire comprendre que son raisonnement ne m'avait pas convaincue. De quel droit obligeait-on les petites filles à se soumettre à tant de souffrances ?

— Jade, dit-il d'une voix plus calme. Promets-moi que tu n'interviendras plus. Jamais nous ne forcerons un enfant qui ne veut pas le faire, cela te convient-il ainsi ?

Il lâcha mes épaules et reprit place derrière la table de bois. Il avait l'air fatigué, si fatigué.

L'espace d'un instant, je me demandai quels étaient les problèmes qui accaparaient ses journées lorsque son père s'absentait. Puis je me souvins que je ne souhaitais pas en savoir plus sur sa vie. Silencieusement, me gardant bien d'émettre le moindre son qui aurait pu être pris pour une capitulation, je m'assis en face de lui, le dos bien droit, le regard hautain évitant le sien autant qu'il était possible.

— Pourrions-nous manger à présent que cette histoire est résolue ? Je ne demande rien de plus que quelques instants calmes, une compagnie agréable loin des problèmes du domaine. Tu n'as pas à dire quoi que ce soit si tu ne veux pas me parler. Je me contenterai du silence.

— Comme si je pouvais me taire aussi longtemps…

Cela avait été à peine plus qu'un murmure, mais j'eus la surprise de voir un léger sourire relever le coin de ses lèvres. Xiaoli fit son entrée à ce moment-là, le privant du loisir de répondre à ma pique et m'octroyant la petite victoire d'avoir enfin réussi à avoir le dernier mot.

Ma jeune compagne s'inclina d'une manière respectueuse. Dans son dos se dessinait le profil des domestiques, les mains chargées des ustensiles nécessaires à la cérémonie du thé. Elle prit place à un guéridon situé dans un coin de la pièce où fut déposée une collection d'outils en porcelaine. Mon regard semblait comme hypnotisé devant les gestes sûrs avec lesquels elle tournait, rinçait et remplissait les tasses l'une après l'autre. On aurait dit une danse où tous les détails d'une précision parfaite se mariaient en une intrigante chorégraphie dont les subtilités m'échappaient complètement.

— Où donc as-tu trouvé le temps d'apprendre tout cela ? lui demandais-je sincèrement.

Xiaoli sursauta légèrement avant de lever les yeux vers mon époux, comme si elle attendait l'autorisation de parler. Ce simple geste manqua de peu de relancer ma fureur, mais je décidai de laisser passer pour cette fois. Après tout, Ruoyan avait eu raison sur un point, je ne pouvais pas changer toutes leurs traditions séculaires. Il était donc important que je concentre mes efforts sur ce qui en valait la peine.

À cet instant, mon mari était plus absorbé par ce qu'il était en train de manger que par ce que nous disions, en apparence du moins. Xiaoli dut prendre cela pour un accord tacite, car elle prit la parole sans pour autant cesser le manège auquel se livraient ses mains.

— Dans les jours qui ont suivi votre mariage. Lorsque Madame Oh a décidé que je serais votre première compagne, on a achevé ma formation. J'ai fait beaucoup de progrès à la cithare également.

— Oh, Xiaoli, peut-être pourrais-tu jouer pour nous après le dîner ? Comme tu le faisais lorsque nous étions en France…

— Bien sûr, madame, je vais faire chercher mon instrument.

Au souvenir de ces soirées partagées au coin du feu, mon père les yeux plongés dans un livre ou une gazette, ma mère brodant tranquillement à la lumière des bougies, je sentis une étrange nostalgie s'emparer de moi.

La voix de Xiaoli s'était élevée avec pureté entre les murs du château de mon oncle. Ces moments si familiers me manquaient terriblement. J'avais beaucoup perdu, mais elle était encore à mes côtés. Ce constat me rendait plus heureuse que je ne l'avais été depuis une éternité. Du coin de l'œil, je vis Ruoyan m'observer avec un regard stupéfait.

Il ne m'avait jamais entendue parler gentiment, réalisai-je soudainement. Chacun des contacts que nous avions eus avait toujours été rempli d'une politesse glaciale, ou bien s'était achevé dans une dispute. Il ne m'avait jamais vue faire preuve d'enthousiasme ou de douceur.

Le dîner continua en silence, mais, tel que je l'avais moi-même fait remarquer, il n'était définitivement pas dans mes cordes de rester inactive aussi longtemps. Il me semblait que mon sang bouillonnait quand je cédai enfin à la tentation de reprendre la parole.

Incorrigible impatience, ma compagne de toujours.

— Quand ton père sera-t-il de retour ? Il n'est avec nous que très rarement ces derniers temps.

— Il fait le tour de ses propriétés à l'approche de la Fête du printemps. Il doit aussi finaliser les livraisons de cette année pour être libre de partir.

— Partir ?

— Nous recevons souvent des sollicitations au retour des beaux jours. Les lettrés et les nobles de la région n'aiment pas se mélanger à nous autres marchands mais mon père trouve toujours le moyen d'obtenir des invitations. Je crois qu'ils raffolent de son excentricité.

— T'y rendras-tu également ?

— Bien sûr, je l'accompagne dans ses déplacements depuis plusieurs années déjà.

— Pourrais-je me joindre à vous ?

Il releva brusquement la tête pour me détailler d'un air surpris. Je sentis le rouge me monter aux joues sous son regard scrutateur et en vins presque à regretter d'avoir posé une question aussi directe.

— Tu veux dire, sortir ? Voyager ?

— Est-ce interdit ?

— Non… Enfin… je suppose que maintenant que tu es mariée… Les femmes ne voyagent pas, ici.

— Pourquoi ? J'ai dû voyager moi, pour arriver dans ce pays.

— Est-ce l'envie de rencontrer des lettrés ? demanda-t-il d'un ton hésitant, comme s'il peinait à comprendre ma requête.

— Non, non. Je souhaiterais juste voir au-delà de vos murs. Je… Je ne supporte pas bien d'être enfermée.

Il garda le silence pendant quelques secondes, comme il le faisait lorsqu'il réfléchissait. Puis il posa de nouveau les yeux sur moi et répondit simplement :

— J'en parlerai à mon père.

Nous n'avions jamais été aussi proches d'un armistice lui et moi. Nos regards restèrent rivés l'un à l'autre pendant quelques instants encore, puis je replongeai la tête dans mon assiette, incapable de résister à l'intensité de ces obsidiennes si sombres qu'elles semblaient absorber la lumière.

Après le repas, Xiaoli s'installa délicatement sur un coussin à même le sol, posa l'instrument sur ses genoux et commença à jouer. Ses doigts couraient sur les cordes avec une dextérité née d'heures et d'heures d'entraînement auxquelles je n'avais jamais su me soumettre. Les notes s'élevaient harmonieusement les unes après les autres, s'étiraient et se mélangeaient en une danse fascinante.

J'aimais l'observer quand elle s'adonnait à cette passion, son visage menu tendu par la concentration, les joues légèrement rougies et les yeux fermés sur quelques mondes intérieurs. Lorsqu'elle atteignait un passage difficile, ses lèvres s'écartaient inconsciemment pour laisser dépasser un petit bout de langue rose. C'était un geste innocent qui la suivait depuis l'enfance et, si je n'ignorais pas à quel point elle la haïssait, je n'aurais voulu pour rien au monde qu'elle parvienne à se débarrasser de cette adorable habitude.

Ce jour-là, elle portait une robe pêche brodée de fils d'argent qui mettait en valeur sa peau dorée. Ses cheveux sombres étaient tressés en une natte lâche ramenée sur son épaule. Elle avait tant changé depuis le premier jour où j'avais posé les yeux sur elle, petit ange endormi dans les bras du marin qui la transportait avec attention. Mais malgré les années qui passaient, mon amie avait toujours l'air plus jeune que les filles de son âge.

Xiaoli entrouvrit les lèvres et laissa échapper quelques notes, m'arrachant à ma contemplation rêveuse. Ce n'était pas une chanson, elle ne faisait que fredonner une mélodie en réponse à celle émise par l'instrument, si bien qu'on avait l'impression qu'il s'agissait d'un ensemble de musiciens. Sa voix, grave et délicate à la fois, s'éleva entre nos murs, rappel éternel des soirées que nous passions au coin du feu à Beaulieu.

Je n'ai jamais compris comment un tel son pouvait sortir de ma frêle compagne. Ma petite Li n'avait jamais été une force de la nature et pourtant, lorsqu'elle commençait à chanter, on ne pouvait faire autrement que de mettre un terme à toute activité, s'asseoir et l'écouter d'un air rêveur. Mon père lui-même, malgré tous ses défauts et son caractère irascible, ne l'avait jamais interrompue lors de ces séances en famille. Je jetai un coup d'œil discret vers Ruoyan pour le découvrir stupéfait, les yeux dirigés vers mon amie, une tasse de thé suspendue à mi-chemin entre la table et ses lèvres.

Bien entendu, si Xiaoli avait pu faire fondre le cœur de pierre de l'homme qui m'avait vue naître, quelle chance avait alors mon époux de lui échapper ? Je m'aperçus également que les rides qui marquaient son front avaient disparu tandis qu'il se détendait, les yeux fermés, sur le dossier de sa chaise.

Quelle étrange magie que la voix de Xiaoli.

Suivant ce même instinct, je posai mon menton dans la paume de ma main et me laissai aller à l'état de sérénité vers lequel me poussait la musique. Je dus m'assoupir, car au matin je ne gardai aucun souvenir du moment où ma compagne s'était arrêtée de jouer. Tout juste si je me rappelais de l'étrange sensation d'avoir été transportée jusqu'à mon lit par des bras puissants.

CHAPITRE vingt-deux

— JE NE COMPRENDS pas ! m'exclamai-je en serrant les doigts autour de ma tasse. Que dois-je faire pour qu'elle m'adresse la parole ?

J'étais venue prendre le thé dans le pavillon des concubines, à la demande de Zhangyu. Mais à mon arrivée, Mei s'était levée pour sortir la tête haute, sans prononcer le moindre mot.

— Mei est jeune et pleine d'orgueil. Elle accepte très mal l'affront qui lui a été fait, répondit la vieille femme.

— Mais enfin, il ne s'agit que d'un terrible malentendu. Comment puis-je le lui faire comprendre si elle m'évite à longueur de journée ? Dois-je lui ordonner de m'écouter ?

— Du vivant de Maître Shen, vous n'avez aucun pouvoir sur Mei, Jade. Et elle reste votre aînée. Lui ordonner quoi que ce soit ne ferait qu'empirer la situation.

— Je ne voulais pas qu'elle le prenne ainsi. Je ne compte pas m'attacher sa fille comme servante. Je n'avais pas conscience de l'étendue de cette coutume.

— Nous le savons bien, c'est pour cela que nous ne vous en tenons pas rigueur. Mais Mei est encore bien jeune.

— Dois-je me présenter chez elle ? M'excuser ?

— Cela changerait peut-être…

— Ah non, pas d'excuses ! interrompit Bing, les lèvres blanchies par le glaçage des sucreries qu'elle dévorait l'une après l'autre. Cela ne ferait que la conforter dans son attitude. Si elle ne peut pas comprendre, tant pis pour elle !

— Faire des compromis est parfois le meilleur chemin vers la victoire.

— De quel livre le sors-tu celui-là ?

— Tu le saurais, si tu lisais un peu plus !

Bing soupira de façon théâtrale et mordit dans son beignet avant de répliquer, la bouche pleine :

— Ce que je dis, moi, c'est qu'il ne faut pas être spécialement intelligent pour deviner qu'une étrangère, aussi cultivée soit-elle, peut faire des erreurs.

— Mei agit comme une jeune femme à la fierté bafouée et…

— Mei agit comme une enfant gâtée.

Les deux femmes se défièrent du regard un instant. Je luttai pour ne pas sourire devant leur duel. Xiaoli et He les observaient avec des yeux aussi grands que des soucoupes. Leur aînée était silencieuse, le dos droit dans sa chaise. Comme chaque fois que nous nous trouvions dans le pavillon des concubines, elle ne pouvait pas quitter Changyin du regard. La jeune femme devait représenter tout ce que Guoying souhaitait devenir. Je devais avouer qu'il m'était également difficile de ne pas être fascinée par la perfection de ses traits. Lorsqu'elle tourna la tête vers moi dans un geste élégant, je sentis mes joues se réchauffer inexplicablement.

— Vous n'avez pas à vous excuser, Jade, intervint la dernière des concubines de Shen Bao. Vous êtes l'épouse de l'héritier de ces terres. Il serait parfaitement dans votre droit de vous octroyer la petite comme servante. Vous ne l'avez pas fait, parce que vous avez bon cœur. Si Mei échoue à voir cela, alors c'est de sa faute. Laissez-lui le temps de digérer l'affront, elle reviendra vers vous, et ce sera à elle de vous demander pardon.

— Rien ne serait arrivé sans cette maudite tradition… marmonnai-je, pour la forme.

— Vous êtes injuste, vous parlez de choses que vous ne comprenez pas.

— Ce que je comprends, c'est qu'on vous force à vous mutiler, mais que vous ne vous défendez pas.

La Première Concubine fronça les sourcils puis se pencha pour me resservir une tasse de thé d'un geste élégant.

— Vous parlez de mutilation, c'est bien la preuve que vous ne comprenez pas encore. Les femmes de vos contrées sont peut-être libres d'aller où elles le veulent Jade, mais ce n'est pas le cas ici. Pendant longtemps, pendant des générations entières, nos mères n'ont pas eu le droit de faire le moindre pas à l'extérieur, de laisser quiconque entrapercevoir leur visage. Les temps changent, peu à peu, c'est vrai, mais nous régnons toujours sur les quartiers intérieurs. Vous avez appris cela, non ? Nous relevons du Yin et les hommes du Yang. L'intérieur et l'extérieur. Il n'y a rien de honteux à cela, le yin et le yang se complètent. Le ciel est aux oiseaux et le lac aux poissons, chacun a sa place dans l'univers. Mais pendant des générations entières, les femmes n'ont été que des objets à passer d'un homme à un autre, des pions sur l'échiquier de leur père, leur maître, leur époux ou leur fils.

— Est-ce vraiment différent à présent ?

— Je ne me suis jamais considérée comme un pion, répondit la vieille femme d'un ton un peu sec comme si je l'avais vexée. Et j'ai appris à mes filles à ne pas se voir ainsi.

— Avez-vous choisi de devenir la concubine de Shen Bao ?

— Il se trouve que oui, mon père m'avait demandé mon avis, que vous le croyiez ou non. Mais je ne vous mentirai pas, le mariage fait encore partie de ces choses qui sont souvent déterminées par les hommes, il est bien vrai. Le bandage des pieds nous apporte une forme de liberté. Nous reprenons le contrôle sur notre corps, quelque chose que personne ne pourra jamais nous enlever. Les hommes n'ont pas leur mot à dire pour tout ce qui relève de la maison. Dans l'intimité des quartiers intérieurs, nous sommes libres de prendre nos propres décisions, de vouer notre temps à la beauté et de partager cet amour avec nos filles. C'est pour cela que nous nous bandons les pieds, Jade, pas pour plaire aux hommes.

Sa voix tremblait presque, sur le coup d'une émotion trop forte. Du coin de l'œil, je vis Bing acquiescer en silence et ne pus m'empêcher de remarquer qu'elles étaient finalement d'accord sur un point.

— Pourquoi quelque chose d'aussi irrémédiable ? D'aussi douloureux ?

— La beauté se retrouve dans la douleur, intervint Changyin en souriant gentiment. Elle se retrouve dans les gestes qu'une femme continue de faire toute sa vie pour entretenir ses pieds de lotus. Vous avez été témoin de la partie la plus difficile, mais le voyage ne s'arrête pas là. Notre véritable féminité repose dans ces efforts quotidiens, dans le temps que nous passons, jour après jour, à les laver, les poudrer et les parfumer. Lorsque nous remettons les bandes propres, nous ressentons toujours une immense satisfaction, celle du travail accompli. C'est un sentiment qui m'est cher.

Guoying buvait littéralement les paroles de la jeune femme. Xiaoli faisait de même, et je la surpris même à cacher ses larges chaussons dans les replis de sa robe. Mes compagnes se liguaient contre moi aujourd'hui. Un soutien finit tout de même par me parvenir, mais il arriva de la dernière personne que j'aurais imaginé voir de mon côté.

— Faire souffrir les enfants est immonde, lança He avec un aplomb qui me sidéra tant elle parlait rarement. Nous n'avons pas besoin des hommes pour nous faire du mal, nous nous en occupons nous-même.

— He ! s'exclama sa grande sœur, scandalisée.

— Ne mens pas. Tu as détesté te faire bander les pieds par maman lorsque nous étions petites. Et je ne le supportais pas non plus. Je me souviens de la douleur quand les os se brisent. J'ai l'impression que c'était hier. La peur me faisait vomir avant même qu'elle ne me touche.

— Tu es encore bien jeune Li He, répondit Zhangyu de sa voix de doyenne. Ces souvenirs-là s'estomperont et tu ne garderas que les meilleurs, crois-moi.

L'arrivée d'une domestique à la porte interrompit notre discussion. Mon mari demandait ma présence, immédiatement. Je réprimai un tremblement, posai ma tasse sur le guéridon de bois laqué et laissai les femmes continuer leur débat.

Dehors, la cour prenait des tons orangés sous le soleil d'hiver qui embrasait les toits dans son déclin. L'air était frais et sec, non sans me rappeler l'automne de mon propre pays. Je me demandais un instant si ma famille était en ce moment même rassemblée devant un feu de cheminée puis j'écartai ces souvenirs comme on disperse la fumée d'une bougie.

Penser à eux me faisait souffrir.

J'hésitai pendant d'interminables secondes devant les murs de mes appartements. La dernière soirée que j'avais partagée avec Ruoyan n'avait pas été des plus calmes. Que me voulait-il à présent ?

La porte s'ouvrit brusquement devant moi et un domestique sortit précipitamment, un plateau serré contre lui. Je jetai un coup d'œil à l'intérieur. Mon époux était bien là, le visage sombre, visiblement agité. Je fis un pas timide à l'intérieur de la pièce. Lorsque son regard se verrouilla sur moi, la bile me remonta le long de la gorge. Je luttai contre l'envie de reculer.

— Te voilà, dit-il d'un ton brusque.

— Je… Ai-je fait quelque chose de mal ?

Il sursauta et resta silencieux un moment, comme s'il analysait ma question. Je vis la courbe de ses épaules se détendre légèrement.

— Te ferais-je peur, Jade ?

— Non.

Menteuse.

— Je demande à te voir, et tu penses que c'est pour te reprocher quelque chose ?

— Eh bien, la jeune femme qui est venue me chercher a précisé « immédiatement »… J'ai cru…

— Tu dois me prendre pour un monstre, répondit-il en soupirant.

— Non, bien sûr que non.

Menteuse, menteuse, menteuse.

— Tu n'as rien fait de mal. Pas à ma connaissance, en tout cas, ne put-il s'empêcher d'ajouter, un demi-sourire aux lèvres.

— Que se passe-t-il alors ?

— Je pars demain, à l'aube, je voulais que tu sois au courant.

— Serez-vous parti longtemps ?

— J'espère être revenu à la prochaine pleine lune. Il y a des choses que je dois vérifier. J'ai reçu des avertissements, mais… non, rien qui ne doive t'inquiéter. Tout se passera bien ici.

Il se rapprocha de moi, comme s'il voulait me toucher et je fis malgré moi un pas en arrière. Les sourcils froncés, il s'arrêta immédiatement. Je me mordis les lèvres. Et moi qui m'étais juré de ne pas le laisser voir que j'avais peur…

— Une petite escorte reste derrière moi, pour maintenir la garde sur le domaine. Je l'ai autorisée à t'emmener visiter Shaoxing, si tu souhaites toujours sortir.

Je levai la tête si brutalement que j'entendis un craquement dans ma nuque. Venait-il de dire ce qu'il venait de dire ? L'étonnement dut se lire dans mon regard, car ses lèvres s'étirèrent en un léger sourire.

— J'en déduis que c'est oui. Tiens-toi prête demain à la mi-journée. Ils viendront te chercher.

L'excitation me priva de sommeil cette nuit-là. Cela faisait à présent quelques mois que j'étais arrivée dans l'Empire Ming et pas une fois je n'avais pu voir la ville qui m'avait accueillie. Certes, la villa Shen était magnifique, mais les murs qui l'entouraient se refermaient parfois sur moi, malgré leur étendue. Je me demandais à quoi ressemblaient les rues à l'extérieur. Y aurait-il un grand marché et des musiciens au coin des rues comme aux Indes ?

Il me tardait de le découvrir.

Au petit matin, j'étais debout avant même qu'on vienne me chercher, ce qui était un véritable miracle. Lorsque Xiaoli entra, les bras chargés de ma tenue du jour, je l'attendais avec impatience, un sourire plaqué sur le visage. De ses mains glissa une avalanche de tissus et je remarquai du premier coup d'œil la gaze noire que j'avais dû porter aux Indes. Je levai un sourcil surpris.

— Je suis mariée à présent. N'est-ce pas seulement aux jeunes filles qu'on ordonne de se cacher ?

— Ton époux a insisté, je suis désolée. Il a dit que le voile et l'escorte étaient ses uniques conditions pour te laisser sortir.

— Je pensais m'être débarrassée de ce maudit chapeau.

— Ils doivent chercher à conserver ton identité secrète un peu plus longtemps. Le mot a couru dans la ville, tu sais ? J'étais au marché, il y a quelques jours, on parlait encore de la mystérieuse épouse Shen. Personne ne sait qui tu es, mais tout le monde sait que tu n'es pas d'ici. Il y a des paris sur toi.

— Les gens finiront par oublier.

— Shen Bao te mettra en scène avant que cela n'arrive, répondit-elle d'une voix sombre.

Parfois, Xiaoli me faisait presque peur.

Après avoir pris un bain — expérience que j'appréciais tout particulièrement désormais — m'être habillée et maquillée, ma petite Li glissa des épingles dans mes cheveux pour les cacher autant que possible sous l'épais chapeau noir. Puisque j'étais encore dans l'enceinte de la maison, je relevai le voile et l'attachai au rebord pour ne pas entraver ma vision. Je détestai cet accoutrement ridicule, mais ma fierté blessée s'inclinait face à mon désir de sortir de cette cage.

— Madame, appela une voix à l'extérieur. Je vous attends.

Trop excitée pour laisser Xiaoli le faire pour moi, je m'élançai dans l'entrée pour ouvrir la porte à la volée. Je tombai nez à nez avec le jeune soldat aux cheveux en bataille que j'avais rencontré quelques jours plus tôt. Ses joues prirent immédiatement feu et il fit un pas maladroit en arrière pour mettre fin à notre proximité.

— Ton nom est Luo Yexi, c'est bien cela ?

— Oui, souffla-t-il en écarquillant les yeux, visiblement flatté que je me souvienne de ce détail. Le jeune maître nous a demandé de vous escorter en ville aujourd'hui. Baiyun est parti préparer la pirogue.

— Allons-y. Xiaoli, tu es prête ?

Ma compagne me devança, les épaules recouvertes d'un manteau bordé de fourrure. Nous émergeâmes dans la cour. Le soldat n'osait pas me regarder en face plus de quelques secondes et lorsqu'il le faisait, ses traits se déformaient en une grimace inconfortable. Xiaoli, qui s'était aperçue de son trouble, se pencha à mon oreille pour me murmurer :

— Tu le mets mal à l'aise, Jade, aie pitié du garçon.

Le garçon semblait surtout trop âgé pour qu'elle l'appelle ainsi.

Haussant les épaules, je levai mes mains pour détacher le voile qui retomba devant mes yeux. Aussitôt, le jeune homme se redressa et reprit confiance. Il ne donnait plus l'impression d'être sur le point de s'enfuir.

— C'est la première fois que le jeune maître me confie une telle mission, madame. Je suis honoré de la confiance qu'il me porte, je m'en montrerai à la hauteur !

— D'autres auraient considéré ceci comme une punition.

— Jamais ! C'est un grand honneur de protéger l'épouse du jeune maître.

Son enthousiasme était tel qu'un large sourire gagna mes lèvres. Ce jeune homme ne semblait pas à sa place ici, trop gentil et adorable pour faire partie de la garde.

Une fois passée la porte principale de la maisonnée, je vis se dessiner un canal bordé par un chemin de dalles. Une embarcation au fond plat, en partie recouverte d'une bâche de tissu noir, nous y attendait, gardée par deux soldats dont l'un était Baiyun, l'homme avec qui j'avais discuté dans le jardin.

Ruoyan avait-il pris soin de choisir pour mon escorte des personnes que je connaissais déjà afin de ne pas m'effrayer ? Je ne savais pas si je l'en pensais capable.

— Faites attention à vos pas, madame, fit Baiyun en me tendant la main pour m'aider à monter dans la pirogue.

Je lui lançai un regard circonspect — qu'il ne vit pas, bien entendu — et me retins d'éclater de rire. J'avais traversé le monde sur un bateau pour arriver ici. Que croyait-il ? Que j'allais être effrayée par leur petite barque ?

Lorsque nous fûmes tous confortablement installés, le gondolier poussa son long bâton en travers des eaux de l'aqueduc et notre embarcation se mit en branle. Il faisait froid, réalisai-je soudain. À présent que nous nous éloignions des hauts murs et des braseros qui brûlaient dans les cours et les chambres, les vents glacés soufflaient librement, plaquant mon voile contre mon visage. Je resserrai mon manteau autour de mes épaules. Le ciel était bas et nuageux, les arbres nus depuis plusieurs semaines, mais je ne me rendais compte qu'à présent que l'hiver était bien là.

Tandis que nous filions sur l'eau, je laissai mon regard caresser la berge. À cet endroit, les maisons étaient espacées, chacune aussi grande que sa voisine. À l'image de la villa Shen, elles n'offraient au monde que de hauts murs blancs et des tuiles noires. Les portes, variant du rouge au brun, étaient les seules à venir briser ce tableau monotone.

Au fur et à mesure que nous nous approchions du centre-ville, les choses changèrent petit à petit. Les demeures se rétrécirent et certaines étaient même ouvertes au public. Une foule impressionnante — hommes et femmes confondus — circulait sur les quais, les nobles assis sur de confortables litières, les gens du commun marchant à même les rues pavées. Ils entraient et ressortaient des boutiques et des maisons de thé, en groupe, riant. Ils allaient le dos courbé, chargés de sacs de grains ou tirant des charrettes alourdies par les caisses. Ils existaient, débordants de vie, plus libres que je ne l'avais jamais été.

Des ponts de marbre blanc survolaient régulièrement les canaux et les enfants perchés sur les rambardes nous jetèrent des fleurs lorsque nous passâmes sous eux. J'en attrapai une au vol, puis me penchai pour observer le garçonnet qui me l'avait lancée. Âgé d'une dizaine d'années tout au plus, il riait aux éclats avec ses amis. Un homme bien habillé fit son arrivée et houspilla la petite troupe qui se dispersa en un instant. Je reportai mon visage sur la fleur, blanche et délicate. Une fleur d'hiver.

— Les enfants des rues vous apprécient, fit remarquer Baiyun. Ils ont dû nous voir émerger de la propriété. On dit dans les rues que Maître Shen vous a fait venir du Ciel et que vous êtes une réincarnation de Guanyin. Les petits adorent cette histoire. Ils l'ont murmurée dans toute la ville. Il n'y a jamais eu autant de curieux autour de nos murs et les marchands qui viennent présenter leurs vœux dans l'espoir de vous apercevoir sont chaque semaine plus nombreux.

— On ne me laisse jamais sortir lorsque Shen Bao reçoit, sont-ils vraiment si nombreux ?

— Shaoxing est une petite ville bien calme au regard de certains de nos voisins. Lorsqu'il s'y passe quelque chose, cela devient très vite une affaire publique. Et la parade de votre palanquin n'a pas arrangé les choses. Les gens veulent savoir quelle famille a finalement réussi à faire céder les Shen… Elles ont été nombreuses les demandes en mariage, le jeune maître est un bon parti. Mais son père les a refusées, les unes après les autres. Cela ne manque pas d'attirer l'attention, dans une ville comme la nôtre…

Je reportai mon regard sur la berge où certains des orphelins s'étaient retrouvés pour nous observer passer en faisant des signes de la main. Ils portaient des vêtements simples, mais de bonne qualité. Leur visage ne ressemblait pas aux mendiants qui se présentaient parfois à Beaulieu pour solliciter l'aumône.

— Ils sont bien propres, pour des enfants des rues, fis-je remarquer d'un ton poli.

— Nous nous occupons des nôtres. Ils ont perdu leurs parents, mais chacun d'eux a une place dans l'orphelinat, ainsi que l'accès à de la nourriture.

— Shaoxing doit être fort riche, pour pouvoir aider les enfants abandonnés…

— Il y a beaucoup de généreux patrons dans cette ville, admit le vieux soldat. Shen Bao lui-même fait des dons réguliers pour la protection des orphelinats.

Je me tus un instant tandis que j'assimilai cette information. Le chef du clan Shen était un homme d'une grande intégrité s'il était ainsi capable de partager sa fortune pour le bien-être d'inconnus. Mon père ne donnait qu'à l'Église, et encore, je supposais qu'il y était forcé par son frère qui ne voulait pas s'attirer les foudres du Clergé.

Le bateau nous déposa près d'un escalier qui descendait dans les eaux du fleuve. La main dans celle de Xiaoli, je fis mon entrée sur une place de marché bruyante et pleine de vie. Les enfants couraient autour de nous, les plus braves s'approchant jusqu'à tenir un bout de mes robes avant d'être gentiment renvoyés par mes gardes du corps.

Xiaoli papillonnait d'un étal à l'autre, impatiente de me faire aimer ce monde qu'elle avait découvert avant moi. Elle me traîna chez un vendeur de soie, une maison de thé et un bijoutier. Nous nous arrêtâmes le long du ruisseau pour acheter à une vieille femme sur une barque des sucreries étranges faites de sucre fondu enroulé autour d'une prune salée. Lorsque l'intensité du sucre noir laissa place à l'aigreur du fruit, je fus prise d'une quinte de toux et me débarrassai discrètement de ce que je n'avais pas encore mangé. Le goût resta malgré tout longtemps sur ma langue, âcre et désagréable.

— Et eux, sont-ils des orphelins ? demandais-je en avisant des enfants travaillant à même les gondoles, vendant du poisson aux habitants qui les appelaient depuis le quai.

— Non, répondit Baiyun, la voix un peu moins enjouée. Ce sont les enfants des Hakkas. Ils vivent dans des abris au-delà des murs de la Cité.

— Pourquoi ? N'y a-t-il pas assez de place sur la terre ferme ?

— Si, assurément, mais ils préfèrent rester entre eux. Ils… Nous ne nous mélangeons pas trop avec les Hakkas.

— Je vois.

Je ne voyais pas vraiment, mais je continuai d'observer les enfants avec curiosité, reconnaissant à présent les adultes qui les accompagnaient à la tenue qu'ils portaient tous; une tunique grise surmontée d'un chapeau en cloche.

— Jade, regarde! Le printemps approche…

Xiaoli avait les doigts serrés autour d'une brochette de fruits caramélisés. Le sourire aux lèvres, elle me désigna un groupe d'hommes qui accrochaient des guirlandes de lanternes en papier au travers des rues. Un autre était en train de repeindre la porte de sa maison en rouge vif.

— Ce sont les préparatifs pour la fête du printemps, rajouta Yexi à mon attention. Il y a une grande cérémonie en ville. Les festivités durent plusieurs jours, mais la nuit du Nouvel An est la plus importante. La majorité de la villa a quartier libre pour venir assister aux veillées.

— Rentrerez-vous chez vous?

— La plupart d'entre nous. Mais je resterai avec le jeune maître, il voudra sûrement que nous vous protégions dans la foule.

— Nous protéger? Pourrais-je y participer également?

— Je ne doute pas un instant que votre époux vous emmènera, répondit-il avec un sourire. Chez nous, personne n'est enfermé la nuit du printemps.

L'après-midi que je passais en compagnie de Xiaoli et des soldats fut incontestablement la journée la plus heureuse depuis mon mariage. Je riais ouvertement de l'exubérance de ma compagne et des remarques de mes gardes du corps. J'étais persuadée que même Ruoyan n'aurait pas réussi ce jour-là à provoquer une dispute.

Et lorsque je me croyais arrivée au terme de mes découvertes, des flocons blancs commencèrent à tomber du ciel, arrachant des cris joyeux aux habitants de Shaoxing. Il neigeait.

Le souvenir des hivers à Beaulieu me plongea dans une

mélancolie soudaine. Je regardai avec nostalgie la poudre immaculée qui tournoyait au gré des vents. Les heures passées dans les jardins, à jouer jusqu'à l'épuisement, tout cela me semblait faire partie d'une autre vie. Avais-je vraiment vécu mon enfance dans une insouciance aussi absolue ?

Ruoyan avait détesté la neige, je m'en rappelais également. Son père et lui avaient eu en horreur le froid interminable qui s'emparait de notre pays les mois d'hiver. Il était parti le matin même, sans m'adresser le moindre mot après notre discussion de la veille. Avait-il prévu des vêtements suffisamment chauds pour faire face à la température qui baissait ? Que se passerait-il si sa mission le maintenait éloigné du domaine pendant plusieurs jours ?

Je secouai la tête pour dissiper ces pensées.

Pourquoi donc me faisais-je du souci pour lui ?

CHAPITRE vingt-trois

SHEN BAO ET son fils firent leur retour le surlendemain, la mine sombre. À peine avaient-ils passé la porte d'entrée que les murmures avaient couru jusqu'à ma chambre, et ma gouvernante m'avait demandé d'aller les accueillir. Je m'étais levée sans un mot, presque étonnée de ma propre obéissance, pour sortir dans la cour intérieure souhaiter la bienvenue à mon beau-père et mon époux.

C'est ainsi que je les vis arriver, le fils un pas derrière le père, avec une déférence telle qu'elle en devenait absurde. S'était-il passé quelque chose ? Shen Bao m'aperçut en premier et dirigea ses pas droit vers moi. Je m'inclinai à l'européenne, comme j'avais pris l'habitude de le faire. Une petite marque de rébellion qui me tenait fort à cœur, bien qu'elle ne semblait pas les déranger le moins du monde.

Le vieil homme portait une tunique impeccable de soie noire, renforcée d'un large manteau bordé de fourrure. Il s'approcha de moi et me posa une main gantée sur l'épaule.

— Ma fille, je recevrai dans quelques jours des amis entre ces murs. Je souhaite que tu fasses le service. Ta gouvernante t'enseignera la façon dont on sert le thé. Tu feras étalage de tes progrès. Le luth ? Le chant peut-être ?

Le vieil homme affectueux qui m'avait rendu visite quelques

semaines plus tôt pour me parler de fleurs et de talent tardif avait disparu, remplacé par un chef de clan sévère et distant. L'heure de me montrer au monde était finalement venue. Je me demandai ce qui avait précipité ce changement. Par-dessus son épaule, je vis Ruoyan froncer les sourcils et serrer les poings, mais il n'osa pas intervenir.

Je pressentis qu'il se passait quelque chose d'important, mais je n'étais pas capable de comprendre les raisons de cette tension.

— Nul besoin de t'angoisser, je suis certain que tu t'en sortiras très bien.

— Je ferai de mon mieux.

— J'ai confiance en tes capacités, je sais que ta gouvernante veillera à ce que tu apprennes tout ce qui sera nécessaire.

Oh, elle y veilla en effet.

Dès ce matin-là, mes journées entières furent accaparées par des récipients d'eau bouillante et des tasses de grès. Les origines de la cérémonie du thé étaient perdues dans les méandres de l'Histoire. Il était tout bonnement impossible que j'en maîtrise toutes les subtilités dans le temps qui m'était imparti.

J'appris néanmoins la succession d'étapes à réaliser avant de pouvoir servir, la façon dont on tenait les manches de nos robes, de servir sans renverser une goutte ou de nettoyer les tasses avec le contenu de la théière. Cela ne se fit pas sans éclats, tapis abîmés et vaisselle cassée.

Ruoyan était venu observer mes progrès le jour où mon fardeau se brisa sur le sol, répandant du liquide brûlant sur les dalles et mes vêtements. Xiaoli se précipita vers moi pour vérifier que je n'étais pas blessée, mais mon époux se contenta de secouer la tête d'un air condescendant.

Sans doute se demandait-il comment une femme ne pouvait-elle même pas réussir une tâche aussi simple que celle-ci. Son expression m'exaspéra et je retins de justesse la réplique cinglante qui me vint aux lèvres.

Mon regard, lui, fut suffisamment éloquent. Il devait en effet en dire long sur les pensées meurtrières qui m'avaient traversé l'esprit, car il me valut une tape sur les mains de la part de ma gouvernante. Ruoyan me fit l'affront de rire avant de sortir de la pièce en me laissant seule avec Oh-grand-pied et les trois sœurs Li qui ramassaient les morceaux de porcelaine brisée.

Le jour de la réunion arriva enfin, la veille des grandes fêtes qui marqueraient le retour du printemps. Madame Oh avait supervisé avec fébrilité les domestiques afin que tout soit parfait pour l'évènement. J'ignorais qui avait joué son rôle pendant qu'elle était en France avec nous, mais une chose était sûre, cette personne n'avait pas gardé ses fonctions.

Après avoir passé presque deux heures à me faire maquiller, coiffer et habiller, je me présentai, parée d'une robe de soie verte, devant ma gouvernante qui m'attendait, un plateau fumant à la main. Ses yeux semblaient me dire de procéder avec la plus grande prudence. Derrière elle, la porte du petit salon — celui-là même où nous avions reçu les vœux du chef de famille le soir du mariage — était fermée. Le bruit étouffé de discussions nous parvenait dans l'antichambre.

— Combien sont-ils ? demandai-je

— Sept invités, le maître et son fils. Vous préparerez le thé sur le guéridon près de l'entrée puis les servirez un à un. Tâchez de ne rien renverser et évitez de croiser leur regard, c'est bien compris ?

Je hochai la tête en silence, plus nerveuse que je ne voulais l'admettre. Elle posa brièvement les mains sur mes épaules puis s'approcha de la porte de bois et de papier huilé pour annoncer mon arrivée.

Lorsque je fis mon entrée dans la salle, les yeux au sol, toutes les voix se turent instantanément. Mes cheveux avaient été artistiquement arrangés dans un chignon gigantesque et les flammes des lanternes devaient les nimber en cet instant même d'un halo doré. Nul n'aurait pu douter une seconde de mon identité. Shen Bao venait de montrer à ses amis qu'une étrangère avait épousé son fils.

Ou bien qu'une étrangère le servait, réalisai-je soudain. Cela avait beaucoup plus de sens ainsi.

Je m'agenouillai près du guéridon et commençai à infuser les feuilles de thé en suivant à la lettre les gestes que j'avais reproduits des jours durant. Mes mouvements se répétaient en écho dans le silence tendu. Je sentais sur moi le poids d'une dizaine de regards, mais jamais je ne levai les yeux. C'était ce que m'avait demandé Madame Oh et je pouvais toujours essayer de me convaincre que je ne faisais que lui obéir, mais à la vérité je n'avais pas le courage de faire autrement.

Une fois le thé infusé, je me déplaçai à pas mesurés vers la table basse, relique d'un autre âge, en prenant soin de ne croiser aucun visage. Je servis le premier, puis le second et le troisième invité sans renverser une goutte. Je commençais presque à reprendre confiance. J'allais faire le tour, servir les Shen puis ressortir sans un mot et les laisser débattre de mon identité autant qu'ils le souhaitaient après mon départ.

Au moment où je m'agenouillai devant le quatrième invité pour remplir sa tasse, une voix me fit sursauter et brisa mes illusions naïves.

— Une hirondelle pleine de surprises, dirait-on, souffla-t-elle. Regarde-moi, petit oiseau.

Je gardai les yeux rivés sur l'eau qui s'écoulait dans sa tasse. Quelques secondes, puis je pourrais passer au suivant. Je stabilisai la théière et déplaçai mon poids sur mes pieds dans le but de me relever. Mais le marchand que j'avais croisé aux Indes ne m'en laissa pas le temps. Il glissa sa main sous mon menton pour me redresser la tête, sans violence aucune, mais avec suffisamment de force pour m'empêcher de résister. Mes yeux plongèrent dans les siens et je les vis s'agrandir, ébahis. Il tourna mon visage à droite, à gauche, puis à droite de nouveau, la bouche entrouverte et les sourcils levés. Ses doigts sur ma peau étaient froids et humides. La pression s'atténua quelque peu sous l'effet de la stupeur, mais j'étais consciente de l'endroit où il me touchait avec une acuité désagréable.

Je m'aperçus que Ruoyan, assis aux côtés de son père, l'expression contrariée, avait les poings serrés sur la table. Shen Bao, en revanche, nous observait d'un air calme.

— Eh bien, vieux Shen, quelle surprise que voilà ! s'exclama Ye Dongfen. Où as-tu trouvé cette rareté ?

— En Europe, répondit mon beau-père d'un ton poli.

— C'était donc ça, ton grand secret ?

— Je ne vois pas de quoi tu parles…

— Mêler ta descendance au sang d'un étranger… il n'y a que toi pour l'oser !

— Jade est bien portante, elle nous donnera des garçons en bonne santé. Les fils sont nombreux dans sa famille, et les oracles ont confirmé que leurs signes étaient parfaitement accordés.

— Jade ? Le nom lui va bien… Je ne savais pas que les filles de ces barbares étaient si jolies. Si ta ravissante bru a des sœurs, je me sens tout à coup le courage d'entretenir des concubines ! Je prendrais même le risque d'héritiers de sang-mêlé !

— Nous ne sommes pas des barbares ! répondis-je furieusement entre mes dents serrées.

— Mais ça parle !

Il déplaça ses doigts boudinés jusqu'à mes tempes pour toucher mes boucles dorées. Je frémis de révulsion.

— Maître Ye, l'interrompit Ruoyan d'une voix tendue, je vous saurais gré de ne pas porter la main sur ma femme.

Le marchand laissa son bras retomber avec un sourire et je me dégageai pour rejoindre mon mari qui me prit le poing sous la table et le maintint avec force dans une incitation au calme. Je sentais des vagues de colère me soulever la poitrine.

— J'ai entendu parler d'un Jésuite à la cour qui s'exprimait aussi bien qu'un mandarin, déclara l'un des invités. J'ai toujours cru que ce n'était que des rumeurs, mais il faut croire que je me trompais.

— Vous devriez organiser une autre réunion après les festivités. Les lettrés de Shaoxing se feront un plaisir de venir observer ce *spécimen* de plus près, ajouta l'homme le plus proche de moi.

De tous ceux qui étaient présents autour de la table, il était celui qui me mettait le plus mal à l'aise. Il m'étudiait ouvertement, une expression concupiscente sur le visage et essaya même de glisser la main dans mes mèches blondes. Heureusement, le regard meurtrier de mon époux le dissuada d'aller au bout de son geste.

Shen Bao répondit d'un sourire poli, un étirement de lèvre parfaitement millimétré qui vous laissait satisfait alors même qu'il n'était ni un accord ni un refus.

— Nous en reparlerons, Conseiller Meng. Ruoyan, voudrais-tu raccompagner Jade à ses appartements ? La pauvre enfant a l'air un peu secouée.

— Mais père, je souhaite participer à votre réunion. J'ai besoin d'entendre votre avis sur...

— Voyons, quel genre de mari reste ici à discuter politique lorsque sa jeune et jolie épouse se sent mal ? La famille Shen élève de meilleurs fils que cela. Raccompagne donc ta femme et veille à ce qu'un dîner léger lui soit servi. Nous reparlerons plus tard, j'écouterai tes conseils.

Ruoyan se leva dans un geste maladroit et m'offrit son bras, par pur souci de décorum. J'y posai lentement ma main, le corps secoué par une envie de fuir. Nous sortîmes de la salle sans un regard en arrière. Les conversations reprirent à peine la porte refermée derrière nous.

Lorsque Oh-grand-pied s'inclina devant Ruoyan, je vis le doute sur son visage. Elle devait penser que j'avais échoué et vidé ma théière sur la tête du premier venu. Il fallait dire que l'expression mécontente peinte sur les traits de mon époux n'était pas exactement une louange de mes compétences.

— Veillez à ce qu'un repas nous soit servi dans le Pavillon Est, fit-il d'un ton sec avant de m'entraîner à sa suite dans la cour.

À peine avions-nous passé les portes de nos quartiers qu'il lâcha ma main et croisa les bras sur sa large poitrine. Il était agité, et je n'aimais pas cela. Lorsqu'il était en colère, il semblait encore plus grand, plus effrayant qu'en temps normal. La peur s'insinua en moi comme une vague grondante. Je sentis de nouveau mes entrailles se serrer et je dus tousser pour m'éclaircir la gorge.

— Merci, soufflai-je du bout des lèvres. Je sais bien que je n'étais pas vraiment en danger, mais merci d'être intervenu.

— Je n'aurais pas dû ! répliqua-t-il brusquement.

La violence de son ton était telle que je fis un pas en arrière.

— Tu ne comprends pas, n'est-ce pas ? C'était un piège, tendu par mon père. Il t'a utilisée pour me maintenir à l'écart de leur réunion !

— Mais pourquoi…

— Pourquoi n'est pas la bonne question ! L'essentiel est qu'il l'a fait ! D'abord, je le retrouve invité à la table d'un dissident, cela ne lui suffit pas de… Je dois trouver un moyen d'y retourner. Il n'osera pas prendre de décisions hâtives en ma présence.

Il marchait de long en large dans notre petit salon, et ses cheveux volaient derrière lui telles des ailes noires. Soudain, comme s'il venait de faire le lien entre deux éléments, il pivota et se dirigea sur moi, prédateur qui s'approche de sa proie. Je ne pus m'empêcher de trembler au souvenir de notre nuit de noces qui avait commencé d'une manière bien similaire.

— Le vieux Ye a dit qu'il te connaissait ? Je me rappelle, le jour du mariage, il s'est présenté comme un vieil ami. Fais-tu partie de tout cela, Jade ? Es-tu un pion placé par mon père sur ma route ?

Ses mains se posèrent sur mes épaules et je reculai jusqu'à me retrouver dos au mur. Comment pouvait-il me priver ainsi de mes forces sans le moindre effort apparent ? Comment pouvait-il me convaincre de rendre les armes avant même d'avoir combattu ? Il plongea son regard dans le mien, noir et effrayant, sondant tous mes secrets.

— Que voulait-il dire par là ? Qui es-tu ?

— Rien, il ne voulait rien dire ! Nous l'avons croisé aux Indes, avant d'embarquer. J'étais voilée, sur un palanquin. Il n'a jamais vu mon visage.

— Que faisait-il là-bas ? reprit-il d'un ton suspicieux. Il n'a pas de raison de s'y rendre en personne…

— Comment veux-tu que je sache quoi que ce soit ? Je ne le connais pas ! Nous l'avons juste croisé. Il a cru que j'étais la dernière concubine de ton père, je suis restée muette, je n'ai rien dit !

— As-tu remarqué quelque chose d'étrange ? Était-il accompagné ?

— Je t'ai dit que je ne sais pas ! J'étais seule, effrayée et je ne faisais pas attention à ce qui m'entourait. Demande donc à Madame Oh, si tu veux tant savoir ! criai-je en le repoussant à la force de mes bras.

Je fus moi-même surprise de la violence de mes propos. La pression sur mes épaules s'atténua et je vis un léger sourire se dessiner sur ses lèvres.

— La colère sied à ton visage. Lorsque tes yeux s'enflamment, tu ressembles à une guerrière.

Je fus si abasourdie par ce qu'il venait de dire que je ne trouvai rien à répondre et me contentai de le dévisager, bouche bée. Mes joues, elles, prirent immédiatement feu, maudites soient-elles.

Il m'observa en silence quelques instants avant de reprendre, la voix quelque peu songeuse.

— Tu as vraiment des yeux impressionnants, Jade. J'ignorais qu'il en existait de tels de par le monde. Ta colère, ta surprise, ta gêne, j'y lis tout comme dans un livre ouvert…

Ce faisant, sa main s'était approchée de mon visage et il avait tendu les doigts pour coincer une mèche baladeuse derrière mon oreille. Je balançai ma tête en arrière pour échapper à son contact, mais le mur était là, me coupant toute fuite.

Il soupira, puis il laissa retomber son bras.

— Tout, répéta-t-il lentement. On y lit vraiment tout. Viens, assieds-toi.

Je le regardai rejoindre le centre de la pièce où les serviteurs ne tarderaient pas à installer le souper. La peur me pétrifiait toujours.

— Je ne te toucherai pas, fit-il d'une voix douce, comme s'il parlait à un animal pris au piège. Je te le promets.

Nous prîmes donc place sur les hautes chaises de bois, la distance réconfortante de la table entre nous. Xiaoli fit son entrée presque immédiatement, suivie d'une petite armée de domestiques. Je n'avais pas faim, mais je me forçai à piocher dans les mets délicieux, canard laqué, liserons d'eau et riz parfumé à l'hibiscus, pour retrouver un peu de contenance.

— Je m'excuse, fit-il après un long moment de silence. Je n'aurais pas dû douter de toi, tu es une victime, pas une complice. J'aurais dû le voir.

— Je ne comprends pas… que reproches-tu à ton père ?

— Je ne reproche rien à mon père. Mais il y a parmi ses connaissances des marchands aux idées un peu… Je souhaiterais juste qu'il évite de fréquenter certaines personnes. Je sais qu'il cherche un moyen de faire pression sur le gouverneur, mais parfois… Parfois leurs conseils frôlent la sédition. Mon père joue à un jeu dangereux.

— Penses-tu que ton père fait partie d'une rébellion ?

— Non ! Bien sûr que non !

Il me dévisagea d'un air choqué. Un fils sert son père de la même manière qu'un sujet sert son souverain, répétai-je en silence. J'avais étudié ce texte de Confucius. Un fils n'éprouve jamais de doute et suit son père sans se poser de question, parce que son père est son roi. Je n'aurais pas dû poser cette question. Elle sous-entendait qu'il était un fils indigne.

— Je suis certain qu'il n'a pas de mauvaises intentions, se justifia Ruoyan. Il voit loin, beaucoup plus loin que je ne verrai jamais. Mais je sais qu'il se montrerait plus prudent en ma présence. J'aurais dû deviner ! Quand il t'a demandé de venir… j'aurais dû deviner qu'il avait quelque chose derrière la tête.

— Moi ? Pourquoi moi ?

— Tu étais l'excuse parfaite pour m'éloigner. Il était évident qu'en t'exhibant devant les amis de mon père, l'un d'eux était voué à faire ou dire quelque chose qui me mettrait mal à l'aise. Et le conseiller Meng… Personne ne devrait dévisager un être humain comme cela.

— Je ne pensais pas que tu m'aurais défendue, avouai-je du bout des lèvres.

— Tu es ma femme.

C'était une réponse, une affirmation et une revendication tout à la fois. Je sentis mes joues se réchauffer de nouveau sous l'intensité de son observation.

— Le Conseiller Meng a mauvaise réputation, reprit-il en détournant finalement les yeux. Je n'aime pas que mon père soit en contact avec lui.

— Lui as-tu parlé de tout cela ?

Je ne savais pas pourquoi j'insistai pour poursuivre la conversation. Nous n'avions jamais échangé autant jusqu'à cette nuit-là, et j'en venais doucement à comprendre que je pouvais lui faire face sans être tétanisée par les spectres de ma jeunesse.

— Il élude toutes mes questions.

— Il a peut-être peur de te mettre en danger.

— Il me prend encore pour un enfant. Il a peur de perdre le dernier fils de sa lignée, c'est pour ça qu'il me tient à l'écart de tout. Le clan était sous le choc lorsqu'il a créé une garde pour moi, il y a quelques années. On ne donne généralement pas autant de pouvoir à quelqu'un d'autre qu'au chef de famille. Mes oncles ont crié au blasphème, ils ont dit qu'armer un enfant c'était risquer la guerre. Ils craignaient que je tente de renverser mon père. Mais il leur a ri au nez. Il ne les a pas crus. C'est qu'ils sont nombreux chez les Shen à espérer nous voir tomber pour récupérer la villa et les terres qui y sont attachées.

— Avait-il peur qu'on cherche à t'assassiner ?

— J'étais le dernier. Le seul héritier. Après la mort de mes frères, il ne voulait pas prendre de risque.

— Je suis désolée.

— Désolée ?

— Pour tes frères. Cela a dû être dur.

Il m'observa en silence pendant longtemps. Puis il détourna les yeux et porta un verre de vin ambré à sa bouche.

— J'étais très jeune quand ils nous ont quittés. Je ne me souviens pas vraiment d'eux.

— Sont-ils tous morts de la fièvre ?

— En même temps que ma mère. Personne ne sait pourquoi j'ai survécu. J'étais à peine plus âgé qu'un nourrisson. Leihua m'a pratiquement élevée après ça.

— Leihua ?

— Ma sœur, Leihua. Elle n'avait que dix ans de plus que moi, mais elle a pris sur elle de faire de moi un homme.

— Je ne savais pas que tu avais une sœur…

— Il y a plein de choses que tu ignores, Jade.

Perdu dans ses pensées, il se concentra quelques instants sur le contenu de son assiette.

— Leihua a épousé un partenaire commercial de Yangzhou, reprit-il finalement. Elle n'a pas pu venir à notre mariage, car elle se sentait trop faible pour voyager après la naissance du dernier petit. Je te l'aurais présentée sinon. C'est quelqu'un de bien. J'aurais aimé qu'elle fasse ta connaissance. Me parleras-tu de ta famille, aussi ? Tu avais des frères, si mes souvenirs sont bons. Deux frères.

Penser à Mathieu me ramena à Henri et à la souffrance de ces ultimes jours à Beaulieu.

— Je ne veux pas en parler, répondis-je en plongeant le nez dans mon assiette.

— À ta guise. Je vois que tu es restaurée à présent, tu ne trembles plus. Essaye de dormir, c'est un remède des plus précieux.

— Où vas-tu ? demandai-je alors qu'il se relevait.

— Voir ce que je peux encore faire dans leur conseil. Ne m'attends pas, Jade. Demain sera une très longue journée.

CHAPITRE vingt-quatre

LE LENDEMAIN COMMENCÈRENT les festivités de la fête du printemps.

Le sol de la grande cour avait été recouvert de pétales de fleurs aux aurores et la table qui en occupait le centre était drapée d'une flamboyante nappe carmin. On avait suspendu des guirlandes de lanternes rouges qui formaient une canopée ocre au-dessus de nos têtes. À la tombée de la nuit, elles se transformeraient en autant d'étoiles illuminant le ciel d'hiver.

Pour l'heure, le soleil brillait haut et la neige avait été balayée jusqu'à ce qu'il n'en reste pas la moindre trace.

Shen Bao nous avait tous invités à manger avant que la fièvre ne nous disperse aux quatre coins de la ville. Même les domestiques étaient des nôtres, partageant notre table avec excitation. Il fallait dire que la fête du printemps, célébration de la nouvelle année, était très importante dans l'Empire Ming. Tout le monde aurait quartier libre dès la fin du repas pour participer aux festivités.

J'avais eu l'occasion d'apprendre que dans beaucoup de maisonnées, les femmes mangeaient à part lors des grands évènements, souvent séparées des hommes par un paravent. Mais chez les Shen, au jour du Nouvel An, aucune de ces règles n'était respectée.

Les quatre concubines étaient en bout de table et je ne pouvais m'empêcher de les observer avec envie. Assise juste à côté de Ruoyan, je ne savais pas si je devais entamer une discussion ou prétendre qu'il n'existait pas comme je l'avais fait pendant si longtemps. Il ne m'adressa qu'un regard poli et distant, lorsque je vins m'installer, puis se plongea de nouveau dans des débats incompréhensibles avec son père.

On mange fort bien, dans les terres riches et fertiles du sud de la Chine. Si je m'attarde sur ce repas cependant, ce n'est pas pour décrire l'abondance et la délicatesse de la nourriture, mais parce qu'il fut le théâtre d'un évènement qui allait bouleverser le quotidien de notre maisonnée.

Alors que les discussions fusaient de part et d'autre sur les nombreux spectacles qui auraient lieu une fois la nuit tombée, Shen Bao se leva et le silence se fit. J'admirais vraiment ce don qui était le sien. Il ne haussait jamais la voix et n'avait besoin que de la plus petite démonstration de pouvoir pour être obéi. Mon père aurait sans doute pleuré de jalousie.

— Mes fils, mes filles, commença-t-il en joignant les mains devant lui. Je vous remercie d'avoir été à mes côtés cette année. Toi, Liang, est-ce que ta femme va mieux ? Et toi, Weixian, reste-t-il assez de ton solde pour faire des offrandes à l'esprit de ton père ?

Le personnel souriait, acquiesçait et acclamait tandis que leur maître leur prouvait qu'il connaissait chacun de leurs problèmes. J'aurais été ébahie moi aussi, si je n'avais pas été soudainement prise d'un doute. Il y avait quelque chose dans la façon dont il parlait. Ce n'était pas tout à fait un manque de chaleur, plutôt une monotonie, comme s'il récitait un poème.

Et puis il y avait l'intendant, le vieil homme qui aidait Shen Bao à gérer son activité, en train d'opiner doucement de la tête, les yeux dans le vide. Nul autre que moi ne sembla remarquer la supercherie. Il fallait dire que l'autorité allait bien à Shen Bao, il était capable d'en polir les contours avec ses regards de grand-père bienveillant.

— Cette nouvelle année qui commence est placée sous les meilleurs auspices pour notre maison. Les oracles ont prévu de grandes choses pour la famille Shen, ainsi que l'arrivée d'un fils d'ici la prochaine fête du Printemps.

Les visages convergèrent vers moi et je plongeai la tête dans mon bol, les joues plus rouges que jamais. Pourquoi fallait-il qu'il évoque ce sujet ? Je me demandai si Ruoyan était en train de m'observer lui aussi, mais je n'osai pas relever les yeux pour vérifier. Après quelques instants de silence inconfortable, Shen Bao se mit à rire.

— Mais il est une autre chose dont je veux vous faire part aujourd'hui. Les oracles ont parlé. Je souhaite élever la Quatrième Concubine au rang de Première Compagne.

Si le silence s'était fait dès qu'il s'était levé, ce n'avait été qu'un calme relatif ponctué par les mouvements de vaisselle sur la table et le bruit de la nourriture qu'on avale. Le véritable silence, le calme plus calme encore que la mort, vint en cet instant précis.

Malgré toutes les concubines que Shen Bao avait entretenues, tous les enfants qui avaient été conçus, il n'avait jamais trahi la mémoire de sa première épouse.

Yunxia avait été la fille d'un important magistrat de Shaoxing, fiancée à Shen Bao dont l'ambition dépassait encore le pécule, dans une union qui n'avait pas fait l'unanimité. Elle avait emménagé sur le domaine des Shen en amenant avec sa dot une quantité de serviteurs, dont mon acariâtre gouvernante laquelle n'était alors qu'une toute jeune fille.

Le souvenir de la dame Yunxia était toujours vif parmi les domestiques, car elle avait grandement participé à transformer la villa en chef-d'œuvre. Les jardins, particulièrement, étaient le fruit de sa créativité. Il était donc normal que l'annonce, qui laissait présumer d'un mariage prochain, choque ainsi la maisonnée. Je pense que même Shen Bao n'en aurait pas attendu autrement. Cela aurait été une insulte à la mémoire de sa première épouse, dont on murmurait qu'il l'aimait encore tendrement.

Cette fois, la curiosité prit le pas sur tout le reste et je jetai des regards en coin pour observer mon époux. Il avait les sourcils froncés et gardait ses yeux calculateurs sur la silhouette toujours voilée qui se tenait en bout de table. Il était évident que les doutes qui le rongeaient venaient de refaire surface. Un jour seulement après la réunion d'où on l'avait remercié, était-il possible que tout ceci soit une coïncidence ?

Je ne pus empêcher une sensation de surprise naître dans ma poitrine à la pensée que, d'une certaine façon, j'étais à ses côtés dans cette histoire.

— Nous célébrerons le mariage après la fête des fantômes errants, reprit le patriarche Shen, mais je souhaite que dès à présent vous témoigniez à Changyin les honneurs dus à ma Seconde épouse. Je sais pouvoir faire confiance à chacun d'entre vous pour respecter mes vœux. Maintenant, mangez, mes enfants. Vous êtes libres de passer la nuit où vous l'entendez. Puisse cette année vous apporter tout ce dont vous rêvez.

Il se pencha, leva un verre de vin qu'il vida d'un trait puis s'éloigna. Les murmures naquirent alors, les regards en coin volant vers la mystérieuse concubine qui n'avait pas bougé. Les rapports de force allaient bientôt changer dans les quartiers intérieurs. Une fois mariée à Shen Bao, Changyin serait la femme la plus importante de la maisonnée et je n'étais plus si sûre à présent qu'il parlait de moi lorsqu'il avait évoqué un fils.

Après le repas, Xiaoli m'accompagna dans mes quartiers afin de me préparer aux festivités qui se poursuivraient jusqu'aux petites heures du matin. Ruoyan m'avait demandé de le retrouver plus tard avant de s'enfermer avec son père, sans doute pour tirer au clair cette histoire de mariage.

— Jade ? Puis-je entrer ?

Je sursautai, plongée dans la contemplation de la carte du capitaine de l'Auguste qui ne me quittait jamais vraiment. Je l'avais tant et tant relue au fil des semaines que j'aurais pu en tracer les contours les yeux fermés. L'encre s'effaçait désormais par endroits, mais j'étais tout bonnement incapable de m'en séparer. C'était l'une des dernières choses qui me restait de mon pays.

Je me levai pour ouvrir — Xiaoli était plongée jusqu'au cou dans les robes qu'elle espérait me voir porter — et laissai Changyin entrer dans mon petit salon. Elle attendit que la porte se referme avant de retirer son voile et je dus me mordre l'intérieur des joues pour ne pas soupirer devant la perfection de ses traits. Aucune d'entre nous ne pouvait soutenir la comparaison avec la beauté de son visage. Même Guoying était reléguée au rang de petite fille tout au plus agréable à regarder.

— Qu'est-ce que ceci ? demanda-t-elle.

Elle désigna les cartes que je tenais toujours à la main. Je m'empressais de les ranger en rougissant. C'était quelque chose d'extrêmement intime. Seule ma petite Li savait mon affection pour ces souvenirs. J'entendais encore le capitaine dans ma tête, le secret bien gardé de ma presque évasion.

Elle ne s'offusqua pas de mon geste et s'inclina avec élégance pour me saluer. Je lui rendis une révérence à l'européenne après un instant d'hésitation. Son nouveau statut n'était pas clair, je ne savais pas comment je devais me comporter.

— Je souhaitais vous parler depuis longtemps, reprit-elle en prenant place sur le fauteuil de bois ouvragé.

— Je suis ravie que vous en ayez trouvé le temps.

— Nous sommes toutes les deux des étrangères ici. Ce doit être pour ça que je vous apprécie autant.

— Vous n'êtes pas une étrangère.

— Non, c'est vrai, mais je ne suis dans cette maison que depuis peu et j'ai encore du mal à croire que c'est la mienne. Lorsque mon mon époux m'a amenée, il m'a été si difficile de m'intégrer. Et aujourd'hui, eh bien…

Un battement de cils et je compris. La société chinoise était tellement codifiée et hiérarchisée, ces choses m'échappaient encore parfois. Jusqu'à aujourd'hui, Changyin n'était qu'une concubine et, si je n'avais pas vraiment d'autorité sur elle, mon statut lui était toutefois supérieur. En épousant Shen Bao, Changyin ferait désormais partie de la famille d'une manière bien plus officielle. Elle devenait mon égale, peut-être même plus. Je n'aurais su le dire.

— Aujourd'hui, reprit la jeune femme, j'espère que nous pourrons être amies. Que nous pourrons nous soutenir, en tant qu'étrangères dans cette demeure.

— J'en serai honorée. Désirez-vous boire quelque chose, Pr… Comment dois-je vous appeler ?

J'avais été sur le point de dire Première Compagne, mais je m'étais retenue. Changyin s'aperçut de mon hésitation et laissa échapper un petit rire en secouant la tête.

— Quel âge as-tu Jade ? Tu as l'air si jeune.

— Seize ans.

Je réalisai avec surprise que je n'avais pas vu mon anniversaire passer. Cela faisait bientôt un an que j'avais quitté mon foyer.

— Nos lois feront de moi ta belle-mère, mais j'aimerais tout autant que tu ne m'appelles pas ainsi. Cela mettrait trop de distance entre nous… Tu es une fleur à peine éclose, j'envie ta jeunesse et la vie qui s'ouvre devant toi. Appelle-moi grande sœur, si tu le veux bien.

— Grande sœur ? répétai-je, goûtant le mot sur ma langue.

— Petite sœur, n'es-tu pas trop malheureuse parmi nous ? Je me désole de n'avoir personne à qui parler…

— Moi aussi, parfois.

— Pourrais-je te rendre visite, de temps en temps ? Nous pourrions même médire ensemble de nos compagnons, ajouta-t-elle avec un clin d'œil. Ce qui se dira entre nous restera secret. Les femmes d'une maison comme celle-ci doivent s'entraider ainsi…

Je réalisai qu'elle se considérait déjà comme l'épouse de Shen Bao. Pas étonnant qu'elle ait attendu jusqu'à aujourd'hui avant de venir me parler, seule à seule, d'égale à égale. J'étais contente de sa visite, cependant. Il émanait d'elle une force tranquille et un charme auquel je n'étais pas insensible. Elle faisait partie de ces gens à qui l'on souhaite inconsciemment plaire, parce qu'un seul de leur encouragement vaut plus que mille compliments. Son futur époux me donnait aussi cette impression parfois. Le destin avait eu la main heureuse en les mettant sur le chemin l'un de l'autre.

Je m'assis sur le fauteuil à ses côtés et lui pris les mains dans un geste qui sembla l'émouvoir.

— Bien sûr, grande sœur. Tu es toujours la bienvenue ici.

— Magnifique ! Raconte-moi alors, comment on vit dans ton pays.

Je lui parlai de mon enfance dans le château de mon oncle, en omettant délibérément toute référence à Henri. Elle rit de l'odieuse description que je fis de mon arrogant de frère, s'étonna de la façon dont je passai la majeure partie de mes journées à courir les champs au lieu d'apprendre le maintien et la musique. Lorsque j'évoquai à demi-mot le mode d'éducation auquel j'avais été soumise par ma gouvernante, elle hocha la tête d'un air complice. Elle comprenait. Elle avait grandi dans ce pays, après tout.

Peut-être avait-elle vécu une situation similaire dans son enfance, mais elle avait dû se révéler meilleure élève que je ne l'avais été, car lorsqu'elle installa mon luth sur ses genoux et commença à en tirer des notes, la beauté de la mélodie me figea.

— Je suis née dans une famille très modeste non loin de Guangzhou, me raconta-t-elle sans cesser de jouer. Mon père était le chef du village, et nous travaillions le bois avec habileté. Mes frères étaient les plus demandés dans l'atelier. Mais il ne m'a jamais laissé poser le doigt sur la moindre de leurs œuvres de peur que je ne m'abîme la peau. À ma naissance, vois-tu, un vieil oracle avait dit à mon père que j'apporterais la grâce sur son foyer et qu'il fallait m'élever comme une dame.

Elle interrompit un instant le mouvement de ses mains, perdue dans ses pensées.

— Il fallait donc me bander les pieds, comme tu le sais déjà. Mais ma mère ignorait comment s'y prendre.

— Ta mère n'avait pas les pieds bandés ?

— Ni ma mère ni mes sœurs. Elles travaillaient dans l'atelier. Mais il y avait une femme dans le village, une femme qui avait été noble autrefois, et qu'un malheureux hasard avait jetée sur les routes sans argent et sans soutien. Lorsqu'elle était arrivée chez nous, le plus âgé de mes frères l'avait prise comme épouse. C'est elle qui s'est chargée de toute mon éducation. Elle m'a bandé les pieds, appris à lire et à écrire. Tout ce que je sais à présent, je le tiens d'elle. C'était une personne admirable.

— Et c'est Shen Bao qui est venu te chercher ?

— Je dois paraître bien jeune si tu crois que cela s'est passé ainsi ! Non, j'ai été mariée une première fois, il y a dix ans de cela.

— Mariée ?

La surprise dut se lire sur mon visage, car elle rit, la bouche dissimulée derrière ses longs doigts de musicienne.

— Mariée, oui. Je devais avoir dix-sept ans, peut-être seize, lorsqu'une entremetteuse s'est présentée à notre porte, à la recherche d'une promise pour un gentilhomme de la ville. Mon père a cru que c'était là le signe qu'il attendait et il m'a vendue pour une livre d'or et dix onces de bois rare.

Et moi qui me plaignais d'avoir été traitée comme de la marchandise.

— Que s'est-il passé ?

— Il est mort. C'était un homme violent, aussi prompt à parier qu'à lever les poings. Il a dilapidé toute sa fortune dans les jeux et les prostituées, puis il a fini par perdre la vie dans une rixe de rue. Je te mentirais si je disais que je l'ai pleuré.

— Es-tu retournée vivre dans ton village, après ?

— Oui. C'était une grande honte, tu sais. Après son mariage, une femme appartient à la famille de son époux, pour le meilleur et pour le pire. Mais il n'y avait plus rien pour moi là-bas. J'ai dû remettre la maison aux créanciers pour couvrir le gros de ses dettes. Je serais morte de faim si j'étais restée, ou pire, j'aurais été réduite à la mendicité. J'ai préféré revenir chez mon père. Ma famille était dévastée, car je ne pouvais plus prétendre à un bon mariage. Ils ont bien essayé de me faire travailler, mais je ne savais rien faire de mes doigts. Je suis devenue une enseignante itinérante pour apprendre aux jeunes filles de la ville l'art et la musique. Les nobles n'auraient jamais osé s'attacher les services d'un homme pour éduquer leurs petites protégées. Ce n'était pas un travail bien vu, mais cela rapportait assez à mon père. Et puis mon statut de veuve me donnait droit à bien des avantages que je n'avais jamais connus auparavant. Je pouvais aller tête nue, voyager où bon me semblait, les clients ne manquaient pas. Ce n'était pas une si mauvaise vie que ça finalement… J'ai vécu ainsi de nombreuses années, puis j'ai rencontré Maître Shen.

Chose incroyable, je vis une légère coloration teinter ses joues et elle baissa les yeux. Ce qu'elle m'avoua par la suite, je dus insister longuement pour l'entendre.

Shen Bao avait été l'invité d'un de ses clients dans une ville voisine de Shaoxing. Elle travaillait là-bas depuis une saison et s'apprêtait à retourner chez elle confier l'argent à son père quand elle l'avait croisé dans un jardin. Elle allait tête nue, ses longs cheveux joliment arrangés sur son épaule. Lui était en train de boire un thé, assis près d'une petite mare, lorsqu'ils s'étaient vus pour la première fois. Quelque chose dans cet homme, dont elle ignorait jusqu'au nom, l'avait bouleversée plus qu'elle ne l'aurait cru possible. Peut-être avait-ce été la tristesse qu'il ne parvenait pas à cacher dans ses yeux sombres ? Ou cette assurance qui émanait de lui comme la chaleur que répand une flamme ? Toujours était-il qu'elle était tombée amoureuse de lui dès le premier regard.

Elle me raconta avec une innocence enfantine la façon dont son cœur se gonflait de joie dès qu'elle voyait ses traits sévères se détendre en un sourire. Elle avait convaincu l'intendant de prolonger son contrat de quelques semaines, puis elle avait veillé, attendant chacune de ses visites avec une impatience toujours plus grande. Ils avaient beaucoup discuté pendant cette période, de tout, de rien, de l'empire et des petites gens. Il avait été surpris de la découvrir si cultivée et elle avait été étonnée qu'il ne s'en offusque pas.

Finalement, à la fin de son séjour, au lieu de prendre le chemin qui menait vers son village, seule, pour remettre son solde à sa famille, elle l'avait fait avec lui. Ensemble, ils avaient gagné la maison de son père pour lui offrir plus d'or que le vieil homme n'en avait jamais vu. Et Changyin avait de nouveau quitté son foyer, en tant que concubine, cette fois.

— Tu as l'air de vraiment l'aimer, murmurai-je à la fin de son récit.

Cette question, trop directe, sembla la mettre mal à l'aise pendant quelques instants, mais elle se reprit en m'offrant un magnifique sourire.

— Oui, je pense. C'est un homme admirable, un chef né. Il aurait eu une grande carrière s'il avait été autorisé à passer les plus hauts degrés des examens impériaux.

— Peut-être n'est-il pas trop tard ?

— Il n'est jamais trop tard, petite sœur. Mais assez parlé de moi. Raconte-moi ce que tu as sur le cœur.

L'heure fila comme le vent, tandis que je profitais de la présence de l'étonnante jeune femme. Nous discutâmes de tout et de rien, allant même jusqu'à évoquer la nervosité maladive dans laquelle me plongeait mon époux. Elle me serra la main avec gentillesse, me promettant que les choses finiraient par s'arranger. Si j'avais besoin de quoi que ce soit, me dit-elle, je n'avais qu'à le lui demander et elle en parlerait à Shen Bao. Je ne pouvais m'empêcher de songer qu'elle était exactement ce que j'avais attendu de Guoying des années plus tôt.

La conversation semblait ne jamais se tarir, tout comme nos verres que Xiaoli remplissait en silence d'un vin doré et sucré. J'aurais aimé lui proposer de nous rejoindre sur le fauteuil pour participer à la discussion, mais j'étais persuadée que Changyin le prendrait mal. Les codes de cette famille me faisaient encore tourner la tête.

Après le retour de Ruoyan, qui avait eu la décence de se faire annoncer pour laisser à mon invitée le temps de cacher son magnifique visage, Changyin nous quitta pour passer le reste de la soirée en compagnie de son futur époux. Xiaoli, Ruoyan et moi-même, prîmes le chemin du centre-ville, accompagnés d'un petit groupe de gardes du corps.

Les rues scintillaient à la lueur des lanternes tendues entre les maisons et les échoppes, embrasant le ciel d'un millier d'étoiles. À tous les coins de rue, des musiciens jouaient des mélodies entraînantes au rythme de leur envie.

Je serrai les doigts de Xiaoli pour ne pas la perdre dans la foule. Ses yeux brillaient au moins autant que les miens. Une série d'explosions retentit dans une ruelle voisine, m'arrachant à la contemplation du canal et des centaines de cierges dérivant au gré du courant. Les hommes portèrent la main à leurs épées, puis se détendirent immédiatement. Ce n'était que des pétards, un étrange mélange de poudre à canon et de petits papiers rouges qui virevoltaient dans l'air en répandant une épaisse fumée blanche, à la plus grande joie des habitants.

Xiaoli et moi riions et dansions au milieu des musiciens. Je me doutais que l'alcool devait avoir quelque chose à voir avec mon humeur qui était soudainement et anormalement joyeuse, mais je ne parvenais pas à me le reprocher. Pourquoi aurais-je dû m'inquiéter de passer un bon moment ? Ces instants étaient si rares.

Du coin de l'œil, j'aperçus un homme qui vendait de drôles de friandises en forme d'animaux. Il plongeait une tige creuse dans une épaisse mélasse sucrée puis créait des formes variées à l'aide de son souffle.

— Oh ! Puis-je en avoir un ? demandais-je en me tournant vers Ruoyan dans une supplication enfantine.

Il me considéra avec un air surpris, puis sourit et paya le marchand pour trois de ses œuvres. La gaze noire accrochée à mon chapeau m'offrait suffisamment de place pour manger mon petit dragon en toute tranquillité, mais je ne pus m'y résoudre, émue de sa délicatesse et de sa fragilité.

— Jade ! Regarde ! s'exclama Xiaoli en se précipitant vers un attroupement.

Je la suivis. À dire vrai, je n'avais fait que la suivre toute la soirée. Elle m'avait conduit au travers de cette ville qu'elle connaissait bien mieux que moi, cherchant le meilleur lieu pour admirer les feux d'artifice lorsqu'ils viendraient embraser le ciel. Mon époux nous talonnait, un air béat sur le visage, signe qu'il avait lui aussi peut être abusé de la boisson. Yexi était présent également, l'expression sérieuse, tout comme deux autres gardes dont j'ignorai le nom.

Lorsque les feux commencèrent dans un bruit assourdissant, ils causèrent un mouvement de foule qui nous bouscula et nous sépara quelques instants. Ruoyan apparut bientôt devant moi, en me prenant la main pour me tirer à l'abri.

Nous étions sur la place du marché, devenue cette nuit-là le centre de toutes les activités, mais Xiaoli, elle, n'était nulle part.

— Xiaoli ? appelai-je en vain. Xiaoli où es-tu ?

— Tu n'as pas vu où elle est partie ? demanda-t-il en se penchant pour se faire entendre par-dessus le vacarme.

— Non, nous étions ensemble il y a une minute…

— Ne t'inquiète pas. Elle n'est pas bien loin et nul ne lui fera du mal. Pas ce soir. Allons par là, il y a moins de monde.

Il fit un signe de tête à ses soldats qui se séparèrent pour rechercher mon amie. Seul Yexi resta avec nous, ombre éternellement fidèle.

L'alcool brouillait quelque peu mon esprit, aussi les suivis-je sans protester. Le bruit fracassant des feux d'artifice et l'agitation de la foule autour de moi achevèrent de me déboussoler. Les musiciens rejouèrent de plus belle et je me mis à rire. Il était impossible d'être triste par une soirée pareille.

Ruoyan fendit l'attroupement sans le moindre effort pour nous faire sortir de la place bondée. Nous débouchâmes finalement sur une berge étroite et déserte, petite étendue pavée d'où je pouvais apercevoir le sud de la ville au-delà du canal. Le ciel s'était embrasé. Des fleurs de feux s'élançaient des toits en traçant des sillons de lumière contre le noir de la voûte céleste. Leur bruit étourdissant trouvait écho dans les battements erratiques de mon cœur. Jamais il ne m'avait été donné d'assister à pareil spectacle. Je me débarrassai de mon voile pour mieux apprécier la vue.

— C'est… magnifique ! m'exclamai-je en battant des mains.

Une nouvelle déflagration déchira le ciel et je portai les doigts à mon cœur, pour en prolonger l'écho le plus longtemps possible. L'explosion déversa une pluie de lumière qui éclaira brièvement nos visages.

J'avais complètement oublié Xiaoli et les gardes du corps qui la cherchaient dans la foule.

— Je n'ai jamais rien vu de pareil… soufflai-je, les larmes aux yeux.

— Tu aimes ?

Je me tournai en riant vers mon mari. Il ne regardait pas le feu d'artifice, il me regardait, moi. Je ne comprenais pas vraiment pourquoi j'étais transportée de joie, mais cet instant, ce ciel, tout était absolument parfait.

— Merci, répondis-je.

Et je le pensais sincèrement. Il s'approcha de moi à pas de velours et glissa une main dans les mèches dorées qui s'étaient défaites quand j'avais retiré le chapeau. Stupéfaite, et sans doute engourdie par mon esprit embrumé, je le regardai faire sans protester, les sourcils légèrement froncés. Ses doigts étaient frais sur ma peau enfiévrée.

Lorsqu'il se pencha vers moi, je ne réagis pas davantage. Et lorsqu'il posa ses lèvres sur les miennes, je me contentais d'écarquiller les yeux sous le choc. Devant mon absence d'objection, il coula ses paumes autour de ma nuque pour approfondir son baiser. Le petit dragon de sucre tomba au sol, oublié, et fut piétiné dans l'instant.

Combien de temps restai-je dans ses bras sans réaction ? Une seconde ? Deux ? Trois ? Le temps agissait toujours à sa guise quand j'étais avec lui, tantôt lent et paresseux, tantôt rapide comme le vent. La terreur me libéra soudain de mon apathie et je le martelai de coups en mordant ses lèvres de toutes mes forces. De la même façon que l'alcool avait amplifié ma joie, il intensifiait à présent ma panique et ma colère, à un point qui en devenait presque insoutenable.

Il s'écarta aussitôt de moi avec un juron, tandis que je m'écroulai au sol, pantelante et vidée. Derrière lui, je voyais très distinctement le profil de Yexi qui, tête baissée, faisait de son mieux pour prétendre qu'il n'était pas là. La haine se fraya un chemin dans mon cœur, dévastant tout sur son passage.

Ruoyan s'accroupit à mes côtés, une main sur le mur derrière moi, l'autre essuyant le sang qui coulait de sa bouche. Je n'y avais pas été à moitié.

— Que dois-je faire, Jade ? Dis-moi ! J'ai fait tout ce que tu as demandé… Tu es ma femme !

Incapable de la moindre pensée cohérente, je lui crachai au visage. Nous nous affrontâmes du regard quelques instants encore puis il se redressa, conscient qu'il n'obtiendrait rien de plus de moi ce soir-là.

— Ramène-la, ordonna-t-il sèchement au jeune soldat aux cheveux courts. Veille à ce qu'il ne lui arrive rien.

Puis il se détourna dans un tourbillon de robes et disparut à l'angle de la rue. Yexi se précipita à mes côtés, comme pour m'aider à me relever, mais il n'osa pas me toucher. C'était mieux ainsi. Je pense que je l'aurais frappé s'il avait essayé.

Le bruit des feux d'artifice, les cris de joie de la foule, tout cela était désormais un bruit de fond, second face aux battements désordonnés de mon cœur. Je me sentais trahie, furieuse. J'en voulais à Ruoyan d'avoir profité de ma faiblesse. J'en voulais à Yexi de l'avoir laissé faire. Mais au fond, je m'en voulais plus encore qu'à tous les autres. La trahison de mon propre corps était la plus difficile à avaler. Il m'avait touchée, et je ne l'avais pas repoussé.

Il m'avait touchée, et je n'avais pas eu peur.

CHAPITRE vingt-cinq

LORSQUE XIAOLI FIT son retour, elle me trouva assise à même le sol, faisant fi de toutes les convenances, secouée par des sanglots. La tension avait quitté mon corps au fur et à mesure que nous rentrions, me laissant plus faible et plus confuse à chaque pas. Quand Yexi m'avait ramenée dans la sécurité de nos murs, j'avais usé des dernières bribes de ma volonté pour m'éloigner de lui sans trembler, mais je n'avais dupé personne.

Ma petite Li se jeta aussitôt à mes pieds, la mine dévastée à la vue du chagrin qui m'affligeait.

— Jade ? Jade que s'est-il passé ? Parle-moi !

— Ruo… Ruoyan…

— Que t'a-t-il fait ? Est-ce que tu vas bien ?

Je me blottis contre sa poitrine tandis qu'elle me caressait les cheveux avec douceur, comme si elle était l'adulte et moi l'enfant. Je l'entendais murmurer des paroles apaisantes de sa belle voix.

— Tout ira bien…

— Je ne veux plus rester ici, Xiaoli. Je le hais.

— Je sais… Peut-être devrais-tu en parler à Maître Shen ?

— Je ne peux pas… Il croit que nous partageons notre lit. Et de quoi pourrais-je me plaindre, Xiaoli ? Ne fait-il pas ce qu'un mari est supposé faire ? C'est un homme.

— Tous les hommes ne sont pas ainsi…

— Et tu le sais, parce que ?

Elle toussa, mais endura ma méchanceté avec grâce. Elle savait que j'avais tendance à dire des choses que je ne pensais pas lorsque j'étais de mauvaise humeur.

Je reniflai et me redressai pour m'adosser au fauteuil.

— Je souhaiterais rester seule, s'il te plait.

Elle me considéra d'un air triste puis acquiesça pour rejoindre les quartiers des domestiques où elle dormait lorsqu'elle n'était pas avec moi.

Après son départ, je m'aventurai dans la cour minuscule qui départageait le salon, mes appartements et ceux de mon époux. Aucune lueur ne brillait à travers les fenêtres. Aucun mouvement ne se devinait au travers du papier tendu.

Il n'était pas rentré.

Je ne fermai pas l'œil de la nuit. Chaque minute, je sentais la colère frémir dans mes entrailles, comme de l'huile qu'on met sur le feu. J'avais été humiliée, et il ne venait pas s'excuser ! Il fallait croire que je ne valais même pas cela.

Et où diable passait-il ses nuits lorsqu'il n'était pas là ?

Je posai les doigts sur mes lèvres, bien trop consciente du souvenir qu'y avaient laissé les siennes. Pourquoi mon corps n'avait-il pas réagi comme à son habitude ? Était-ce l'alcool qui m'avait rendue si négligente ? Plus jamais on ne me reprendrait à boire !

Mon esprit se débattait dans un tourbillon de peur, de rage et d'autre chose, un émoi étrange que je ne parvenais pas à identifier. Il luttait, mais il était enchaîné à une ancre qui l'entraînait sans pitié dans un abîme profond. Je n'avais aucun contrôle sur ce flot d'émotions.

Aux premières lueurs du jour, je n'avais pas bougé. Je portais toujours ma robe de la veille et, puisque j'avais congédié Xiaoli, mes cheveux pendaient tristement d'un chignon qui avait été grandiose avant ma mésaventure. J'étais parvenue à une décision pendant cette interminable insomnie. Je savais que Ruoyan finirait par me chercher. C'était dans sa nature. Il viendrait me présenter ses excuses comme il l'avait fait après cette première nuit, comme si tout pouvait être effacé d'un simple mot. Comme si nous pouvions retrouver le fragile équilibre que nous avions créé.

Après un dernier regard sur mon salon, je sortis dans l'air frais du petit matin. La maisonnée était encore déserte à cette heure, les ombres me dissimulant aux rares domestiques qui n'étaient pas rentrés chez eux pour les festivités.

Lorsque je parvins à la porte, la discrétion ne me fut plus d'aucune utilité. Il y avait là deux soldats, en plein entraînement sous le ciel qui s'éclaircissait peu à peu. Ils m'observèrent passer avec un air surpris sur le visage, mais je leur lançai un regard de défi et ils ne m'arrêtèrent pas.

Ils me dénonceraient sans doute dès mon premier pas à l'extérieur.

J'imagine que vous êtes en train de vous dire qu'une fois encore, je fonçai tête baissée vers les ennuis au lieu de rester en sécurité. Je ne vous contredis pas. L'inaction et l'attente ont toujours été deux de mes fléaux personnels, et je ne viendrais pas à bout de mes réflexes indésirables avant de nombreuses années encore.

Toutefois, je me sens l'obligation de le préciser, je ne cherchais pas à m'enfuir. J'avais besoin de revendiquer une partie de ma fierté, après que Ruoyan l'ait ainsi piétinée la veille. Quitter la maison, voler de mes propres ailes, c'était un moyen de renaître autrement qu'en victime. Je refusai de me considérer comme telle. Je ne voulais surtout pas revivre ma nuit de noces.

À peine sortie, je me mis à courir sur la berge pavée. Cela

faisait si longtemps. Je renouai instantanément avec le plaisir que j'éprouvais enfant, en sentant le vent fouetter mon visage et remplir mes poumons d'un air frais. Je pris soin de tourner le long des ruelles autant que possible. On me rattraperait bien assez tôt, je ne voulais pas leur faciliter la tâche.

Le temps passa et aucune livrée verte ne tomba sur moi pour me couper la route. Peut-être avais-je surestimé leur capacité à me poursuivre ?

Je ralentis quelque peu mon allure pour observer ce qui m'entourait. Partout, on voyait les restes de la nuit de folie qui s'était emparée de la ville. Le sol était couvert de morceaux de papier rouges disséminés comme les grains qu'on jette dans la basse-cour. Une partie des innombrables lanternes avait chuté avant l'aube, mais la plupart étaient toujours accrochées, créant des jeux de couleurs avec le lever du soleil.

Un groupe d'hommes la peau sale et les vêtements de piètre qualité firent irruption devant moi au coin d'une rue. Ils étaient en train de fouiller parmi les ordures. Ils s'immobilisèrent en m'apercevant, aussi choqués de ma vue que je l'étais de la leur, enrayés en plein mouvement comme des pantins abandonnés.

Je n'étais pas voilée.

J'avais tendance à oublier à quel point nous étions différents. Jour après jour, je n'avais devant moi que des citoyens de l'empire, avec leur peau dorée, leurs cheveux sombres et leurs yeux noirs. Il m'arrivait parfois d'oublier que je n'étais pas comme eux.

Je me vis au travers de leurs yeux ce matin-là. Mes cheveux blonds désordonnés, mon visage étranger, la couleur inhabituelle de mes yeux. Je lus la peur dans leur regard, et cela m'effraya à mon tour.

— Démon… murmura l'un d'eux.

Il leva les bras devant lui comme pour éloigner les mauvais

esprits. Sans demander mon reste, je fis demi-tour et repris ma course en sens inverse, plus troublée que je ne l'avais imaginé. Je croisai d'autres gens sur ma route, des hommes et des femmes qui se rendaient sur leur lieu de travail, ou allaient au marché acheter de quoi nourrir leur famille. La cité s'éveillait.

Au fur et à mesure que je traversais les ruelles pavées, je m'enfonçais un peu plus dans la partie plus populaire de la ville, là où les maisons donnaient à même la chaussée et les canaux sentaient l'eau croupie. Je tentai de rebrousser chemin, mais peine perdue.

Partout où j'allais, on murmurait sur mon passage. J'entendais les mots prononcés à demi-voix. Les mères poussaient leurs enfants derrière elles afin de les préserver du mauvais œil. Les hommes m'observaient de façon plus directe, l'expression partagée entre la curiosité et l'effroi.

Au détour d'une grille où l'on avait accroché des carcasses de poisson séché, je percutai un inconnu et tombai à même le sol, emportée par mon élan. Terrifiée, je l'admets, à l'idée de me faire attaquer, je levai les yeux et rencontrai un regard calme au milieu d'un visage rond et hâlé par une vie de labeur sous le ciel. Il s'agissait d'un Hakka, un de ces pêcheurs qui vivaient à l'extérieur des murs de la Cité. Il me considéra d'un air flegmatique avant de s'accroupir pour m'aider à me relever.

— Est-ce que ça va, petite ? me demanda-t-il d'une voix stable.

— Je… Oui, merci.

— Fais attention où tu vas, quand tu cours.

— Je… Je suis perdue.

J'hésitai entre fondre en larmes et éclater de rire. La situation me paraissait surréaliste. Pourquoi n'était-il ni surpris ni effrayé comme le reste de ses concitoyens ? Je pris la main tendue pour me redresser.

— D'où viens-tu ? Je vais te ramener.

Il m'indiqua une large barque à fond plat derrière lui. Autour de nous, la viande séchait sous le soleil d'hiver, répandant une désagréable odeur salée dans l'air. Deux petites filles émergèrent de la foule qui grossissait à vue d'œil et s'accrochèrent aux jambes de l'inconnu en riant.

Je regardai autour de moi, mal à l'aise. J'avais l'impression d'être une bête de foire, les visiteurs s'approchant toujours plus près sans aucune pensée pour mon confort. Le pêcheur sembla s'apercevoir de mon malaise et me tira légèrement le bras.

— Viens. Partons d'ici. Je crois qu'ils n'attendent qu'un geste pour se jeter sur toi comme des furies.

— Pourquoi ? Je ne leur ai rien fait…

— Les gens d'ici n'aiment pas la différence. Et toi, comme moi, nous ne sommes pas des gens d'ici. Viens.

À bien y réfléchir, je savais que suivre un inconnu dans une ville qui ne m'était pas familière n'était pas une réaction des plus intelligentes. Mais où aurais-je pu aller ? Je lui emboitai donc le pas. Et pour une fois, mon instinct ne me trompa pas. À dire vrai, cette décision se révéla même d'une importance que je n'aurais jamais pu concevoir.

Il grimpa dans sa barque, suivi des deux petites qui devaient avoir une dizaine d'années. Je m'assis à l'avant en silence, tandis qu'il se positionnait derrière nous et enfonça sa longue perche dans les eaux du canal. Les filles me dévisageaient d'un regard dénué de toute trace de méchanceté ou de peur.

— Je m'appelle Kai, fit l'homme en nous conduisant avec dextérité vers des ruelles désertes.

— On m'appelle Jade.

— Jade ? Comme la pierre ? s'exclama une des enfants en zozotant.

— Comme mes yeux, on m'a dit, répondis-je en me penchant pour les laisser m'étudier de plus près.

Elles s'approchèrent doucement, comme si un mouvement brusque risquait de me faire fuir. Je ne pus m'empêcher de sourire.

— Que fais-tu seule, dans cette ville, Jade ? me demanda Kai qui devait être leur père.

— Je vis ici. Je veux dire, je suis sortie ce matin et… Je réside dans la villa Shen.

— Chez les Shen ? Serais-tu la bru que le vieux Shen parade sous son voile noir depuis des semaines ?

J'acquiesçai, gênée sans vraiment savoir pourquoi.

— Je vais te ramener chez toi, dans ce cas. Ce n'est pas convenable pour une jeune femme de se promener toute seule dans des endroits pareils.

— Je vous remercie…

— Tu es une étrangère, susurra une des petites. Est-ce que tu viens de loin ?

— C'est le moins qu'on puisse dire, murmurai-je en souriant.

Leur père sourit lui aussi, sans doute comprenait-il que le monde était bien plus vaste que ce que sa fille pouvait concevoir.

— Madame ! retentit une voix qui nous fit sursauter.

Je me retournai vers le quai et vis Yexi s'approcher, une longue lance dirigée vers Kai. Ce dernier, pas effrayé le moins du monde, continua à ramer le long du canal. Yexi se maintint à notre niveau, l'arme pointée vers mon guide, le bras aussi stable qu'une branche.

— Toi ! Laisse-la partir ! lança-t-il une nouvelle fois. Laisse-la partir, je n'hésiterai pas à frapper !

Kai se tourna vers moi en levant un sourcil. Un soupir sur les lèvres, j'acquiesçai doucement. Pour une raison que j'ignorai, nous nous comprenions aussi bien que de vieilles connaissances, Kai et moi. Je caressais la tête des petites filles qui glissaient leur main dans mes cheveux en riant aux éclats.

— Je ne suis pas en danger, soldat, lançai-je d'une voix froide à Yexi. Tu peux ranger ton arme.

Sans bouger d'un pouce, il nous observa approcher d'une zone d'amarrage où le quai était affaissé pour permettre aux passagers de monter et descendre des bateaux.

— Je dois partir, peut-être nous reverrons-nous ?

— Oui ! Oui ! s'exclamèrent les enfants en chœur. Au marché ! au marché ! Nous sommes là presque tous les jours !

Elles m'aidèrent à sortir de la barque et me suivirent en dansant. À un pas, Yexi nous surveillait, la mine sombre.

La plus grande des deux tira sur ma robe et je m'accroupis pour la prendre dans mes bras. Ses doigts glissèrent une nouvelle fois dans mes boucles qu'elle toucha d'un air rêveur.

— Rushi, arrête, la réprimanda gentiment Kai. Chunhua, reste avec moi.

Les larmes surgirent soudainement dans les yeux de la petite. Je l'écartai avec douceur avant de tendre la main vers Yexi.

— Donne-moi ton couteau.

Je dois le lui reconnaître, Yexi n'hésita pas un seul instant. Il attrapa le fourreau qui était attaché sur son bras gauche et m'offrit la lame qui y était rangée. Pas un doute, pas une seconde de questionnement. Quelle étrange sensation que d'avoir quelqu'un qui vous obéissait avec une dévotion pareille.

Je glissai une mèche autour de la petite dague et tirai d'un coup sec. Ce ne fut pas sans douleur, mais je crois que je parvins à le faire sans grimacer. Les yeux de Rushi étaient plus brillants que des étoiles lorsque je lui tendis son cadeau. Elle le garda dans ses paumes jointes comme le plus précieux des trésors. Peut-être en était-ce vraiment un, après tout. On ne se coupait pas aisément les cheveux dans l'Empire Ming.

Le sourire aux lèvres, je la poussai sur le quai afin qu'elle rejoigne la pirogue. Son père m'adressa un dernier regard entendu avant de pivoter son embarcation vers les eaux du canal. Yexi les regarda partir sans rien dire, les sourcils froncés par la méfiance, jusqu'à ce qu'ils disparaissent à l'angle d'un bâtiment.

— Que veux-tu ? demandais-je d'une voix lasse.

La fatigue due à la nuit de veille ainsi qu'aux évènements qui l'avait précédée commençait à se faire sentir.

— Madame, vous ne devriez pas fréquenter les Hakkas. Ils peuvent être dangereux…

— Comment m'as-tu retrouvée ?

— Sauf votre respect, madame, vous ne passez pas exactement inaperçue. Vous ne devriez pas être dehors. Laissez-moi vous ramener. Les gardes en faction ont eu peur de se faire réprimander en alertant Maître Shen. Par conséquent, ils n'ont prévenu que moi. Le jeune maître ne sait pas que vous êtes partie. Rentrons ensemble, nous pouvons encore oublier toute cette histoire.

— Ils ont dit que j'étais un démon. Les gens, dans les rues. Ils cachaient les yeux des petits comme si le fait de me regarder pouvait leur porter malheur. Ils avaient peur de moi…

— Madame… fit-il en s'approchant.

— Ne me touche pas ! Pourquoi es-tu venu ? Pourquoi toi ?

Sans même y penser, je dressai le bras entre nous, ma main toujours serrée autour de la petite dague. La lance du jeune homme rebondit sur les pavés dans un bruit sourd. Je vis l'horreur naître sur son visage. La culpabilité peut-être ? Puis il tomba à genoux devant moi, tête baissée.

— Baiyun est rentré chez lui pour les festivités. Les gardes savaient que je faisais partie de votre escorte.

— Je ne veux plus te revoir.

— Je l'ignorais. Je le jure. Je n'ai pas réalisé que vous étiez contrainte de… Le jeune maître… Les femmes l'apprécient, et je croyais… Je vous en prie, pardonnez-moi. Vous pouvez me haïr, mais ne me renvoyez pas.

— Quelle différence cela fait-il pour toi ?

— Madame, mes raisons sont miennes, mais je vous en conjure, ne m'ordonnez pas de partir. Le jeune maître est un homme bon, je suis prêt à donner ma vie pour lui. Et aujourd'hui, je suis prêt à donner ma vie pour vous aussi.

— M'emmènerais-tu loin d'ici, soldat ?

— Tout sauf cela, madame. Ne faites pas de moi un parjure, c'est là ma seule demande, et je vous protégerai de tout, même du jeune maître s'il le faut. Je serai votre allié, je garderai vos secrets. Mais ne me faites pas aller contre mon serment.

— Relève-toi, Luo Yexi. Rentrons. Je suis fatiguée.

Le jeune homme se redressa et m'escorta sans un mot vers les murs de la villa Shen. Il s'était débarrassé de sa veste que je maintenais autour de mon visage, les dents serrées, car j'avais honte de me cacher ainsi.

Ma chambre était aussi vide que lorsque je l'avais quittée, mais un étrange objet m'attendait, posé sur le sol. Il s'agissait d'une cloche de velours rouge, surmontée d'un crochet en or.

Je m'approchai doucement, en regardant autour de moi d'un air suspicieux. Lorsqu'un sifflement mélodieux retentit sous le tissu, je compris que j'avais devant les yeux un oiseau en cage. Je me dirigeai vers la porte qui menait vers le minuscule jardin qui séparait mes quartiers de ceux de mon époux. Était-ce un cadeau de sa part ?

Je tirai les battants de bois et regardai les appartements qui me faisaient face. Aucun mouvement. S'il était revenu, il n'était pas ici. Sans doute père et fils devaient procéder à un certain nombre de traditions et de prières pour l'arrivée du Printemps.

Le chant retentit à nouveau alors que je sortais le *cadeau* dans la cour d'un air dubitatif. Un oiseau en cage. Comment avait-il pu penser que cela me ferait plaisir ?

Je soulevai le velours rouge pour découvrir un magnifique animal que le soleil paraît de mille couleurs. Cela ne changeait rien.

Il me fallut quelques instants pour comprendre comment déverrouiller la porte de cette petite prison, mais je finis par me débarrasser du cadenas de bronze. L'oiseau hésita tout d'abord, comme s'il n'osait pas croire à sa liberté retrouvée. Il sautilla sur les branches et se rapprocha peu à peu de l'ouverture, avant de finalement prendre une décision et de s'envoler dans un grand cri.

Je le regardai disparaître dans les nuages, dans le ciel d'un bleu si éclatant qu'il me brûlait les yeux. L'un de nous au moins avait cette chance.

CHAPITRE vingt-six

APRÈS CETTE TERRIBLE nuit, je restai alitée pendant deux jours.

Mon esprit s'épuisait à analyser sans relâche ce qui s'était passé le soir du Nouvel An. Je ne savais pas ce que je devais penser. « *Tu es ma femme* », m'avait-il répété. Et il n'avait pas tort. Pour le meilleur et pour le pire, nous étions mariés au regard de leurs lois, tout comme des miennes. Allions-nous vivre une guerre constante pendant le restant de nos jours ? Je n'étais pas si certaine d'en avoir envie.

— Petite sœur ? résonna la douce voix de Changyin. Est-ce que tout va bien ? Tu as manqué le dîner encore une fois, hier soir. Je suis inquiète...

Elle dépassa le paravent qui protégeait mon intimité sans attendre mon accord et s'assit au bord du lit dans un bruissement de tissus, les sourcils froncés au milieu de son visage parfait. J'avais demandé à Xiaoli de ne laisser personne entrer, mais ma jeune amie avait apparemment décidé de me désobéir.

— Tu es si pâle… Ne manges-tu pas ? Que s'est-il donc passé ?

— Je vais bien.

— Menteuse. Sais-tu qu'il existe une description pour les symptômes que tu présentes ? Le mal d'amour. C'est ainsi qu'on appelle les femmes qui cessent de se nourrir parce que leur cœur est trop plein d'émotions.

— C'est idiot.

— T'es-tu disputé avec ton mari ? Ah, je vois... Je m'en vais de ce pas...

— Non ! l'arrêtai-je en lui attrapant le bras. Cela ne ferait qu'empirer les choses. Je ne souhaite pas le voir pour le moment...

— À la seule condition que tu me promettes de te lever, fit-elle avec un ton maternel.

Je ne pus m'empêcher de sourire. Elle me menaçait avec tant de douceur que je ne pouvais faire autrement qu'obéir. Repoussant les lourdes couvertures d'hiver, je laissai mes pieds retomber sur le sol froid. Elle m'aida ensuite à revêtir un épais manteau de laine et m'entraîna dans la cour.

— Petite sœur, je suis malheureuse de te voir ainsi...

— J'ai du mal à penser à autre chose, mais je vais bien, je te jure.

— Ce rustre de Ruoyan a besoin de quelqu'un pour lui apprendre comment se comporter avec sa femme !

— Il n'a rien fait de bien méchant, répliquai-je sans trop savoir pourquoi je le défendais.

— Tu dois me promettre de manger.

— Je mangerai, grande sœur.

L'air vivifiant du jardin m'aida instantanément à me sentir mieux. Je ne comprenais même plus pourquoi j'étais restée enfermée si longtemps. Ce n'était pas mon habitude face à un conflit. Mais une fois encore, Ruoyan avait le don de me faire agir comme la petite fille que j'avais été et non comme la femme que j'étais devenue. Il était temps que cela cesse. L'air descendait en bouffées fraîches et pures dans mes poumons, chaque inspiration m'éclaircissant davantage l'esprit.

Ruoyan fit son apparition le surlendemain. J'étais réveillée depuis un moment, mais j'attendais avec impatience que le salon se fasse silencieux pour me lever à mon tour. J'avais redressé des coussins dans mon dos et feuilletais l'exemplaire d'un roman que Changyin m'avait envoyé. Le livre parlait d'une jeune femme à la beauté exceptionnelle qui avait rencontré l'amour de sa vie dans ses rêves, s'était laissée dépérir par amour pour lui avant de devenir un fantôme et de s'offrir à lui par-delà la mort. C'était une histoire pour le moins étrange.

– Jade ?

Je sentis tous mes muscles se tendre à cette voix que je connaissais désormais si bien. Son ombre se découpait sur le papier de la porte qui me séparait du salon. Je me tus, en espérant le voir partir, mais il poussa doucement les battants et pénétra dans mes quartiers. C'était la toute première fois qu'il venait ici depuis notre nuit de noces. L'espace d'un instant, je revécus la terreur de notre rencontre, puis me forçai à respirer calmement.

Il s'approcha à pas mesurés, vêtu d'une tunique de soie brune, les bottes maculées de terre. Ses cheveux, comme les miens, n'étaient pas attachés et tombaient en une lourde masse noire sur ses épaules.

– Jade, répéta-t-il tandis que je me redressai sur mes coussins. Je souhaitais te parler.

Son regard se posa sur la cage, désespérément vide. Il haussa un sourcil. J'aurais sans doute dû m'en débarrasser aussitôt l'oiseau libéré, mais je n'avais pas pensé qu'il viendrait dans cette chambre et découvrirait la preuve de ma rébellion.

Il garda le silence, un instant, les yeux rivés à la petite porte que je n'avais même pas refermée. Les citoyens de l'Empire Ming sont très sensibles aux symboles. Et Ruoyan était loin d'être stupide. Un geste qui aurait paru anodin pour beaucoup — mon père se serait probablement plaint de me voir traiter un cadeau avec autant de négligence — prenait un sens tout autre pour lui. Lorsqu'il s'immobilisa, le regard consterné, je sus qu'il avait deviné. Ce message que je n'avais pas exprimé consciemment, il l'avait compris néanmoins.

Une cage dorée.

– Les mainates sont connus pour la beauté de leur chant, fit-il d'une voix douce en se tournant vers moi. Il me rappelait ta petite servante.

Il était en train de s'excuser. Il m'offrait la raison de son choix et m'assurait qu'il n'avait pas voulu me comparer à cet animal emprisonné.

Je commençais à devenir très douée pour ces demi-discussions.

Silencieuse, je le regardai déplacer une chaise pour s'installer à côté de moi. Il était si proche que j'aurais pu le toucher.

– Jade. Je suis venu pour m'excuser. Je sais que tu m'en veux, je sais que c'est difficile pour toi. Ce qui s'est passé le soir du Nouvel An… Je n'aurais pas dû. Il serait facile de rejeter la faute sur l'alcool, mais je ne te ferai pas cette injure. J'ai cru… J'ai juste cru… Oublions cela, veux-tu ? Je ne supporte pas te voir enfermée comme cela, tu vas tomber malade.

– Pourquoi… demandais-je sans trop savoir ce que j'espérais entendre.

– Tes yeux… Tes yeux m'ont trompé ce soir-là. Mais je ne ferai plus l'erreur, je te le promets. Tu ne dois pas avoir peur de moi. Accepterais-tu de tirer un trait sur ce mauvais souvenir ?

– Oublier ? C'est peut-être plus facile pour toi que…

– Non, ce n'est pas facile pour moi non plus. Ma famille me pousse tous les jours à leur donner un héritier et je n'ai d'autre réponse à leur fournir que d'être patient. Il y a ceux qui aimeraient me voir disparaître, et je ne sais que penser de ces discussions que tient mon père avec les marchands et les fonctionnaires de la Cité.

Et au milieu, il y a toi, qui n'as jamais eu ton mot à dire, pas plus que moi. Je me demande parfois si nous ne nous faisons pas plus de mal qu'il n'est nécessaire. Nous sommes mari et femme, Jade, personne ne pourra changer cela.

– Je sais.

– Nous serions tellement plus forts en tant qu'alliés, au lieu de nous déchirer ainsi.

Il me prit la main avec délicatesse. Je ne ressentis pas le besoin instinctif de la retirer de son étreinte.

– Que veux-tu dire par là ? Sommes-nous des ennemis ?

– Nous nous conduisons comme tels en tout cas. Soyons alliés. Soyons amis, qui sait. Je ferai mon possible pour te rendre le séjour plus agréable, et tu agiras comme si nous étions mari et femme dans la chair. Ils n'y verront que du feu et cela sera un problème de moins dans ma liste. Tu n'as rien à craindre de moi, ajouta-t-il précipitamment en touchant sa lèvre inférieure, j'ai retenu ma leçon. Et je m'en veux de te faire vivre dans la peur. Ce n'est pas ainsi que je souhaitais voir notre relation évoluer.

– Tu me demandes de mentir à ton père ?

– À mon père, aux concubines, à tous ceux qui nous poseront des questions. S'ils pensent tous que nous essayons d'avoir un enfant, ils nous laisseront tranquilles. Et ce sera plus facile de le prétendre si nous ne nous déchirons pas à chacune de nos entrevues, n'es-tu pas d'accord ?

– C'est vrai…

– Veux-tu te lever ? J'ai un cadeau pour toi. Je vois que tu n'as pas aimé le premier, mais j'ai dans l'idée que celui-ci sera plus à ton goût. Je t'attendrai dans le salon.

Il disparut et Xiaoli entra aussitôt, le sourire aux lèvres, pour m'aider à me préparer. À son expression, je devinai qu'elle avait écouté aux portes, mais je ne me trouvai pas le courage de la réprimander.

– Tu sais de quel cadeau il parle, n'est-ce pas ? demandai-je.

– Tu vas l'adorer, répondit-elle les yeux brillants.

Le soleil perçait timidement au milieu des nuages et embrassait les bourgeons dont le vert tendre annonçait le retour des beaux jours. Mon époux me fit passer par le pavillon central et nous émergeâmes dans la cour extérieure où les domestiques étendaient d'habitude le linge à sécher. Il n'y avait personne ce matin-là. Personne, à part Yexi, un sourire aux lèvres, en train de tenir la bride d'une jument alezane qui piaffait d'impatience. Choquée, je tournai les yeux vers Ruoyan.

– Qu'est-ce…

– Elle est pour toi.

– Pour moi ? Tu veux dire, à moi ?

– J'aimerais t'emmener visiter la région, au-delà de nos murs. Me laisserais-tu t'apprendre à monter à cheval ? Ce n'est pas une activité à laquelle s'adonnent habituellement les jeunes femmes, mais je commence à te connaître assez pour savoir qu'elle te plaira.

Je l'observai, incrédule, avec l'impression que ma mâchoire s'était décrochée et que ma bouche ne pouvait plus se fermer. Ce devait être une grimace fort étrange, car il éclata de rire.

Et, brutalement, tout changea.

Peut-être était-ce la première fois que je voyais une expression de joie traverser son visage ? Peut-être était-ce la première fois que je le regardai, libérée de la peur qu'il puisse m'attaquer à tout moment, libérée de tous ces préjugés derrière lesquels je m'étais enfermée ? Peut-être était-ce la première fois que je l'observais, le cœur empli de gratitude et non de haine ? Toujours fut-il qu'il m'apparut différent ce jour-là. Il rit. Et son visage se transforma.

De petites rides se creusèrent au coin de ses yeux brillants et humides. Les marques sur son front se détendirent l'une après l'autre pour disparaître totalement. Ses lèvres s'étirèrent en un sourire sensuel. Il était transfiguré. Et pour la première fois, pour la toute première fois, je le trouvai beau.

– Je ne peux pas monter dans cette tenue, bafouillai-je d'un ton inquiet en désignant ma robe de soie rose, ce qui redoubla son hilarité.

C'est vraiment étrange, les pensées idiotes qui font surface à des instants comme celui-ci. Lorsque la surprise vous empêche de réfléchir correctement, lorsque votre cœur bat si fort qu'il en devient douloureux, les phrases qui trouvent leur chemin jusqu'à vos lèvres ne sont pas celles que vous aviez dans le cœur.

– Tu peux la toucher, fit-il après avoir maîtrisé son rire. Laisse-la s'accommoder à ton odeur.

– Le puis-je vraiment ? réussis-je finalement à formuler.

– Elle est à toi.

Je m'approchai timidement du fier animal. Son museau était barré d'une longue marque blanche, tout comme trois de ses jambes. Le reste de sa robe était d'un brun uniforme. Je posai ma paume délicatement sur sa tête, la retirai lorsqu'elle secoua sa crinière, puis essayai de nouveau. Après quelques tentatives, elle m'autorisa à la toucher. Je laissai ma main courir sur son pelage luisant. Son corps était musculeux et chaud sous mes doigts. C'était une sensation étrange et grisante à la fois.

— Quand pouvons-nous commencer ? demandai-je simplement, incapable de formuler la gratitude qui me saisissait.

– Quand tu le voudras, demain si tu es prête. J'ai commandé des tenues d'exercices pour toi, il y a quelques jours. Je ne tarderais pas, si j'étais toi. Tu vas avoir besoin d'entraînement si tu souhaites toujours nous suivre à Hangzhou pour le solstice d'été.

Je me sentis étouffée par une bouffée d'émotions indescriptibles.

– Merci, lui répondis-je, plus sincère que je ne l'avais jamais été.

Ainsi débuta une nouvelle étape de ma vie à Shaoxing. Ruoyan et moi nous échappions régulièrement pour chevaucher dans les collines environnantes. Après quelques jours de jambes douloureuses, je m'accoutumai à la position et commençai à éprouver la plus grande joie en selle. Suivis de ses gardes du corps, qui ne le quittaient jamais, nous progressions chaque fois un peu plus loin, mais jamais il ne me poussa au-delà de ce dont j'étais capable.

J'avais nommé ma jument Colza, en souvenir de l'endroit où j'allais souvent jouer pendant mon enfance. Et j'avais beaucoup ri de la tentative de mes compagnons de répéter ces sonorités qui leur étaient inconnues. Ma Colza était une monture pleine d'orgueil qui cherchait sans cesse à accélérer. Il me fut difficile de l'apprivoiser au début, et j'étais parfois effrayée à l'idée qu'elle me désarçonne dans ses pointes de vitesse. Au fond de moi, cependant, j'étais fière que Ruoyan l'ait choisie pour moi, au lieu de m'offrir un animal doux et obéissant.

Ruoyan et moi devînmes également plus proches. Il prit l'habitude de venir dîner en ma compagnie et s'attardait souvent quelques heures pendant lesquelles nous discutions de mon pays et du sien. Il répondait à toutes mes questions, même lorsque ma curiosité touchait à des sujets qui n'intéressaient pas les femmes de ce pays. Je lui parlais de ma famille aussi, même si certains de mes secrets étaient à jamais scellés derrière mes lèvres.

Je le découvris ouvert, respectueux. Il écoutait avec attention et me faisait parfois rire en évoquant des anecdotes de son enfance. J'avais de plus en plus de mal à me souvenir de la raison pour laquelle il m'avait tant effrayée, pendant toutes ces années. Quant à son regard, il était toujours poli, jamais insistant, et j'en vins à me convaincre que j'avais imaginé la lueur affamée avec laquelle il m'avait observé la nuit de la fête du printemps dans la ruelle déserte. Après tout, n'avais-je pas été, moi-même, sous l'influence du vin de Shaoxing ?

Je passais aussi beaucoup de temps avec Changyin, qui tentait en vain d'exacerber ma féminité au travers de toutes sortes de procédés, tels des bains, des massages aux huiles parfumées, et autres concerts. J'appréciai ces moments en sa compagnie, car la jeune femme avait réussi à conserver une humilité et une douceur malgré son nouveau statut. Toutefois, lorsque je la quittai, j'étais heureuse de me retrouver au calme et de ne plus avoir à prétendre que je vivais une idylle formidable avec mon mari. Le mensonge était sans doute nécessaire, mais il me pesait.

Quatre mois après m'avoir offert Colza, Ruoyan vint me chercher dans la pagode que j'avais surnommée le Pavillon aux Poissons. Mes leçons du matin étaient terminées, tout comme ses obligations auprès de son père qui s'apprêtait à partir, pour un voyage qu'il qualifiait d'affaire, mais dont Changyin m'avait avoué qu'il s'agissait d'aller admirer les cerisiers en fleurs dans la villa d'un ami avec qui il entretenait une correspondance fournie. À la surprise générale, elle allait avec lui. Mon cœur se réjouissait de la voir si heureuse.

Lorsque mon époux vint s'asseoir sur le muret de pierre, j'étais en train de lire des passages de la Bible du capitaine Duquesne à Xiaoli. Le réconfort que nous cherchions n'était pas d'ordre divin, mais plutôt le plaisir de parler dans ma langue d'origine. Ma jeune compagne, tout particulièrement, avait peur de réduire tous ses efforts à néant si elle n'écoutait pas chaque jour un peu de français.

– Jeune maître, lança Xiaoli en s'inclinant. Je comptais justement partir…

– Tu peux rester, répondit-il du ton un peu trop hautain à mon goût qu'il affectait devant le personnel de maison. Ne t'arrête pas, Jade.

Mais la magie du moment avait été rompue. Xiaoli s'était relevée et elle se tenait à présent derrière lui, la tête respectueusement penchée vers le sol et les mains jointes. Je détestais la voir se cacher derrière ses manières de servante. Elle était mon amie, pas une domestique ! Je continuais malgré tout ma lecture quelques instants, parce qu'il me l'avait demandé et que je ne voyais pas de véritable raison pour refuser. Lorsque je m'arrêtai, il battit lentement des mains et ma compagne s'empressa de disparaître.

— Te sens-tu assez forte pour une longue balade à cheval ? interrogea-t-il. Il y a un endroit que j'aimerais te montrer. Mais il faudra galoper, car la journée est déjà bien entamée et je voudrais être rentré avant la nuit.

— Oui ! m'exclamai-je, toute rancœur oubliée.

Nous partîmes immédiatement. Il me conduisit à l'est de la ville, dans une région de lacs et de collines, dont certaines s'achevaient en falaises abruptes au bord de l'eau. Nous mîmes nos chevaux au pas pour déambuler le long de ces géants de pierre. J'admirai, le souffle coupé, les roches qui se teintaient de bleu, de parme et de vert sous les rayons du soleil. Les enfants des villages avoisinants, aussi nus qu'au premier jour, avaient pris d'assaut les collines et s'élançaient dans le vide pour plonger dans les eaux rafraîchissantes du lac. Leur chute les amenait si près des bords escarpés que je serrai les dents pour ne pas leur crier de faire attention.

— Mes frères venaient souvent ici avant leur mort, déclara Ruoyan en regardant les petits. Mon père m'a dit que ma mère vieillissait de dix ans chaque fois qu'elle les observait partir pour les lacs.

— J'aurais aimé la rencontrer.

— J'aurais aimé me souvenir d'elle.

— As-tu joué ainsi durant ton enfance, toi aussi ?

— Non, répondit-il en riant. Mon père ne m'a jamais autorisé à me mettre en danger. Il avait trop peur d'un accident, ou d'une occasion rêvée pour ses rivaux de faire croire à un accident. C'est tout juste s'il m'a laissé apprendre à me battre.

– Maître Shen a l'air de tenir à toi…

– Il tient surtout à ce que le pouvoir reste dans sa branche de la famille.

– Mais il te protège, il t'écoute.

– On peut dire cela, oui… Nous partons bientôt pour Hangzhou, veux-tu toujours nous accompagner ? Tu montes suffisamment bien pour ce voyage à présent.

– Ton père a accepté ? Vraiment ?

– J'ai laissé entendre que nous ne pouvions pas nous passer l'un de l'autre et que tu souhaitais découvrir de tes propres yeux les terres qui nous entourent. Je ne sais pas s'il était convaincu, mais il n'a rien dit. Après tout, il s'est choisi une bru d'un pays lointain, il doit bien s'attendre à quelques excentricités.

Je me mis à rire doucement. Soudain, mon regard fut attiré par des barques qui remontaient la rivière que nous suivions. Une troupe de Hakkas avançait au milieu du limon sans nous porter la moindre attention. Ruoyan ne les avait pas vus non plus. Je crois qu'il ne se serait pas davantage rendu compte de leur présence s'ils nous avaient coupé la route.

Au milieu du groupe, j'aperçus un visage rond que je reconnus pour être celui de Kai.

J'étais retournée plusieurs fois le voir lui et les petites en compagnie de Yexi et Xiaoli. Pour une raison que j'ignorai, il semblait m'apprécier, même s'il tolérait à peine mon garde du corps désigné. Xiaoli aurait dû être aussi peu la bienvenue, mais s'il était une chose que j'avais apprise depuis que je la connaissais, c'était qu'il était impossible de ne pas aimer Xiaoli.

Les filles du pêcheur, elles, nous adoraient tous les trois. Elles passaient leur temps à jouer avec mes robes et à se cacher entre les jambes de Yexi. La plus âgée des deux portait désormais la mèche de cheveux que je lui avais offerte dans un petit sachet de soie autour de son cou.

—Kai ! Kai ! criai-je en dirigeant ma monture vers les berges de la rivière, à la grande surprise de mon époux qui sembla soudain réaliser que nous n'étions pas seuls.

Il n'y avait que le pêcheur ce jour-là, aucune trace de ses deux filles. Sans un sourire — son visage laissait rarement transparaître la moindre émotion —, il quitta ses confrères pour venir à ma rencontre sur la rive. Je sentais la présence accusatrice de Ruoyan dans mon dos aussi n'osai-je me retourner et croiser son regard.

—Kai! Où étais-tu ? Je ne t'ai pas trouvé lors de ma dernière visite ! Et où sont les enfants ? Elles sont toujours à tes côtés…

– Les petites sont avec leur mère.

Kai était un homme de peu de mots. Néanmoins, pour une raison que nous ignorions tous deux, nous nous comprenions fort bien. Yexi, lui, devenait fou chaque fois qu'il essayait de tenir une discussion avec le pêcheur. Lorsque je ne les avais pas trouvés, au marché, je m'étais dit qu'il n'avait pas eu la main heureuse et qu'il avait préféré s'éviter un aller-retour en ville, mais je devinais en cet instant qu'il y avait plus.

– Que se passe-t-il ?

– Deux enfants ont disparu. Elles sont peut-être tombées dans la rivière.

– Êtes-vous en train de les chercher ?

– Depuis trois jours.

Ses yeux se voilèrent et il tourna la tête vers le reste des bateaux qui avaient continué leur chemin.

– Je ne devrais pas vous retenir… Avez-vous parlé à la milice ? Ils pourraient envoyer des renforts pour vous aider.

– La milice n'aide pas les gens comme nous. Rentre chez toi, Jade, et fais attention à ne pas marcher trop près de l'eau.

J'acquiesçai et le laissai rejoindre son clan. Il avait mieux à faire que de perdre du temps avec moi. Lorsque je me retournai, les yeux de Ruoyan s'étaient élargis sous le choc.

– Tu le connaissais, dit-il d'un ton accusateur.

Ce fut à cet instant que je réalisai que Yexi avait tenu sa promesse et gardé le secret sur ce que nous faisions durant nos escapades. Mon cœur s'emplit de gratitude pour le jeune homme. Cette fois, c'était ma faute si la vérité était mise à jour.

– C'est quelqu'un de bien, Ruoyan. Et ils sont en train de chercher leurs enfants, épargne-moi tes remontrances et respecte leur peine.

Il ne me répondit pas, mais je vis dans son expression qu'il entendait mener l'enquête. Je n'aurais souhaité être Yexi pour rien au monde.

– Rentrons, m'exclamai-je en lançant mon cheval au galop.

La vitesse me fit momentanément oublier tous mes soucis ainsi que ceux des pêcheurs. Le vent fouettait mon visage et le labyrinthe de cours d'eau défilait majestueusement sous mes yeux. Lorsqu'une tache éclatante envahit mon regard, je tirai soudainement les rênes de Colza.

Devant nous s'étalait une immense plaine de fleurs jaunes, similaires à celles qui avaient donné leur nom à ma jument. Leur couleur était si vive, si belle sous l'azur du ciel. Ce fut comme un coup à l'estomac. Je revis Henri, le bleu de ses yeux qui s'effaçaient uniquement derrière son magnifique sourire. Je nous vis tournoyer, nous battre, nous effondrer enlacés au milieu des fleurs dorées. Je crois que je me mis à pleurer.

Mais ce n'était pas douloureux. Ce n'était plus douloureux.

C'était comme si l'on m'offrait enfin la chance de dire au revoir.

Je restai silencieuse devant les fleurs pendant un temps interminable. Ruoyan vint se placer à côté de moi, mais ne fit pas le moindre commentaire. Il me laissa évacuer ma peine jusqu'à ce que je me mette à sourire au milieu de mes larmes. Alors il me prit la main et la serra entre ses doigts chauds pour m'indiquer qu'il fallait reprendre la route.

Deux jours.

C'est le temps qu'il lui fallut pour se procurer un parterre de ces fleurs qui ressemblaient aux plantes de mon enfance, et les faire installer dans le plus grand secret au pied du Pavillon aux Poissons.

CHAPITRE vingt-sept

UNE NOUVELLE DISPUTE éclata entre Ruoyan et moi pas moins d'une semaine plus tard. Au fond, je crois qu'il était presque rassurant de voir que nous avions toujours des sujets de désaccord.

— Tu n'es qu'un monstre ! Comment peux-tu te montrer aussi insensible ?

— Et tu n'es qu'une enfant gâtée, incapable de comprendre la portée de ce que tu demandes ! Ils ne voudront même pas de mon aide !

— Tu ne sais pas. Tu n'as jamais essayé. Aucun de vous ne l'a fait.

— Tu ne les connais pas…

— Je les connais mieux que toi !

J'étais retournée sur le marché à la première occasion après avoir rencontré Kai sur les chemins de campagne. Yexi m'avait accompagné en silence, même si je devinais à sa mine renfrognée qu'il avait été réprimandé par Ruoyan. Néanmoins, puisque mon époux n'avait pas été jusqu'à m'interdire de sortir, je n'avais pas pris la peine de changer mes habitudes.

Nous avions rejoint Kai et ses filles, naguère si insouciantes, aujourd'hui effrayées par leur ombre. J'avais appris ce qu'il n'avait pas voulu me dire le premier jour. Les deux enfants qui avaient disparu n'étaient pas tout à fait des enfants, mais des jeunes femmes âgées de quinze et seize ans, presque en âge d'être mariées.

Les hommes battaient la campagne, non dans le but de retrouver les restes d'enfants emportés par les eaux, mais dans l'espoir de découvrir des signes de lutte, un indice qui aurait pu les aider à comprendre ce qui s'était passé. Des jeunes femmes qui ont grandi sur des bateaux se font rarement entraîner par le courant. Le clan de Kai se raccrochait à cette idée avec l'énergie du désespoir. Un enlèvement avait encore des chances de trouver une issue heureuse.

À notre retour, je m'étais directement dirigée vers le bureau de Shen Bao, que mon époux occupait en son absence, pour lui demander de les épauler dans leurs recherches. Demander n'est sans doute pas le mot le plus approprié. Il est fort probable que, aveuglée par ma colère, je sois entrée avec fracas dans son étude pour lui ordonner de mettre ses hommes à disposition des Hakkas. Et s'il y avait bien quelque chose dont Ruoyan avait horreur, c'était de voir sa position remise en cause.

— Jade, écoute-moi. Quand bien même je verrais le bien-fondé de ta demande, la logistique d'une telle opération serait bien plus importante que ce que nous pouvons nous permettre. Mon père est parti avec sa garde, je ne peux pas laisser la maison sans protection.

— Shaoxing est-elle une ville en guerre pour que tu aies besoin de soldats sur tes talons ? Des hordes de bandits vont-elles se déverser sur la villa si tu envoyais quelques hommes aider les Hakkas ?

— Quelques ? Tu n'as aucune idée de ce que tu me demandes ! Ils n'ont aucune piste pour orienter les recherches, aucun indice pour se concentrer sur telle ou telle région. Quelques hommes n'y changeraient rien ! Il faudrait une armée ! Ou bien une chance incroyable. Et peut-être même que cela ne suffirait pas. Peut-être ces jeunes femmes se sont-elles enfuies…

— S'il n'y en avait eu qu'une, j'aurais pu le croire. Deux fugues, en même temps ? Quelle serait la probabilité d'une telle coïncidence ?

— La discussion est close. Je ne peux pas me permettre de participer à cette folie, j'ai du travail. Et mon père qui ne revient toujours pas... Je demanderai à la milice de garder un œil sur leurs réseaux habituels, cela te convient ?

— La milice ne se donnera pas cette peine, pas pour des Hakkas...

— Elle a peut-être ses raisons pour agir ainsi.

— Tu es un monstre !

— Tu me l'as déjà fait comprendre.

— Eh bien je me répète ! Comment peux-tu... Ruoyan, elles sont si jeunes ! Seize ans... Cela aurait pu être moi !

Cet argument sembla faire mouche, plus que tous les autres réunis. Le visage soudain crispé, il m'étudia d'un air triste. Je croisai les bras et me gardai bien de baisser les yeux ou de faire un pas en arrière. Il me fallait faire front. Maintenir ma position. Lui montrer que ce n'était pas un jeu pour moi.

— Il ne t'arrivera rien. Je te jure que tu es en sécurité ici. Tu n'as pas besoin de t'inquiéter pour...

— Ce n'est pas... Tu es impossible ! Je ne suis pas inquiète pour moi, je suis inquiète pour elles... Nous devons faire quelque chose !

— Je préviendrai la milice, je t'en fais le serment. Mais ma tâche s'arrête là. J'aimerais que tu me laisses à présent. Cette discussion ne mène nulle part et j'ai encore beaucoup de travail sur les bras.

Emportée par ma colère, je sortis dans un coup de vent sans demander mon reste.

Les concubines m'avaient invitée à prendre le thé en leur compagnie, aussi tournai-je d'un pas rageur vers les quartiers intérieurs pour retrouver Xiaoli et ses deux sœurs qui m'y attendaient. Je me forçai à leur sourire en m'installant sur le large fauteuil de bois couvert de coussins, mais mon visage était crispé. Comment pouvait-il agir ainsi ? N'avait-il donc aucune compassion ? Si c'était moi qui avais disparu, il se serait sans doute permis d'envoyer des soldats à ma recherche ! Pourquoi leurs vies étaient-elles moins importantes que la mienne ?

Une autre question qui me taraudait. Avais-je eu tort de lui tenir tête ? Allions-nous revenir à l'époque où nous nous ignorions à longueur de journée, Ruoyan et moi ? J'avais vu dans son regard une lueur qui n'était plus apparue depuis des semaines. Avions-nous fait un pas de géant en arrière ? Cela m'attristait bien plus que je n'aurais osé l'avouer.

— Jade ? Tu nous écoutes ?

— Xiaoli ? Pardon j'étais ailleurs…

— Comme toujours… On nous a demandé de t'accompagner au lac de Hangzhou !

— Vous venez ? Toutes les trois ?

— Le jeune maître a décidé qu'il ne serait pas convenable que vous y ailliez seule, répondit Guoying d'une voix froide. Cela ne correspondrait pas à votre statut.

— C'est une très bonne nouvelle.

J'avais espéré avoir l'air plus convaincue. Xiaoli fronça les sourcils. Elle me connaissait trop bien pour ne pas voir que quelque chose n'allait pas. Je ne lui avais pas encore parlé de la disparition des Hakkas, car avant ce jour je pensais qu'il ne s'agissait que d'un accident.

— Oh ! Le Lac de l'Ouest, n'est-ce pas ? gloussa Bing, la main déjà plongée dans le panier de gâteaux de riz que l'on venait de poser devant nous. J'ai eu l'occasion d'y assister à une représentation du Pavillon des Pivoines il y a quelques années…

— Vous avez également lu ce roman ? Changyin me l'a offert ! m'exclamai-je avec autant de ferveur que je le pouvais, ravie de détourner l'attention.

Xiaoli sourit, mais elle n'était pas dupe. Son regard me disait clairement qu'elle n'en avait pas fini avec moi.

— Si je l'ai lu ? C'est une question idiote, petite Jade. Il n'est pas une femme dans tout l'empire, qui ne l'ait lu.

— Pas une qui sache lire, en tout cas, renchérit Zhangyu en sirotant son thé.

Je fis de même, savourant le goût profond, presque fumé de la boisson ainsi que la douce chaleur, agréable alors même que l'été se rapprochait.

— J'ai eu du mal à comprendre l'attrait de certains passages, avouai-je. La réincarnation des protagonistes me perturbe tout particulièrement.

— L'amour de Lui Mengmei pour Du Liniang est tel qu'il défie toutes les lois qui nous relient à cette existence, répondit la Première concubine. Tenez, attendez, j'ai écrit quelque chose là-dessus.

Elle s'éloigna en marchant doucement, les hanches ondulant à cause de ses pieds bandés. Je laissais un sourire fleurir sur mes lèvres. Je n'aurais jamais pensé que Zhangyu, la femme sage et posée, pouvait également être une romantique dans l'âme.

Lorsqu'elle revint, elle me tendit un exemplaire de l'histoire, qu'elle avait couvert d'annotations concernant les sentiments des deux héros. Nous les parcourûmes du regard ensemble, puis Bing m'apporta les remarques qu'elle avait rédigées sur son propre livre. Elles en débattirent longtemps, chacune campant sur ses positions quand elles se trouvaient en désaccord.

J'avais décidé que j'adorais les étincelles que provoquaient leurs confrontations.

Plus tard, en sortant des quartiers des concubines, Xiaoli me tira sur la manche pour m'emmener à l'écart de ses sœurs. Elle me fixa de ses yeux si innocents et attendit avec toute la patience du monde que je prenne enfin la parole.

— Ce n'est pas que je ne voulais pas te le dire… commençai-je maladroitement.

— Mais tu ne l'as pas fait.

— Tu n'es pas venue avec Yexi et moi au marché ce matin.

— Madame Oh ne nous a pas laissées partir. Tu es retournée voir Kai ?

— Il y a eu un enlèvement. Deux jeunes filles ont disparu il y a quelques jours. Et elles ne sont jamais rentrées.

— Un accident ?

— C'est ce que je pensais aussi. Et c'est pour cela que je ne t'en avais pas parlé. Mais ce matin, Kai était très nerveux, et les petites étaient effrayées par tout ce qui bouge. Il y a eu des rumeurs…

— Auraient-elles été enlevées ?

— C'est mon impression, oui.

— Que comptes-tu faire ?

— J'ai essayé d'en toucher un mot à Ruoyan. Je lui ai demandé d'envoyer des hommes pour aider les recherches, mais il a refusé.

— Ah. Je comprends mieux ton expression de tout à l'heure. Tu t'es de nouveau disputée avec lui, n'est-ce pas ?

Je jetai un coup d'œil gêné autour de nous pour vérifier que nous n'étions pas épiées, mais cela n'aurait pas fait grande différence. Nous parlions en français, comme chaque fois que nous étions seules.

— Comment peut-il agir ainsi. N'a-t-il donc pas de cœur ?

— Il ne peut pas mettre la villa en danger pour l'espoir de…

— En danger ? En danger de quoi ? De qui ? Il ne sort jamais sans son escorte, et je sais qu'ils sont aux portes de notre salon lorsqu'il dîne avec moi. De quoi a-t-il si peur ? Quand j'ai posé les pieds dans cette maison, j'ai cru qu'il s'agissait d'une démonstration de force. J'ai cru que lui et son père jetaient de l'argent par les fenêtres dans le but de montrer à tout le monde qu'ils en étaient capables. Et tu sais quoi, cela ne me surprenait même pas ! Mais aujourd'hui, je ne suis plus si sûre. J'ai l'impression qu'il a vraiment peur de quelque chose. La famille Shen est-elle si peu digne de confiance ? Ils étaient tous présents lors du mariage. Si quelqu'un avait voulu nous éliminer, il aurait suffi d'empoisonner le vin ou autre chose.

— Sans doute la cérémonie n'était-elle pas le meilleur moment. Il y aurait eu trop de témoins, tous les invités auraient été suspects. Peut-être que la personne qui les menace est restée silencieuse pour sa propre sécurité.

— Parfois, je me demande s'il ne fait pas que projeter les craintes de son père. Il a grandi en entendant chaque jour qu'il devait faire attention à ne pas se blesser, qu'on essayerait de le tuer s'il sortait sans escorte. Si l'on t'avait répété ces mots à longueur de journée pendant ton enfance, peut-être les tiendrais-tu pour vérité également, tu ne penses pas ?

— Es-tu en train de dire que son père a fait de lui un lâche ? demanda-t-elle en souriant. Tu as de la chance que je sois de ton côté Jade, il n'apprécierait pas de savoir que tu profères de telles paroles.

— C'est toi qui l'as dit, ripostai-je en la bousculant gentiment tandis que nous reprenions le chemin de mes quartiers à la suite des aînées Li. Ce que je voulais vraiment dire, c'est qu'il n'ose pas prendre de risque. Il a appris toute sa vie à calculer l'option qui présenterait le moins de danger pour sa personne ou ses biens. Et cela, j'en suis persuadée.

— Ce n'est pas une si mauvaise chose.

— Il fait le choix de la facilité et se réfère à son père pour toutes les décisions difficiles. En quoi est-ce une bonne chose ?

— Même si Shen Bao était là et qu'il éprouvait de la pitié pour ces enfants, cela ne réglera pas le problème de laisser la villa sans protection pour une affaire presque sans espoir.

— Sans protection ? Je ne suis toujours pas convaincue qu'il y ait le moindre danger ! Si quelqu'un souhaitait notre mort ne penses-tu pas que Ruoyan m'interdirait de sortir à ma guise ? Je quitte le domaine dès que je le veux, accompagnée seulement de Yexi et toi ! Il ne ferait pas le poids face à un groupe d'assassins ou une rixe de rue.

À ma grande surprise, Xiaoli éclata de rire. Je fronçai les sourcils, perturbée par cette exubérance soudaine de la part de ma timide petite Li.

— Tu ne sais pas, renifla-t-elle. Si tu oses parler ainsi, c'est que tu ne sais pas…

— Je ne sais pas quoi ?

— Ce n'est pas un hasard si Ruoyan a affecté Yexi à ta protection. Cela prouve même qu'il est prêt à prendre des risques. Après tout, Yexi le protégeait lui, avant.

— Yexi ? Je ne doute pas qu'il sache se battre, mais ce n'est qu'un enfant au regard du reste de la garde.

— Yexi a grandi dans un monastère, un temple de moines guerriers. Je peux t'assurer qu'il est plus doué que son allure ne le laisse penser. Je dirais même que le reste des soldats n'a aucune chance face à lui !

— Luo Yexi ? Parlons-nous du même Yexi ? Il est si… si…

— Joli ? Oui ! répondit-elle en s'esclaffant.

— J'ai du mal à le croire.

— Viens le constater par toi même dans ce cas. Ils s'exercent à l'aube, dans la cour extérieure. Il m'est déjà arrivé d'aller les regarder, pendant que tu te prélasses dans tes draps le matin… Ton époux participe à l'entraînement parfois, tu sais. Et il n'est pas si mauvais que ça !

Ainsi me retrouvais-je, pas plus tard que le lendemain, levée avant même l'aube afin d'être présentable quand je partirai observer ce fameux entraînement.

Je ne sais pas si je l'ai suffisamment répété, mais j'ai toujours abhorré me réveiller tôt. Durant mon enfance, Mathilde, ma chère nourrice, avait recours à des stratagèmes plus machiavéliques les uns que les autres pour me faire sortir du lit. C'était donc fort surprenant de me voir debout à cette heure impie.

La curiosité était telle que je m'étais levée de moi-même, et là était le véritable miracle.

Xiaoli me fit traverser le pavillon central au moment où le ciel s'éclaircissait. De l'autre côté, une dizaine de soldats s'exerçaient, torse nu, à même la terre battue. Les lueurs du matin mettaient en évidence leur peau couverte de sueur, malgré la fraîcheur de la nuit qui tardait à disparaître. Cette vision avait quelque chose de gênant. À la fois vulgaire, et terriblement excitant. Comme si je bravais un interdit.

Mon apparition fit naître des murmures qui se répandirent en vagues dans l'enceinte des murs. Les uns après les autres, ils passèrent une chemise sur leur dos. Tous, sauf un. Un, plus grand, aux épaules plus larges que la majorité de ses pairs. Un, que je connaissais fort bien.

Ruoyan détonnait comme un saphir au milieu de la fange. Il portait un pantalon bouffant de coton bleu nuit, dont je savais même à cette distance qu'il était de la meilleure facture et qu'il avait coûté cher, l'indigo étant une couleur des plus difficiles à reproduire. Ses bottes en cuir étaient serties de perles de nacre, à présent maculées de terre. Il avait laissé ses cheveux défaits et lorsqu'il se retourna pour me toiser avec confiance, je frémis. Avec sa large mâchoire anguleuse et ses traits durs, il ressemblait à un ange déchu.

Nos regards s'accrochèrent par-delà le groupe et nous restâmes immobiles un long moment. Persuadée qu'il allait m'ordonner de partir, je me demandai sérieusement si j'oserais lui désobéir devant tous ses hommes. Puis il me fit un signe discret de la tête avant de reprendre le cours de ses exercices. Je relâchai le souffle que je n'avais pas réalisé avoir retenu.

J'étais venue pour observer Yexi, découvrir la vérité sur les prouesses que m'avait vantée mon amie, mais je dois avouer qu'il m'était difficile de détacher les yeux de mon époux. Les joues rouges, balayée par un sentiment de nervosité, j'étudiais sans un mot les muscles jouer sous sa peau tandis qu'il paraît et portait sans cesse de nouvelles attaques. Il se mouvait avec fluidité, comme un animal sauvage sur le point de se jeter sur sa proie. Un prédateur. Je surpris le sourire de Xiaoli qui me dévisageait du coin de l'œil.

Vint finalement le moment où Yexi se présenta devant mon époux et le salua, à la manière dont le font les hommes de ce pays. Les gardes s'étaient arrêtés et avaient formé un attroupement autour des deux duellistes qui se jaugeaient en décrivant un vaste cercle. Leurs épées étaient larges et plus courtes que les élégantes rapières avec lesquelles j'avais parfois vu mon frère s'entraîner en France. Il s'en dégageait une impression de force brute.

Sur un signe invisible — qui n'était sûrement invisible que pour moi —, les deux hommes s'élancèrent l'un sur l'autre exactement au même instant. Les épées bougeaient si vite que mon œil avait du mal à suivre. Ruoyan avait l'avantage de la taille, mais Yexi était agile et beaucoup plus rapide. Malgré la finesse de ses muscles, ses coups ne manquaient pas de force. Il virevoltait autour de son adversaire, plus léger que l'air. Je commençai à comprendre les allégations de Xiaoli.

Ils continuèrent ainsi pendant quelques minutes, puis d'une passe habile, Yexi renversa mon époux à terre et lui porta l'épée à la gorge. Je retins mon souffle. Ruoyan était fier, je ne savais pas quelle serait sa réaction après avoir été vaincu devant ses hommes. Mais mes craintes n'avaient pas lieu d'être. Sous mes yeux ébahis, il attrapa le bras tendu de Yexi et se redressa en riant avant de l'attirer dans une embrassade virile.

Je fus forcée de réaliser, alors que les rires gagnaient peu à peu le reste de l'assemblée, qu'une forte amitié semblait lier les deux hommes. Ils ne se comportaient pas comme un jeune noble et son garde du corps, mais plutôt comme des frères. Et avec cette prise de conscience, la curiosité pointa aussi le bout de son nez. Peut-être Xiaoli saurait-elle comment la route du moine avait pu croiser celle de l'héritier fortuné.

CHAPITRE vingt-huit

AU JOUR DU départ pour le Lac de l'Ouest, nous étions encore sans nouvelles de Shen Bao et Changyin. Ils avaient décidé de s'attarder chez leur ami, qui les avait amenés vers une destination inconnue en ne laissant aucun message derrière lui.

Nous partîmes donc sans les attendre, entourés d'une garde deux fois plus grande que notre petit groupe, car Ruoyan craignait toujours une atteinte à ses jours. Lorsque je vis la troupe patienter dans la cour, je me fis violence pour ne pas faire de remarque désobligeante. Hangzhou n'était même pas à trois jours de voyage, de quoi avait-il peur ?

La route nous conduisit au milieu de collines verdoyantes, le long de rivières dont les flots tourbillonnants se jetaient sur des rochers acérés. Le ciel de ce début d'été était d'un bleu limpide parcouru de nuages d'un blanc cotonneux. La forêt et les prairies s'étendaient aussi loin que portait mon regard, à flanc de montagne et dans les vallons ombragés. C'était un véritable océan de verdure, ondulant au gré du vent et des nuées qui passaient devant le soleil, créant çà et là des taches un peu plus sombres.

J'étais saisie d'admiration devant l'immensité et la profonde sérénité de ce décor. À part notre modeste troupe et les rapaces qui tournoyaient dans le ciel, rien ne venait déranger le calme séculaire de ces lieux.

Ruoyan ne m'avait plus adressé la parole depuis notre dispute au sujet des enfants Hakkas, et sa présence me manquait. En quelques semaines à peine, il avait réussi à devenir un élément important de mes journées.

J'essayais de garder la tête haute, mais mon regard s'attardait souvent, presque malgré moi, sur sa silhouette élégante. J'aurais voulu le voir se retourner dans un sourire, j'aurais voulu qu'il m'invite à chevaucher à ses côtés. Mais il n'en faisait rien et ma frustration s'accumulait avec chaque heure qui s'écoulait.

Il n'y eut nulle attaque sur les chemins de l'Empire Ming, et je n'aurais su dire si mon époux était rassuré ou surpris. Peut-être était-ce la première fois qu'il s'aventurait aussi loin de chez lui sans la présence pleine d'autorité de son père à ses côtés. Ou peut-être n'était-ce pas le cas et Ruoyan avait de bonnes raisons d'avoir peur. Je l'ignorais. Mais alors que le temps passait, il commença à se détendre. Je pouvais le voir discuter avec les gardes de façon plus ouverte et plus calme. Il ressemblait de nouveau à l'homme que j'avais découvert dans l'intimité de nos quartiers.

Je brûlais de l'envie incompréhensible de le tirer par le bras pour le forcer à croiser mon regard, le forcer à se rappeler ma présence. Ce désir d'être le centre de son attention était à la fois étrange et familier. Familier, parce qu'il m'évoquait l'enfant orgueilleuse que j'avais été, celle qui aimait être adulée et se débrouillait toujours pour être l'héroïne des jeux auxquels elle participait. Étrange, car c'était Ruoyan, et j'avais passé trop de temps à le craindre pour m'expliquer ce soudain besoin.

Le Lac de l'Ouest est une immense étendue d'eau flanquée de montagnes verdoyantes, qui borde la ville de Hangzhou. D'un côté, dans les hauteurs, se succèdent des dizaines de villas plus splendides les unes que les autres, des temples richement décorés grâce aux dons de la noblesse et des chemins secrets qui sillonnent les collines pour vous délivrer aux pieds de ruines antiques recouvertes de mousse. De l'autre côté du lac, la cité résonne de chants et de rires, et les maisons de thé qui longent les rives sont pleines à toute heure du jour et de la nuit.

Shaoxing est une ville magnifique, un endroit qui reste très cher à mon cœur, malgré toutes les épreuves que le destin s'est employé à mettre sur ma route. Shaoxing, d'une certaine façon, est mon foyer.

Mais Hangzhou…

Comment décrire la beauté, la divinité sacrilège de ce lieu ? Lorsque mon regard se posa pour la première fois sur les petites barques qui sillonnaient le lac, sur les millions de joyaux que le soleil réfléchissait à la surface de l'eau, je sentis les larmes me venir aux yeux.

L'espace d'un battement de cœur, j'en oubliais jusqu'à ma dispute avec Ruoyan, contente de profiter de chaque seconde, d'être là, en cet instant, devant un spectacle d'une telle simplicité qu'il en devenait grandiose. J'étais si absorbée par le paysage que je ne réalisai pas que je m'étais arrêtée.

— Jade ? m'appela une voix masculine, me ramenant brutalement à la réalité.

Ruoyan avait fait demi-tour, prévenu par les soldats qui hésitaient entre m'attendre et continuer leur route. En découvrant ses yeux noirs rivés aux miens, je fus emplie d'un tel soulagement que j'eus envie d'immortaliser cet instant. Il me *voyait*. Une chaleur se répandit dans ma poitrine et je sentis un sourire naître sur mes lèvres.

À mon grand malheur cependant, je ne devinai nulle trace, dans son expression, de l'amitié que nous avions commencé à développer. Il se dégageait de lui une apathie glacée qui me rappelait les premiers mois que j'avais passés en Chine.

— Le lac est-il à ton goût ? demanda-t-il malgré tout d'un ton poli.

— On dirait une peinture, répondis-je en rougissant. J'ai l'impression d'être dans une peinture.

— Nous devons avancer. Je souhaiterais arriver assez tôt pour m'enquérir de la venue de mon père. Ne nous attardons pas ici.

— D'accord.

Mais il ne bougea pas et moi non plus. Je me languissais de la fluidité avec laquelle nous parlions avant notre dispute. Pourquoi avais-je donc été lui jeter toutes ces insultes au visage ? Je l'avais pratiquement traité de lâche, lui qui cultivait son image avec tant d'effort. Je me mordis la lèvre, sur le point de faire quelque chose que je n'avais jamais fait jusqu'alors.

— Ruoyan, je... Je suis désolée.

Il leva un sourcil et me dévisagea sans un mot.

— Je suis désolée de t'avoir dit toutes ces choses, repris-je, je sais que je t'ai blessé, ce n'était pas mon intention. Je ne voulais pas... Je...

Ses yeux me vrillaient avec une telle intensité que mes paroles se dérobèrent complètement aux rênes de mon cerveau.

— Je ne suis toujours pas d'accord avec toi !

Immédiatement, je me mordis la lèvre. Il avait fallu que je recommence... Pourtant, à ma grande surprise, je vis mon époux se détendre et laisser échapper un rire que je n'avais pas entendu depuis longtemps. Depuis trop longtemps.

Le nœud dans ma gorge fondit instantanément et mon cœur s'affola devant un constat étrange.

J'aimais ce son.

— Viens, Jade. Rejoignons les autres. Je voudrais pouvoir répondre à au moins une invitation avant le coucher du soleil.

— Pourrais-je te suivre ?

— Il vaudrait mieux que tu restes en ville. Yexi pourra t'accompagner si tu le souhaites, il y a beaucoup d'endroits que tu aimeras visiter.

— Pendant toute la semaine ?

— Mon père s'est débrouillé pour nous faire convier dans toutes les grandes maisons de la région. Et quelque chose me dit qu'il leur a parlé de toi. Mais il n'est pas là aujourd'hui. Je préfèrerais que tu restes à l'abri, pour le moment. Jusqu'à ce que je sache ce qu'il leur a dit, exactement.

Je comprenais. Ruoyan n'aimait pas faire étalage de ma différence comme un sujet de convoitise devant ses concitoyens.

Et je lui en savais gré, croyez-le bien. Mais une partie de moi était triste d'être privée de toutes les festivités auxquelles nous avions été invités.

L'hôtel particulier que nous avions loué n'était guère plus qu'une bâtisse rectangulaire, l'unique pièce au rez-de-chaussée faisant à la fois office de salle de vie et de cuisine tandis que le premier étage était réservé pour le maître. Un petit groupe de servantes et de valets s'activa à installer nos coffres dans nos quartiers.

Je les suivis, sentant derrière moi la présence de mon époux à la chaleur qu'il dégageait. Les escaliers de bois vernis nous conduisirent dans un espace propre et aéré constitué d'un bureau, d'un paravent qui protégeait une cuve pour le bain, d'une paire de fauteuils à l'aspect confortable et d'un grand lit. Son sommier sombre tranchait avec les murs blancs, et des voiles parme accrochés aux poteaux s'agitaient sous la brise de la fenêtre ouverte.

Un seul lit.

Je jetai un coup d'œil timide à Ruoyan, mais il ne m'adressa pas un regard tandis qu'il disposait ses affaires et ordonnait que l'on prépare sa toilette. Les trois servantes obéirent promptement, apportant baquet après baquet d'eau chaude et dépliant le paravent ouvragé. L'une d'elles s'approcha de mon époux et s'attela à défaire le chignon qui emprisonnait ses cheveux. Elle passa ensuite la main sur la tunique pour l'aider à s'en débarrasser.

Je sentis mon visage s'enflammer et sortis précipitamment de la pièce, les yeux rivés sur le plancher pour ne pas croiser son regard.

Xiaoli m'attendait dans le salon, attablée avec ses sœurs. Je pris place à leur côté en essayant de calmer les battements affolés de mon cœur.

— Tout va bien, Jade ? fit Xiaoli en chinois, pour ne pas exclure les autres de notre conversation.

— Oui, je… J'ai juste besoin d'un peu de temps. Pourrais-tu demander du thé ?

— Les domestiques sont en haut, je vais t'en préparer moi-même.

Les domestiques étaient en haut, en effet. En train de déshabiller mon époux. Ma respiration se fit de nouveau saccadée. Avait-il toujours des femmes pour lui retirer ses vêtements pour sa toilette ? Je ne m'étais jamais posé la question jusqu'alors, mais, étrangement, j'étais incapable de penser à autre chose à présent.

Lorsque Xiaoli remplit une tasse devant mes yeux, je ne la vis même pas.

— Vous sentez-vous mal, madame ? demanda Guoying, d'un ton si emprunté que je sursautai.

— Non, non, il fait plus chaud et humide qu'à la maison, voilà tout. Ce doit être le lac, ou quelque chose comme ça.

Il aurait fallu être aveugle pour ne pas remarquer le sourire qui avait étiré les lèvres de Xiaoli quand j'avais utilisé le terme maison pour décrire la villa Shen. Et même un aveugle l'aurait entendu dans sa voix lorsqu'elle reprit la parole :

— Souhaitez-vous souper dans vos quartiers ? La nuit ne va pas tarder à tomber.

— Où dormirez-vous, toutes les trois ?

— Il y a une petite dépendance, juste derrière, pour les domestiques.

— Oh, je vois.

Cela voulait dire que je ne pouvais pas les accompagner. Comment aurais-je pu leur avouer que j'aurais préféré dormir sur le sol plutôt que de retourner dans les appartements où attendait mon époux ?

Durant les jours qui suivirent, Ruoyan partagea la table de nombreux fonctionnaires, certains parmi les plus influents de la région. À son retour, il me trouvait généralement endormie dans le fauteuil qui jouxtait le bureau verni, protégée par le paravent que j'avais déplacé à mains nues.

J'avais espéré que mes excuses dans la vallée feraient fondre la glace qui s'était installée entre nous, mais j'avais eu tort. Ruoyan était toujours distant. Certes, il me saluait poliment et répondait quand je lui posais des questions, mais quelque chose avait définitivement changé entre nous. J'en pris vraiment conscience un matin, quelques jours après notre arrivée. Malgré une nuit des plus inconfortables, je descendis dans le salon plus tôt que j'en avais l'habitude, découvrant Ruoyan en train de discuter de la journée avec Yexi.

— Quand rentreras-tu ? demandai-je à mon époux, le voyant sur le départ.

— Tard. J'ai été invité à une pièce de théâtre.

J'avais très envie de l'accompagner, mais il m'avait déjà dit non une fois et ma fierté m'empêchait de le supplier.

— J'ai prié Yexi de te tenir compagnie jusqu'à mon retour, reprit-il en désignant son compagnon.

Ce dernier avala nerveusement sa salive et s'inclina avant de disparaître par la porte. Je le regardai faire, surprise. Il n'avait jamais été mal à l'aise en ma présence, plus depuis le tout premier jour où nous nous étions rencontrés.

Ruoyan s'apprêtait à le suivre quand je me saisis de sa manche. Ses yeux se posèrent sur mes doigts avant de remonter doucement vers mon visage. Immédiatement, je sentis mes joues s'enflammer et relâchai précipitamment le tissu.

— Ne… Ne puis-je vraiment pas venir avec toi ? J'aimerais bien assister à une pièce de théâtre.

— Non, il ne vaut mieux pas.

— Ruoyan…

Et voilà que je me mettais à supplier. Je me mordis la lèvre pour m'empêcher d'en dire davantage. Les yeux baissés, je vis distinctement sa main s'approcher de moi, hésiter un instant entre nous puis retomber mollement à ses côtés. J'étais incapable de comprendre l'origine de cette gêne qui s'installait chaque fois que nous étions seuls, incapable de comprendre pourquoi je ne parvenais plus à lui tenir tête comme avant.

Puisque mon époux était si souvent absent, je pris l'habitude de visiter Hangzhou, dissimulée sous ce maudit voile qui me suivait comme mon ombre. Yexi et les sœurs Li m'accompagnaient, parfois en fiacre et parfois à pied le long des ruelles pavées. Nous passions d'agréables journées, sur les rives du lac, dans les jardins ou en rendant hommage aux temples locaux.

Mais tout bascula le quatrième jour.

C'était un début de soirée comme les autres, nous faisions route vers le coche qui devait nous ramener à notre hôtel lorsque j'aperçus une silhouette familière remonter l'avenue.

J'aurais reconnu Ruoyan n'importe où.

Il était élégant lorsqu'il marchait, remarquai-je distraitement, élégant et imposant, dépassant la foule de plusieurs pouces. À peine cette pensée avait-elle fait irruption dans ma tête que je l'en chassai avec détermination.

Accompagné d'un groupe bien habillé, il s'arrêta au croisement d'une ruelle le temps d'échanger quelques mots avec un vendeur puis continua, se dérobant à ma vue.

— Allons-y, murmurai-je, à la fois dépitée et soulagée qu'il ne nous ait pas aperçus.

Mais l'expression sur le visage de Yexi me pétrifia. Il était gêné, comme s'il aurait souhaité être à des lieues d'ici. Guoying, elle, arborait un sourire qui me fit froid dans le dos.

Je me retournai d'un air curieux en me demandant ce qui m'avait échappé. La ruelle était calme et des lanternes rouges s'y balançaient au gré du vent. Des passants y entraient et en sortaient d'un pas rapide, mais pas suspicieux pour autant.

— Que se passe-t-il ? l'interrogeai-je. Pourquoi es-tu…

— Rentrons, implora le jeune homme. La nuit ne tardera pas à tomber et je préférerais vous savoir à l'abri.

— Il se passe quelque chose… Pourquoi ne dis-tu rien, Guoying ?

— Madame, je n'oserai pas ! s'exclama-t-elle d'un ton mielleux. Ne me demandez pas, par pitié !

Au final, ce fut elle qui me mit sur la voie. L'air triomphant dessiné sur ses traits était presque écœurant. Guoying ne me tenait pas en haute estime, elle n'avait jamais fait beaucoup d'efforts pour prétendre le contraire. J'avais renoncé depuis longtemps à comprendre les détails de sa rancœur, mais cela ne la rendait pas plus agréable à mon égard.

— Qu'y a-t-il dans cette rue ? demandais-je d'une voix que j'espérai détachée et je vis Yexi sursauter.

C'était donc ça.

— Dis-moi, soldat.

— Madame…

— Je te l'ordonne.

— Rentrons…

Il regarda frénétiquement autour de lui, mais personne ne nous portait la moindre attention.

— Yexi ?

— Ce sont des maisons de thé, avoua-t-il finalement d'un air penaud. Les lanternes rouges… C'est le quartier des plaisirs.

CHAPITRE vingt-neuf

UN BORDEL.

J'AVAIS plus ou moins deviné.

Voilà qui expliquait la bonne humeur de Guoying. Rien n'aurait pu la satisfaire davantage que de me voir écartée.

— Peut-être qu'ils ne font que la traverser, commença Xiaoli, d'un ton hésitant. Peut-être…

— Partons, la coupai-je.

Ils me suivirent jusqu'à la voiture qui nous ramena à la maison et pas une parole ne fut prononcée.

Plus tard, lorsque Ruoyan se décida finalement à rentrer, il me trouva endormie, seule dans le grand lit. Je m'y étais allongée par provocation, dans le but de l'attendre et de le confronter, mais Morphée avait fini par remporter cette manche. Ce n'est qu'en entendant le parquet de bois grincer sous son poids que je revins à moi, toute trace de somnolence envolée. Je pris soin de ne pas me retourner, me gardant bien de montrer le moindre signe de mon réveil. Il s'arrêta au pied du lit, et je fus enveloppée d'une odeur d'alcool et de fleur qui me donna la nausée. Comment osait-il s'approcher de moi, comment osait-il me regarder dormir alors qu'il sortait de leurs bras à elles ?

Je fus prise d'un accès de violence qui me surprit. J'avais envie de me retourner et de crier, de le gifler, de tirer ses cheveux magnifiques. Sans un mot, je ravalai ma colère et serrai les poings sous le drap en priant pour qu'il ne s'en aperçoive pas.

— Monsieur l'appela une jeune servante dont j'ignorai le nom. C'est prêt. Avez-vous besoin…

— Chhh…

Le parfum écœurant s'atténua. J'en déduisis qu'il avait rejoint la cuve. La tentation de jeter un coup d'œil était forte, j'y résistai aussi longtemps que je le pus. Mais j'ai déjà eu bien des occasions de le souligner, la curiosité et moi sommes de vieilles connaissances.

Il me tournait le dos. C'était la bonne nouvelle. Il se tenait à une distance raisonnable du lit et faisait face aux servantes qui l'aidaient à se débarrasser de sa tunique.

Et cela, c'était la mauvaise nouvelle. J'observai malgré moi, les yeux écarquillés, le tissu couler sur sa peau, libérant de larges épaules auxquelles les lanternes disposées dans la pièce donnaient des reflets d'or. Ses cheveux soyeux tombaient librement dans son dos, aussi souples et brillants qu'un rideau de soie noire. J'étais incapable de détourner le regard de ses jambes longues et fuselées qui s'élevaient sans défaut jusqu'à un postérieur… Jusqu'à son postérieur.

Je réalisai soudainement que j'étais en train d'espionner un homme nu et laissai échapper un petit cri. Embarrassée, je rabattis le drap sur ma tête, mais il était trop tard pour étouffer le bruit. Il avait dû m'entendre. Comment pouvait-il en être autrement ? Il savait que je ne dormais pas.

S'était-il retourné ? Je n'étais pas assez suicidaire pour le vérifier. Il procéda à ses ablutions, puis quitta la salle sans prononcer le moindre mot. Et pendant tout ce temps, je m'enfonçai de plus en plus au milieu des couvertures, pétrifiée à l'idée qu'il m'appelle ou vienne me rejoindre.

Je finis par retomber dans le sommeil et lorsque je m'éveillai de nouveau, le soleil brillait au travers des rideaux. Il n'était nulle part dans la maison. La journée passa dans un nuage. Je n'arrivais pas à penser à autre chose qu'à mon époux et dès que je fermais les yeux, l'image de sa veste glissant le long de son dos s'imprimait derrière mes paupières.

Je continuai à tourner comme un animal en cage jusqu'à la tombée de la nuit, la tête pleine de questions dont je n'étais pas sûre de vouloir connaître les réponses. Peut-être devais-je attendre. Peut-être à son retour pourrions-nous avoir une discussion sensée.

Peut-être devais-je me montrer patiente.

La patience n'a jamais fait partie de mes qualités.

Je finis par attraper un manteau à large capuche et descendis les marches d'un pas décidé, à la recherche de quelqu'un pour m'escorter en ville. Yexi n'était pas là ce soir. Je ne pus m'empêcher de me sentir trahie, qu'il ait accompagné Ruoyan dans une maison close alors qu'il se prétendait mon ami.

La porte de notre hôtel était surveillée par deux hommes en train de graisser la surface de leurs armes. Ils se levèrent brusquement à mon approche et eurent la grâce de baisser la tête d'un air gêné.

— Où est votre maître ? leur demandai-je sèchement.

— Madame, je...

— Vous savez où il se trouve, ne jouez pas les innocents. Emmenez-moi jusqu'à lui.

— Ce n'est pas un endroit pour une dame...

— Peu m'importe. Je vous ordonne de m'y conduire. J'irai sans vous si vous ne le faites pas.

Devant leur silence, je fis mine de passer la porte et ils se mirent sur mon chemin, indécis.

— Mon mari vous a-t-il demandé de me garder enfermée ?

— Non, madame.

— Vous a-t-il demandé de restreindre mes mouvements ?

— Non madame, juste de nous assurer que vous étiez toujours accompagnée.

— Bien. J'ai un message, je vous ordonne donc de m'emmener où il se trouve. Si vous ne le faites pas, je serai obligée de le chercher seule, et vous serez tenus pour responsables s'il m'arrive quelque chose. Alors, partons. Sur-le-champ.

Leur respect pour ma position ne leur permettait pas de m'accuser de mensonge. Ils n'avaient donc pas vraiment d'autre choix que d'obéir, même si la désapprobation était visible dans leurs traits fatigués.

L'un d'eux fit appeler un coche, avec autant de mauvaise volonté qu'il osait me témoigner. Ils me conseillèrent également de me couvrir le visage, ce que je fis sans protester. Xiaoli voulut m'accompagner, mais je lui ordonnai de rester. Je ne me sentais pas de partager ce qui suivrait avec quiconque, pas même avec elle.

Le quartier dans lequel nous nous étions arrêtés était immaculé, les maisons vastes et bien entretenues. J'avançai lentement sur les pavés réguliers, faisant des efforts pour réconcilier ce que je voyais avec ce que je m'étais imaginé des bordels, des établissements lugubres où des hommes sans scrupule venaient s'adonner à la luxure dans la crasse et le vin.

La voiture nous avait abandonnés devant une propriété qui n'avait rien de sale ou de sombre. Éclairée par une nuée de lanternes rouges qui se balançaient au-dessus de la porte majestueuse, elle était même bien plus luxueuse que la résidence où nous avions posé nos valises pour la semaine.

— Ils ne vous laisseront pas rentrer, madame, tenta maladroitement mon garde du corps.

— Dites-leur que je suis attendue par Shen Ruoyan. Une femme de plus ne fera pas de différence non ?

— C'est que… répondit-il en me détaillant d'un air incertain.

Je poussai un soupir et, écartant mon manteau, je me débarrassai de ma veste de soie brodée sous les cris de surprise de mon escorte. La camisole d'été que je portai sous ma large jupe me couvrait à peine la poitrine, serrée d'une manière qui ne laissait rien à l'imagination. Je rajustai ensuite ma cape afin de cacher mon visage dans l'ombre de son ample capuche. Les yeux de mes gardiens semblaient prêts à sauter hors de leur orbite d'un moment à l'autre.

Ils devaient regretter ne pas m'avoir attachée dans le salon.

Je n'aurais pas pu le leur reprocher, d'ailleurs. J'étais la première à avouer que je prenais généralement des décisions absurdes sous le coup de la fureur.

— Cela sera-t-il suffisant, messieurs ? Ou bien se promènent-elles nues à l'intérieur ?

Le visage cramoisi, l'un deux fit résonner l'imposant heurtoir et annonça la venue d'une demoiselle pour messire Shen. La réponse tarda quelques instants et je réalisai que j'étais en train de retenir mon souffle. Je priai qu'on nous dise qu'il n'était pas là, que tout cela n'était qu'un malentendu. Malheureusement, la porte finit par s'ouvrir et je fus introduite à l'intérieur.

Baignant dans une lumière rougeâtre, l'air du couloir était lourd de multiples parfums de femme ainsi que d'une odeur capiteuse que je devinais être de l'opium. En passant devant une arche d'où s'échappaient des mugissements, je ne pus m'empêcher de jeter un coup d'œil dans la pièce. Un groupe d'hommes, réunis autour de larges tables de bois, se livrait à un jeu de cartes animé en riant bruyamment au milieu de verres d'alcool qui n'en finissaient pas de se remplir.

Non loin de là, des femmes dansaient devant un public hilare, vêtues de quelques voiles transparents à côté desquels ma tenue semblait des plus convenables. Je remarquai des couples dans une alcôve, ainsi qu'une masse humaine mouvante dont j'aurais eu du mal à deviner le nombre de participants. Je remerciai le ciel lorsque mon guide dépassa l'attroupement sans ralentir et continua sa route le long d'un bel escalier sculpté. L'étage était plus calme, mais j'entendais tout de même des gémissements provenir de derrière les tentures.

La matrone s'arrêta devant une porte coulissante et s'inclina ostensiblement, comme si les clients pouvaient la voir au travers du papier tendu.

— Messire Shen, votre invitée est arrivée.

Elle tira le battant. Je pris une longue inspiration, les jambes tremblantes. Il était trop tard pour revenir en arrière désormais. La majeure partie de l'espace était occupé par une table basse derrière laquelle quatre hommes partageaient ce qui avait dû être un impressionnant repas. Une courtisane jouait du luth dans un coin de la pièce tandis que d'autres, plus ou moins vêtues, s'assuraient que les verres n'étaient jamais vides. Je sentis les regards se tourner vers moi, remonter lentement le long de mon corps et s'attarder sur ma poitrine à moitié dévoilée par mon sous-vêtement.

Moi en revanche, je n'avais d'yeux que pour l'homme en bout de table. Ruoyan était confortablement installé sur des coussins de soie et riait, le bras tendu vers la coupe que lui offrait une jeune femme assise sur ses genoux.

Une brume rouge envahit ma vision, noyant d'un seul coup le reste de la salle. Je suivis attentivement la main qui jouait avec le décolleté de la courtisane avant d'effleurer la peau luisante de maquillage. Comment osait-il ?

Sans le quitter du regard un seul instant, je retirai ma capuche et le voile qui me cachait le visage. Si mon but avait été de le prendre par surprise, j'aurais gagné haut la main ce soir-là. Alors qu'il surveillait la scène d'un air absent, je vis ses yeux s'arrondir sous le choc.

— Que… que… balbutia-t-il en s'étouffant avec sa boisson.

— Jeune Shen, fit l'un des hommes qui l'accompagnaient, un quinquagénaire aux traits grossiers qui m'évoquaient vaguement quelque chose. Que fait-elle ici ?

— Oh ? Serais-je trop habillée pour rejoindre vos charmants amis, monsieur mon mari ? Peut-être serait-il plus commode pour vous si je retirais…

Tout en parlant, je portai la main aux nœuds qui maintenaient ma camisole. Aveuglée par la fureur, je cherchais à le provoquer, à le choquer. J'ignore si j'aurais eu le courage d'aller au bout de mon geste. Il ne m'en laissa pas le temps.

Plus vif que l'éclair, il se redressa en renversant femmes et boissons puis il fut devant moi, me cachant à la vue de ses pairs. Son visage était déformé par la colère.

— Que fais-tu ? Ce n'est pas un endroit pour toi !

— Ah ? Et c'est un endroit pour toi, c'est bien cela ?

— Tu es en train de traîner mon nom dans la boue ! Qu'es-tu venue faire ici ?

Il m'agrippa le poignet et me tira dans le couloir sans attendre ma réponse. Sa poigne me faisait mal, mais je me débattis. Je n'étais plus cette jeune fille apeurée qui l'avait suivi sans un mot le jour de notre mariage. Accélérant le pas pour me ramener à son niveau, je tentai de libérer mon bras d'un coup sec. En vain.

Nous dévalâmes les escaliers et sortîmes par une seconde porte qui menait aux écuries. Yexi était assis avec un autre garde, en train de tailler un bout de bois les jambes posées sur un tabouret. Lorsqu'il nous vit arriver cependant — et surtout lorsqu'il me vit à moitié nue — il tomba de sa chaise les yeux ronds.

— Occupe-toi de régler ce qui est dû ! s'écria Ruoyan en lui lançant une bourse sans ralentir un seul instant.

Son compagnon revenait déjà avec un cheval sur lequel mon mari me jeta littéralement avant de monter derrière moi. Lorsque nous parvînmes à la maison, il ne me laissa pas une minute pour reprendre mon souffle et me tira dans la pièce commune en rugissant.

— Qui est-ce ! Qui l'a laissée sortir? Montrez-vous tout de suite!

Les gardes qui m'avaient escortée n'étaient apparemment pas encore rentrés, ne disposant que de leurs pieds pour parcourir le trajet que nous venions de faire à cheval. C'était là leur bonne fortune, car Ruoyan semblait en ce moment même d'humeur à passer un homme au fil de l'épée.

Les domestiques s'étaient rassemblés dans le salon, attirés par les cris, et Xiaoli me dévisageait à présent d'un air inquiet. Ruoyan traversa le groupe en me traînant derrière lui. Je plantai mes pieds dans le sol pour essayer de l'arrêter, mais il était beaucoup plus fort que moi.

— Que personne ne nous dérange! rugit-il. Approchez-vous seulement de l'étage et vous serez à la rue!

Il m'entraîna le long de l'escalier devant les regards apeurés de la maisonnée puis il claqua la porte derrière nous.

Enfin, il me lâcha. Je titubai sur mes jambes, tentant de puiser assez de courage pour faire face à la vague en furie qui se tenait prête à me terrasser. Ma colère était au moins égale à la sienne, et je ressentis une excitation étrange à l'idée que nous étions sur le point de nous affronter.

Ruoyan fut sur moi en un instant, coupant court à toutes mes réflexions. Il me secoua vigoureusement les épaules en répétant :

— Qu'est-ce qu'il t'a pris? Es-tu donc folle? Comment peux-tu te rendre dans un endroit pareil?!

— Comment pouvais-je ne pas m'y rendre?

— Cherchais-tu à m'humilier ? Était-ce cela, ton but ?

— T'humilier ? répliquai-je dans un rire nerveux. Si quelqu'un a été humilié, c'est moi non ?

— Par ta faute, je serai la risée de Hangzhou demain matin ! Il devrait mettre sa femme en laisse, dira-t-on. Pourquoi es-tu venue Jade !

— Je…

— Réponds-moi !

— Je ne supporte pas que tu te rendes là-bas !

Cela sembla le surprendre quelque peu. Il me lâcha et fit quelques pas en arrière en m'observant d'un air interrogateur.

— Ta fierté blessée, c'était donc cela ? Ah, Jade…

Ses épaules s'affaissèrent tandis qu'il fixait le sol, pendant d'interminables secondes. Lorsqu'il releva la tête, la lueur de folie dans ses yeux s'était calmée.

— Qu'attends-tu de moi ? J'ai fait de mon mieux pour créer un lien durable entre nous, quelque chose qui n'aille pas au-delà de ce que tu étais prête à offrir. Je ne t'ai pas touchée, je t'ai donné ta liberté. J'ai fait ce que j'ai pu pour respecter tes choix ! Mais que veux-tu à la fin, Jade ? Tu ne veux pas de moi, je l'ai bien compris, mais tu souhaites à présent m'empêcher d'assouvir ma soif avec d'autres ?

La voix me manqua pour lui répondre. Il venait de mettre des mots sur le trouble qui me bouleversait depuis notre arrivée ici. Ce que je ressentais depuis des semaines, peut-être. Je ne voulais pas qu'il rejoigne ces femmes, je ne voulais pas qu'il passe du temps en leur compagnie. À dire vrai, j'en haïssais la pensée même. La raison m'apparut soudain, aussi claire que l'eau de roche. Depuis quand ? Combien de temps avais-je ignoré ce pincement dans ma poitrine ?

— J'ai changé d'avis, répondis-je à voix basse, comme si je cherchais à confirmer cette vérité avec moi-même.

— Qu'est-ce que…

Refusant de nous laisser la possibilité de réfléchir aux diverses implications de ce que je venais de dire, je levai la tête pour l'embrasser. Ruoyan resta pétrifié dans un premier temps, et ce fut assez pour m'arrêter dans mon élan. Avais-je fait quelque chose de mal ? Quelque chose que je n'étais pas censée faire ? Puis ses lèvres s'écrasèrent contre les miennes avec ardeur, dissipant tous mes doutes.

Il fit glisser ses doigts le long de mes épaules, caressant ma nuque et arrachant les épingles qui retenaient la masse de mes boucles blondes. Je répondis à son baiser passionné aussi bien que mon inexpérience me le permettait, agrippée à ses bras comme si ma vie en dépendait. Lorsqu'il fut satisfait de l'état de mes cheveux, il enfouit ses mains dans mes épais jupons et me souleva du sol, laissant sa bouche tracer sur ma peau des sillons de flammes.

Jambes nouées autour de sa taille, dos arqué pour lui offrir un meilleur accès à ma gorge, je brûlais d'un désir que je n'avais jamais ressenti auparavant. Pourtant, quand je sentis son sexe durcir sous mes hanches, mon corps tout entier se figea. Mon unique expérience en la matière était loin d'être un bon souvenir.

Ruoyan se rendit immédiatement compte de mon changement d'humeur et éloigna ses lèvres des miennes, l'œil attentif.

— Qu'y a-t-il ? Est-ce que… Souhaites-tu que nous arrêtions ?

— J'ai peur, répondis-je du bout des lèvres. Cela fait mal.

Dans un soupir, il me laissa aller avec délicatesse.

— Oh Jade… Ce qui s'est passé ce jour-là, ce n'était pas normal. Ce n'est pas ainsi que les choses… Nous n'aurions pas dû commencer notre histoire de cette manière. Je suis désolé. Mais si tu l'acceptes, j'aimerais te montrer ce que cela peut être.

Main dans la mienne, il me conduisit jusqu'au lit et m'y assit délicatement, avant de prendre place à mes côtés, les yeux tournés vers moi. Le souvenir de la seule fois où nous avions été intimes dans la chair me terrifiait toujours autant, mais quelque chose dans son regard calmait peu à peu mes craintes. C'était une lueur étrange, une marque de gentillesse qu'il n'avait jamais eue à mon égard.

Après quelques instants, je me surpris à acquiescer timidement, le visage aussi rouge qu'une pivoine. Les lèvres de Ruoyan s'étirèrent aussitôt dans un magnifique sourire et il se pencha pour m'embrasser de nouveau, laissant ses doigts courir sur mes joues, mon cou et la base de ma gorge. Chacun de ses passages créait une vague de sensations que je sentais dans mon nombril.

Il me retira mes vêtements, un à un, sans se presser. Les cordons qui maintenaient ma tenue sur ma poitrine furent les premiers à partir, puis il écarta doucement les pans de ma jupe plissée avant de faire glisser le caleçon de soie le long de mes cuisses.

Lorsque je fus dénudée devant lui, il s'arrêta, les doigts frôlant ma peau sans vraiment me toucher. Ses yeux embrassèrent chaque recoin de mon corps avant de remonter pour croiser mon regard, l'étonnement et l'admiration clairement visible dans son expression. La vulnérabilité que je ressentais dans cette posture se mua en un sentiment plus profond. Mon cœur battait à m'en faire mal, mais ce n'était plus de la peur.

— Toi aussi, murmurai-je en désignant ses larges manches.

Tout cela était irréel. Je n'arrivais pas à appréhender le fait que je me trouvais bien là, dans une chambre, en train de contempler mon époux se débarrasser de sa tunique d'un mouvement d'épaule.

Le lit grinça lorsqu'il me rejoignit, puis s'empara de mes lèvres dans un nouveau baiser enfiévré qui affola mes sens.

— Tu es magnifique, souffla-t-il en embrassant mes paupières dans un geste d'une tendresse surprenante.

Ses mains modelaient mon corps, tantôt douces et joueuses, tantôt impétueuses et pleines d'autorité. J'en oubliais de respirer.

Puis, alors que je pensais cette torture terminée, sa bouche quitta la mienne et suivit le chemin que ses doigts avaient tracé sur ma peau, le long de ma poitrine, de mes côtes et plus loin, vers mon intimité.

Une sensation inédite s'éveilla dans mon bas ventre, faite de pulsations qui me chauffaient de l'intérieur. Je sentis mes muscles rejoindre l'un après l'autre la douce tension de l'attente, puis ce fut l'explosion.

Lorsque je repris mes esprits, pantelante, Ruoyan était courbé au-dessus de moi et m'observait en silence, ses lèvres retroussées dans un demi-sourire.

— Est-ce… bafouillai-je. Que s'est-il passé ?

— Tu viens juste de comprendre ce à quoi tout cela doit ressembler.

— Et c'est comme ça à chaque fois ?

— Je ferai de mon mieux, murmura-t-il dans un sourire.

Il entra en moi sans plus attendre, comme s'il était déjà à bout de patience, mais je n'avais pas besoin de plus de précaution. J'étais prête et je l'accueillis toute entier sans la moindre douleur. Cela n'avait plus rien à voir avec notre nuit de noces.

Je sentis la chaleur se propager une nouvelle fois en moi et je baissai les paupières pour anticiper, pour préparer l'explosion imminente, les ongles plantés dans ses épaules comme s'il était l'ancre qui me maintiendrait à quai.

— Ne ferme pas les yeux, m'ordonna-t-il soudain d'une voix rauque. Je veux te voir.

Je lui obéis.

CHAPITRE trente

LA DOUCE LUMIÈRE qui se déversait par les fenêtres me réveilla tard dans la matinée. Je m'étirai langoureusement dans les draps chauds, le corps délicieusement repu. La raison de mon bien-être dansa un instant à la frontière de ma conscience avant de se rappeler brusquement à moi comme une bourrasque dévastatrice.

Nous avions… La nuit précédente, nous avions…

Les yeux grands ouverts, je déglutis et resserrai la couverture contre mon corps nu. Le souvenir des doigts de Ruoyan s'attardait encore sur ma peau comme une caresse fantôme. Était-il réveillé ? Je m'étais assoupie dans la chaleur de ses bras, mais nous nous étions éloignés dans notre sommeil et j'avais ouvert les yeux sur le ciel bleu qui me narguait par la fenêtre.

Trop effrayée pour me retourner, je procédais à de nouveaux étirements pour me donner une excuse de glisser ma paume au travers du matelas… et ne rencontrai que du vide. Je quittai aussitôt les nuages pour fouiller la chambre du regard. Mes habits étaient toujours là, éparpillés à même le sol, tout comme ceux que mon époux avait portés la veille. Mais de lui, aucune trace.

Ruoyan était parti.

Je n'aurais su dire si l'émotion qui me submergea était du soulagement ou de la déception.

— Madame ? appela une servante depuis l'escalier. Puis-je entrer ?

Parfaitement éveillée à présent, je m'entourai les épaules d'une robe de chambre et rassemblai les vêtements en un tas près du lit. Je savais bien que je ne pourrais duper personne. Nous n'avions pas été particulièrement discrets la veille au soir, ni dans notre dispute ni dans ce qui avait suivi. Toutefois, effacer les marques trop visibles me procura un soulagement indéniable.

— Madame ? appela de nouveau la jeune femme à l'extérieur.

— Entrez.

Elle s'exécuta avec une profonde révérence. Je jetai un coup d'œil derrière elle dans le but d'apercevoir le salon, mais la porte se referma sans me donner le moindre indice. Je me demandai si Ruoyan était en bas, en train de trier les invitations du jour, ou de lire la gazette qui apportait des nouvelles de la capitale. Que devais-je lui dire maintenant que nous avions… Je déglutis de nouveau au souvenir de l'intensité des moments que nous avions partagés. Où en étions-nous, lui et moi, à présent ? Était-il toujours fâché de mon irruption dans la maison close ? Mes joues s'enflammèrent de honte alors que je retraçais mon escapade de la veille. Que diable m'était-il passé par la tête ?

Je considérai un instant faire appeler Xiaoli — elle saurait me dire si mon époux m'attendait en bas — mais la jeune servante ne m'en laissa pas le temps. Elle m'aida à procéder à mes ablutions, me recouvrit d'une robe de soie verte et m'attacha les cheveux en une longue tresse qu'elle piqua de fleurs.

Le nœud dans mon estomac ne s'était pas dissipé le moins du monde, mais je me sentais à présent parée pour me lancer dans la bataille. Si bataille il devait y avoir.

— Merci… commençais-je avant de m'interrompre.

Je ne connaissais pas son nom. La jeune femme me rendit mon

regard dans le miroir et s'inclina respectueusement avant de sortir.

Une fois seule, je bandai ma volonté pour faire disparaître toute trace de confusion dans mon expression. Mon orgueil ne me permettait pas d'affronter mon époux comme une petite fille terrorisée. Plus jamais.

Xiaoli et ses sœurs étaient confortablement installées sur les fauteuils lorsque je fis irruption dans le salon. Je sus immédiatement que Ruoyan n'était pas là. Jamais elles ne se seraient permis une telle marque de familiarité en sa présence.

Cette fois, je reconnus instantanément la pointe d'émotion qui me perça le cœur. Une déception, mêlée d'un soupçon d'indignation. Comment pouvait-il disparaître ainsi, sans même attendre que je me réveille ?

— Jade ! s'exclama Xiaoli d'un ton malicieux. Je me demandais si tu allais rester au lit toute la journée…

— Où… Où est Ruoyan ?

— Il est parti il y a deux heures. Quelqu'un est venu annoncer que Shen Bao était arrivé pendant la nuit.

— Oh. A-t-il laissé… Un message, peut-être ?

L'enthousiasme de ma jeune amie s'émoussa immédiatement. La réponse était donc non. Ma déception se mua en colère. Il agissait comme si ce que nous avions vécu n'avait eu aucune importance pour lui. Je me dirigeai vers la table et commençai à piocher dans la nourriture qui m'attendait en ruminant de sombres pensées.

Malheureusement pour moi, je n'étais pas au bout de mes surprises ce jour-là.

L'après-midi était bien avancé lorsque l'on frappa à la porte d'entrée et que les domestiques s'effacèrent devant une femme richement vêtue, les traits cachés derrière une gaze noire sertie de perles. Je crus un instant qu'il s'agissait de Changyin — puisque

Shen Bao était à Hangzhou, sa fiancée devait l'être également — mais quand elle accrocha un pan du voile sur le rebord de son chapeau, le visage qui m'observait m'était totalement inconnu.

Prise d'un mauvais pressentiment, je posai le livre que j'étais en train de faire semblant de lire et me levai pour accueillir l'étrangère.

— Madame, fit-elle en inclinant légèrement la tête. Je suis ravie de vous revoir.

Qu'entendait-elle par revoir ? Je refoulai l'instinct incompréhensible qui m'ordonnait de lui claquer la porte au nez. Les trois sœurs Li restèrent silencieuses et je devinai qu'elles ne pouvaient intervenir sans me manquer de respect.

— Vous êtes ? demandai-je.

— Huang Lanhua, madame.

— Que puis-je faire pour vous ?

— J'ai un message pour Shen Ruoyan, est-il ici ? questionna-t-elle dans un sourire prétentieux. Il m'a intimé de venir le voir sans attendre.

Mon cerveau connecta brusquement tous les points et je compris pourquoi j'avais été instinctivement révulsée par sa présence. C'était une courtisane. Je me concentrai sur ses traits fins, ses pommettes anguleuses et la fossette qui se creusait dans sa joue droite. Mais je n'avais eu d'yeux que pour une seule personne la veille et j'étais bien incapable de savoir si elle avait été là lorsque j'avais fait irruption dans le bordel. Je me rappelai une femme, assise sur les genoux de mon époux, mais son visage se noyait dans une brume rouge.

— Maître Shen m'a demandé de ne perdre aucune seconde pour lui porter mon message, est-il ici ? Il s'est montré particulièrement insistant… hier.

La garce. L'avait-il touchée ? L'avait-il caressée de ces mêmes doigts qui m'avaient procuré tant de plaisir ? L'avait-il étreinte dans les affres de la passion ? Je lus dans son regard qu'elle savait que j'avais deviné, et je lus dans son sourire la réponse à toutes mes questions.

Mes poings étaient si serrés dans les replis de mes jupes que mes ongles marquèrent ma chair. Je sentis un mouvement dans mon dos et aperçus ma vaillante petite Xiaoli qui se positionna devant moi comme pour me protéger de la nouvelle venue.

— Vous repasserez demain, fit-elle d'un ton froid. Nous sommes occupées.

— Cette information ne peut attendre, j'en ai peur. Maître Shen…

— Mon époux n'est pas présent. Et je ne vous inviterai pas à patienter parmi nous. Vous pouvez me donner votre message.

— Peut-être pourriez-vous me dire où il s'est rendu afin que je…

— Non, la coupai-je de nouveau. Non, je ne vois pas pourquoi je vous fournirais de tels renseignements. Vous pouvez laisser un billet, ou vous pouvez vous en aller. C'est tout.

Je l'observais se balancer sur ses pieds. De toute évidence, elle hésitait quant à la conduite à tenir. La curiosité me brûlait de connaître le contenu de ce message qui ne pouvait attendre le lendemain.

— Ne me direz-vous vraiment pas où je peux le trouver ?

— Non.

Il n'y avait pas de raison qu'elle apprenne que je n'en savais rien.

Nous nous affrontâmes du regard pendant de longues secondes. Je sentais ma rage croître à chaque instant. Pourquoi ne baissait-elle pas la tête d'un air contrit ? Elle devait être vraiment sûre de son statut, ainsi que de la protection de Ruoyan, pour ne craindre aucunes représailles. Peut-être se connaissaient-ils depuis plus longtemps que je ne le pensais.

Mes doutes durent faire surface au fond de mes yeux, car, comme un loup affamé, elle aperçut la proie et passa à l'attaque.

— Maître Shen sera fort fâché s'il apprend que j'ai accepté de partager cette information. Il a particulièrement insisté sur le fait que je ne devais faire confiance à personne dans sa maisonnée.

— Ruoyan est mon époux et ne me cache rien. Laissez votre message et disparaissez, nous avons à faire.

— En êtes-vous sûre ? Il ne m'a jamais parlé de vous… Même avant, même à Shaoxing, ajouta-t-elle d'un ton mesquin.

C'en était trop. Je m'apprêtais à lever le bras pour la gifler quand je reçus un soutien inattendu. Me surprenant pour la seconde fois, He me dépassa et s'en chargea à ma place.

— Vous avez entendu ma maîtresse. Partez, maintenant.

La courtisane recula brusquement, visiblement choquée qu'on puisse porter la main sur elle.

— Je… Le message…

Je tendis la paume, placardant sur mon visage une expression aussi neutre que possible. J'étais reconnaissante à He de m'avoir permis de garder la tête haute. Lanhua y déposa un papier délicatement plié dans un geste tremblant, avant de se retourner en se drapant dans sa dignité blessée.

La curiosité prit le pas sur tout le reste. Je dépliai le billet et plissai les yeux pour déchiffrer l'élégante calligraphie.

Ce soir, à l'heure où les chevaux dorment, sous le cerisier du jardin d'argent. Ce soir, et ce soir uniquement, la chouette chantera à la lune. Ne m'oublie pas, mon amour.

Je froissai le papier dans un geste rageur. La courtisane s'était jouée de moi et j'avais mordu à l'hameçon comme une débutante. Un message important… Comment osait-elle se présenter sous mon toit et faire des avances à mon époux ? Je glissai le billet dans ma chemise en me promettant de le brûler à la première occasion.

Lorsque Ruoyan fit son retour, peu avant le coucher du soleil, ma colère n'était toujours pas retombée. J'étais tellement à cran que j'en avais complètement oublié ma confusion du matin.

Il revint seul, les bras serrés autour d'une liasse de documents qu'il déposa sur la table avant de se tourner vers moi dans un sourire. Comme si c'était la chose la plus naturelle du monde. Il leva la main pour caresser ma joue, mais je me dérobai dans un cri de colère.

— Ne me touche pas !

L'expression indécise, il interrompit immédiatement son geste.

— Jade, est-ce que tout va bien ?

— Bien sûr, répliquai-je d'une voix glacée.

Je vis le doute naître dans son beau visage. Il nous étudia l'une après l'autre pour comprendre ce qui se passait. Les sœurs Li gardèrent le silence, et je n'étais pas près de lui parler de la charmante visite que nous avions reçue.

— Mon père est arrivé à Hangzhou pendant la nuit, je suis allé le retrouver. J'aurais dû te laisser un message avant de partir, je suis désolé.

Une partie de moi fut attendrie par le fait qu'il ait deviné la raison pour laquelle j'avais été déçue de trouver la maison vide ce matin. Mais le billet de sa maîtresse me brûlait à travers ma chemise de soie, rappel incessant de préoccupations plus récentes.

— Je comprends. Compte-t-il s'attarder dans la région ?

— Il a prévu de partir dans deux jours. Nous ferons route ensemble.

— Très bien.

Les servantes firent irruption dans la pièce pour déposer de la nourriture sur la haute table du salon. Ruoyan récupéra ses documents et se dirigea vers l'escalier qui menait à notre chambre. Parvenu à la première marche, il sembla hésiter, puis se retourna.

— As-tu reçu la visite d'un valet pendant mon absence ? J'attends un message important.

Il savait. Il attendait des nouvelles de sa maîtresse. Je fus submergée par une nouvelle vague de rage et dus me faire violence pour garder mon calme. Il était capable de lire dans mon regard, aussi devais-je faire attention à ne rien laisser échapper.

— Non, répondis-je, en priant pour ne pas être trahie par Guoying ou ses sœurs. Nous n'avons reçu aucune visite.

— Aucune ? Tu es sûre ? C'était important.

— Je n'ai vu personne.

Il me sonda pendant quelques secondes, puis il poussa un léger soupir et entreprit l'ascension du large escalier verni.

Je dormis avec Xiaoli ce soir-là, tout comme le soir qui suivit. J'évitai tout contact avec Ruoyan et lorsqu'il venait me parler, je trouvais soudainement quelque chose à faire à l'autre bout de la maison.

Enfin, il fut l'heure du départ. L'heure de rentrer à Shaoxing, qui me semblait plus accueillante que jamais.

Je laissai Ruoyan chevaucher à l'avant de notre petite caravane et calai ma vitesse sur la voiture qui transportait Xiaoli et ses sœurs. Shen Bao et Changyin se trouvaient dans un second fiacre un peu plus loin. Il me faudrait attendre notre retour pour décider si je souhaitais me confier à la future maîtresse du clan Shen. Elle était mon amie, mais elle était aussi une concubine, habituée à partager son conjoint avec d'autres femmes. Je bénéficiais d'un peu de temps devant moi avant de faire mon choix cependant. À cette heure, elle ne quittait pas le chevet de son fiancé, qui avait attrapé quelque mal sur les chemins. Il avait renoncé à chevaucher au côté de son fils et ne sortait du palanquin que pour rejoindre les auberges où nous nous arrêtions dans notre progression sinueuse.

À l'arrivée de l'été, de terribles tempêtes déferlent sur les régions du sud de la Chine. Elles proviennent de la mer et pendant des heures entières, le jour devient nuit, la pluie s'abat à transformer les vallées en rivières et le vent souffle à en faire tomber les arbres.

Les portes de la ville étaient presque en vue lorsque l'orage que nous tentions désespérément de devancer éclata au-dessus de nos têtes. Les nuages s'amoncelaient depuis plusieurs heures déjà, mais Ruoyan avait pris la décision de pousser nos montures plutôt que de perdre une journée de plus sur les routes.

Le rideau de pluie glacée s'abattit sur nous avec une brutalité telle que c'en était presque surnaturel. En quelques instants à peine, ma cape était si gorgée d'eau que le poids m'étouffait, mais je n'osai m'en débarrasser de peur de réserver le même sort à ma tenue de voyage.

— Maître Shen ! s'écria l'un des gardes, mais je n'aurai su dire lequel exactement. Nous devons nous abriter !

— Il est trop tard pour monter le campement, répliqua mon époux d'un ton agacé. Et nous sommes trop loin du moindre village ! Continuons !

— Est-ce que tout va bien, madame ?

C'était Yexi, qui s'était approché de moi et tenait à présent Colza par la bride pour l'empêcher de faire un écart à chaque grondement assourdissant.

J'étais sur le point de lui répondre quand un cri nous parvint du bas-côté. La voiture qui transportait mes demoiselles de compagnie s'était prise dans une ornière et la toile alourdie par les pluies pendait, à moitié déchirée, sur les trois jeunes femmes et nos affaires.

Abandonnant ma cape détrempée, je me laissai glisser de ma monture pour aller aider mes amies à s'extirper du chariot. Ruoyan et ses hommes étaient déjà à l'œuvre, tirant nos coffres les uns après les autres pour les mettre à l'abri sous les arbres qui longeaient la route.

— Nous devons trouver un refuge, insista Yexi en criant pour se faire entendre malgré l'orage.

Un mouvement au milieu des fourrés capta mon attention. Je fronçai les sourcils et m'approchai pour distinguer ce qui avait attiré mon regard. La tempête nous avait plongés dans l'obscurité et le sous-bois prenait des allures de forêt impénétrable.

Sans doute avais-je été distraite par un animal cherchant une protection contre le déluge. La température avait chuté. J'étais trempée jusqu'aux os. Les vents mordants me fouettaient le visage. Rien de surprenant à ce que mes nerfs soient à cran.

J'étais sur le point de rejoindre mes demoiselles de compagnie lorsqu'un nouvel éclat argenté étincela entre les arbres. On aurait dit la lumière du jour qui se reflétait sur une arme.

— Attention ! criai-je en me retournant. Il y a quelqu'un dans les ar…

Ce fut le seul avertissement dont nous disposâmes avant de voir une nuée de flèches jaillir de l'obscurité. L'un des soldats Shen se jeta sur moi et me plaqua au sol. Le râle qu'il poussa lorsque les projectiles l'atteignirent me glaça le sang.

Il y eut des hurlements, une seconde vague de flèches, et les ombres s'intensifièrent autour de moi lorsque les assaillants fondirent sur notre groupe. Je laissai échapper un cri de douleur en tentant de me dégager du corps. Ma tête avait heurté un caillou dans ma chute et je sentais un liquide chaud couler le long de ma tempe. Heureusement pour moi, l'instinct de survie qui bouillonnait dans mes veines en assourdissait la brûlure.

Je devais me mettre à l'abri. Je devais trouver Xiaoli, ses sœurs, Changyin. Je devais nous mettre toutes à l'abri. Je levai les yeux, fouillant le champ de bataille. Le bruit des lames était proche, puissant et effrayant, mais il peinait à rivaliser avec les battements affolés de mon cœur. Je finis par apercevoir les sœurs Li, à l'orée de la forêt de l'autre côté de la voie. Elles semblaient hésiter à s'y enfoncer de peur de tomber dans un piège tendu par les mystérieux bandits.

Il existe un proverbe dans l'Empire Ming qui dit qu'il est plus facile de se défendre d'une lance en plein jour que d'un couteau dans la pénombre. Il est plus facile de faire face à l'ennemi que l'on connaît plutôt que de se perdre dans l'obscurité des arbres où nous attendent peut-être les renforts de nos assaillants.

Et bien, je n'étais pas tout à fait d'accord.

Parce que je ne donnais pas cher de notre peau si nous restions au milieu du chaos.

Une prière sur les lèvres, je traversai la voie le plus discrètement possible.

— Xiaoli, soufflai-je en m'agrippant à elle comme un naufragé à son radeau.

— Jade, Dieu merci tu es vivante !

— Nous ne pouvons pas attendre ici ! Venez !

Pas le temps de vérifier si mes ordres étaient suivis. Je m'enfonçai sous la cime des arbres et disparus dans l'obscurité.

Le bruit des combats s'atténua quelque peu à mesure que nous nous éloignions. L'écho des lames qui s'entrechoquaient et les cris des blessés nous parvenaient comme étouffés. Nous ralentîmes l'allure, à la recherche d'un abri. Le feuillage dense bloquait une partie de la pluie, mais le sol était détrempé et glissant.

J'espérais que je n'avais pas fait une erreur en nous conduisant ici.

— Là, fit Xiaoli en me désignant une large racine qui sortait de terre le long d'un talus. Nous pouvons nous cacher en dessous.

— Bonne idée.

Les yeux rivés aux buissons, j'avisai une branche que la tempête avait jetée à terre. Je me précipitai sur l'arme de fortune. C'était peu, je le savais, mais c'était mieux que rien.

Le regard de He accrocha le mien alors que je me relevai. Je pressentis qu'elle était sur le point de me dire de me dépêcher, mais ses yeux glissèrent sur quelque chose derrière moi et s'écarquillèrent de surprise.

— Qu'avons-nous là ? s'écria une voix avec un rire gras.

Je n'eus pas besoin de me tourner pour savoir qu'on nous avait retrouvées.

Mon cœur s'arrêta de battre pendant une seconde tout entière. Personne ne pourrait nous venir en aide ici. Et j'étais celle qui nous avait éloignées des soldats.

Deux hommes apparurent dans mon champ de vision, vêtus d'un assemblage hétéroclite de pièces d'armure et de cuir. L'un d'entre eux tenait un gourdin et l'autre une longue rapière qui trainait dans la terre humide. Ils n'avaient pas été épargnés par les combats, mais cela ne me rassurait pas le moins du monde. Ils étaient armés, nous n'avions que des branches brisées à notre disposition.

Je fis marche arrière, sans les quitter des yeux, jusqu'à rejoindre mes compagnes près de la racine. Les hommes me suivirent à pas lent, un air amusé sur le visage.

— La fille des barbares, ça doit être elle non ? demanda le premier en me dévisageant sous le voile déchiré par ma chute.

— On dirait bien, un beau spécimen que voilà… frêle comme un oiseau !

Je brandis mon arme de fortune aussi vaillamment que possible, mais je ne pouvais duper personne. Je tremblais des pieds à la tête. Je jetai un coup d'œil derrière moi pour ordonner aux sœurs Li de s'enfuir puis remarquai que Guoying n'était nulle part en vue. Il fallait croire qu'elle n'avait pas attendu mon ordre pour disparaître.

Ses deux sœurs, en revanche, n'avaient pas bougé.

— Allez chercher de l'aide ! leur criai-je.

Le son de ma voix sembla marquer le signal du départ. Les deux hommes bondirent sur nous et je basculai douloureusement au sol. Je tendis la main dans un geste désespéré pour récupérer la branche qui m'avait échappé, mais l'un des assaillants l'écrasa de sa botte et je ne pus réprimer mes larmes. Il éclata de rire et s'agenouilla au-dessus de moi en immobilisant mes bras de ses doigts calleux.

Je vis Xiaoli qui cherchait à se hisser hors de la racine sous laquelle elle avait trouvé refuge, mais le second brigand lui asséna un coup à la tête et elle glissa comme une poupée désarticulée, disparaissant de ma vue dans le talus. Je criai. Je me débattis, mais le premier homme était toujours sur moi.

C'est alors qu'une ombre se jeta sur le dos de mon assaillant, le déséquilibrant pendant de précieuses secondes. Je roulai pour échapper à son poids et me retournai juste à temps pour le voir fendre l'air de sa rapière et se débarrasser de la petite forme qui l'avait importuné.

— Non !

Mais il était trop tard. He vacilla, une expression choquée peinte sur le visage alors qu'une fleur de sang engorgeait peu à peu le tissu de sa poitrine. Ses yeux croisèrent les miens, impuissants, puis elle s'effondra au sol.

Poussée par une rage que j'ignorai posséder, je me jetai au cou de mon adversaire et le mordis comme un animal en furie. Il m'attrapa par le col et m'envoya brutalement à terre avant de tomber sur moi, exactement comme nous l'étions quelques instants plus tôt. Je tentais vainement de me dégager, battant des pieds et des mains, proférant des injures, hurlant et pleurant à la fois. Mais c'était un combat perdu d'avance.

Les doigts du bandit coulèrent autour de mon cou, comme une

caresse tout d'abord, avant de commencer à serrer dans un sourire pervers.

— Laoxiong, gronda son partenaire. On n'a pas le temps pour ça. Dépêche-toi, avant que quelqu'un ne rapplique.

— Une seconde, petit frère. Une seconde. Personne n'a précisé comment elle devait mourir.

Son autre main lâcha mes bras et cueillit une larme sur mes joues avant de descendre sur ma gorge. Je me débattis, saisis son poignet pour essayer de le déloger, mais c'était peine perdue. Je suffoquais, ma vision se brouillait. Je n'étais pas de taille à lutter contre lui. Sa main libre effleura ma poitrine et je n'eus même pas la volonté de tressaillir.

— Si seulement nous avions plus de temps, petite barbare… murmura-t-il à mon oreille sans arrêter de m'étouffer. Si seulement…

Je sentais mes forces me quitter. Mon esprit alangui par le manque d'oxygène considérait d'un œil intéressé le doux sommeil vers lequel il m'observait plonger. Mes jambes cessèrent de remuer. Mes bras retombèrent le long de mon corps.

C'était presque fini.

Il suffisait de me laisser aller.

L'inconscience m'appelait d'une voix séductrice. Mes yeux ouverts sur le vide ne voyaient plus que du noir. J'étais en train de partir, et j'avais perdu toute envie de me battre.

C'est alors que l'univers tout entier se para de rouge.

CHAPITRE trente et un

IL ME FALLUT quelques instants pour comprendre que je n'étais pas morte. Ce n'est que lorsque l'air afflua brutalement dans mes poumons, causant une quinte de toux qui me déchira la gorge, que je réalisai que j'étais encore en vie. Le poids de l'homme avait disparu, remplacé par le vent froid et la pluie qui lavait la crasse de mon visage.

J'étais couverte de sang.

Le regard hésitant, je me redressai maladroitement sur les coudes. Yexi se tenait au-dessus de mon assaillant, la main sur une lance souillée jusqu'à la hampe. Son visage était défiguré par la colère, mais lorsqu'il se tourna vers moi, l'inquiétude adoucit immédiatement ses traits.

Il s'agenouilla à mes côtés, assez près pour me donner des forces, mais sans me toucher pour autant. J'entendis une suite de râles et de gargouillements écœurants derrière lui, mais ses yeux alarmés ne quittèrent pas les miens un seul instant. Il n'avait pas tué les deux bandits, réalisai-je alors que le bruit recommençait. Il les laissait se vider de leur sang dans la douleur.

Et, croyez-le bien, il n'y avait pas la moindre trace de pitié dans mon cœur.

— Jade ? appela une voix dans mon dos.

La tête entre les mains, Xiaoli émergea de derrière la racine en boitant. Elle avait les yeux hagards et le souffle court, mais elle était en vie. Je laissai échapper un cri de soulagement qui se transforma en croassement douloureux. Elle tituba vers moi, avant de remarquer le corps inanimé de He. Guoying était à son chevet, tête baissée dans une vaine tentative pour cacher ses larmes.

— Non ! He-jie ! He !

Xiaoli s'agenouilla auprès de sa sœur et la berça comme une enfant. Je la rejoignis, le cœur au bord des lèvres. J'avais envie de vomir, de hurler, de frapper quelque chose. J'avais vu le coup porté à ma demoiselle de compagnie. Je savais qu'elle ne se relèverait pas.

Yexi se rapprocha pour vérifier l'état de la jeune femme avant de secouer la tête d'un air désolé, confirmant ce que nous savions déjà toutes. Il était trop tard pour He.

— Nous devons rejoindre la caravane, fit-il en se redressant.

— Nous ne pouvons pas la laisser ici, balbutia Guoying.

— Je me charge d'elle, occupez-vous de votre maîtresse, s'il vous plait.

Les deux sœurs Li glissèrent chacune un bras sous mes aisselles. J'aurais voulu leur dire que tout allait bien, mais pour être honnête, je n'étais pas sûre de pouvoir faire le moindre mouvement sans leur soutien. Mon corps criait grâce.

Nous retraçâmes nos pas en sens inverse. Yexi ouvrait la marche, l'œil aux aguets. Le sol détrempé ne nous facilitait pas la tâche, mais la pluie avait au moins l'avantage d'emporter une partie de la boue et du sang dont j'étais maculée.

À l'orée des bois, nous fûmes accueillis par l'effroyable spectacle de corps entremêlés, les nôtres et ceux de nos ennemis, dispersés sur la voie. Passé l'effet de surprise, nos soldats avaient rapidement repris le dessus. Les brigands n'avaient pas dû s'attendre à affronter des hommes aussi bien entraînés que la garde Shen.

Mais He était toujours morte.

Je comptais une vingtaine de bandits, vêtus de fripes quelconques qui ne pouvaient nous renseigner sur leur origine. C'était étrange, j'avais eu l'impression qu'il y en avait bien plus dans le feu de l'action.

— Jade !

Ruoyan était en train de courir dans notre direction. Ses yeux s'écarquillèrent lorsqu'il découvrit mon visage tuméfié, mon cou qui devait sans doute virer de couleur et ma robe sale et déchirée. Il fronça les sourcils, les lèvres pincées, et son regard perdit toute humanité. L'image du monstre qui avait hanté mes cauchemars d'enfant s'imposa à mon esprit, mais je la balayai aussi fermement que possible.

Cette fureur ne m'était pas destinée.

Ses mains se posèrent délicatement sur mes épaules, mais j'avais besoin de plus. J'avais besoin d'un contact humain, protecteur, pour me faire oublier ce que je venais de traverser. Pour me faire oublier les yeux de He qui s'étaient agrandis de stupeur lorsqu'elle avait réalisé que son heure était arrivée.

Je me jetai dans ses bras en laissant échapper un sanglot qui déchira ma gorge meurtrie. Peu m'importait. Cette douleur, c'était la preuve que j'étais vivante. Ruoyan me serra contre lui puis il s'adressa à Yexi d'une voix glaciale :

— Ont-ils souffert ?

Entre mes larmes, je vis le jeune homme acquiescer d'un air grave, avant de s'éloigner avec sa charge macabre.

Plus tard, nous retournerions nos esprits en tous sens. Plus tard, je pousserais des cris de rage devant l'impressionnante liste de suspects qui auraient gagné à voir la lignée Shen s'éteindre avec Ruoyan et moi. Pour le moment, cependant, je me contentais de me blottir contre mon époux sans chercher à retenir les larmes qui coulaient le long de mes joues, heureuse d'être encore en vie pour sentir la douleur qui m'écorchait à chaque respiration.

Conformément aux coutumes locales, les deux sœurs Li ne portèrent que du chanvre blanc dans les semaines qui suivirent. Par respect pour ma compagne, poussée par une culpabilité que je ne parvenais pas à ignorer, je me joignis à elles, malgré les regards surpris de mon mari et de mon beau-père qui ne se seraient pas abaissés à un tel comportement pour une servante. Mais je ne pouvais pas faire taire la voix dans ma tête qui me disait que tout était de ma faute. Je les avais amenées dans les bois. He était morte à cause de moi.

Notre retour à Shaoxing avait été l'une des expériences les plus lugubres de mon existence. En plus de ma demoiselle de compagnie, nous avions perdu six hommes. Trois d'entre eux avaient eu une famille. Je savais que j'aurais dû être heureuse d'avoir survécu, mais je me sentais coupable de ma bonne étoile. Une fois encore, d'autres avaient péri pour que je vive.

Le guérisseur m'ordonna de garder le lit pendant plusieurs semaines. Mes protestations rencontrèrent un mur inébranlable. Mes blessures étaient peut-être superficielles, mais Ruoyan ne voulait prendre aucun risque.

Notre relation en était à un point étrange. Après l'explosion de Hangzhou, nous nous étions chacun retranchés derrière une barricade pour jauger les réactions de l'autre sans faire le premier pas. Il se montrait poli et affectueux par moment, distant et glacial le reste du temps. Je ne savais plus sur quel pied danser.

J'avais espéré que les deux sœurs Li sortiraient plus proches de cette épreuve, mais le temps ne m'apportera pas raison. He avait été un pont entre les personnalités opposées de l'aînée et de la cadette.

Ce lien désormais brisé, Guoying nous fit rapidement comprendre qu'elle en avait fini avec nous.

— Je te jure, me souffla Xiaoli un soir d'été, accroupie au pied de mon lit en feuilletant un roman sans jamais s'arrêter assez longtemps pour lire la moindre phrase. Je l'ai entendu des concubines cet après-midi. Madame Oh te l'annoncera dès demain, à moins que tu ne l'apprennes de Changyin directement.

— Mais quand même, me quitter ? Sans même m'en parler ? Et si vite après... Tu penses que cela a quelque chose avoir avec He ?

— Cela a tout à voir avec He...

Ses yeux s'assombrirent et elle reposa le livre sur le sol. Je me décalai pour l'inviter à me rejoindre sur le matelas.

— Guoying entre au service de Changyin parce qu'elle me considère comme coupable du décès de sa sœur. Mais tu ne m'en veux pas, toi ?

— Coupable... Jade, enfin ! Tu n'es coupable de rien du tout... Et si Guoying a décidé de te quitter, ce n'est pas parce qu'elle est en colère contre toi, c'est parce qu'elle a honte de s'être enfuie.

— Elle est partie chercher de l'aide.

— C'est ce qu'elle nous a dit. Moi, je pense que c'est l'aide qui l'a trouvée en premier.

— Tu penses qu'elle était partie pour nous abandonner ?

— Pour sauver sa propre peau, j'en mettrais ma main à couper. Et depuis, elle est submergée par la honte.

— Je suppose que le fait que Changyin deviendra l'épouse de Shen Bao dans un mois est une motivation supplémentaire...

— Ah, je te retrouve enfin ! Je n'aime pas quand tu te morfonds dans la culpabilité. Tu n'es pas responsable de ce qui est arrivé dans la forêt.

— Mais j'aurais pu...

— Quoi ? Nous défendre ? Les défier en duel, sans doute ?

Je ne répondis pas à sa moquerie, mais c'était exactement ce à quoi je pensais. L'idée me rongeait depuis notre retour. Si j'avais eu une arme, si j'avais su m'en servir, nous ne serions peut-être pas vêtues de blanc aujourd'hui.

Mais ce n'était pas un sujet que j'étais prête à dévoiler à ma jeune amie. Pas encore.

Quelques heures plus tard, Ruoyan apparut dans mes quartiers, la mine sombre. Depuis notre retour, il avait passé des jours entiers à battre la campagne à la recherche de la moindre piste pour démasquer nos assaillants. Ses hommes n'avaient trouvé aucun indice sur leur identité, mais il restait persuadé qu'il ne s'agissait pas de simples bandits de grand chemin. Depuis que je lui avais rapporté la discussion que j'avais entendue dans la forêt, c'était devenu une évidence.

Quelqu'un cherchait à nous éliminer.

Je l'observai discrètement alors qu'il prenait place derrière son bureau, le front plissé et les cheveux défaits. Je me surpris à imaginer glisser ma main dans ce rideau ébène et serrai les poings dans mes manches pour ne pas le laisser deviner mon trouble. Mes joues s'enflammèrent malgré tout.

Comment pouvait-il en être autrement alors que l'image de mes doigts sur sa peau satinée se dessinait derrière mes paupières ?

Je secouai la tête pour chasser ces souvenirs, honteuse de ressentir de telles émotions alors que j'étais toujours en deuil.

— Quelque chose te tracasse ? demanda Ruoyan en m'étudiant du regard.

— Non, je… Non. Je n'arrête pas de songer à… Tu sais.

— Je sais.

— Tu n'as encore rien trouvé ?

— Non, répondit-il en serrant les dents. Mais je trouverai. Et ils regretteront d'avoir vu le jour.

— Penses-tu que ces gens me visaient parce que je suis une étrangère ? Le jour de notre mariage, il m'a semblé entendre des inquiétudes dans l'assemblée. Des gens qui ne voudraient pas que le nom des Shen soit souillé par quelqu'un comme moi.

Il eut l'air surpris. Je ne pus m'empêcher de ressentir une pointe de fierté, mais j'enterrai cette braise sans attendre par peur de la voir devenir une véritable flamme. Je ne parvenais toujours pas à faire le tri dans mes émotions lorsque j'étais avec lui.

— Nous y avons pensé, répondit-il en jouant nerveusement avec un pinceau. Ces hommes t'ont suivie dans la forêt parce qu'ils avaient reçu l'ordre de t'éliminer. Il est tout à fait possible que leur but ait été de…

— Empêcher la naissance d'un héritier de sang mêlé ?

L'intensité de son regard me cloua sur place. Je nous revis basculer dans les draps de soie. Je nous revis enlacés dans une étreinte passionnée. Je me revis, faire taire toutes mes réticences en posant mes lèvres sur les siennes. Et je savais, sans l'ombre d'un doute, qu'il était en train de penser exactement à la même chose.

— Jade, murmura-t-il. Ne parlerons-nous pas de…

— Je veux apprendre à me battre, le coupai-je d'un ton désespéré.

— Tu veux quoi, maintenant ?

— Apprendre à me battre. À me servir d'une épée, je veux dire. J'y réfléchis depuis ce jour dans la forêt. Je ne veux plus jamais me sentir aussi vulnérable. Aide-moi, Ruoyan. Tu m'as appris à monter à cheval, apprends-moi à me servir d'une épée.

— C'est hors de question.

— Mais…

— Écoute, j'ai fait de nombreuses concessions pour toi. Mais ceci est de la folie. Non, non, ne me contredis pas. J'endure depuis le début tellement de critiques pour toi. Tu montes à cheval, tu te promènes en ville, tu n'imagines même pas combien cela choque les aînés du clan et les partenaires de notre famille. Je ne souhaite rien de plus que de te voir heureuse, Jade, mais tu m'en demandes trop. J'ai mes limites.

— Ruoyan…

— C'est non.

Je sentis la colère enfler dans mes entrailles. Je ne comptai pas m'abaisser à le supplier, mais ce n'est qu'au prix de gros efforts que je ravalai la litanie qui se pressa contre mes lèvres. La tempête dut toutefois être visible dans mes yeux, car il poussa un soupir et déposa son pinceau sur la table avant de se lever.

— Jade…

— Tu ne comprends pas, crachai-je. Comment pourrais-tu comprendre ? Tu n'as jamais été dans cette position… Tu n'as jamais vu quelqu'un tenir ta vie au bout de ses doigts sans pouvoir te défendre !

Son regard s'assombrit.

— Ce genre d'accident ne se reproduira pas.

— Que vas-tu faire ? M'empêcher de sortir de la villa ?

— Je…

— Me mettre en cage ? Me garder enfermée jusqu'à la fin de mes jours ?

— Jade…

— Tu ne comprends pas.

Je m'interrompis, les bras croisés dans une posture de défi. Le silence qui s'ensuivit était chargé de reproches, chargé de tous ces non-dits que nous taisions depuis des semaines. L'air s'alourdit jusqu'à devenir palpable. Je pinçai les lèvres pour m'empêcher de cracher quelque chose que je regretterais et j'étais persuadée qu'il faisait la même chose.

C'était peut-être cela, grandir.

Finalement, lorsque le silence m'étouffa davantage que le souvenir des hommes de la forêt, je fis demi-tour et sortis de nos quartiers à grands pas. Ruoyan était têtu, mais je l'étais encore plus.

Je dirigeai mes pas vers le pavillon principal, où résidait la seule personne qui saurait passer outre l'interdiction de mon époux. Le fils ne m'écoutait pas, il me restait une chance avec le père.

Dans la cour, la fontaine de marbre blanc qui me rappelait mon pays d'enfance luisait dans les couleurs du couchant. Je montai les marches en souriant à la figure solitaire qui profitait des derniers rayons du soleil derrière les rideaux vaporeux.

Changyin était sublime, comme à son habitude, le corps recouvert d'une robe nacrée aux voiles diaphanes. Ses cheveux étaient relevés en un chignon complexe qui laissait des mèches voler autour de son visage lorsqu'elle secouait la tête.

— Petite sœur, fit-elle de sa voix mélodieuse. Je suis heureuse de te voir par ici. Ces appartements sont tellement vides lorsque mon époux m'abandonne…

— Shen Bao n'est pas là ?

— Pas aujourd'hui. Tu le cherchais ? Je pensais que tu étais venue me rendre visite, ajouta-t-elle en faisant la moue.

— Je…

— Ah, je vois qu'il t'est arrivé quelque chose. Est-ce encore ton rustre de mari ?

Je ne pus dissimuler ma rancœur à temps. Son expression se fit complice. Changyin faisait office de grande sœur pour moi depuis plusieurs mois, elle connaissait nombre des troubles qui m'agitaient au sujet de Ruoyan.

— Assieds-toi avec moi et raconte-moi tout.

Elle n'eut nul besoin d'insister. Le nœud enflé dans ma gorge ne demandait qu'à être purgé. Je régurgitai une rivière de fiel, des mots dont la rage me surprenait presque.

Au fond de moi, ma colère ne tenait pas uniquement de son refus de m'enseigner et je le savais bien. Je ne lui en voulais pas vraiment de tenter de maintenir un semblant de tradition en ces temps difficiles. Ma fureur prenait racine dans l'humiliation que j'avais ressentie des semaines plus tôt, lorsque la prostituée avait frappé à notre porte.

Je lui en voulais de la distance qu'il avait instaurée entre nous depuis la nuit que nous avions partagée, comme si lui non plus ne parvenait pas à décider que penser de cette perturbation dans notre relation. Je lui en voulais de toutes ces nuits où il disparaissait, parce que je ne me représentais que trop bien, à présent, le genre d'endroit où il les passait. Je lui en voulais, parce qu'il était libre de partir, libre de rencontrer d'autres femmes, alors que j'étais enfermée ici, condamnée à ressasser les évènements dans ma tête comme une malédiction sans fin.

C'était peut-être injuste, mais je lui en voulais.

Et Changyin était la seule personne qui m'écoutait sans me contredire.

— Que dois-je faire ? demandai-je finalement. Je sens les murs qui se referment sur moi dès que j'entre dans nos appartements. J'ai besoin de me retrouver, j'ai besoin qu'il me laisse cette petite liberté. Que dois-je faire, grande sœur ? Dois-je le supplier ? Est-ce cela qu'il attend, une preuve de sa supériorité ?

— Absolument pas. Écoute-moi, Jade. Tu ne dois jamais supplier un homme. Ne leur donne jamais ce pouvoir sur toi.

— Mais alors, comment…

— Tu dois rester fière, montre-lui que tu ne lui es pas inférieure.

— L'ignorer ?

— S'il t'ignore, oui. Rends-lui au centuple tout ce qu'il te donne. Tu es son égale, n'oublie jamais cela. La société ne nous rend pas les choses faciles, tu ne peux pas lui tenir tête si tu te lances dans ce combat. Alors, deviens intouchable, ne le laisse pas avoir le moindre contrôle.

— Comment cela va-t-il m'aider ?

— Cela lui prouvera que tu es son égale. Et qu'il ne peut pas te traiter comme une enfant.

— Cela ne le fera pas changer d'avis.

— Non, en effet. Mais sur ce point-là, je peux t'aider. Ruoyan est plus têtu qu'une mule, mais je sais comment faire flancher son père.

— Oh, Changyin ! Tu lui parleras pour moi ?

— Bien sûr que je lui parlerai pour toi. Donne-moi deux jours.

CHAPITRE trente-deux

DEUX JOURS PLUS tard, *exactement* deux jours plus tard, on frappa à ma porte.

— Madame, le soldat Luo demande une audience.

— Faites-le entrer, répondis-je, ravie d'avoir de la visite.

Depuis notre retour de Hangzhou, je vivais de nouveau très mal mon confinement. J'avais l'impression d'avoir fait un énorme bond en arrière, surveillée à toute heure de la journée par des domestiques qui n'osaient pas m'adresser la parole. Je serais devenue folle sans Changyin et Xiaoli.

Yexi pénétra dans mes quartiers d'un pas hésitant. Je versai du thé dans deux tasses de porcelaine et l'invitai à s'asseoir, savourant la teinte rouge que prenaient ses joues. Ses cheveux avaient poussé depuis notre première rencontre, mais ils étaient toujours trop courts pour être attachés et tombaient en bataille devant ses yeux.

— J'espère que je ne vous dérange pas, madame.

— Non, tu arrives à point nommé. J'ai besoin d'une distraction.

Mon attention fut attirée par le sac de toile qu'il tenait à la main.

— Qu'est-ce que cela ?

— Le jeune maître m'a demandé… Pardonnez-moi, je pense avoir mal compris… Le jeune maître souhaite que vous appreniez à vous défendre ?

Ma mâchoire se décrocha presque. Changyin avait réussi. J'avais envie de traverser la cour pour me jeter dans ses bras. Comment avait-elle fait pour les convaincre ?

— Madame ? Je… Est-ce bien là votre désir ?

— Oui !

C'était son tour de paraître choqué. Il avait dû croire à une lubie de la famille Shen que je m'empresserais de refuser. À vrai dire, je ne savais pas ce qui m'était passé par l'esprit, lorsque j'avais confronté Ruoyan à ce sujet. J'étais consciente que ce n'était pas une demande que j'aurais dû formuler. Même là d'où je venais, malgré une certaine tolérance à l'égard des petites filles un peu sauvages qui jouent les pirates dans les couloirs, on n'enseigne pas aux dames les arts de l'épée.

— Je… Bien, je vous attendrai dehors. Je pense que vous souhaiterez vous changer.

Mon cœur cognait à tout rompre dans ma poitrine, débordant d'excitation à l'idée d'être initiée à un mystère hautement masculin. Sans doute imaginais-je qu'on allait me révéler quelque secret séculaire qui me permettrait d'apprendre à me battre avec aisance.

La vérité n'aurait pu en être plus éloignée.

Je ne touchai même pas une arme ce jour-là ni aucun de ceux qui suivirent. Yexi me conduisit dans le jardin, près du pavillon sur la butte qui était devenu mon refuge. Les gardes s'entraînaient habituellement dans la cour extérieure, là où le maître de la maisonnée recevait lors des festivités publiques, mais mon époux avait décidé que mon cas demandait un peu plus de discrétion.

Parvenu à notre destination, le jeune soldat me confia un lourd bâton de bois et m'invita à le tenir devant moi sans bouger. Je haussai les épaules d'un air dédaigneux, tendis la canne à hauteur de ma poitrine et attendis patiemment qu'il me félicite.

Son visage se fendit d'un sourire encourageant, mais il ne

prononça pas un mot.

Le soleil était haut dans le ciel. L'humidité allait croissante avec chaque minute qui s'écoulait. Très vite, je sentis des gouttelettes de sueur glisser sur mes tempes et entre mes omoplates. Mes bras se mirent à trembler. Je serrai les dents aussi fort que je le pouvais afin de ne pas céder à la tentation et laisser mes mains retomber le long du corps.

La brise vint coller mes vêtements contre ma peau. Au baiser glacé que la bouffée éveilla dans le creux de mon dos, je devinai qu'il ne s'agissait plus de quelques gouttes de sueur à présent. Ma tunique devait en être imprégnée.

Devant moi, mes bras tremblaient comme une feuille. J'avais beau bander toute ma volonté, je n'avais plus aucun contrôle sur eux. Ils étaient parcourus de flammes brûlantes qui prenaient naissance dans mes épaules pour se répandre dans mes muscles en vagues lancinantes.

Finalement, les joues rouges et le souffle court, je finis par laisser retomber ma charge.

— Vous avez tenu plus longtemps que je ne l'imaginais, déclara Yexi d'une voix douce en me tendant un tissu pour m'éponger le visage. Mais cela n'est guère suffisant pour porter une arme. Vous devrez vous entraîner tous les jours. Cela est absolument nécessaire pour la suite de votre apprentissage. Recommencez.

Je lui jetai un regard surpris et ravalai la réplique acerbe qui me brûlait les lèvres. Après tout, j'étais ici de mon propre choix, je ne pouvais reprocher mes souffrances à personne d'autre que moi-même.

Le bâton en main, je levai de nouveau les bras, mais le supplice était trop atroce et j'abandonnai après quelques instants, couverte de honte.

Nous répétâmes l'exercice tant de fois que j'en perdis le compte.

Je finis par me laisser tomber sur l'herbe tendre.

— Vous permettez à la douleur de vous définir, alors que vous devriez en devenir le maître. Lorsque vous porterez une arme, elle sera une extension de vous-même. Vous ne ferez plus qu'un avec elle et vous serez capable de vous défendre, même face à des hommes plus forts que vous. Mais avant tout, il vous faut maîtriser son poids. Relevez-vous.

— J'ai mal, répliquai-je d'une voix misérable. Ne pouvons-nous pas remettre cela à demain ?

— Demain sera pire. Relevez-vous, Jade, faites-moi confiance. Je peux vous enseigner ce que vous désirez apprendre.

C'était la première fois qu'il m'appelait par mon nom. Ce nom qui était devenu le mien, au point que j'en oubliais par moment celui sous lequel j'étais née.

Ruoyan faisait partie de ces hommes, conscients de leur importance dans le monde. Mon nom dans sa bouche était bref, un peu brusque et le plus souvent empli d'une tonalité possessive. Cette impression me mettait parfois hors de moi, mais le reste du temps elle faisait naître dans le creux de mon ventre une étrange sensation qui m'enflammait les joues.

Sur les lèvres de Yexi, mon nom semblait presque déplacé. On aurait dit qu'il savourait chaque syllabe, sa voix à peine plus qu'un murmure parce qu'il avait conscience de braver un interdit.

Cette marque de familiarité fut un encouragement plus efficace que toutes ses grandes paroles.

— Concentrez-vous, fit Yexi alors que je reprenais le bâton. Ne laissez pas la douleur vous contrôler. Votre corps vous demande d'arrêter, mais votre esprit peut lui ordonner le contraire. Je sais que cela vous paraît impossible aujourd'hui, mais avec le temps, votre esprit sera le plus fort.

— Est-ce ainsi qu'on t'a appris ? articulai-je, les dents serrées.

— Nous restions des heures ainsi, sans bouger, lorsque j'étais enfant. Avec des poids. Nous courrions aussi pendant des lieues et des lieues, avant même le lever du soleil.

Il dut voir une expression choquée se dessiner sur mon visage, car il ne put réfréner le sourire qui lui étira les lèvres.

— Ne vous inquiétez pas, ce n'est pas là l'entraînement qui vous attend.

— Promis ?

Il acquiesça, sans se départir de son amusement et je laissai de nouveau tomber ma charge, le souffle court. Mes bras me brûlaient même au repos à présent.

— Xiaoli m'a dit que tu avais grandi dans un temple, peux-tu me raconter cette histoire ?

Oui, je l'avoue, c'était une piètre excuse pour retarder le prochain exercice. Mais j'étais réellement curieuse d'en apprendre plus sur le jeune homme. Il me suivait comme mon ombre depuis des semaines lorsque nous nous promenions en ville, toujours présent, toujours poli, mais j'en savais si peu à son égard.

— J'ai été abandonné dans un temple peu après ma naissance. Ils m'ont accueilli dans leur communauté et m'ont élevé comme un des leurs. J'ai beaucoup appris en leur compagnie.

Il avait déclamé ces mots d'un ton neutre, mais je voyais vague après vague d'émotions passer dans ses yeux noirs, espoir, tristesse, nostalgie.

— Je les ai quittés il y a trois ans pour venir m'installer ici, acheva-t-il sans vraiment me regarder.

— Comment as-tu rencontré Ruoyan ?

Il redressa brusquement la tête en m'offrant un sourire charmeur.

— C'est une histoire pour un autre jour. Je vous la raconterai, c'est promis, si vous parvenez un jour à me désarmer. Et cela ne risque pas d'arriver si vous tergiversez. Recommencez.

La chaleur écrasante de l'été finit par se dissiper sous la caresse des vents du nord. Les feuilles virèrent à l'or, puis au brun, avant de s'envoler les unes après les autres dans une danse hypnotique qui dénuda les arbres de notre refuge. Les premiers flocons, enfin, firent leur apparition. Et toujours, nous nous entraînions.

Qu'il pleuve, qu'il vente ou qu'il neige, je retrouvais Yexi tous les matins dans le secret du jardin. Jamais avare en encouragements, le jeune soldat m'accompagnait et me guidait au travers de nouveaux exercices qu'il avait imaginés afin de m'assouplir et d'améliorer mon agilité.

Ruoyan nous rejoignait parfois. Chaque fois qu'il apparaissait près du pavillon, je me sentais étouffée par un sentiment d'urgence et je n'aurais su dire s'il s'agissait d'appréhension ou d'excitation. Car lorsqu'il travaillait avec moi à la réalisation des enchaînements de feintes et de parades, nous basculions dans un monde où il n'y avait personne.

Personne d'autre que nous.

Il commençait toujours l'entraînement de la même manière. Après m'avoir observé pendant de longues minutes, il demandait à Yexi de s'écarter et prenait place dans le cercle de pierre que nous avions délimité. Le jeune homme s'empressait de lui remettre une épée de bois, qu'il soupesait aussi sérieusement que si elle avait été forgée dans un métal précieux.

De mon côté, je me faisais violence pour ne pas m'attarder sur ses doigts qui effleuraient le bois laqué et éveillaient en moi des souvenirs que j'aurais préférés endormis.

— Prête ? faisait-il alors, et c'était généralement les seuls mots que nous échangions.

L'air qui nous séparait se chargeait de tension, si lourd qu'il en devenait tangible. Chaque fois que nos corps se frôlaient, une déflagration soufflait toutes mes défenses. Je savais qu'il le lisait dans mon regard, et je voyais dans le sien qu'il aimait me savoir à sa merci.

Mais les conseils de Changyin flottaient toujours dans un coin de ma mémoire et je faisais de mon mieux pour rester son égale. Je devais me montrer intouchable. Je devais me contrôler. C'était un autre combat que nous menions tous les deux, et j'ignore si nous avions conscience que nous luttions contre nos propres instincts.

Nous cédâmes pour la première fois après l'un de ces face-à-face, sans doute au milieu de l'automne. L'intensité de nos échanges avait été telle que Yexi s'était éclipsé en silence et que nous n'avions pas eu la patience de retourner dans nos quartiers.

Je ne sais à quel moment exactement nous nous débarrassâmes de nos armes factices. Je dois même avouer ne pas avoir remarqué que Yexi avait disparu. Un instant j'étais en position de combat, et le suivant j'étais dans les bras de mon époux, les mains plongées dans la masse de ses cheveux sombres.

Le jardin, la maison, tout s'effaça.

Il me serra contre lui et cueillit mon soupir à même mes lèvres. Je me haussai sur la pointe des pieds pour rester à sa hauteur. Il me souleva de terre sans la moindre difficulté. Ce n'est qu'en sentant les feuilles mortes crisser sous mon poids que je réalisai que nous n'étions plus debout.

— Ruoyan, murmurai-je alors que ses lèvres descendaient sur ma gorge.

Ma voix brisa le sortilège qui s'était emparé de nous. Nous nous dévisageâmes, stupéfaits, et nous empressâmes de prendre nos distances.

Les yeux baissés, Ruoyan se releva et s'éloigna sans un mot. Je restai seule, confuse et choquée, tentant de mettre de l'ordre dans le chaos de mes émotions. Il avait honte de l'intensité de ce que nous venions de vivre. Mais j'étais incapable de comprendre pourquoi.

Malgré mon cœur qui me criait de l'appeler, je gardai le silence. Je m'accrochai à ma fierté comme à un radeau de sauvetage. Changyin m'avait dit de garder la tête haute, mais l'effort me brisait en mille morceaux.

Changyin avait-elle eu tort ?

Ma voix avait suffi à refroidir l'étrange fièvre qui s'était emparée de nous cette première fois dans le jardin. Croyez-le bien, j'appris très rapidement à garder le silence par la suite.

Lorsqu'il se présenta de nouveau à l'entraînement, quelques semaines plus tard, je me tus. Lorsque je le trouvai, dos au mur devant la porte de ma chambre, je n'émis pas le moindre mot. Et lorsque je glissai la main sur la sienne en une invitation discrète, il n'en prononça pas davantage.

Pourtant, l'intimité que nous partagions sonnait faux. Envolée, la complicité que nous avions brièvement connue à Hangzhou. Disparue, l'amitié que nous avions laborieusement bâtie au cours de mes premiers mois sur le domaine.

Nous ressemblions à des animaux qui s'affament volontairement avant de se jeter sur leur proie lorsqu'ils ne peuvent plus attendre un instant de plus. Nous ne parlions que peu et c'était pour ne rien dire du tout. Chaque fois qu'il quittait mon lit, je me sentais un peu plus frustrée.

À l'arrivée de l'hiver, lorsqu'il s'absenta pour faire le tour des terres appartenant aux Shen, je me levai à l'aube pour le regarder s'éloigner avec un drôle de pincement au cœur.

Ce fut à cet instant, je pense, que j'osai m'avouer la terrible vérité. J'avais besoin de plus que les miettes qu'il me jetait. Je souffrais de le voir me quitter, dans le corps et dans l'esprit. J'avais besoin de lui.

En entier.

J'aimais son rire et la façon dont ses yeux occultaient le reste du monde quand ils se rivaient aux miens. J'aimais ses longs cheveux noirs qui nous emprisonnaient dans notre propre univers chaque fois qu'il se penchait sur moi. J'aimais le voir bouger. L'écouter parler. J'aimais sa peau dorée et la beauté sculpturale de son visage. J'en arrivais presque à me demander comment j'avais pu un jour le trouver repoussant.

Et pourtant, ce jour-là comme tous les autres, je le laissai partir. Sans l'appeler. Sans lui dire le moindre mot.

Je pouvais presque entendre la voix de mon père qui me tançait de son ton hautain. *Petite ingrate, tu devrais me remercier de t'avoir envoyée à l'autre bout du monde.*

Peut-être était-ce cela qui me tétanisait en fin de compte. Plus encore que ma colère, plus encore que la peur de perdre Ruoyan en le forçant à parler de ce qui nous arrivait, je ne voulais simplement pas céder. J'aurais préféré me dénier tout bonheur plutôt que d'admettre que mon père avait peut-être eu raison en m'arrachant à ma jeunesse pour m'expédier dans ce pays que j'avais tant craint.

Maudite fierté.

CHAPITRE
trente-trois

L'ABSENCE DE RUOYAN ne devait durer que quelques semaines, mais ce furent parmi les plus longues que j'eus à passer sur le domaine. Guoying nous avait définitivement quittées pour rejoindre le service de Changyin, officiellement devenue la maîtresse de la maison pendant l'été.

Le mariage de mes beaux-parents avait été une affaire des plus grandioses, plus formidable encore que le mien ne l'avait été. Shen Bao n'avait lésiné sur aucune dépense pour sa nouvelle épouse. On murmurait à des lieues à la ronde que c'était la plus sublime femme que la terre ait portée.

Changyin rayonnait, c'était certain, mais on ne pouvait en dire autant de son époux, que les années semblaient avoir rattrapé. Il ne quittait le domaine qu'avec sa compagne et lorsqu'ils disparaissaient tous deux pendant quelques jours, c'était sans prévenir personne de leurs plans.

Xiaoli était persuadée que leur destination était l'un des temples aux alentours de Shaoxing, où le couple priait pour la conception d'un enfant. Ma petite Li tenait de source sûre que Changyin essayait, avec l'énergie du désespoir, de tomber enceinte.

Personne dans la maison n'avait oublié la prophétie révélée par Maître Shen un an plus tôt. Les oracles avaient prédit l'arrivée d'un fils avant le retour du printemps, je ne doutais pas que Changyin aurait souhaité en être la mère. Mais les mois défilaient et le ventre de ma grande sœur, tout comme le mien, restait désespérément plat.

Durant les jours les plus froids de l'hiver, je me pris même à fuir sa compagnie. Elle était sujette à toutes sortes de crises de mauvaise humeur qui me laissaient sidérée et quittait parfois le domaine pendant plusieurs heures, accompagnée de ses seuls gardes du corps et de Guoying qui la suivait comme son ombre.

— Tout ça parce qu'elle ne peut pas avoir d'enfant ? me glissa Xiaoli un jour après avoir observé Changyin briser un vase dans un accès de colère.

— Je ne pense pas, répondis-je. Cela ne lui correspond pas. Il doit se passer quelque chose.

— Tu penses que Shen Bao se montre cruel envers elle ?

Je lui tendis une tasse de thé en réfléchissant à sa question. Lorsque Xiaoli et moi n'étions que toutes les deux, la frontière hiérarchique entre nous s'effaçait complètement. Nous ne ressemblions plus du tout à une maîtresse et sa servante. Pourtant, au regard des gens de la maison, c'est exactement ce que nous étions. Je n'avais aucun moyen de savoir ce que faisait Shen Bao dans l'intimité de ses quartiers privés.

Malgré tout, je voulais croire que son amour pour Changyin était sincère.

— Je ne pense pas, répondis-je enfin. C'est la première fois qu'il ouvre son cœur depuis la mort de son épouse. Il doit la chérir plus que tout.

— Dans ce cas, c'est à cause de cette histoire d'héritier.

— Quelle histoire d'héritier ?

— Voyons, tout le monde sait qu'elle aimerait donner un fils à Shen Bao. Puli dit qu'elle voudrait que son enfant devienne l'héritier de la fortune des Shen.

— Mais Ruoyan est l'héritier des Shen…

— Et tu n'as pas l'air très enceinte non plus !

— Xiaoli !

Je la bousculai, vexée. Un peu de liquide brûlant tomba sur le fauteuil. Elle reposa la tasse et essuya les coussins de soie, la langue légèrement sortie comme chaque fois qu'elle se concentrait.

— Tu sais ce que je voulais dire, protesta-t-elle enfin. Vous avez la vie devant vous pour avoir un enfant, mais Changyin… Et bien… Shen Bao n'est plus si jeune et… En tout cas, c'est ce que raconte Puli.

— Qui est Puli ?

— Sa chambrière. Elle l'assiste tous les matins maintenant qu'elle a emménagé avec Shen Bao. Nous avons le même âge et il nous est arrivé plusieurs fois de veiller tard en discutant de choses et d'autres. Elle la déteste.

— Ne va pas colporter des rumeurs comme cela, Xiaoli. Changyin est parfois sévère, mais elle m'a été d'une grande aide. Si elle passe un moment difficile, je veux être là pour elle.

Ma petite Li me regarda d'un air dubitatif, mais elle n'ajouta rien des critiques qui affluaient dans ses yeux sombres. Je savais qu'elle s'était souvent méfiée de la jeune femme, qu'elle avait même suggéré que son amitié n'était pas entièrement désintéressée. Peu m'importait. J'avais toujours su que Changyin était une femme pleine d'ambition.

Cela ne l'avait pas empêchée d'avoir été là pour moi lorsque j'avais eu besoin d'elle.

Cet après-midi-là, après avoir passé plus de deux heures sous les mains expertes de Xiaoli, je me fis annoncer dans le pavillon principal, coiffée et maquillée comme si j'allais rencontrer une reine.

Mais Changyin n'était pas dans ses quartiers.

À sa place, je découvris Shen Bao, le visage marqué, penché sur un recueil de poésie. Une partie de ses cheveux blancs était serrée dans un chignon pendant que l'autre se déversait en une cascade d'écume sur ses épaules.

— Maître Shen ?

— Ah... Ma petite Jade, viens, viens. Cela fait si longtemps que je n'ai pas pu profiter de ta présence.

Il fut interrompu par une crise de toux et je me précipitai à ses côtés.

— Puis-je faire quelque chose pour vous rendre service ?

— Te voir est amplement suffisant... Ruoyan ne me laisse plus t'approcher, tu sais ?

— Je l'ignorais, répondis-je d'une voix douce.

— Oh, il s'est mis en tête que je t'utilisais pour gagner l'estime de mes compatriotes... Quelle honte, priver un vieillard du peu de plaisir qui lui reste...

Je m'agenouillai à ses côtés pour tirer la couverture sur ses cuisses et, je l'avoue, pour dissimuler le sourire qui étira mes lèvres. J'étais en colère contre Ruoyan, mais il ne me rendait pas les choses faciles parfois. Il donnait l'impression d'être froid et insensible, mais je savais qu'il avait toujours œuvré pour améliorer ma vie entre ces murs. À sa manière.

Peut-être m'étais-je montrée injuste avec lui, à notre retour. Peut-être aurais-je dû lui parler de la courtisane, lui réclamer des explications plutôt que de m'enfermer dans un silence borné. Mais le visage insolent de la jeune femme me hantait encore, chaque fois que je fermais les yeux.

— Désirez-vous boire quelque chose ? demandai-je en secouant la tête pour me débarrasser de ces pensées désagréables, je peux faire prévenir l'intendant.

— Un peu de thé ne serait pas de ref…

Nous fûmes interrompus par un domestique essoufflé qui accourait pour nous alerter de l'arrivée d'un visiteur.

— Le marchand… Le marchand Ye, Maître. Il ne veut pas patienter. Il est accompagné de… de trois mercenaires.

— Ce vieux Ye ? Ha, faites-le entrer, reprit Shen Bao en se redressant sur son siège.

Avisant la porte qui commençait déjà à s'ouvrir, je me plaçai à la gauche de Shen Bao, prête à le soutenir s'il avait besoin de se lever. Peut-être aurait-il été plus judicieux de partir, mais personne ne me l'ordonna et la curiosité l'emporta. Je me demandais ce que Ye Dongfen pouvait bien vouloir à Shen Bao, le souvenir de la réunion à laquelle j'avais participé des mois plus tôt encore trop frais dans ma mémoire.

— Vieux Shen ! s'exclama la voix tonitruante du marchand Ye alors qu'il faisait son entrée. Tiens donc, mais n'est-ce pas la jeune maîtresse ? Je suis ravi de te revoir.

Je jetai un coup d'œil gêné à mon beau-père, mais il ne semblait pas prêt à intervenir. Le nœud dans ma gorge se resserra au souvenir de la façon dont il avait parlé de moi, la façon dont il m'avait observée, touchée comme si je n'étais qu'un objet de collection.

— Je ne saurais dire que le plaisir est partagé, Marchand Ye, répliquai-je d'un ton sec.

À ma surprise, il éclata d'un rire franc.

— Et bien, notre petite hirondelle a des griffes. Qui l'eût cru ? Tu dois faire enrager ton conformiste de mari.

Il n'avait pas entièrement tort. Refusant de lui donner la satisfaction d'une réponse, je tournai mon attention vers les trois hommes qui se tenaient derrière leur employeur. Des mercenaires, avait-il dit. Ils étaient vêtus de la même armure de cuir, leurs mains gantées serrées autour de hautes lances qui me rappelaient Yexi. Leurs turbans sombres les protégeaient des regards, ne laissant que la plus petite fente pour leurs yeux.

J'aurais été bien en peine de préciser pourquoi, mais leur présence me perturbait. Peut-être était-ce la façon dont ils contemplaient le vide devant eux, sans prêter attention aux conversations. Peut-être était-ce le fait que leur uniforme les recouvrait de la tête aux pieds et qu'au lieu de les rendre anonymes, il les rendait suspects. Ou bien était-ce simplement parce qu'ils répondaient à Dongfen et que je ne lui faisais pas confiance. Peu importe ce que le marchand avait en tête, mon intuition me disait qu'il ne fallait surtout pas l'écouter.

Finalement, mon attention se porta sur la peau que je pouvais apercevoir autour de leurs yeux et je compris ce qui m'avait interpellé. Ce n'étaient pas des soldats de l'Empire Ming. Ils étaient noirs. Je me rappelais avoir vu Dongfen à Calicut, bien des mois plus tôt. Je me souvenais également de Ruoyan, me disant qu'il n'avait aucune raison de s'y rendre, ou même du gouverneur ou de Sofala essayant de convaincre Duquesne de transporter des esclaves en Inde et dans l'Empire Ming. Était-ce possible ? Ces hommes étaient-ils des esclaves ? Dongfen faisait-il partie de tout cela ?

La colère gronda dans ma poitrine, prête à exploser. Je savais que je devais dire quelque chose. Faire quelque chose. Mais ma bouche était sèche et mon cœur battait si vite qu'il me faisait mal.

— Vieux Shen, déclara Ye Dongfen avec un grand sourire. Je reviens tout juste des Indes et je dois te parler d'un investissement des plus intéressants.

— Jade, souffla Shen Bao en me tapotant la main. Tu peux nous laisser, maintenant.

— Mais…

— Laisse-nous, s'il te plait.

Je fermai les yeux pour ne pas hurler. En marchant vers la sortie, je tentai désespérément de me rappeler ce dont Charles et le capitaine Duquesne avaient discuté, le soir où nous étions arrivés à Calicut. Presque deux ans s'étaient écoulés depuis et je ne parvenais pas à me souvenir des détails.

Charles et Lina étaient assis côte à côte, parfaitement à l'aise de nous voir envahir leur modeste demeure. Charles avait évoqué les esclaves africains qu'on retrouvait de plus en plus sur les côtes indiennes. Il avait parlé d'armées, de seigneurs de guerre. Oui, c'était cela, il avait parlé de nobles qui montaient leurs propres armées en prévision de troubles dans l'empire.

Ma décision prise, je laissai la porte entrouverte et collai mon oreille contre la paroi pour ne pas rater la discussion qui allait suivre. Je ne pouvais tout simplement pas continuer mon chemin et oublier ce que je venais de voir. Pas quand le souvenir des femmes que j'avais vues à Sofala était encore vif dans ma mémoire. Le clan Shen ne pouvait pas se retrouver impliqué dans de telles pratiques. C'était inconcevable.

Qui sait ce qui serait advenu de nous si je n'avais pas cédé à ma curiosité ce jour-là.

— Qu'en dis-tu ? demanda le marchand Ye. Digne d'intérêt, n'est-ce pas ? Même l'empereur n'en a pas vu de tels. Si tes ambitions sont toujours les mêmes, vieux Shen, alors tu ne peux pas rater cette occasion. Ils sont des centaines aux Indes, mais j'ai besoin de financements pour finaliser ce contrat. Rejoins-moi. Je sais que tu en meurs d'envie.

— Tu m'étonnes, mon vieil ami. Crois-tu que je t'aie attendu pour prendre les mesures qui s'imposaient ?

— Tu… Non, c'est impossible. Je n'ai rien vu à Calicut.

— Tu fais surveiller mes entrepôts, maintenant ?

— Tu en doutais ?

J'entendis un bruissement de tissus qui me révéla que Shen Bao s'était levé, peut-être pour étudier les hommes de plus près. Depuis mon poste d'observation, je ne pouvais voir davantage que des ombres bouger sur les murs.

— Non, reprit Shen Bah d'une voix posée. Je n'ai pas encore basculé dans ce petit penchant que tu sembles avoir. Mais il y a d'autres moyens que les armes pour faire ployer un homme. Et je suis si près d'y parvenir.

— Tu ne vois pas assez grand, mon ami. Certes, c'est une méthode peu orthodoxe, mais pense à tout ce que tu aurais à gagner si nous travaillions de concert.

— Je…

Une main se posa sur mon épaule. Ravalant le cri qui était né sur mes lèvres, je bondis en arrière. Madame Oh se tenait derrière moi, les bras croisés, un air furibond sur le visage.

— Comment osez-vous écouter aux portes ? gronda-t-elle. Je vous ai mieux éduquée que cela !

— Madame…

— Oh, non, vous ne commencerez pas avec vos excuses, me menaça-t-elle en agitant les doigts sous mon nez. Je n'ai pas porté la main sur vous depuis que vous êtes mariée, mais sachez que je n'hésiterai pas si… Jade ! Jade !

D'un geste vif, je m'étais jetée sous son bras pour descendre le long des escaliers qui menaient à l'extérieur. La panique faisait battre mon cœur plus vite que jamais.

Pourquoi Dongfen avait-il besoin de mercenaires ? Et pourquoi entraînait-il Shen Bao dans cette histoire ? Lors de la fameuse réunion du printemps dernier, Ruoyan avait dit que son père jouait à un jeu dangereux. Était-ce toujours le cas ?

Je débouchai dans la cour sans m'arrêter pour autant. J'avais l'impression qu'une décision de grande importance était sur le point d'être prise. Une décision catastrophique. Il fallait que je fasse quelque chose ou j'allais exploser.

Ruoyan.

Je devais prévenir Ruoyan.

Je sortis du pavillon central à toute vitesse et rejoignis la caserne près de l'entrée où s'entraînaient nos gardes du corps. Mon époux était absent, mais je savais qui pourrait me renseigner.

— Yexi !

— Madame ?

Le jeune homme émergea de sa chambre avant même que j'aie besoin de répéter. Je devinai à ses cheveux emmêlés qu'il était en train de se reposer afin de prendre son tour de garde une fois la nuit venue. Mais l'angoisse avait dû être perceptible dans ma voix, car il se saisit d'une lance et m'étudia des pieds à la tête à la recherche d'une blessure.

— Madame ? répéta-t-il d'un ton indécis lorsqu'il réalisa que nous n'étions pas en danger immédiat.

— J'ai besoin de voir Ruoyan.

— Il sera de retour d'ici une semaine, selon les messages qu'il nous a fait parvenir.

— J'ai besoin de le voir, maintenant.

S'il y a bien quelque chose qui me fascinait toujours chez Yexi, c'était cette confiance absolue dans le fait que j'avais une raison derrière mes actions. Il n'obéissait pas uniquement parce que la hiérarchie le lui ordonnait. Il ne me dévisageait pas avec cette expression crispée qu'avait Ruoyan parfois, comme s'il cédait à mes caprices juste pour me faire plaisir. Yexi comprenait que je faisais de mon mieux. Et il souhaitait honnêtement me venir en aide.

— Je vous accompagne, répondit-il en resserrant les doigts autour de sa lance.

— Sais-tu où il se trouve ce soir ?

— Je sais où il était il y a quelques jours. Nous suivrons la grande route et tenterons notre chance dans les villages que nous rencontrerons. Ils pourront nous renseigner.

— Retrouve-moi dans dix minutes à l'entrée.

Il ne me fallut pas plus longtemps pour enfiler la tenue que je portais quand je montais à cheval ou m'entraînais à l'épée ainsi que le voile qui ne me quittait jamais lorsque j'étais en public. Je laissai un message en français pour Xiaoli, puis m'empressai de partir chercher Colza.

À la sortie de Shaoxing, les gardiens vérifièrent nos papiers d'un œil distrait avant de ramener leur attention vers la file de voyageurs qui attendaient leur tour. Une fois les murs passés, ce n'était que des champs, des canaux et des rizières à perte de vue. Nous chevauchâmes sans un mot pendant plusieurs heures, sillonnant villages et rivières qui baignaient dans la lumière fantomatique de la lune, nous arrêtant chaque fois que nous rencontrions un bourg bâti sur des terres appartenant aux Shen pour demander si Ruoyan y était déjà venu.

Le hameau dans lequel Yexi fit finalement halte aux petites heures du matin ne différait en rien des dizaines que nous avions traversés auparavant. L'endroit était trop petit pour posséder la moindre auberge, aussi mon garde du corps se dirigea-t-il vers la maison la plus imposante et tambourina à l'huis jusqu'à ce qu'on vint lui ouvrir.

— Qui va là ? rugit une voix derrière le portique sombre.

— Nous sommes ici pour voir Maître Shen.

La porte s'entrouvrit sur un œil curieux qui nous dévisagea au travers de l'interstice. Lorsqu'il s'aperçut de la présence d'une jeune femme voilée, tenant la bride à une large jument, il réagit promptement et s'effaça pour déverrouiller son logis. Les rumeurs sur mon identité avaient dû voyager jusqu'ici.

Je pénétrai dans la maison en étudiant notre hôte. Il s'agissait d'un homme d'une quarantaine d'années, le visage buriné par une vie de travail dans les champs. Ses vêtements étaient simples, mais de bonne facture. Je devinai qu'il devait s'agir du chef du village.

— Maître Shen dort, grommela-t-il.

— Il ne vous en voudra pas de le réveiller, répondis-je en retirant le chapeau sur lequel était attaché mon voile.

Mes cheveux blonds retombèrent sur mes épaules devant son regard choqué.

— Laissez-moi aller lui parler, repris-je d'une voix plus douce.

Il acquiesça et me montra la pièce où dormait mon époux.

J'avalai nerveusement ma salive alors que je poussai lentement la porte. J'avais l'impression de violer son intimité. Sans doute ma nouvelle pouvait attendre qu'il se réveille de lui-même. Pourtant, poussée par un sentiment d'urgence que je ne comprenais qu'à moitié, je ne fis pas marche arrière.

La chambre était plus petite que la cabine qui m'avait été donnée sur L'Auguste. Un lit surélevé en occupait la moitié de l'espace. Sous les oreillers et le matelas — que je soupçonnais mon époux d'avoir apporté de Shaoxing —, une structure creuse abritait des cendres chaudes pour réchauffer l'air glacial. La peinture sur les murs était écaillée, mais on avait couvert les meubles de bougies parfumées qui répandaient une douce fragrance.

Ruoyan avait été réveillé par le vacarme de notre arrivée. Il était assis sur le côté du lit, vêtu de chausses blanches et d'une veste ouverte sur son torse. Lorsque je fis mon entrée, sa surprise se mua rapidement en alarme.

Il fut sur moi en un pas à peine. La pièce paraissait plus petite encore à présent qu'il était debout.

— Jade ? s'exclama-t-il en me prenant par les épaules. Que se passe-t-il ? Est-il arrivé quelque chose à mon père ? Comment es-tu arrivée jusqu'ici ?

— Yexi m'a accompagnée. Le marchand Ye… Dongfen est venu à la villa pour voir ton père.

— Et ?

— Il a amené des esclaves.

Il m'étudia comme si je parlais une langue qu'il ne comprenait pas.

— Donc, le vieux Ye est venu à la villa Shen avec des domestiques ?

— Des esclaves !

— Des esclaves. Et tu as chevauché toute la nuit pour me tenir au courant ?

Sa nonchalance fut comme une flèche en plein cœur. Comment pouvait-il ne pas avoir la moindre réaction ? Il me lâcha les épaules et fit un pas en arrière pour mettre de l'ordre dans ses vêtements.

— Tu ne comprends pas, il tente de pousser ton père à investir.

— Mon père flaire les bonnes affaires comme le meilleur des limiers. Il n'a pas besoin de Dongfen pour l'aider dans ses investissements.

— Mais pas les esclaves ! Ruoyan, il ne peut pas investir dans la traite d'esclaves !

— Je ne comprends pas ce qui t'affole autant…

— Ce sont des prisonniers ! Ton père ne doit pas accepter l'offre ! Tu dois l'en empêcher !

— Jade. Calme-toi. Tu as chevauché toute la nuit et tu ne sais plus ce que tu dis. Es-tu seulement sûre que…

— Non ! Je ne me calmerai pas ! Je ne peux pas le laisser participer à ces choses si cruelles, tu m'entends ? Je sais ce que c'est que d'être traitée comme de la marchandise ! Je ne peux pas rester spectatrice en voyant d'autres gens souffrir le même destin.

— T'avons-nous jamais traitée comme une esclave ? demanda

Ruoyan d'une voix glaciale.

La température de la chambre avait brutalement chuté. L'expression de mon époux était un signal d'alarme et j'aurais dû réaliser que je marchais désormais sur le fil d'une lame tranchante. Mais c'était trop tard, ma propre colère avait enflé au point de m'étouffer. Tout ce que je retenais depuis des semaines avait pris des proportions démesurées.

La digue avait explosé.

— Vous m'avez traitée comme un objet !

— Je ne t'ai jamais traitée comme un objet.

Ce n'était pas un mensonge. Mais j'étais trop aveuglée par la fureur pour m'en rendre compte.

— Si tu étais un tant soit peu sincère avec moi, tu chevaucherais tout de suite pour interrompre ton père.

— Mon père n'est pas un enfant à qui je peux imposer ma volonté. Il est capable de prendre ses propres décisions. L'heure n'est pas encore venue pour moi de diriger le clan Shen. Yexi va te raccompagner.

— Non ! Non, tu dois rentrer maintenant, l'arrêter avant qu'il ne soit trop tard !

Il serra les lèvres comme pour réfréner une remarque qui aurait été trop blessante.

— Ce n'étaient pas de simples esclaves ! rajoutai-je sous le coup d'une inspiration subite. C'étaient des mercenaires !

— Des mercenaires ?

— Il a parlé d'une armée ! Lorsque j'étais aux Indes, nos contacts nous ont expliqué que les troubles dans l'empire poussaient des seigneurs à monter leurs propres armées sur le territoire indien pour pouvoir les rapatrier en cas d'insurrection. Dongfen a parlé de l'empereur… Il a parlé de l'ambition de ton père !

— Qu'est-ce que c'est que cette histoire ? Des armées ?

L'empereur ?

— Il se passe quelque chose, Ruoyan ! Si ton père était sur le point de travailler avec des rebelles, n'est-ce pas ton devoir de l'arrêter ?

J'étais au bord des larmes à présent. Pour être tout à fait honnête, je me moquais bien de toutes ces histoires de révolte envers le gouverneur ou l'empereur. Peu m'importait qui était assis sur le trône.

Si j'avais su, à l'époque, les terribles punitions qu'on réserve aux traitres et à leur famille, sans doute me serais-je inquiétée davantage. Ce jour-là, je souhaitais surtout interrompre un échange qui me glaçait jusqu'au plus profond de mes os. J'étais prête à prétendre n'importe quoi pour y arriver.

J'avais imaginé que cet argument ferait mouche auprès de mon mari. Il avait après tout été particulièrement sensible aux relations de Shen Bao l'hiver précédent, lorsque j'avais assisté à la réunion avec le groupe de marchands. Mais à ma grande surprise, sa mâchoire se durcit et son regard me transperça.

— Cela suffit. Je ne repartirai pas dans ces histoires. J'ai déjà suffisamment jeté l'opprobre sur mon nom en menant une enquête contre mon propre père, je ne compte pas recommencer.

— Mais…

— Non. J'ai dit que c'était non. Je ne te laisserai pas me monter contre ma famille.

Il était hors de lui à présent, je le voyais bien. Et dans son dos, au travers de la petite fenêtre, le soleil se levait paresseusement, nimbant mon époux d'un halo doré qui contrastait avec la noirceur de mes émotions.

— Je n'essaye pas…

— L'année dernière, tu as parlé de rébellion. Et je ne parvenais pas à faire taire ces doutes que tu as éveillés.

— Je t’ai dit de mener une enquête sur ton père ?

— Non, admit-il, dans un bref moment de lucidité. Mais je l’ai fait quand même. Mes contacts avaient promis de m’envoyer un message s’ils avaient la moindre preuve d’activité qui sortait de l’ordinaire. J’ai espionné mon propre père et la seule chose que j’y ai gagnée est une honte qui me suivra jusqu’à ma mort.

Un terrible soupçon naquit dans mon estomac.

— Quand… À quand cela remonte-t-il ?

— Il y a quelques semaines, lorsque nous étions à Hangzhou. J’avais entendu des rumeurs concernant une réunion de dissidents et j’ai invité certains d’entre eux pour essayer de les mettre à l’aise. Je voulais savoir si mon père était impliqué dans leurs histoires. Personne ne pouvait me dire où il était parti, et je me suis laissé aller à imaginer des choses. J’ai demandé à mes contacts d’ouvrir l’œil, de me prévenir si l’un de leurs clients révélait quoi que ce soit une fois sous l’influence de l’alcool. En vain, comme tu le sais déjà.

La courtisane. Je fus submergée par une vague glaciale. Le visage de Ruoyan qui me répétait qu’il attendait le passage d’un valet s’imprima derrière mes rétines. Mais la garce était venue elle-même et j’avais tout gâché par jalousie.

— Non ! Il y avait quelqu’un à Hangzhou ! Meihua, ou quelque chose dans ce genre. Elle parlait de cerisiers… de faucons dans la forêt, je…

— Jade, cela suffit. Je comprends que tu es inquiète, nous en reparlerons lorsque tu auras dormi. Tout cela n’importe plus à présent. C’était une erreur de jugement que je ne compte pas recommencer. Mon père…

— Non, c’est vrai, tu dois me faire confiance ! Une femme est venue, mais je ne t’ai rien dit parce que j’étais vexée. Mon Dieu, de quoi parlait-elle déjà ? D’un arbre, ou de la nuit…

Il croisa les bras et me dévisagea d’un air fatigué. Je vis son regard glisser vers la porte derrière moi et je devinais qu'il était sur le point d'appeler Yexi pour qu'il me ramène à Shaoxing avant de continuer son tour des propriétés des Shen. Mon cœur sombra dans ma poitrine.

— Non ! m'exclamai-je. Non, je ne partirai pas. Pourquoi ne me fais-tu pas confiance ? C'est parce que tu ne veux pas choisir entre ton père et moi, n'est-ce pas ? Tu prends sa défense !

— Bien sûr que je prends sa défense ! J'ai failli à mon devoir, une fois, et je ne recommencerai pas.

— Ce n'est pas pour ça. C'est parce que tu es un lâche.

Il devint aussi immobile qu'une statue, mais j'étais trop en colère pour revenir sur mes mots.

— Tu n'oses jamais prendre de décisions par toi-même, tu as toujours besoin de consulter ton père !

— Jade... gronda-t-il.

— Vas-tu prétendre que c'est faux ? Tu as tellement peur de lui déplaire que tu n'essayes même pas de me faire confiance ! Il s'est joué de toi par le passé, mais tu refuses de le voir !

Si son regard avait pu tuer, je serais morte à cet instant exact, foudroyée sur place par la violence contenue dans ses yeux. Je craignis une seconde qu'il ne lève la main sur moi, mais c'était mal le connaître. Il inspira, expira, inspira une nouvelle fois, puis me contourna et sortit de la pièce sans ajouter un seul mot.

— Ruoyan ! m'exclamai-je en le suivant. Ruoyan !

Dans le salon, Yexi, notre hôte et sa femme étaient extrêmement occupés à prétendre n'avoir rien saisi de notre dispute. Aucun d'eux ne fit le moindre geste pour arrêter mon époux qui les dépassa comme une tornade, émergea dans le petit matin, sauta sur le dos du cheval de Yexi et s'enfuit à vive allure.

— Ruoyan ! criai-je encore d'une voix désespérée.

Mais il était déjà trop loin pour m'entendre.

CHAPITRE trente-quatre

JE VACILLAI CONTRE la porte d'entrée, terrassée par une vague de regrets douloureux. Je savais que j'avais commis une erreur. Une erreur que je ne pourrais jamais réparer. Mes jambes se dérobèrent sous moi et le monde se mit à tourner. Le cheval de Ruoyan n'était déjà plus qu'une vague silhouette à l'horizon, trop petite pour que je puisse imaginer le rattraper.

Pourquoi ? Pourquoi avais-je laissé mes émotions prendre le dessus sur ma raison ? Pourquoi avais-je dit toutes ces choses qui ne pouvaient que le blesser ?

Mon effroyable panique était en train de refluer, me laissant épuisée et confuse. Je n'avais pas dormi depuis longtemps et mes pensées s'entrechoquaient les unes aux autres sans la moindre logique. Shen Bao. Ye Dongfen. Ruoyan. Surtout Ruoyan.

Qu'avais-je fait ?

— Madame ? m'appela Yexi. Souhaitez-vous que je vous raccompagne ?

Le jeune homme m'avait rejoint, mais il regardait lui aussi l'horizon d'un air incertain. Ses doigts se serraient anxieusement autour du manche de la lance qui ne le quittait jamais.

— Tu es inquiet, fis-je remarquer.

— Le jeune maître est parti sous le coup de la colère, sans aucune escorte. Je n'aime pas ça.

— Tu préférerais être avec lui pour le protéger.

— Madame !

— Non, ne me mens pas, je comprends. As-tu une idée d'où il est allé ?

— Je pense, oui. Au vu de la direction qu'il a empruntée. Je pourrais sans doute le rattraper sur les chemins si je ne patiente pas davantage. Mais… Je souhaiterais vous raccompagner à Shaoxing dans un premier temps, pour votre sécurité.

— Tu perdrais du temps. Et tu n'aurais plus de chance de le retrouver, n'est-ce pas ? Pars, maintenant, je t'attendrai ici.

— Êtes-vous sûre ?

— Oui, répondis-je avec un soupir.

Ruoyan était complètement hors de vue, désormais. Inaccessible. Par ma faute. Comme j'aurais aimé pouvoir revivre la dernière heure et faire les choses différemment. Écouter. Ne pas céder à la panique.

— Ramène-le-moi, Yexi, j'ai peur d'avoir été trop loin cette fois.

Le jeune homme me dévisagea avec pitié avant d'acquiescer solennellement.

— Je ferai vite.

— Prends Colza avec toi, elle est rapide.

Il laissa échapper un sourire reconnaissant. J'avais deviné qu'il rechignait à emprunter la monture de son maître.

J'étais certes épuisée, mais j'avais dépassé le stade où mon corps réclamait le sommeil. Mes pensées s'affolaient, bouillonnaient, s'envolaient telles des feuilles secouées par le vent. J'étais tout bonnement incapable de dormir, malgré l'apathie qui s'était emparée de moi.

La maison de mon hôte était située sur une petite butte en

périphérie du hameau. Depuis mon poste d'observation sur le perron, je voyais un morceau de la vallée qui s'étendait en contrebas ainsi que le réseau de rivières qui se croisaient et serpentaient jusqu'aux murs de Shaoxing.

Sans doute est-ce la raison pour laquelle je les remarquai.

Une demi-douzaine de pirogues descendaient paresseusement le cours d'eau, pendant que des enfants jouaient sur la berge pour se dégourdir les jambes. Je n'avais pas vu de Hakka depuis notre retour de Hangzhou, mais je reconnus aussitôt les vêtements dont ils se paraient quotidiennement. Et là, sur la deuxième barque, se tenait un homme dont le profil m'était familier.

— Kai ! m'écriai-je, et je me mis à courir vers eux avant même de me rendre compte de ce que je faisais.

— Jade ! Jade !

Les deux filles du pêcheur Hakka abandonnèrent immédiatement leurs amis pour venir à ma rencontre et se jeter dans mes bras.

Je fus submergée d'un sentiment de gratitude qui effaça momentanément mes peurs. Je n'avais pas eu de nouvelles de Kai et de sa famille depuis si longtemps que j'avais craint que les petites n'aient disparu à leur tour. J'étais si heureuse de les voir en pleine forme.

La plus jeune tira sur un pan de mon large pantalon de voyage et rit aux éclats, imitée immédiatement par sa grande sœur, celle qui portait toujours ma mèche de cheveux dans une bourse de soie autour de son cou. Elles m'entraînèrent vers leur père, qui avait arrêté sa pirogue et laissé les autres prendre de l'avance.

— Kai, le saluai-je. Je suis heureuse de te voir.

— Moi de même, cousine.

Le surnom dont il m'avait affublé m'arracha un sourire. C'était une sorte de plaisanterie entre nous, un rappel que, comme lui, je ne ferais jamais vraiment partie des Hans qui habitaient dans la cité. Peu importe les années que j'y vivais, ou les efforts que je faisais pour m'intégrer, je serais toujours une étrangère.

— Que fais-tu si loin de chez toi ? demanda-t-il.

— J'attends le retour de mon escorte. Et toi ?

— Nous sommes en route pour la ville pour la journée.

— Vous habitez près d'ici ?

J'avais deviné que leur campement était situé près de l'estuaire au nord de Shaoxing, puisque leur principal revenu venait de la pêche, mais je n'avais jamais su exactement où ils passaient leurs nuits.

— Nous ne révélons pas nos secrets aux étrangers, Jade, me réprimanda-t-il avec un sourire presque paternel. Souhaites-tu que nous te raccompagnions ? Je connais le chemin.

— Oh oui ! Oui ! Oui ! s'exclamèrent les petites filles en sautant autour de moi.

— Avec plaisir. Donne-moi juste quelques minutes, je dois laisser un message pour ne pas que mon mari s'inquiète.

S'il revenait.

J'avalai nerveusement ma salive et courus vers la maison du chef du village pour écrire un mot expliquant où j'avais disparu. Je fis promettre à mon hôte de le remettre à Yexi ou à Ruoyan dès qu'ils se présenteraient, puis je descendis de nouveau vers la pirogue, l'esprit plus léger.

Kai dirigeait notre embarcation au moyen d'une longue pagaie qu'il enfonçait dans le limon de la rivière. Entourée des petites qui avaient rejoint la barque, je me laissai aller à somnoler contre les sacs de grains. L'odeur du poisson me rappelait les mois sur l'Auguste avec une nostalgie que je n'aurais jamais cru éprouver.

Les échos d'une dispute me tirèrent trop vite de ce demi-sommeil. Je remontai mon châle pour couvrir au maximum mes cheveux — un réflexe qui me suivrait pendant le restant de mes jours — et passai la tête en dehors de la bâche.

Nous avions rejoint les autres Hakkas, disséminés sur la petite rivière à une jetée de pierre. Mais ils étaient bloqués par un second groupe qui ne les laissait pas passer.

Confuse, je me tournai vers Kai et vis ses sourcils se froncer. Il plongea la pagaie dans le courant pour effectuer une sorte de demi-tour précipité. Je ne compris ce qui se passait qu'en remarquant des hommes émerger sur les buttes qui longeaient le cours d'eau.

Nous venions de tomber dans une embuscade.

La situation évolua de désordre effrayant à pur chaos en quelques secondes à peine. Nos agresseurs nous lancèrent des boules de tissus enflammées dans le but de nous forcer à terre. Kai, qui était un peu en retrait, poussa sa pagaie de toutes ses forces pour nous faire gagner de la distance. La sueur perlait sur son front alors qu'il se battait contre la fange qui tapissait la rivière.

Je n'en menais pas large également. Ma première pensée avait été pour Ruoyan, envers lequel mes derniers mots auraient été de le traiter de lâche. Puis l'instinct prit le dessus et je me penchai sur les petites pour les protéger. Les brigands étaient vêtus de tenues simples dont l'origine ne pouvait être tracée. Je songeai un instant à l'attaque dont nous avions été victimes à notre retour de Hangzhou l'été précédent, mais cela ne collait pas. Personne ne savait que j'étais ici. Je ne pouvais pas être la cible.

Malgré les efforts de Kai, l'un des projectiles nous atteignit. Il déchira la toile et tomba sur les réserves de grains, immédiatement suivis d'un second. Je fis de mon mieux pour empêcher que les flammes se propagent, mais les sacs prenaient feu trop rapidement. Kai poussa un juron et manœuvra la barque vers la rive opposée à nos attaquants.

— Fais-les sortir de là ! me cria-t-il.

Les rugissements dans mon dos s'étaient intensifiés. Je ne perdis pas de temps à me retourner pour voir ce qu'il en était et me saisis des deux petites en sautant vers la berge. Nous pataugeâmes quelques instants dans la boue, mais la peur donne des ailes, et il ne nous fallut qu'un battement de cil pour atteindre la terre ferme.

Soulevant la plus jeune des deux contre ma hanche, je glissai ma main dans celle de la seconde pour l'encourager à aller plus vite. À ma droite, une autre embarcation avait pris le même chemin. Nous filâmes comme le vent.

Tous les muscles de mon dos étaient crispés par la crainte d'être touchée dans notre fuite par une flèche de nos attaquants. Toutefois, la menace ne vint pas de derrière nous.

Quatre hommes nous attendaient en haut de la butte.

Le temps se figea, cristallisant l'espace qui nous séparait. J'avais perdu mon châle pendant ma course, et mes cheveux emmêlés tombaient autour de mon visage, salis par la boue, mais pas au point de les rendre méconnaissables. Mon identité n'était plus vraiment un secret à Shaoxing.

Toutefois, la lueur que je vis passer dans leurs yeux me pétrifia. Ce n'était pas une simple étincelle de reconnaissance, lorsqu'on aperçoit pour la première fois quelqu'un dont on a largement entendu parler. Non, c'était beaucoup plus personnel. C'était un signe d'alarme. Ils faisaient plus que me reconnaître, ils me *connaissaient*.

Deux Hakkas me dépassèrent en criant pour profiter de l'instant d'hésitation qui s'était emparé de nos agresseurs. L'un d'eux me lança une dague que je ramassai en ravalant ma peur.

Étrangement, la familiarité du poids de l'arme calma les battements désordonnés de mon cœur.

Un bosquet longeait la rivière, en amont de là où nous nous trouvions. Je murmurai aux petites de partir s'y cacher en priant qu'elles aient plus de chance que la dernière fois où j'avais tenté de me dissimuler parmi les arbres.

L'un des agresseurs essaya de les poursuivre, mais je lui coupai la route. La lueur étrange brilla de nouveau dans ses yeux et je le vis hésiter, faire marche arrière, avant de croiser mon regard.

Ruoyan m'avait dit un jour qu'on lisait dans mes yeux comme dans un livre ouvert. Il avait dit cela d'un ton presque fasciné, comme si c'était là une marque d'innocence qu'il n'avait jamais eu l'occasion de rencontrer chez ses semblables.

C'était peut-être une qualité.

Mais ce fut ce qui me perdit ce jour-là.

Cet homme me connaissait. Et il avait peur que je ne le reconnaisse également. À l'instant où cette conclusion me frappa, je vis mon adversaire froncer les sourcils et ses traits se crisper. Apparemment, lui aussi semblait penser que je n'avais de secrets pour personne.

En l'espace d'un souffle, sa décision fut prise. Il chargea, pommeau en avant, dans le but de m'assommer. Mais mon corps s'éveilla de sa torpeur et enchaîna une suite de mouvements que j'avais longuement répétés en compagnie de Yexi. Plongeant sous son bras tendu, je levai ma lame pour lui taillader l'artère.

Le geste me surprit autant que lui. J'avais agi sans réfléchir, poussée par un réflexe né d'heures et d'heures d'entraînement. Malheureusement, je n'avais jamais eu l'occasion de m'exercer qu'avec un bâton, je n'avais jamais eu l'occasion de chercher à faire couler le sang.

J'échouai à lui causer autre chose qu'une simple entaille.

Son expression se fit plus dure. Il chargea de nouveau, lame en avant cette fois. Je le bloquai dans un cri, fis des efforts pour me dégager et lui porter un nouveau coup avant d'être jetée au sol par la force de son assaut.

Je roulai sur moi-même sans attendre. Yexi m'avait expliqué qu'il valait mieux être une cible en mouvement qu'une cible morte. La lame de mon adversaire s'enfonça dans la terre tapissée de givre et je profitai des quelques secondes que j'avais gagnées pour recouvrer une position de défense.

L'inconnu se remit plus vite que je ne l'avais anticipé, mais il se contenta de me regarder, un sourire amusé aux lèvres.

C'était quelque chose dont je prendrais rapidement l'habitude, être ainsi sous-estimée. Depuis, j'ai appris à me servir de l'avantage que cela m'offre. Je n'ai jamais eu l'étoffe d'une grande combattante et tous les atouts sont bons à saisir, car dans le cadre d'un affrontement, la surprise est généralement la principale carte dans mon jeu.

Toutefois, dans ma naïveté d'alors, la suffisance avec laquelle il me regardait, cet air satisfait qui me rappelait un chat jouant avec une souris, me hérissa au plus profond de moi-même. Je me jetai sur lui, dague dressée, et laissai mon corps enchaîner les suites de parades et d'attaques que j'avais mémorisées auprès de Yexi.

Il les repoussa une à une, avec autant de facilité que s'il contenait un enfant. Chaque coup le rapprochait de moi et lorsqu'il eut pénétré ma garde, il se saisit de mon épaule et me fit pivoter contre lui, immobilisant mon bras droit et enroulant le sien autour de mon cou pour me soulever de terre.

Il n'avait aucun moyen de deviner qu'après ma précédente mésaventure, j'avais insisté pour apprendre précisément comment me sortir de ce genre d'agressions. Je levai le bras gauche et le glissai sous son poignet pour l'empêcher de m'étouffer tout en balançant mon pied vers l'arrière afin d'utiliser tout mon poids pour échapper à son étreinte. La surprise lui fit faire un pas en arrière et j'achevai mon tour en lacérant sa poitrine de ma dague.

Il poussa un cri et tira une nouvelle lame de sa ceinture. La lueur dans son regard avait changé. Il ne jouait plus.

Je pris une inspiration, prête à défendre chèrement ma vie, mais une douleur indescriptible explosa dans mon bas ventre. Hébétée, je baissai les yeux et vis le manche d'un poignard dépasser de mon flanc droit.

— Que… balbutiai-je, sous le choc.

Je vacillai légèrement, notant une présence dans mon dos. L'un des autres agresseurs avait surgi derrière moi pour mettre fin au duel. J'avais complètement oublié que nous n'étions pas seuls.

Le souffle coupé, je m'écroulai comme une marionnette désarticulée. Je n'éprouvais plus rien au-delà de cette souffrance insoutenable. À peine si je voyais les brins d'herbe jaunis et piétinés. À peine si je sentais le vent froid qui caressait mes joues maculées de larmes.

J'étais plongée dans un brouillard de plus en plus dense, d'où me parvenaient les échos d'une discussion qui semblait se dérouler à des lieues et des lieues de moi.

— Idiot ! Tu aurais pu la tuer ! Tu sais qui c'est !

— J'ai préféré arrêter tout ça avant que tu te prennes la raclée du siècle…

— On fait quoi maintenant ? On fait quoi si elle meurt ?

Des doigts se pressèrent sous mes narines, mais je n'avais pas la force de les repousser. Je pensai à Ruoyan, mais la seule image que j'étais capable d'invoquer était celle de son expression blessée quand il s'était détourné de moi. Je vis les visages de Xiaoli et de Yexi se dessiner brièvement lorsque je fermai les paupières, puis d'autres, à qui je n'avais pas songé depuis si longtemps. Henri. Mathilde. Ma mère. Marguerite. Mes frères.

— Elle vivra, gronda de nouveau la voix, si faible que je l'entendis à peine.

Lorsque je perdis finalement conscience, j'accueillis l'abîme avec la joie que l'on témoigne à un ami de longue date enfin retrouvé.

CHAPITRE trente-cinq

JE ME RÉVEILLAI avec un haut-le-cœur dans une petite cellule de terre et de pierres mélangées. Mon ventre avait été soigneusement bandé et les murs ondulaient devant mes yeux, signe que l'on m'avait administré quelque chose pour la douleur.

Mon estomac se tordit une nouvelle fois, mais je réprimais ma nausée. Quelque chose m'avait éveillée. Je voulais savoir quoi.

La pièce où je me trouvais était propre, mais dépourvue de meubles. De la lumière brillait faiblement au-delà de la monstrueuse porte, et ces minuscules interstices étaient ma seule source de clarté. Il n'y avait aucune fenêtre, aucun moyen d'estimer le temps que j'avais passé ici.

J'entendis des voix étouffées échanger quelques phrases incompréhensibles dans le couloir. C'était là ce qui m'avait réveillée. Décidée à en apprendre plus, je fis une première tentative pour me lever.

La douleur me submergea instantanément. Je serrai les dents pour contenir le cri qui cherchait à s'échapper. Une seconde interminable s'écoula avant que je n'ose à nouveau bouger les jambes.

Mon esprit était embrumé, mais je me rappelais en partie l'altercation sur la rivière et le combat qui s'en était suivi. Je m'étais retrouvée en duel face à l'un des bandits et, puisque cet endroit ne ressemblait pas à ma chambre dans la villa Shen, l'issue ne faisait pas vraiment de doute.

Néanmoins, j'étais en vie.

Pourquoi ?

Ma première réaction fut de me dire qu'ils avaient dû demander une rançon. Bien que je ne sois pas fière de l'avouer, je m'accrochai à cette idée avec l'énergie du désespoir. Shen Bao avait les moyens de me récupérer.

Ce ne fut qu'après que je songeai aux Hakkas, eux qui n'avaient aucune famille fortunée pour leur venir en aide. Et mon cœur se serra.

Je concentrai toute ma volonté sur mes jambes, ainsi que sur la distance qui me séparait de la porte. Doucement, lentement, je fis un premier pas agonisant. Puis un second, puis un troisième.

Heureusement pour moi, mon cachot n'était guère large.

Mon oreille collée au bois de la porte, je n'entendais que de lointains échos, mais je pus néanmoins deviner l'origine de certains bruits.

On remuait des chaises sur un sol de pierre.

Quelqu'un vociférait des menaces.

Une autre personne se lamentait.

Une minute s'écoula. Les voix se firent plus distinctes au fur et à mesure que les individus s'approchaient de ma cellule.

— Elle dort ?

— Pour le moment. Mais elle ne tardera pas à se réveiller.

— Est-elle mortellement blessée ?

— Le guérisseur a dit qu'elle s'en remettra. Que faisons-nous d'elle ? Elle a vu Wang.

— Je pourrais vous faire fouetter pour votre incompétence. Vous n'imaginez même pas les soucis que vous auriez pu causer. Mais voyons voir ce que nous pouvons tirer de la situation d'abord.

Ouvrez.

Ils étaient tout proche à présent. La dernière phrase m'était parvenue avec une clarté effrayante. Je me plaquai contre le mur alors que le bruit d'une clé tournant dans un verrou résonnait dans le silence.

Le rayon de lumière s'élargit alors que la porte coulissait lentement sur ses gonds. Un jeune homme fit son entrée, le regard fixé sur le lit dans lequel je ne me trouvais plus. Sans lui laisser le temps de réagir, je me jetai sur lui en hurlant.

Et mon cri n'était qu'à moitié dû à la douleur.

La lumière du couloir m'aveugla alors que nous basculions sur le sol.

— Jade !

Je m'apprêtais à me lever et tenter une fuite impossible lorsqu'une voix me foudroya. À présent que la porte n'était plus entre nous, j'en reconnaissais parfaitement l'auteur. Cette voix, à la fois douce et strictement sous contrôle.

Changyin était venue me chercher.

Je relevai la tête, pleine d'espoir, mais je me pris aussitôt à douter. Quelque chose ne tournait pas rond. Je ne sais pas si ce sont les mots que j'avais surpris quelques secondes auparavant, ou bien le sourire de la nouvelle épouse de Shen Bao qui me mit sur la piste.

Ah, ce sourire.

Étrange comme une expression peut vous précipiter au plus profond du gouffre, alors même que vous pensiez y être déjà depuis un moment.

— Gr… Grande sœur ?

— Jade, voyons, ne fais pas l'enfant.

Les deux hommes qui se tenaient derrière elle la dépassèrent pour me ramener dans ma cellule. Alors qu'ils me soulevaient de terre, mon regard croisa brièvement l'autre personne qui se trouvait dans le couloir, voûtée et tête baissée pour éviter de se faire remarquer, et je dus me rendre à l'évidence.

Ce maudit gouffre était sans fond.

— Ah, fit Changyin en devinant où mes yeux s'étaient égarés. Pas d'inquiétude à te faire, petite sœur, notre jeune amie est d'une loyauté sans faille.

— Guoying ! appelai-je alors que la porte se refermait. Guoying !

— Tsss, tsss… Ne t'énerve pas. Elle t'entend. Mais elle n'ira nulle part. Et si nous parlions, à présent ?

Les deux hommes me ramenèrent sur le lit. Changyin prit place à mes côtés et me prit la main, dans une parodie grotesque de ces soirées qu'elle avait passées dans mes quartiers à m'écouter me plaindre de Ruoyan.

— Où suis-je ? Changyin, que fais-tu ici ?

Plus j'y réfléchissais, moins je comprenais ce qui était en train de m'arriver. Pourquoi ne me libérait-elle pas ? Que faisait-elle avec ces hommes qui avaient très probablement enlevé des enfants Hakka ?

— Ne perds pas ton calme, tu risquerais de rouvrir ta blessure. Ce serait dommage n'est-ce pas ?

J'acquiesçai sans protester, parce que toute l'énergie dont je disposais était consacrée à empêcher mes larmes de couler. Même ainsi, dans l'obscurité de cette cellule, Changyin était d'une beauté sans nom. Son visage parfait était un masque de sérénité, ses yeux sombres un puits de bienveillance.

Je commençais à divaguer.

— Combien de temps… Depuis quand suis-je ici ?

— Deux jours à présent. Tu es revenue à toi quelques fois d'après le guérisseur.

— Deux jours ? Mais… Où sommes-nous ? Pourquoi es-tu avec ces gens ?

— Ah… petite sœur… Tu dois avoir tellement de questions. Je comprends, calme-toi. Je vais tout t'expliquer. Mais tout d'abord, je dois prévenir quelqu'un de ta présence ici, pour que personne ne s'inquiète. Tu es trop faible pour voyager, et je ne peux malheureusement pas t'escorter moi-même.

— Mais de quoi parles-tu ?

Elle commença à me caresser distraitement le dos de la main en répétant à quel point elle comprenait ce que j'avais traversé. Brutalement, une image s'imposa à moi, souvenir lointain d'une autre vie. Dans une chambre qui sentait le renfermé, une vieille femme avait glissé ses doigts noueux dans mes cheveux emmêlés. Elle avait repoussé mes mèches trempées de sueur et avait murmuré des mots réconfortants. Et en échange, je lui avais déversé toute ma vie sur un plateau d'argent.

— Ruoyan a disparu je ne sais où, continuait Changyin de sa voix mélodieuse, mais il y a bien quelqu'un d'autre en qui tu aies confiance, non ?

J'entendis comme un cri d'alarme dans ma tête. Les visages de Yexi et Xiaoli défilèrent un instant dans mon esprit et je devinai le secret qu'elle essayait de m'arracher. La trahison me faisait mal, mais elle restait moins douloureuse que le moment où j'avais compris que Ruoyan ne me faisait pas confiance.

— Peut-être pourrions-nous écrire à ton maître d'armes ? Il viendra t'escorter à la maison.

— Tu es beaucoup plus subtile que cela, d'habitude, lui lançai-je d'une voix agacée.

La jeune femme me lâcha la main. Ses yeux avaient perdu de leur candeur, ses traits s'étaient faits plus durs. Le masque était tombé. Pour être honnête, elle n'avait pas fourni un véritable effort pour me berner.

— Tant mieux. J'avais peur que tu me rendes la tâche trop facile.

Ce n’était vraiment pas amusant ainsi.

Elle souleva sa main et me gifla violemment. Une brûlure fulgurante me traversa. J’avais à peine eu le temps de voir l’énorme bague articulée qui ornait son index. Elle caressa ma joue avant de glisser ses doigts entre mes lèvres. Je sentis le goût métallique de mon propre sang m’envahir la bouche. Ma précédente provocation me semblait à présent une fort mauvaise idée.

— *Petite sœur*, ricana-t-elle. Tu as été l’erreur de cette famille. L’aberration dans un parcours sans faute. Mais ce sera bientôt réparé. Je n’avais pas prévu de me débarrasser de toi si vite, mais puisque l’occasion se présente, je vais m’en saisir.

Je ne pus réprimer un frisson de dégout quand elle effleura ma gorge. Mais lorsque ses doigts descendirent plus bas encore, au-delà de ma poitrine et vers les bandages qui me comprimaient le torse, la nausée se transforma en peur brute.

— Je sais que Ruoyan ne t’enseigne pas les armes lui-même. À qui a-t-il confié cette mission ? Le garçon au joli minois qui te suit comme une ombre ? Cela serait presque trop facile.

Sans même attendre ma réponse, elle appuya. Le hurlement qui m’échappa était bestial. J’avais l’impression de revivre le moment où le poignard s’était enfoncé dans ma chair.

Je crois que je perdis connaissance pendant quelques instants, parce que lorsque je revins à moi, elle était debout près de mon lit et me dominait de toute sa hauteur.

— Eh bien ?

Ses lèvres s’étirèrent en un sourire presque guilleret devant mon silence borné. Elle esquissa un geste vague de la main en direction des hommes qui se tenaient dans la pièce. Je les avais presque oubliés.

— Messieurs.

C’est alors que les coups commencèrent à pleuvoir. Je perdis toute notion du temps. Je pleurai, criai, appelai à l'aide. Aujourd'hui encore, je n'ai aucun souvenir de ce que je pus leur dire. La seule raison qui m'incline à penser que je ne laissai jamais échapper le nom de Yexi ou de Xiaoli fut qu'ils ne mirent pas fin à mon supplice.

— Madame, finit par déclarer l'un d'eux en se relevant. Si nous continuons, le temps n'effacera pas les marques. Si vous comptez la remettre au conseiller, peut-être vaudrait-il ne pas l'abîmer davantage ?

— Ah, fit-elle, en caressant mes cheveux. C'est une bonne idée, mais elle est sans doute un peu trop âgée pour cela. Non, nous recommencerons plus tard. Tu m'entends, Jade ? Je vais te laisser un peu de temps pour réfléchir, puis je reviendrai m'amuser avec toi.

Sur une dernière caresse qui me donnait envie de vomir, elle se détourna dans un bruissement de voile et m'abandonna à mon sort.

Je n'eus pas à patienter bien longtemps avant de voir se rouvrir la porte pour laisser place à une vieille femme, un bassin d'eau chaude sur les hanches. Ignorant mon regard stupéfait, elle trempa un morceau de tissu dans le bac et commença à nettoyer le sang de mes blessures. Ce n'est qu'en la voyant penchée au-dessus de moi que je réalisai que je n'étais plus sur le lit. Sans même m'en rendre compte, sous les coups de mes geôliers, je m'étais recroquevillée sur le sol, les ongles plantés dans la terre battue pour m'empêcher de parler.

Elle passa le chiffon sur mon visage avec des gestes tendres, et s'attarda même pour essuyer les larmes qui coulaient sur mes joues. Je l'avais déjà vue à la villa Shen. Mais je ne connaissais ni son nom ni son histoire.

— Ma pauvre enfant, marmonna-t-elle, avant de jeter le tissu dans le bassin et de se redresser.

Sous le choc, je n'émis pas le moindre son et l'observai se retirer en silence. Mon corps entier ne semblait être qu'une gigantesque et douloureuse plaie. Chaque pouce de ma peau me faisait souffrir et pourtant, mon esprit s'éveilla du sommeil protecteur où la torture l'avait envoyé.

Je devais faire parvenir un message, à Yexi, ou à Ruoyan.

C'était mon seul espoir de sortir d'ici. Xiaoli pourrait les contacter, si elle savait où j'étais retenue.

J'aurais pu supplier cette vieille femme, mais je ne la connaissais pas, je n'avais aucun moyen d'être sûre qu'elle ne se précipiterait pas vers sa maîtresse pour lui raconter mes secrets. Xiaoli m'avait parlé d'une autre suivante de Changyin, celle qui la détestait. Elle l'avait appelée Puli.

Je fouillai ma mémoire en tentant de mettre un visage sur ce nom. Nombreuses étaient les soirées que j'avais passées dans les appartements de la nouvelle maîtresse Shen. J'avais vu les domestiques qui y travaillaient plus d'une fois. Pourtant, je ne parvenais pas à me souvenir de cette Puli.

D'un geste rageur, j'abattis mon poing sur le sol. Je fis un serment ce jour-là, et je l'ai respecté à la lettre, quels que soient les endroits où j'ai vécu. Si je survivais à cette épreuve, je me jurais de connaître personnellement tous les gens à mon service. Je comprenais à présent quel atout ils pouvaient représenter dans un conflit. Invisibles aux yeux de la majorité, ils avaient accès à tout, entendaient tout.

Si j'avais connu la vieille dame qui venait de faire ma toilette, j'aurais pu tenter de faire entendre mon point de vue. J'aurais su quel argument employer, et par quelle promesse la gagner à ma cause. Ce n'était pas le cas, et je regardai, impuissante, la porte se refermer sur mes velléités de fuite.

Je ne m'attarderais pas sur les heures, ou même les jours que je passais dans ce cachot. Changyin et ses acolytes me rendirent visite plusieurs fois, mais jamais elle ne parvint à m'arracher le moindre nom.

À présent, je n'en doutais plus un instant, il s'agissait plus d'une question de principe que d'un réel besoin de renseignements. J'ignorais pourquoi elle voulait savoir avec qui je passais mes journées, mais nul doute qu'elle aurait pu faire le lien avec Yexi ou Xiaoli elle-même. Non, elle souhaitait me briser. Et chaque échec la poussait plus loin dans sa folie.

Comment n'avais-je jamais pu remarquer la cruauté qui se tapissait derrière ses yeux calculateurs ? Avais-je été aveugle pendant tout ce temps ?

Lorsque la porte s'ouvrit de nouveau, je ne réagis même pas. J'avais dépassé ce stade depuis longtemps. Assise sur le matelas, les genoux remontés contre ma poitrine, je fixai le mur d'un air vide.

— Jade !

La voix n'était pas celle de ma tortionnaire. Je me tournai brusquement vers le couloir en réprimant un cri de douleur. La silhouette de Guoying se découpait dans la lumière des torches. Elle était seule.

— Oh mon dieu, Jade, s'écria-t-elle en s'approchant. Je suis tellement désolée. Peux-tu te lever ? J'ai soudoyé les veilleurs pour qu'ils fassent un tour pendant une heure. Je dois te faire sortir d'ici.

— Changyin ? soufflai-je au travers de mes lèvres craquelées.

— Elle est retournée à la villa pour voir si Ruoyan était rentré.

— Que se passe-t-il Guoying ? Je ne comprends rien à ce qui m'arrive…

— Je te raconterai tout, je te le promets. Mais d'abord, jure-moi que tu n'as pas donné le nom de ma sœur. Par pitié, dis-moi que tu ne l'as pas fait…

— Non. Je n'ai rien dit. Mais pourquoi… Ne le sait-elle pas

déjà ?

Elle poussa un long soupir de soulagement et glissa un bras sous mes épaules pour m'aider à faire quelques pas.

— Non, elle ne sait pas que vous êtes plus proches que nous ne le sommes, elle et moi. Elle ne veut pas s'attaquer de trop près aux domestiques, de peur que les autres ne la trahissent, mais si elle savait, elle n'hésiterait pas à la torturer pour trouver la réponse à sa question.

— Que veut-elle, à la fin ?

— Elle cherchait quelqu'un à faire disparaître. Quelqu'un de suffisamment crédible pour que Ruoyan imagine que tu as fui avec un amant. Je ne lui ai pas dit. Pour Yexi. Elle m'a demandé, mais…

— C'est absurde.

Si j'avais eu la moindre force, je pense que j'aurais ri.

Au-delà de ma cellule, je découvris une suite de portes, identiques à la mienne. Des couloirs similaires serpentaient dans toutes les directions, mais Guoying savait où elle allait. En haut d'un escalier, elle me fit traverser une petite salle pavée, où avaient été installées une table et quelques chaises. Au-delà, un immense hangar, rempli de sacs de grains et de caisses scellées.

Nous étions dans les entrepôts Shen.

— Elle cherchait à couvrir ses traces, continua-t-elle, mais je pense qu'elle a fini par choisir quelqu'un au hasard. Le jeune maître peut revenir d'un moment à l'autre.

— Guoying. Que se passe-t-il ? Pourquoi suis-je ici ?

— Pas maintenant, Jade.

— J'ai besoin de comprendre.

Elle s'arrêta et je profitai de cette pause pour reprendre mon souffle. Mon corps hurlait sa détresse en silence.

Ma compagne se plaça devant moi pour m'encourager à avancer, mais les larmes que je vis briller dans ses yeux eurent l'effet inverse. Guoying, l'insensible, la fière Guoying, était à deux doigts de craquer.

— Si tu savais... Mon Dieu, je suis tellement désolée... Je n'ose pas...

— Dis-moi.

— Changyin... Changyin et Shen Bao jouent avec les élites depuis quelques mois dans le but de renverser le gouverneur.

— Cela n'explique pas ce qui se passe ici.

— Je ne sais pas comment l'avouer... Cela a commencé par des choses pas trop graves, elle a appris que certains des membres du conseil aimaient les femmes très jeunes, alors elle a fait appel à un réseau de prostituées. Elle m'a aussi demandé de... de...

— Elle t'a demandé quoi ?!

— J'ai tout accepté, renifla-t-elle en serrant les poings. Mais ça n'était jamais assez, et ils ont fini par utiliser des gamines. Des enfants que la milice ne perdrait pas de temps à chercher. Je ne veux pas... J'ai prétendu ne pas voir... J'aurais dû... Je suis désolée, Jade. J'aurais pu faire quelque chose, mais j'avais tellement peur !

— Où sont-elles maintenant ? Où sont les filles qui ont été enlevées ?

Guoying secoua misérablement la tête et je ne pus réprimer mon haut-le-cœur. Un mélange de bouillon et de bile m'échappa dans un bruit qui déchira le silence. Ma compagne émergea de sa torpeur.

— Nous ne pouvons pas rester là ! Viens !

— Et Shen Bao ? soufflai-je. Il faut le prévenir.

— Il sait.

Je réfléchis à la façon dont il vieillissait inexorablement depuis des mois. Un secret comme celui-ci pouvait-il vous ronger de l'intérieur ? Changyin, elle, se portait aussi bien qu'au premier jour.

Nous titubâmes jusqu'à la porte coulissante. Les jambes encore tremblantes, je m'adossai au mur pour laisser Guoying libre d'en activer l'ouverture. Mon cauchemar prenait fin. J'étais libre.

La lueur des étoiles illumina brièvement mon visage, et l'espoir qui avait éclos dans un coin de mon cœur fut aussitôt déchiqueté et piétiné sans la moindre considération.

CHAPITRE trente-six

— JE SUIS DÉÇUE, fit la voix cajolante de Changyin. Tu ne pensais quand même pas que tu avais toute ma confiance ? Je t'ai mieux enseigné que cela.

Nous étions de retour dans la cellule, et Guoying cette fois m'avait rejointe au rang de prisonnière. Elle se tenait à genoux devant sa maîtresse, les mains sur ses cuisses. Je voyais ses épaules trembler sous les sanglots qu'elle ne tentait plus de réprimer.

— Je m'étais doutée que tu essayerais quelque chose de ce genre à la première occasion, petite ingrate. Tu sais ce que je fais à ceux qui me trahissent, n'est-ce pas ?

— O… Oui…

Je me rappelais encore de la première fois que j'avais vu Guoying. Elle n'avait pas seize ans. À peine débarquée de l'Auguste, affamée et affaiblie, elle s'était adressée à moi avec une politesse glacée, comme si j'étais là pour la servir et non l'inverse. Il était difficile de réconcilier cette image avec la femme que j'avais devant moi à présent.

En quelques mois à peine, Changyin l'avait transformée en créature pitoyable.

— Je vais te rendre les choses faciles, fit-elle en déposant un flacon devant ma compagne. Bois, et ce sera terminé. Je me montre magnanime au nom de tout ce que tu as fait pour moi. Prends-le ou pas, c'est ton choix.

Le sourire aux lèvres, elle s'adossa au mur et nous dévisagea sans le moindre scrupule. Je m'agitai pour les rejoindre, mais les hommes de Changyin m'avaient menottée au pied du lit.

— Guoying, non… la pressai-je.

— Je suis désolée… Je ne peux pas. Je t'ai entendue, tout à l'heure. Tes cris… Je ne pourrais pas. Je ne le supporterais pas.

Ses mains tremblèrent en se refermant autour de la petite bouteille à l'apparence si innocente.

— Ne me laisse pas ici toute seule, suppliai-je. Regarde-moi. Tout va bien se passer… Guoying !

Parfois, lorsque vous faites face à quelqu'un, vous réalisez que vous n'avez devant vous qu'une coquille vide. Ce fut ce que je vis, ce soir-là. Guoying avait déjà fait ses adieux à la vie.

— Madame ? appela une voix de l'autre côté de la porte. J'ai apporté les onguents que vous avez demandés.

Sans doute était-ce parce que j'étais plongée dans les yeux de la jeune femme que je vis le changement qui s'y opéra. L'espace d'un battement de cœur, une lueur s'y était allumée. Brève. Fragile. Mais pendant un instant, elle avait brûlé aussi vive que n'importe quelle flamme.

— Je te ferai appeler dans quelques minutes, répondit Changyin, mais c'était à peine si je l'entendais.

— Guoying ? soufflai-je. Ne perds pas espoir…

La jeune femme secoua la tête avec un sourire désolé et s'empara du petit flacon qu'elle déboucha avant de le lever vers moi dans un salut funèbre.

— *Confiance à amie de ma sœur*, récita-t-elle dans un français approximatif.

Puis elle but.

Presque immédiatement, son corps se raidit et elle se replia sur elle-même en suffoquant. Mais j'étais trop sonnée pour réagir. La vitesse du poison, tout comme ses derniers mots incompréhensibles, m'avait clouée sur place.

Changyin se tourna aussitôt vers moi, le visage figé dans une expression contrariée.

— Quoi ? Que t'a-t-elle dit ?

— De.... Elle m'a demandé pardon, répondis-je suffisamment rapidement pour ne pas donner l'impression de réfléchir.

Cela semblait être quelque chose de tout à fait probable, mais Changyin n'était pas dupe. Elle contourna le corps agité de ses derniers soubresauts et me gifla avec autant de force que la première fois. Ma tête vola en arrière, butant contre le pied du lit.

— Que t'a-t-elle dit !

— Pardon, criai-je. Pardon pour toutes les horreurs qu'elle t'a laissée commettre !

— Ah... Je vois que vous avez eu le temps de discuter toutes les deux. Quel dommage qu'elle se soit révélée si faible. Elle avait du potentiel.

— Tu es un monstre ! Elle m'a raconté que vous aviez enlevé des jeunes filles pour les prostituer contre leur gré ! Comment as-tu pu ! Tout cela pour un peu de pouvoir ?

— Un monstre ? Tu n'es qu'une enfant gâtée, Jade. On t'a tout donné sur un plateau d'argent. Une famille, un époux, le pouvoir. On t'a donné plus encore que ce que tu aurais pu imaginer posséder un jour. Ne prétends pas me comprendre. Tu ne sais pas ce que c'est de devoir se battre pour survivre.

— Shen Bao est suffisamment riche pour subvenir aux besoins de tous tes enfants et de tous tes petits enfants... Tu n'as plus besoin de te battre ! Pourquoi as-tu fait cela ? Toi et Shen Bao... Vous vous en êtes pris aux Hakkas. Les disparitions, c'était vous, n'est-ce pas ?

— Ce n'étaient que des moins que rien, personne ne les regrettera.

— Comment as-tu pu…

— C'est justement parce que Shen Bao est déjà l'homme le plus riche et le plus influent de la région ! s'écria-t-elle dans un éclat de colère. Il est plus apte à gouverner que ce bon à rien qui prétend parler pour l'empereur !

— Est-ce vraiment Shen Bao qui veut le siège du gouverneur ? Ou est-ce toi ?

Ses lèvres s'étirèrent en une grimace effrayante. Comment avais-je pu être aussi aveugle, ne pas réaliser jusqu'où portait son ambition ? Je me recroquevillai d'instinct lorsqu'elle s'approcha de moi mais elle ne fit que glisser une mèche derrière mon oreille.

— Ton mari a fait ton éducation je vois. Quel dommage qu'il soit sur mon chemin, il a l'air des plus intelligent. Penses-tu qu'il sera rongé de désespoir au point de quitter la région lorsqu'il réalisera que tu as disparu pour toujours ? Cela m'évitera de convaincre son père…

Je n'aurais pas imaginé avoir la force de le faire, mais lorsque je l'entendis menacer Ruoyan, je levai ma main libre et la giflai violemment.

— Oui, reprit-elle sans se départir de cet horrible sourire. Tout ce Yang… sans doute vais-je t'envoyer chez le conseiller après tout, ma chère sœur. Je pense qu'il fera une petite entorse à ses goûts pour une perle telle que toi.

À mon grand soulagement, je ne restais pas longtemps seule après son départ. Je n'étais guère pressée de voir revenir mes tortionnaires, mais il y avait quelque chose de profondément perturbant au fait d'être enfermée avec un cadavre.

Ces monstres l'avaient laissée là où elle était tombée, agenouillée, le haut du corps affaissé comme une poupée, joue contre terre. Les menottes ne me permettaient pas de la rejoindre pour lui baisser les paupières, ni même de l'allonger dans une position moins humiliante.

La porte s'ouvrit alors que je tentais de tirer mon poing au travers de mes entraves. C'était une jeune femme, de quelques années ma cadette, au visage joufflu et au nez retroussé. Son expression était éclipsée par la masse de cheveux emmêlés qui débordaient d'un bandeau rouge au-dessus de ses épaules. Des cheveux courts.

Et brutalement, je sus. Je comprenais ce que Guoying avait essayé de me dire dans ses derniers instants. Je revoyais Xiaoli, adossée à mon lit, en train de me parler de son amie qui travaillait pour Changyin et qui la détestait. Mais je me rappelais également d'une autre anecdote à présent, un détail qui m'avait échappé jusqu'alors.

Puli avait perdu le bijou de sa maîtresse, au marché. Changyin était entrée dans une colère folle. Elle avait exigé de la jeune fille qu'elle lui en achète un nouveau pour ne pas être renvoyée. Puli, qui ne possédait guère plus que ce qu'elle portait sur elle, avait vendu ses cheveux à un atelier de théâtre afin de pouvoir lui obéir. Puli, qui avait désormais les cheveux courts.

— Je suis ici pour changer vos bandages, madame.

Guoying avait dû reconnaître sa voix, quelques instants avant de commettre son suicide. Elle m'avait dit de lui faire confiance. Xiaoli lui faisait confiance.

Je ne la connaissais pas. Je ne savais pas comment la gagner à ma cause. Mais elle était mon seul espoir.

Un homme s'engouffra dans le sillage de la jeune domestique pour emporter le corps de Guoying. Il ne prononça pas le moindre mot. Je me demandai si c'était l'un des mercenaires qui m'avaient battue. J'étais dans un tel état de détresse que j'aurais été bien en peine de les reconnaître.

Puli attendit patiemment que le soldat ait refermé la porte

derrière lui, me débarrassa des menottes et entreprit d'ouvrir ce qui restait de mon chemisier pour accéder aux bandages. Lorsque ses doigts propres se posèrent sur ma peau, je laissai échapper un ricanement nerveux, la faisant sursauter.

— Tout ceci est complètement absurde.

— Madame ?

— Pourquoi veut-elle me soigner ?

— Je ne sais pas, madame.

— Je suis désolée.

— Désolée ? s'écria-t-elle d'un ton affolé.

— De n'avoir pas vu quel monstre ta maîtresse était devenue. J'aurais dû te faire entrer à mon service il y a longtemps, pour te protéger de tout cela.

Et ce n'était qu'en partie une tentative maladroite de la gagner à ma cause. Je me sentais vraiment mal d'avoir toujours trouvé des excuses à la façon dont Changyin se comportait avec le personnel. Je les voyais, à présent, toutes ces petites choses qui auraient dû me sauter aux yeux durant ces longs mois.

— Vous ne pouviez rien faire, répondit-elle, fataliste.

— Vu où nous en sommes aujourd'hui, tu as peut-être raison. Que se passe-t-il, à la villa ? Peux-tu au moins me dire ça ? Qu'a-t-elle raconté ?

— Elle a dit que vous vous étiez enfuie avec Laozong. Un de ses hommes.

Dieu merci, ce n'était pas Yexi. Je ne cherchai même pas à réprimer le soupir de soulagement qui monta du plus profond de mon cœur. J'avais eu tellement peur que quelqu'un ait remarqué notre amitié.

Après avoir recouvert ma principale blessure d'une salve froide, elle replaça les bandages et entreprit de nettoyer mes épaules à l'aide d'un tissu et d'un bac d'eau fraîche.

La morsure glacée m'ancrait dans le moment présent. L'heure n'était pas encore venue de me laisser aller. Je cherchais à croiser son regard, déterminée à ne pas manquer ce qui serait peut-être ma seule chance de sortir vivante de cette affaire.

— Puli ? Peux-tu faire quelque chose pour moi ?

Sa main sur mon épaule se crispa à la seconde même où ces paroles m'échappèrent. J'adressai une prière au Dieu de mes ancêtres, ainsi qu'à tous ceux qui voudraient bien m'écouter en cette heure désespérée, et me lançai :

— Pourrais-tu… faire passer un message ? Révéler l'endroit où je me trouve.

— Madame ! Je n'oserais pas… Elle me surveille.

— Pas à Ruoyan, je comprends. Mais Xiaoli ? Pourrais-tu dire à Xiaoli où je suis ? Je t'en conjure. Je ferai en sorte que tu sois fortement récompensée. Je t'en fais le serment.

— Je ne sais pas…

— Juste une personne. Xiaoli, au détour d'un couloir. Personne n'y prêtera attention. Je t'en supplie.

Nos regards se croisèrent, l'espace d'un instant, et je fis de mon mieux pour déchiffrer ce que j'y voyais. Puis elle baissa les yeux sans ajouter le moindre mot et acheva ma toilette en silence.

Lorsqu'elle me quitta, je n'étais pas sûre d'avoir gagné une alliée, ou bien d'avoir jeté le nom de Xiaoli en pâture à une femme qui pourrait l'utiliser pour me faire du mal.

CHAPITRE trente-sept

JE PENSAIS MON calvaire terminé pour un temps. Mais c'était sous-estimer le plaisir que prenait Changyin à me voir dans une telle position de faiblesse. Elle revint, peu de temps après le départ de Puli, alors que je cherchais vainement à trouver le sommeil.

Persuadée que j'avais été trahie, je sentis mon cœur défaillir.

— Je vois que cette toilette t'a fait du bien, railla-t-elle dans un sourire qui dévoila ses dents de façon presque carnassière. Debout.

Elle fit un geste en direction de la porte, appelant un mercenaire qui s'empressa de nous rejoindre dans la petite cellule. Changyin posa les doigts sur mon menton pour orienter ma joue contusionnée dans la lumière de la torche de son compagnon.

— Combien de temps ? demanda-t-elle.

— Quelqucs jours encore, répondit l'homme après une inspection rapide. Mais la blessure qu'elle a reçue au flanc sera sans doute beaucoup plus longue à guérir. Même avec les remèdes appropriés…

Elle grimaça en le congédiant d'un geste hautain.

— Les hommes sont des idiots, ne penses-tu pas? soupira Changyin en glissant une mèche de mes cheveux sales derrière mon oreille. Ils ne savent pas faire dans la demi-mesure. Aucun sens de la modération.

La douceur de sa voix était celle d'une lame tranchant le velours.

— Que vas-tu faire de moi ? demandai-je, les dents serrées.

— Tout compte fait, je pense que tu feras un cadeau somptueux pour notre mécène. Quel dommage que ces vilaines cicatrices ne s'estompent pas. Le conseiller aime avoir une toile vierge sur laquelle peindre sa marque.

Tout en parlant, elle se déplaça autour de moi. La main qui était posée sur ma joue effleura ma peau pour venir se glisser dans le creux de ma nuque. Aussi légère qu'une plume. Aussi lourde qu'une ancre. Son parfum fleuri me donnait la nausée. Si jamais je sortais d'ici… Non. Quand je sortirais d'ici, je jetterais toutes les bouteilles que j'avais collectionnées.

— Je ne doute pas, continua Changyin dans un soupir, qu'il t'aurait préférée vierge en d'autres endroits également. Enfin, je suppose que ton *exotisme* suffira pour lui faire passer outre ces petites imperfections.

— Tu ne peux pas sérieusement considérer m'utiliser ainsi, répliquai-je.

— Ah ? Et pourquoi donc ?

— C'est bien trop gros, je…

Je réfléchis à toute vitesse, analysant les ramifications de l'horrible avenir que Changyin projetait pour moi.

— Il parlerait. Ou bien quelqu'un me verrait, il n'y a personne d'autre comme moi dans cette ville. Un tel secret ne pourrait que s'ébruiter.

Au fond de moi, j'étais calme. Bien plus qu'aurait dû l'être quelqu'un dans ma situation. J'avais ourdi un plan de fuite, lancé les prémices d'une opération de sauvetage. Cette notion suffisait à me donner le courage de tenir tête à Changyin. Si Puli avait voulu me trahir, elle avait eu amplement le temps de le faire à présent. Je pouvais donc espérer qu'elle soit en ce moment même en train de porter mon message.

Cette conviction était à l'origine de la quiétude qui s'était emparée de moi. Mon corps était insensible, presque endormi, mais mon esprit, lui, fonctionnait à toute allure.

— Tu te donnes trop d'importance, répliqua Changyin en me faisant de nouveau face. La moitié de la ville aura oublié qui tu étais la saison prochaine. Et qu'importe, le conseiller ne parlera pas. Parler reviendrait à admettre sa propre culpabilité dans cette affaire.

— Sauf s'il refuse.

— Oh, mais il a accepté. J'ai cru comprendre qu'il n'attendait que cela depuis qu'il t'a vue pour la première fois.

— Il m'a déjà vue ?

C'est une sensation étrange que cet instant où tous les points se connectent dans votre esprit. Je me souvins soudainement du conseiller qui m'avait dévisagé d'un œil torve lorsque Shen Bao m'avait demandé de faire le service durant l'une de leurs réunions. Tant de mois s'étaient écoulés depuis, mais je me rappelais encore de la façon dont son regard concupiscent m'avait suivie lorsque j'avais rejoint Ruoyan. Je me rappelais aussi de la façon dont mon époux s'était emporté contre lui une fois de retour dans nos quartiers.

La déduction n'était pas si difficile en fin de compte. Ils étaient peu, dans le cercle de Shen Bao, à avoir vu mon visage.

— Vous travaillez avec le conseiller Meng.

— Oh ? s'étonna la jeune femme d'un air presque ravi. Y aurait-il un esprit aiguisé derrière toute cette fougue inutile ? Quelle agréable surprise que ceci… Dis-moi, petite sœur, comment es-tu parvenue à cette conclusion ?

La tentation était forte de m'enfermer dans un silence buté, mais j'avais besoin de gagner du temps. Ruoyan serait bientôt là.

Je devais y croire. Sans cela, plus rien ne pourrait m'empêcher de partir à la dérive.

— La façon dont il m'a regardée lorsqu'il m'a rencontrée, répondis-je finalement. J'ai pensé à Ye Dongfen, également, mais ce n'est qu'un marchand et je ne vois pas quel soutien il pourrait vous offrir si votre but est de mettre Shen Bao sur le siège du gouverneur. De plus, je l'ai entendu discuter avec Shen Bao. Il n'était pas au courant de vos machinations.

— Jade, par tous les cieux, tu me surprends ! s'exclama Changyin, en battant des mains comme une enfant. Je n'aurais jamais imaginé trouver cette petite étincelle en toi… C'est presque dommage. Si tu n'avais pas été de ce sang impur, peut-être aurions-nous vraiment pu être sœurs. Je suis sûre que j'aurais pu t'apprendre beaucoup de choses…

Mais elle l'avait déjà fait. Pour la toute première fois de mon existence, je me mettais à la place d'un ennemi et tentais d'envisager la situation de son point de vue. Je réfléchissais à ce qu'elle avait à gagner et à perdre, aux risques qu'elle prenait dans ses agissements. Changyin était peut-être un monstre, mais elle m'aurait au moins enseigné cela.

Je l'étudiai en silence. Ses vêtements étaient les mêmes que ceux qu'elle avait portés lorsqu'elle avait donné la fiole à Guoying. Enfermée entre ces murs épais, je n'avais aucun sens du temps qui s'écoulait, mais il avait fait nuit noire, alors. L'aube ne pouvait plus être bien loin à présent.

Changyin aurait dû être repartie depuis longtemps.

Intriguée, je repris mon observation, notai le maquillage qui aurait eu besoin de retouches, les cernes sous ses yeux. Ce n'était pas énorme, mais venant d'elle, c'était quelque chose.

— Pourquoi es-tu encore ici ? demandai-je.

Son regard pétilla d'amusement. Si elle était réellement la proie de quelque agitation, comme je le croyais, elle cachait vraiment bien son jeu.

— Peut-être que j'aime te voir trembler ?

— Je n'en doute pas un seul instant. Mais ce n'est pas la raison pour laquelle tu insistes pour me tenir compagnie, n'est-ce pas ?

L'espace d'un battement de cœur, son sourire s'effaça pour révéler une profonde inquiétude. Elle maîtrisa bien vite ce bref instant de faiblesse, mais ses yeux perdirent de leur fausse candeur pour devenir graves, aussi impénétrables qu'un lac d'eau sombre.

— J'ai besoin de savoir où est Ruoyan, répondit-elle.

— En train de courir les maisons closes, très certainement. Comment en saurais-je davantage ?

— Ne me mens pas, Jade. Je sais que tu lui as parlé, juste avant qu'il ne disparaisse. On l'a aperçu, sur la route de Hangzhou, puis plus rien. Que lui as-tu dit ? Que sait-il ?

Ma première réaction fut une joie indescriptible, aussi explosive et éblouissante que les feux d'artifice que j'avais découverts à mon arrivée sur ces terres. Hangzhou. Si Ruoyan avait disparu depuis plusieurs jours, il y avait de fortes chances qu'il se soit rendu à Hangzhou pour enquêter sur la véracité de mes accusations. Il m'avait crue. En fin de compte, et malgré les choses horribles que je lui avais lancées au visage, il me faisait confiance.

À l'image de ces mêmes feux d'artifice cependant, l'allégresse s'évanouit tout aussi vite qu'elle était apparue. Ruoyan était à Hangzhou. Cela voulait dire qu'il n'était pas ici. Et s'il n'était pas ici, personne ne volerait à mon secours.

— Où est-il ? insista Changyin en me tirant de mes pensées.

— Je l'ignore.

— Je trouverai le moyen de te faire parler, tu sais. Peut-être cette petite qui te suit comme un chien bien dressé ?

— Non ! Je… Je… Je ne sais vraiment pas…

Le mensonge n'était pas crédible, même à mes propres oreilles. Sans doute parce que mes espoirs de sauvetage venaient d'être réduit à néant, me laissant affaiblie et démoralisée. Puisque c'était ma toute dernière arme, je me réfugiai dans la vérité.

— J'ai cru que Shen Bao était impliqué dans la traite d'esclave, avouai-je. Je l'ai surpris en train de discuter avec le marchand Ye. C'est la raison pour laquelle je suis partie voir Ruoyan. Pour lui demander d'intervenir. Il m'a ri au nez, puis il m'a dit que son père n'était pas un enfant qu'il pouvait réprimander.

Techniquement, tout cela était vrai.

Changyin m'observa d'un air interdit. Elle n'avait certainement pas imaginé cette réponse, mais elle dut lire dans mes yeux que je ne mentais pas, car elle finit par acquiescer. Apparemment, mon regard était un livre ouvert pour l'empire tout entier.

— Je vais vérifier cela, tu t'en doutes bien. Et si tu m'as menti, je serais forcée d'improviser. Dors, maintenant, aucun maquillage ne saurait couvrir ces cernes. Tu apprendras vite qu'il vaut mieux ne pas contrarier le conseiller.

Après son départ, ma panique ne fit que croitre. J'avais la sensation d'avoir été éviscérée, mes boyaux arrachés et jetés à même le sol de ma cellule. J'avais si peur que je ne parvenais plus à contrôler les battements précipités de mon cœur. Personne ne venait me chercher.

Oh, j'avais confiance en Yexi, bien sûr. Je me doutais qu'en l'absence de Ruoyan, il serait celui vers qui Xiaoli se tournerait. Mais à la différence de son maître, il ne pourrait pas mobiliser le reste de la garde. Que pouvait un homme seul face à tous les mercenaires que Changyin et Shen Bao avaient engagé ?

Je me répétais en boucle qu'il viendrait quand même, mais mon esprit était dangereusement proche de l'abîme et je ne savais plus que croire.

Les heures s'écoulèrent — combien ? Je n'aurais su le dire — sans que je parvienne à trouver le sommeil. Enfin, comme un terme à l'apathie agonisante de ces jours sans fin, survint le chaos.

Ce ne fut d'abord que des bruits précipités de pas dans le couloir. Des cris de douleur dans le lointain. L'écho, ô combien familier, du fracas de lames qui s'entrechoquent. Et puis une odeur persistante. Un étrange relent de fumée.

Je compris qu'on se battait à l'extérieur. Personne n'avait pris soin de me menotter après le départ de Puli, aussi étais-je plus ou moins libre de mes mouvements. La douleur dans mon ventre était toujours présente, mais elle s'était calmée. Les autres étaient réduites à un étirement lancinant qu'il m'était devenu facile de reléguer au second plan.

Le cœur cognant dans ma poitrine, je m'approchai de la porte, mais le bois était trop épais pour laisser passer plus que de vagues échos. L'air, en revanche, était plus étouffant à chaque seconde qui s'écoulait. Quelqu'un avait mis le feu à l'entrepôt des Shen.

Lorsque le bruit d'une clé tournant dans la serrure déchira le silence, je reculai précipitamment vers le lit. Je n'avais aucun moyen de savoir si la silhouette se dessinant peu à peu dans la fumée était un ami ou un ennemi.

Du moins jusqu'à ce que l'inconnu s'avance et tire une épée en me dévisageant d'un air presque navré.

— Je suis désolé, petite, mais j'ai mes ordres. J'ai une famille à nourrir.

L'adrénaline qui courait dans mes veines dicta à mon corps des réactions que mon esprit n'aurait pas été capable de concevoir. Mes doigts se refermèrent sur le tissu rêche dans mon dos et je lui lançai la couverture au visage. La surprise le fit tituber, porté par son élan. Profitant de ma petite taille, je me faufilai sans attendre sous son bras et parvins près de la porte à laquelle je m'agrippai pour la tirer derrière moi. Mais elle était trop lourde, résistant à mes maigres assauts avec une volonté bornée. Je vis du coin de l'œil que le mercenaire avait fini de se débarrasser de ma pauvre distraction et se tournait à présent vers moi. Abandonnant tout projet de lui couper la route, je laissai la cellule ouverte et détalai dans la direction où la fumée était la plus intense.

Ce qui était tout à la fois la meilleure façon de le semer, et la meilleure façon de mourir très, très bêtement. Mais quel autre choix avais-je ? Cela me conduisait au moins dans la direction des combats, que j'espérais être le signe d'une mission de sauvetage.

Plus je m'enfonçais au sein des nuées sombres, plus je peinais à respirer. Ma course effrénée fut bientôt réduite à des vacillements hésitants, ma gorge me brûlant à chaque inspiration. Je ne pensais plus pouvoir y parvenir. Si j'avais eu la force, je me serais traitée de tous les noms.

Ma vision se teintait peu à peu de noir lorsque j'aperçus enfin les contours de meubles abîmés. Cela me sembla un signe que la fumée était moins dense et je redoublai d'efforts pour m'y diriger.

Le couloir déboucha sur une vaste pièce, aérée par une grande porte qui donnait sur les dernières heures de la nuit. Je me rappelai y être passée, pas plus tard que la veille, durant ma tentative d'évasion. Les chaises avaient été soigneusement rangées autour de la haute table, les ustensiles de cuisine alignés sur les étagères.

Je ne voyais plus que le chaos à présent. Les meubles avaient été déchiquetés et éparpillés à même le sol. Les murs étaient souillés de grandes trainées carmin, visibles même au travers de la fumée.

Et les corps.

Il y en avait partout.

Brisés, pliés, transpercés. Mon esprit en compta une quinzaine avant de s'interrompre pour frémir devant l'horreur.

Au milieu de cette scène cauchemardesque se trouvait une silhouette familière, solitaire, les doigts serrés autour d'une lance dont la hampe était rougie par le sang de tous ces morts. Yexi était vraiment venu me chercher.

Seul.

J'ouvris la bouche pour poser une question, ou hurler peut-être, je n'en suis pas vraiment sûre. Mais le jeune homme fut plus rapide.

Il traversa la pièce, glissa sa main libre derrière ma nuque et m'attira subitement contre lui pour me protéger du spectacle macabre. Le cri mourut sur mes lèvres alors que je butais contre son torse.

C'était la première fois qu'il me touchait.

Depuis tous ces mois que nous nous connaissions, et malgré toutes les heures que nous avions passées ensemble, c'était la première fois qu'il me touchait.

CHAPITRE trente-huit

— JE VOUS EN prie, murmura-t-il dans mes cheveux. Ne regardez pas.

Je fis un pas maladroit en arrière, mais il resserra son étreinte, me coupant toute possibilité de fuite. Il dégageait des relents de sueur, de fumée, et de sang. Pourtant, même sous l'horreur, je pouvais respirer une autre odeur qui m'était plus familière. Le parfum de la maison.

— Je dois vous faire sortir d'ici, mais je vous en prie, fermez les yeux. Me faites-vous confiance ?

Il y avait quelque chose dans sa voix que je n'avais jamais entendue auparavant. Une forme de vulnérabilité qui me perça le cœur.

Blottie contre sa tunique, je fis oui de la tête. Ma gorge me faisait mal. La douleur dans mon ventre s'était réveillée. Et j'étais si fatiguée que je pouvais à peine tenir debout. J'aurais accepté n'importe quoi si cela signifiait m'éloigner de cet endroit. Yexi me repoussa doucement, probablement pour s'assurer que mes paupières étaient bien fermées, avant de me lâcher complètement.

Ses mains venaient de quitter mes épaules lorsque j'entendis quelqu'un s'engouffrer dans la pièce avec une exclamation de surprise. Le garde m'avait rattrapée. Mon regard se tourna instinctivement vers lui, mais Yexi me toucha brièvement la joue et mon corps tout entier se figea.

— Restez ici, je m'en occupe.

Je connus un nouveau moment de terreur, paupières closes au milieu de ce qui n'aurait pu être décrit autrement que comme un champ de bataille. Mon esprit m'exhortait à désobéir, à vérifier que j'étais en sécurité, ou même à dénicher une arme parmi les cadavres. Mais je restais immobile. Malgré la peur qui courait dans mes veines, je n'ouvris pas les yeux. Parce qu'il me l'avait demandé.

Les deux hommes s'affrontèrent brièvement dans mon dos. J'entendis un ou deux cris de douleur, le bruit du fer sur le fer, puis un horrible gargouillement. Je serrai les bras autour de ma taille dans une vaine tentative de les empêcher de trembler.

— Tout va bien. C'est fini. Il ne vous fera plus de mal.

Yexi était de retour à mes côtés, un instant à peine après avoir disparu.

— Où… commençai-je avant d'être interrompue par une quinte de toux. Où est Ruoyan ?

— En chemin. Xiaoli lui expliquera où nous trouver. Nous devons partir maintenant. Ils ont mis le feu à leur réserve avant que je puisse les arrêter. Il est trop tard pour sauver les entrepôts, je dois vous faire sortir d'ici.

Une main dans la mienne, il me guida vers la porte en serpentant au milieu des morts. Le sol était glissant sous mes pieds, presque spongieux par moment, mais la chaleur des doigts de Yexi entourant les miens me rappela à ma promesse. Mes yeux restèrent clos.

Une fois dehors, le vent qui soufflait sur mon visage chassa peu à peu mes craintes. Mais il ne pouvait empêcher mon esprit de ressasser, encore et encore, ce dont je venais d'être témoin. Yexi avait volé à mon secours. Seul. Il avait tué tous ces soldats sans le moindre renfort. Comment était-ce possible ? Le jeune homme qui me tenait la main aussi délicatement qu'on protège un bouton de fleur était-il vraiment responsable de ce carnage ?

Après avoir marché une ou deux minutes dans le noir le plus total, je sentis mon guide s'arrêter. Une seconde plus tard, mon bras retombait le long de mon corps.

— Nous sommes à l'abri, déclara Yexi d'une voix douce.

Alors, seulement, j'ouvris les yeux et dévisageai mon sauveur. Ses traits, d'une beauté pleine d'innocence, ne m'avaient jamais paru aussi incongrus que ce matin-là.

— Que… balbutiai-je, avant d'être interrompue par l'intensité avec laquelle il me contemplait.

Le temps des questions viendrait. Un autre jour. Secouant la tête, je concentrai mon attention sur la situation présente. Derrière Yexi, je pouvais apercevoir un cheval, attaché à un arbre dont les branches nues s'étendaient au-dessus d'un bâtiment délabré. Nous étions dans un quartier de la ville que je ne connaissais pas, et le feu qui se dégageait des entrepôts avait déjà commencé à attirer des curieux.

— Je n'ai pas osé prendre deux chevaux, avoua le jeune homme en fouillant dans la besace en travers de la selle. Je ne savais pas… Xiaoli disposait de si peu d'informations, je ne sais toujours pas ce qui s'est passé.

— Tu as tué ces hommes sans savoir pourquoi ?

— Ils se tenaient entre vous et moi, répondit-il simplement.

Son regard fusa un instant vers les cicatrices que je portais encore au visage et sur mes épaules.

— Je leur aurais fait bien pire, si j'avais su.

Je réprimai un tremblement. Sans attendre ma réponse, il me présenta une cape sombre.

— Nous allons devoir chevaucher ensemble. Gardez votre capuche aussi serrée que possible. Nous ne pouvons faire confiance à personne jusqu'à ce que nous retrouvions le jeune maître.

— Yexi, l'appelai-je en effleurant son bras.

Il se tendit instantanément, silencieux et immobile comme une statue de marbre.

— Je souhaitais juste te remercier, fis-je en le lâchant.

— Vous me direz merci quand nous serons à l'abri de tout danger.

Après avoir échappé aux postes de contrôle en graissant quelques pattes en chemin, il me conduisit dans une course effrénée au milieu du dédale de rivières. Je ne reconnus le petit hameau où j'avais tout gâché qu'à l'instant où il ralentit devant la grande maison. Nerveuse, j'avalais ma salive en descendant tant bien que mal de la monture. La chevauchée avait réveillé les douleurs dans mon ventre, mais je fis de mon mieux pour ne pas donner à Yexi d'autres raisons de s'inquiéter.

— Pourquoi ici ? demandai-je entre mes dents serrées.

— Cela m'a semblé la solution la plus intelligente. Personne d'autre que Ruoyan ne sait quel est le dernier endroit où vous vous êtes vus. Si quelqu'un nous avait entendus, ou si Xiaoli était…

Il ne finit pas sa phrase et je lui en sus gré. Je n'aimais pas du tout la direction que prenaient ces explications.

— Je me suis dit que seul Ruoyan pourrait retrouver cet endroit. Venez, je vais parler au chef du village. Vous devez vous reposer quelques heures.

Ce dernier nous accueillit avec beaucoup plus de gentillesse que la première fois. Il réveilla sa femme qui s'empressa de me dénicher une tenue présentable et se mit à préparer une infusion qui calmerait mes nerfs malmenés. Lorsqu'elle s'aperçut des pansements qui entouraient ma taille, elle poussa un petit cri et partit immédiatement à la recherche d'herbes pour la douleur.

Malgré tous ses soins, il me fut impossible de trouver le sommeil. Moins d'une heure après l'avoir quitté, je rejoignis Yexi qui montait la garde sur le perron.

— Je n'arrive pas à dormir, fis-je en prenant place à ses côtés.

— Je n'y arriverais pas non plus si j'essayais, avoua-t-il avec un semblant de sourire. Mais vous devriez au moins vous asseoir.

— Penses-tu que Ruoyan sera bientôt là ?

— Oui. Il m'a fait promettre de ne dire à personne où il se trouvait, quand je l'ai rattrapé sur la route de Hangzhou. Il avait galopé si vite que j'ai eu du mal à le rejoindre. Il était très en colère lorsqu'il a réalisé que je vous avais laissée seule pour courir après lui.

— Personne ne lui a dit que j'avais disparu ?

Le visage de Yexi se teinta immédiatement de rouge. Il baissa les yeux quelques instants, profondément gêné.

— Maître Shen m'avait assuré avoir envoyé quelqu'un dès le premier jour, et je n'avais pas de raison de douter. J'aurais dû le deviner cependant, le jeune maître serait rentré sans attendre s'il avait su. Mais lorsque la rumeur a couru que vous vous étiez enfuie avec un des gardes, j'ai compris que quelqu'un s'était joué de vous. Je lui ai écrit. Et puis Xiaoli est venue me voir et…

— Où est-elle maintenant ?

— Je lui ai conseillé de se cacher dans vos appartements. J'ignore ce qu'ils feront lorsqu'ils apprendront votre disparition. Je l'aurais bien fait sortir de la villa, mais nous n'aurions plus eu personne pour prévenir Ruoyan. Il est hors de question que je vous laisse seule à présent.

— Je comprends. Merci, Yexi. De tout ce que tu as fait pour moi.

— Lorsque Xiaoli est venue me voir… J'avais tant de mal à y croire. Elle a dit que Shen Bao vous retenait contre votre volonté ? Que se passait-il ?

— Ce n'était pas Shen Bao, pas exactement.

Je lui racontai alors tout ce que j'avais appris pendant mes quelques jours en captivité, comment Changyin et Shen Bao avaient manigancé avec le conseiller Meng pour renverser le gouverneur, comment ils avaient couvert ses penchants douteux et lui avaient même fourni des jeunes filles pour lesquelles la milice ne gaspillerait aucune ressource.

Ses yeux devinrent aussi noirs que de l'encre pendant qu'il écoutait mon récit, son expression perdant peu à peu la chaleur et la gentillesse qui le caractérisait.

— Ils doivent payer, achevai-je dans un souffle.

— Ils paieront.

Je serrai mes bras contre ma poitrine pour réprimer un tremblement. La cape de laine aurait dû me maintenir au chaud dans cet hiver tempéré, mais j'étais glacée. Remarquant ma détresse, Yexi s'assit à mes côtés et commença à me parler de la beauté des terres dans lesquelles il avait grandi.

Il me raconta les levers de soleil tels qu'on n'en voyait nulle part ailleurs, si grandioses qu'ils en devenaient divins. Il décrivit les montagnes qui déchiraient le ciel comme des milliers d'aiguilles, les couronnes de nuages d'un blanc cotonneux qui en nimbaient les cimes. Il évoqua les temples de sa jeunesse, perdus dans le dédale de pics, certains n'étant accessibles qu'après un périple de plusieurs heures sur des sentiers à flanc de falaise, à peine plus large que le poing.

Il parla et parla encore pour éloigner les horreurs que je revivais en silence. La beauté de ses mots me toucha en plein cœur. Je n'avais jamais su qu'il avait eu cela en lui.

La journée était bien avancée quand un galop saccadé nous interrompit. Une petite troupe remontait le chemin vers le village à vive allure.

Yexi se releva et attrapa sa lance sans perdre la moindre seconde. La main serrée sur la hampe où l'on voyait encore des traces de sang séché, il se plaça devant la maison et m'ordonna de me cacher à l'intérieur.

Au lieu de lui obéir, je fronçai les sourcils pour mieux distinguer les cavaliers qui approchaient. Celui qui les menait avait une masse de cheveux noirs qui flottaient derrière lui comme des ailes sombres.

Ruoyan gardait souvent ses cheveux ainsi.

Mon cœur manqua un battement. Ils étaient sur le point d'entrer dans le village désormais, et je reconnaissais mon époux à leur tête. Les larmes aux yeux, je m'élançais sur le chemin de terre. Mon cœur battait maintenant si vite que j'en avais mal. Ruoyan fit halte à la vue de ma silhouette qui dévalait le tertre, puis descendit de cheval pour venir à ma rencontre.

Je tombai aussitôt dans ses bras en sanglotant, rassurée par cette étreinte familière.

— Jade ! s'écria-t-il en me serrant à me couper le souffle. Bon sang ! j'ai cru que je t'avais perdue !

Nous nous effondrâmes à même la poussière du sol, mi-riant mi-pleurant. J'avais presque du mal à croire qu'il était là, devant moi, après tout ce qui s'était passé et les choses que je lui avais dites. Le soleil couchant nimbait d'une douce lueur ces traits qui m'avaient tant manqué. Malheureusement, il m'empêchait également de lui dissimuler mes blessures.

Mon visage était tuméfié et les cicatrices des griffures de Changyin ne s'étaient pas encore effacées. La peau qu'on distinguait dans mon col était aussi recouverte de bleus plus ou moins estompés en taches jaunâtres.

Je vis ses yeux s'agrandir sous la stupeur. Ses doigts suivirent avec tendresse le contour de mes tempes avant de s'enfoncer dans la masse de mes cheveux blonds. Il posa son front sur le mien et nous restâmes ainsi pendant de longues minutes, les membres entremêlés, complètement coupés du monde.

— Me pardonneras-tu de t'avoir abandonnée? Plus jamais... Plus jamais, je t'en fais le serment. J'ai cru te perdre, Jade.

— J'ai eu peur que tu ne reviennes jamais, avouai-je du bout des lèvres. Ces choses que j'ai dites... Je les regrette, je n'en pensais pas un mot.

— Je n'aurais jamais dû partir.

— Je n'aurais jamais dû te crier dessus.

Il laissa échapper un petit rire qui me réchauffa de l'intérieur. Ses mains me caressaient la nuque avec délicatesse pour ne pas ajouter à mon inconfort, mais c'était une précaution inutile. Toute ma douleur s'était envolée, car je savais. Derrière les détours que prenait parfois son langage, avec cette austérité qu'il affectait si souvent pour protéger son intimité, il venait de me dire qu'il m'aimait.

J'ai déjà eu l'occasion de préciser que je devenais très douée pour ces demi-discussions.

Nous serions restés ainsi longtemps encore, si une voix qui m'avait manqué au moins autant que Ruoyan ne nous avait interrompus d'une toux gênée.

— Peut-être souhaiteriez-vous continuer à l'intérieur?

Je relevai brusquement la tête. Xiaoli me dévisageait avec un sourire en coin. Je me dégageai de l'étreinte de mon époux pour prendre mon amie entre mes bras.

— Tu m'as sauvé la vie, murmurai-je.

— Yexi t'a sauvé la vie.

— Non, c'était toi. Toi qui m'as parlé de Puli. Toi qui as deviné qui prévenir. Je serais morte sans toi, Xiaoli.

— Eh bien que cela te serve de leçon, répondit-elle d'une voix étouffée.

Je reculai pour la dévisager. Ma brave petite Xiaoli était en train de pleurer. Mon cœur se serra à la pensée qu'elle n'avait aucune idée du décès de sa sœur ainée, mais je décidai de repousser cette discussion à plus tard. Nous avions tous besoin de souffler un peu.

Mon époux ne semblait pas être du même avis, cependant.

— Qui t'a blessée ? Ils seront punis, j'y veillerais personnellement.

— Ruoyan, je…

Je ne savais pas ce que lui avait raconté Xiaoli, et j'ignorai ce qu'il avait appris. Comment annoncer à un fils la trahison de son père ? Un bruit sourd à nos côtés m'empêcha de continuer. Yexi venait de tomber à genoux devant Ruoyan.

— Maître, fit-il. Jade était retenue prisonnière par votre père et son épouse. Je n'ai pas su la protéger comme vous me l'aviez ordonné. Ils l'ont enfermée dans les entrepôts que votre famille garde au sud de la ville, mais un incendie s'est déclaré pendant que je la faisais sortir. J'ignore exactement quels seront les dégâts causés par mes actions. Si je dois être puni, je ne me rebellerai pas. Je m'en remets à votre jugement.

Ruoyan accusa le coup en silence. J'avais imaginé qu'il protesterait, qu'il chercherait des excuses à son géniteur, mais aucun son ne passa ses lèvres. Nous ne faisions que confirmer ce qu'il avait déjà dû deviner en comparant les différentes révélations et les raisons de mon enlèvement.

— J'ai appris à Hangzhou que mon père avait tenté de convaincre un émissaire de l'Empereur de le commanditer à la tête d'une assemblée des marchands qui gérerait le commerce dans le Sud. Je l'ai rencontré, et il m'a avoué qu'il avait refusé, car les idées de mon père frisaient la trahison. Son ambition lui faisait peur. Il a aussi admis qu'il était accompagné d'un certain Meng, un conseiller qui avait été renvoyé de la capitale il y a des années parce qu'il avait abusé de jeunes filles au palais. Je ne l'ai jamais su ! Il rendait visite à mon père depuis si longtemps et je ne l'ai jamais su ! J'ai pensé aux Hakkas, pour lesquels Jade s'était tant inquiétée…

— Changyin les a fait enlever pour gagner le conseiller à leur cause, confirmai-je d'une voix sombre.

Je lui répétai ce que m'avaient révélé Changyin et Guoying. Xiaoli sursauta à la mention de sa sœur, mais elle ne me posa pas de question.

Pas encore.

Enfin, Ruoyan poussa un soupir résigné qui me blessa au plus profond de moi. Il s'approcha du jeune soldat qui se tenait toujours dans une position d'allégeance, les poings serrés sur ses cuisses et les yeux fixés sur la poussière du chemin.

— Mon cher Yexi, tu m'as ramené Jade, et rien n'aurait pu compter davantage. Relève-toi. Tu n'as pas failli. J'ai besoin d'hommes comme toi à mes côtés. Je veux que tu prêtes un nouveau serment. À partir d'aujourd'hui, tu protégeras cette femme comme si elle était moi. Elle sera à tes yeux la chose la plus précieuse au monde, plus encore que ta propre vie, et tu respecteras cette promesse, peu importe le nombre des années, et peu importe ce qui pourra m'arriver dans le futur. À cette condition, mon ami, tu es plus que le bienvenu à mes côtés.

— Je le jure.

J'aurais juré que la voix du jeune soldat tremblait en prononçant ces paroles qui allaient irrémédiablement changer le cours de notre destin.

— Bien. Rentrons, maintenant. Nous avons un assaut à préparer.

Aussi contrariant que cela puisse être, je ne fus pas autorisée à prendre part au conflit qui s'ensuivit. Ma présence me semblait pourtant importante, j'étais après tout celle qui avait tout déclenché.

Mais Ruoyan ne voulut pas en entendre parler. Il écouta mes arguments avec un calme froid et m'opposa les siens d'une voix qui ne permettait aucune répartie. Même Yexi, mon allié et protecteur nouvellement désigné, ne m'offrit qu'un sourire compatissant et un regard qui en disait long sur l'avis qu'il partageait avec son maître.

Ce fut au final le cœur serré que j'observai à nouveau mon époux s'éloigner de moi, en priant pour qu'il me revienne sain et sauf.

Ce que je peux dire de cette bataille aujourd'hui, je l'ai appris de la bouche même des nombreux hommes qui y participèrent. Au fil des multiples témoignages, je fus capable de reconstruire le fil du récit de ces quelques heures sanglantes.

Car à l'annonce de mon évasion, et lorsque Ruoyan avait quitté la villa en catastrophe à peine revenu de son voyage, Shen Bao et Changyin avaient réalisé que les vents s'étaient retournés contre eux. Barricadés dans la demeure familiale, entourés des hommes de la maison et des mercenaires que Yexi n'avait pas tués, ils avaient attendu leur destin la tête haute, prêts à défendre chèrement leur vie.

Je n'ai jamais compris pourquoi ils n'avaient pas fui.

En regagnant Shaoxing, Ruoyan avait porté son accusation officielle au gouverneur, aidé en cela d'un courrier de l'émissaire qui lui avait révélé le complot. Puis il avait laissé courir les rumeurs jusqu'aux Hakkas qui étaient immédiatement venus grossir leurs rangs. Ensemble, ils avaient marché simultanément vers la maison des Shen et celle de leur complice.

Ils avaient retrouvé le conseiller Meng pendu dans ses quartiers. L'homme avait préféré se suicider pour restaurer une partie de son honneur et empêcher ainsi la punition de s'étendre au reste de sa famille.

Shen Bao, lui, se défendit jusqu'à la fin.

Le combat dura des heures. Le capitaine de la milice ordonna à ses soldats de bloquer les issues autour des murs et d'enfoncer la porte pour forcer le passage. Ruoyan était au premier rang, et lorsque les gardes Shen le virent arriver, épée au poing et sanctionné par le pouvoir impérial, ils hésitèrent. Nombreux furent ceux qui déposèrent leurs armes, comme l'avaient espéré les hommes du gouverneur.

Ce qu'ils n'avaient pas prévu, en revanche, était la quantité de mercenaires que le chef du clan Shen avait réunis en un temps si limité. Les combats s'engagèrent et notre magnifique maison fut souillée de tant de sang qu'il nous fallut des semaines pour lui rendre son état originel.

Lorsqu'ils parvinrent au pavillon central, Changyin et son époux étaient assis dans le salon, la tête haute et le port royal. Ils n'étaient même pas armés. La confusion régna quelques instants, tandis que les soldats hésitaient à frapper. Ruoyan me raconta ensuite que le regard poignant de Shen Bao l'avait transpercé jusqu'au plus profond de lui. Mais il n'avait eu qu'à cligner les paupières pour se souvenir des cicatrices qui couraient sur ma peau et de ce que j'avais subi aux mains de sa belle-mère. Son épée n'avait pas flanché un seul instant.

Il m'avoua qu'il avait été prêt à tuer son propre père, qu'il avait été sur le point de tuer son propre père, lorsque ce dernier s'était redressé d'un geste fluide. Les yeux plongés dans ceux de son fils, il avait levé son verre et l'avait vidé d'un trait avant de s'effondrer sur la table dans une série de soubresauts. Changyin l'avait ensuite imité, sans laisser le temps au capitaine de reprendre ses esprits pour ordonner sa capture.

Ruoyan ne me révéla jamais ce détail, mais l'un des soldats qui l'accompagnaient me jura que le vieil homme avait souri en se donnant la mort, et que la lueur qui brillait dans son regard était celle du respect et de la fierté.

Yexi attendit à mes côtés pendant quatre jours, quatre jours durant lesquels Ruoyan s'affaira à dénicher les complices de son père parmi le personnel de la maison.

Démasquer les traitres se révéla une opération longue et douloureuse, et la Villa Shen se souviendrait sans doute à jamais de ce terrible hiver. Le reste du clan bouillonnait déjà d'indignation et mon époux devinait que nous ne tarderions pas à voir apparaître des oncles et des cousins qui ne pouvaient que flairer une opportunité de grignoter un morceau des terres de la famille.

Finalement, lorsque Ruoyan vint me chercher dans le petit village que je commençais à connaître comme ma poche, ce n'était plus en tant qu'héritier, mais en tant que chef du clan Shen. Ses épaules ployaient sous le poids d'un fardeau qu'il ne s'était pas attendu à recevoir si tôt, mais quand il croisa mon regard, ses traits se détendirent dans un sourire.

— Viens, fit-il en m'attirant entre ses bras.

— Tu m'as manqué… Il va falloir que nous discutions de ta notion de ne plus t'abandonner, tu sais ?

— Je suis à tes ordres.

J'éclatai d'un rire léger et relevai la tête pour plonger dans ses yeux hantés par les pertes qu'il venait de subir.

— Est-ce que tout est réglé ? demandai-je d'une voix aussi douce que possible.

— Nous n'attendons plus que toi.

— Partons, dans ce cas. Rentrons à la maison.

EPILOGUE

LA MAIN SUSPENDUE à un cheveu de la porte, je m'immobilisai en entendant une voix furieuse s'élever du bureau que Ruoyan s'était approprié après les terribles évènements de l'hiver passé.

— Cela ne se passera pas comme ça, tu m'entends ! Écoute-moi bien, mon garçon, cette femme est une aberration qui va couvrir notre clan d'infamie. Il n'est pas trop tard pour rectifier cette erreur !

Deux mois s'étaient écoulés depuis la mort de mon beau-père, et chaque jour voyait l'arrivée d'un nouveau cousin, oncle ou autre parent lointain tentant d'apprendre à Ruoyan comment gérer sa fortune. Ou bien, comme il semblait dans le cas présent, de le convaincre de se débarrasser de l'abominable étrangère qu'il avait épousée.

La porte s'ouvrit d'un coup sec après un nouvel échange véhément. Un homme d'un certain âge émergea dans le couloir, fronçant aussitôt les sourcils en s'apercevant de ma présence. Son regard perçant me jeta des éclairs alors que je le dépassai et refermai la porte entre nous sans lui adresser la moindre salutation.

La famille de Ruoyan n'était décidément pas de mon côté. Mais cette aversion était-elle suffisante pour causer quelque chose de plus grave qu'une simple dispute ? Nous n'avions après tout jamais trouvé les coupables de l'attaque de la forêt. Il aurait été facile de tout mettre sur le dos de Changyin, mais je ne parvenais pas à trouver la moindre logique derrière cette accusation.

Un parent un peu trop zélé cherchant à m'empêcher de donner naissance à un hériter de sang mêlé, en revanche, était une possibilité qui devenait chaque jour un peu plus tangible.

Le visage de Ruoyan se détendit en me voyant entrer.

— Qui est donc ce charmant monsieur ? demandai-je avec un sourire ironique.

— Pas l'un de tes admirateurs, j'en ai peur.

— C'est qu'ils sont si nombreux, ces derniers temps…

Il contourna le bureau pour venir à ma rencontre, les doigts serrés autour d'une missive couverte de signatures. Je posai tendrement la main sur son bras, mais il échappa nerveusement à mon contact, me faisant hésiter.

— Qu'est-ce que tu tiens ?

— Une pétition, remise par mon agréable cousin.

— Une pétition pour mon renvoi, je suppose ?

Il acquiesça d'un air gêné.

— Tu penses qu'il leur faudra longtemps pour comprendre que ça ne marchera pas ?

— Ils n'ont pas entièrement tort non plus…

— Pardon ? m'exclamai-je, trop surprise pour éprouver la moindre colère.

— Je voulais dire… J'ai beaucoup réfléchi, ces dernières semaines, à ce que nos pères nous ont fait, à ce que mon père t'a fait. On t'a arrachée à tout ce que tu connaissais, ce n'est pas juste.

— Ruoyan…

— Je… Je voulais que tu saches que tu es libre de partir. Je te relève de tous nos serments. Si c'est ce que tu souhaites bien sûr. J'affréterai un bateau pour te ramener chez toi si tu me le demandes.

Tu n'as jamais choisi cette vie, Jade, et je préfèrerais te perdre que d'être ton geôlier.

La franchise brutale contenue dans ses paroles me coupa le souffle pendant une seconde.

— Non.

— Non ?

— Non, je ne partirai pas.

— Mais ta famille est en France et…

— C'est toi ma famille, espèce d'idiot. Toi, Xiaoli et même Yexi. Le reste ne compte plus.

Il poussa un soupir et ce n'est qu'en voyant ses épaules se décontracter que je réalisai à quel point il était nerveux. Il déchira la pétition et prit mon visage en coupe, les yeux brillants.

— Tu ne sais pas à quel point j'ai prié pour que tu me dises cela.

— Tu en doutais vraiment ?

— J'étais terrorisé, avoua-t-il avec une vulnérabilité qui me transperça comme une flèche en plein cœur.

— Je suis exactement où je veux être, Ruoyan. Je ne partirai nulle part.

— C'est une promesse ?

— Un serment.

Ses mains glissèrent vers ma nuque et je levai le visage pour l'embrasser. Il passa un bras dans mon dos et un autre sous mes genoux pour me relever et m'emmener dans notre chambre où il me fit l'amour avec une tendresse et une douceur qui ne lui étaient pas coutumières.

Enfin, rompue de fatigue, je m'endormis entre ses bras, du sommeil le plus paisible auquel il m'avait jamais été donné de goûter.

--Remarque--

Ce livre est inspiré d'une époque et de lieux ayant réellement existé, mais il reste avant tout une œuvre de fiction. Il n'existe pas, à ma connaissance, de jeune femme nommée Claire-Hélène ayant voyagé à travers le monde pour aller se marier en Chine.

Grâce à de longues recherches et des visites dans les lieux qui ont inspiré l'histoire, j'ai tenté de recréer un univers à la hauteur de l'amour que je porte à la culture chinoise. Mais nul n'est infaillible, et je m'excuse par avance pour toute erreur, ou maladresse, qui aurait pu trouver son chemin dans ce récit.

Un grand merci à quiconque sera parvenu jusqu'à cette page. J'espère vous retrouver très bientôt pour la suite des aventures de Jade.

Petit guide de prononciation du chinois-mandarin

Si vous êtes parvenu(e) jusqu'à cette page, vous faites sans doute partie de l'une des deux catégories suivantes; vous êtes un justicier du langage souhaitant apprécier la culture chinoise à sa juste mesure, ou vous venez de tomber sur un nom particulièrement complexe qui vous a donné envie de pleurer. Peu importe la raison, vous êtes le(la) bienvenu(e) ici.

La prononciation du mandarin n'est pas quelque chose qui s'apprend en quelques minutes, mais j'ai fait de mon mieux pour compiler ci-dessous les principales différences afin de faciliter au maximum votre lecture. N'hésitez pas à glisser un marque-page afin de pouvoir vous référer à ce guide tout au long du livre. Et si vous n'avez vraiment rien sous la main, vous pouvez également corner cette page, je vous promets que je fermerais les yeux.

- **AN** : habituellement prononcé quelque part entre anne et aine.
- **CH** : tch, pas si éloigné de notre célèbre ching ching.
- **EN** : Relativement proche du son eune (jeune).
- **G** : toujours prononcé comme dans ga et jamais comme un j.
- **H** : prononcé comme un h aspiré, comme si vous prononciez le mot hat en anglais.
- **J** : à mi-chemin entre le j et le t (ne m'en voulez pas), habituellement prononcé comme un t mais sans le souffle d'air qui correspond à l'ouverture de la bouche à la fin du son t tel qu'on l'entend dans tata par exemple (je suis vraiment désolée).

- **Q** : tch (pour les plus pointilleux, Q est prononcé avec les dents presque serrées à la différence de CH qui se prononce de façon plus ouverte).
- **R** : à mi-chemin entre r et j, c'est sans doute la lettre la plus compliquée à prononcer et personne ne vous en voudra si vous vous réfugiez sur le r.
- **SH** : ch, comme dans le mot château.
- **X** : ch légèrement sifflant, comme si vous prononciez le mot château avec la langue contre vos dents.
- **ZH** : ressemble à l'association de d et j dj.

Dramatis personæ

(par ordre alphabétique)

En France

- **Blanche** : Cuisinière de la baronnie de Beaulieu
- **Cathau Neuville** : Épouse de Pierre Neuville et mère de Jade
- **Charles Thellier** : Associé de Pierre Neuville parti vivre en Asie
- **Etienne Hellec** : Second à bord de l'Auguste
- **Geoffrey Neuville** : Oncle de Jade et Duc de Beaulieu
- **Henri (forgeron)** : Ami d'enfance de Jade
- **Henri (hunier)** : Marin à bord de l'Auguste
- **Jade (anciennement Claire-Hélène Neuville)** : Narratrice
- **Jean Duquesne** : Capitaine du vaisseau l'Auguste
- **Marguerite Neuville** : Petite soeur de Jade
- **Mathieu Neuville** : Frère jumeau de Jade
- **Mathilde** : Nourrice des enfants de la baronnie de Beaulieu
- **Pierre Neuville** : Père de Jade
- **Sophie** : Domestique à Beaulieu
- **Thomas Neuville** : Petit frère de Jade

En Chine

- **Bai Yun** : Garde au service de Shen Ruoyan
- **Bing** : Seconde concubine de Shen Bao

- **Changyin** : Quatrième concubine de Shen Bao
- **Conseiller Meng** : Conseiller du gouverneur de Shaoxing et ami de la famille Shen
- **Kai** : Pêcheur Hakka résidant dans les environs de Shaoxing
- **Li Guoying** : Première demoiselle de compagnie de Jade et cousine de Shen Ruoyan
- **Li He** : Seconde demoiselle de compagnie de Jade et cousine de Shen Ruoyan
- **Li Ming (Xiaoli)** : Troisième demoiselle de compagnie de Jade et cousine de Shen Ruoyan
- **Lina** : Ancienne domestique de la famille Shen, aujourd'hui mariée à Charles Thellier
- **Luo Yexi** : Garde au service de Shen Ruoyan
- **Madame Oh** : Gouvernante des enfants Shen et de Jade
- **Mei** : Troisième concubine de Shen Bao
- **Rushi** : Fille du pêcheur Kai
- **Chunhua** : Fille du pêcheur Kai
- **Shen Bao** : Père de Ruoyan et chef du clan Shen
- **Shen Baohai (†)** : Fils de Shen Bao et Song Yunxia (aujourd'hui décédé)
- **Shen Changyao (†)** : Fils de Shen Bao et Song Yunxia (aujourd'hui décédé)
- **Shen Dawei** : Frère cadet de Shen Bao
- **Shen Huiyin** : Soeur cadette de Shen Bao et mère des soeurs Li
- **Shen Leihua** : Fille de Shen Bao et Song Yunxia
- **Shen Lianfeng (†)** : Fils de Shen Bao et Song Yunxia

(aujourd'hui décédé)

- **Shen Ruoyan** : Seul fils survivant de Shen Bao et Song Yunxia, fiancé de Jade
- **Song Yunxia (†)** : Épouse de Shen Bao (aujourd'hui décédée)
- **Ye Dongfen** : Marchand rival de Shaoxing
- **Zhangyu** : Première concubine de Shen Bao

Printed by Amazon Italia Logistica S.r.l.
Torrazza Piemonte (TO), Italy

54793327R00254

Liebe/r____________________________________!

Das ist dein Könnerheft für das Fach Sachunterricht
Wenn du dieses Heft genau führst, weißt du immer, wie gut du im Sachunterricht schon Bescheid weißt. Du siehst auch, woran du noch weiterarbeiten solltest. Schlägst du das Heft auf, so findest du zu jedem Bereich aus dem Sachunterricht das, was du können solltest. Zum Beispiel steht dort: „Ich weiß, was zu einem gesunden Schulfrühstück gehört." Du musst jetzt entscheiden, wie gut du das schon weißt.

Wähle für jede Aussage das Smiley, das für dich im Moment zutrifft:

☺ Du weißt sofort, um was es geht, und kannst zum vorgegebenen Thema etwas erzählen.

😐 Du musst überlegen: Worum geht es? Manchmal musst du andere fragen, um Bescheid zu wissen.

☹ Du hast keine Ahnung, um was es geht oder hast von den Begriffen noch nie etwas gehört.

Wenn du dich für ein Smiley entschieden hast, trag unter ihm das aktuelle Datum mit Bleistift ein.

Wenn du an einem Lernziel gearbeitet und es erreicht hast, kannst du unter dem ☺ das neue Datum eintragen. Radiere das alte Datum nicht weg! So siehst du immer, wie viel du schon dazugelernt hast!

In den **leeren Zeilen** kannst du oder dein Lehrer noch weitere Lernziele eintragen.

Mit der Zeit wird es dir immer leichter fallen, dein Können richtig einzuschätzen. Bis dahin kannst du dir Hilfe von deinem Lehrer holen.

Das bin ich

Trage immer das Datum ein!

Gefühle – Ernährung – Gesundheit	🙂	😐	🙁
Ich kann verschiedene Gefühle nennen.			
Ich kann Gefühle im (Theater-)Spiel zeigen.			
Ich weiß, wie ich jemandem zeigen kann, dass ich ihn mag.			
Ich weiß, wie ich zeigen kann, dass ich etwas nicht möchte.			
Ich weiß, dass es unterschiedlich sein kann: was sage ich – was versteht der andere.			
Ich kann erklären, was ich denke.			
Ich weiß, wann man krank werden kann.			
Ich weiß, wie man sich ernähren muss, damit man gesund bleibt.			
Ich kann den Nahrungskreis/die Ernährungspyramide erklären.			
Ich unterscheide „gesunde“ und „nicht so gesunde“ Kochrezepte.			

Das bin ich

Trage immer das Datum ein!

Gefühle – Ernährung – Gesundheit	🙂	😐	🙁
Ich kann ein gesundes Frühstück zusammenstellen.			
Ich kann herausbekommen, was in einem Fertigprodukt ist.			
Ich weiß, wie Nahrungsmittel haltbar gemacht werden.			
Ich kann den Begriff „Vollwerternährung“ erklären.			
Ich weiß, was passiert, wenn ich zuviel nasche.			
Ich weiß, was passiert, wenn ich keinen Sport treibe.			
Ich kann Drogen-, Fernseh-, Tabletten- und Spielsucht erklären.			
Ich weiß, wie Menschen süchtig werden.			
Ich weiß, was man tun kann, damit man nicht süchtig wird.			
Ich weiß, wie Alkohol und Nikotin auf den Körper wirken.			
Ich kenne wichtige Abschnitte im Leben eines Menschen.			
Ich weiß, wie ein Kind gezeugt wird.			

Das bin ich

Trage immer das Datum ein!

Lebensabschnitte – Sexualität	☺	😐	☹
Ich kenne den Ablauf einer Schwangerschaft.			
Ich weiß, wie eine Geburt abläuft.			
Ich weiß, was im Körper während der Pubertät (12–14 Jahre) passiert.			
Ich weiß, dass sich Jugendliche in dieser Zeit anders verhalten und anders fühlen.			
Ich weiß, dass Familien Mädchen und Jungen oft unterschiedlich behandeln.			
Ich weiß, wie unterschiedlich Frauen und Männer in der Werbung gezeigt werden.			
Ich kann Hetero- und Homosexualität erklären. 			
Ich weiß, inwiefern sich Kinder und Erwachsene gleichen.			

Das bin ich

Trage immer das Datum ein!

Gefahren – Erste Hilfe	🙂	😐	🙁
Ich weiß, worin sich Kinder und Erwachsene unterscheiden.			
Ich erkenne, wenn ein Mensch in Not ist.			
Ich weiß, wie man Erste Hilfe leistet.			
Ich weiß, wann ich nicht helfen kann und Hilfe holen muss.			
Ich weiß, was ich tun muss:			
♦ bei einem Brand			
♦ bei einem Unfall			
♦ bei Gewalt gegen mich oder andere			
Ich weiß, wie ich Gefahren vermeiden kann:			
♦ in der Schule/zu Hause			
♦ im Straßenverkehr			
♦ in der Freizeit			

Das bin ich

Trage immer das Datum ein!

Körper – Gesundheit	🙂	😐	🙁
Ich kenne folgende Körperteile und weiß, wie sie arbeiten:			
♦ Auge			
♦			
♦			
♦			
Ich kenne optische Täuschungen. 			
Ich kenne Teile unseres Skeletts.			
Ich weiß, welche Aufgabe alle Knochen zusammen haben.			
Ich weiß, was meinem Rücken schadet und was ich tun muss, um ihn gesund zu halten.			
Ich weiß, welchen Weg das Essen im Körper nimmt.			
Ich weiß, was ein Herzschlag im Körper tut.			

Das bin ich

Trage immer das Datum ein!

Körper – Gesundheit	🙂	😐	🙁
Ich kann erklären, wie der Blutkreislauf funktioniert.			
Ich kann erklären, wie unsere Atmung funktioniert.			
Ich weiß, was unser Körper im Schlaf tut.			
Ich unterscheide zwischen Ausgedachtem, Träumen, Wünschen und der Realität.			
Ich unterscheide zwischen Kranksein und Behinderung.			
Ich weiß, wie sich das Leben verändert, wenn man nicht sehen oder hören kann.			
Ich kann Dinge, die ich nachmittags tue, miteinander vergleichen (Spaß, Sinn, Zeit, Freunde …).			
Ich weiß, wie ich mich entspannen kann.			
◗			

Das bin ich

Trage immer das Datum ein!

Spiele	☺	😐	☹
Ich kenne Spiele aus Omas Zeiten.			
Ich kenne Spiele aus anderen Ländern.			
Ich kann meine Lieblingsspiele aufzählen.			
Ich kann Spiele nennen, deren Regeln ich geändert habe/ die ich mir neu ausgedacht habe.			
Ich kann anderen Kindern Spiele erklären.			
◗			
◗			
◗			
◗			
◗			
◗			

Das bin ich

Trage immer das Datum ein!

Miteinander leben

Trage immer das Datum ein!

Regeln – Aufgaben	☺	😐	☹
Ich kenne Regeln (in der Klasse, in der Schule, in der Familie …).			
Ich kenne die Rituale in unserer Klasse und weiß, wozu es sie gibt.			
Ich weiß, wie ich in der Schule mitbestimmen kann.			
Ich übernehme Aufgaben in der Klasse/Schule oder bei Gruppenarbeiten.			
Ich weiß, warum jeder in einer Gruppe eine Aufgabe haben sollte.			
Ich kann gemeinsam mit anderen ein Programm vorführen.			
Ich kann ein Fest mitplanen und denke daran, dass es dort allen gefallen soll.			
Ich kann zuhören und lasse andere ausreden.			
Ich kann sagen, was ich will/nicht will.			

Miteinander leben

Trage immer das Datum ein!

Regeln – Aufgaben	☺	😐	☹
Ich kann meine eigene Meinung begründen.			
Ich denke über die Meinung des anderen nach.			
Ich kann andere loben.			
Bei einem Streit kann ich sagen, welchen Grund er hatte.			
Ich kenne Möglichkeiten, den Streit ohne Gewalt zu lösen.			
Ich weiß, wann und wie ich mich schützen muss.			
Ich kann Kritik von anderen annehmen, ohne beleidigt zu sein.			
Ich kann erklären, was ein *Kompromiss* ist.			
Ich halte mich an Absprachen.			
Ich verstehe, warum andere Menschen anders denken und handeln.			
Ich merke, wie sich andere fühlen.			

Miteinander leben

Trage immer das Datum ein!

Menschen in fremden Ländern	☺	😐	☹
Ich kann sagen, worin mein/e Freund/-in anders ist als ich, z.B. was er/sie besser kann …			
Ich kann sagen, worin sich Familien unterscheiden.			
Ich kann an einem Beispiel erzählen, wie Menschen aus anderen Ländern in Deutschland leben.			
Ich weiß, wo die Menschen, die in unserer Gegend wohnen, geboren sind.			
Ich weiß, wie sie in ihren Ursprungsländern gelebt haben.			
Ich weiß, warum sie nach Deutschland kommen wollten oder mussten.			
Ich kann erzählen, wie Kinder in anderen Ländern leben.			
Ich weiß, wie unterschiedlich sich Menschen ernähren.			

Miteinander leben

Trage immer das Datum ein!

Menschen in fremden Ländern	☺	😐	☹
Ich kann Nahrungsmittel und Gerichte aus anderen Ländern aufzählen.			
Ich kenne verschiedene Schriften. αβχ – שׁתּם			
Ich kann Beispiele nennen, wie andere Völker im Fernsehen gezeigt werden.			
Ich kann Beispiele nennen, wie andere Völker in der Kunst gezeigt werden.			
Ich kann Menschenrechte nennen.			
Ich kann Kinderrechte nennen.			
Ich weiß, was Kinderarbeit ist.			
Ich weiß, warum es die Kinderrechtskonventionen der Vereinten Nationen gibt.			

Miteinander leben

Trage immer das Datum ein!

Menschenrechte	☺	😐	☹
Ich kann Einrichtungen nennen, die Kindern bei bestimmten Problemen helfen.			
Ich weiß, wie man in meinem Ort mitbestimmen und Dinge ändern kann.			
Ich kenne öffentliche Institutionen (Verwaltung, Feuerwehr …) und ihre Aufgaben.			
Ich kenne politische Ämter in unserem Staat und ihre Aufgaben (Bundeskanzler, Minister …).			
◗			
◗			
◗			
◗			

Miteinander leben

Trage immer das Datum ein!

	☺	😐	☹

Zeit und Veränderungen

Trage immer das Datum ein!

Jahreszeiten – Tag – Nacht	☺	😐	☹
Ich kenne die vier Jahreszeiten.			
Ich weiß, was typisch für die jeweilige Jahreszeit ist.			
Ich weiß, wie Jahreszeiten entstehen.			
Ich kann unseren Jahreskalender erklären.			
Ich weiß, dass es auch andere Kalender/Jahreszählungen gibt (jüdische, islamische …).			
Ich weiß, wieso es Tag und Nacht gibt.			
Ich kann den Lauf der Sonne am Tag erklären.			
Ich weiß, dass unsere Sonne ein winziger Teil des Universums ist.			
Ich weiß, warum der Mond jeden Monat zu- und abnimmt.			
Ich kann erklären, wie verschiedene Zeitmesser arbeiten (Sonnenuhr, Sanduhr, Armbanduhr). 			

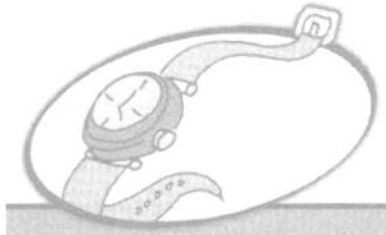

Zeit und Veränderungen

Trage immer das Datum ein!

Zeiträume – Aktivitäten	☺	😐	☹
Ich kann schätzen, wie lange etwas dauert: Wege, Arbeiten …			
Ich weiß, wie lange ich bestimmte Dinge am Tag tue.			
Ich weiß, warum eine Minute unterschiedlich lang wirkt.			
Ich weiß, wie sich mein Leben von dem meiner Großeltern unterscheidet:			
♦ Tagesablauf			
♦ Freizeit			
♦ Haushalt (Waschen, Kochen, Heizen)			
♦ Zusammenleben in der Familie			
♦ Feste			
♦ Spielzeug			
Ich kann erklären: Jahrtausend, Jahrhundert, Jahrzehnt.			

Zeit und Veränderungen

Trage immer das Datum ein!

Zeiträume – Aktivitäten	☺	😐	☹
Ich unterscheide zwischen gestern, heute und morgen.			
Ich kann verschiedene Geräte und Maschinen von früher und heute (Haushalt, Verkehr/Transport …) beschreiben.			
Ich kann beschreiben, wie sich das Leben auf dem Land/ in der Stadt verändert hat.			
Ich kann beschreiben, wie Krieg das Leben verändert.			
Ich kann erklären, warum das, was heute passiert, für morgen wichtig sein kann.			
Ich kann mir vorstellen, wie wir später leben.			
Ich kann wichtige Ereignisse in eine Zeitleiste eintragen.			
Ich kann eigene Zeitleisten herstellen.			
Ich weiß, wie und wann mein Wohnort entstanden ist.			

Zeit und Veränderungen

Trage immer das Datum ein!

Früher – heute	☺	😐	☹
Ich kenne Bauwerke (Denkmäler, Häuser, Steine …) in meiner Gegend, die von früher „erzählen“.			
Ich kenne Sitten/Bräuche/Feste meiner Heimat.			
Ich weiß, was für unsere Gegend typisch ist (Essen, Lieder, Feste, Dialekt …) und warum.			
Ich kann beschreiben, wie Ereignisse das Leben in unserem Ort verändert haben.			
Ich kann beschreiben, wie früher in unserem Ort/Stadtteil gearbeitet und gelebt wurde.			
Ich kann beschreiben, wie sich mein Ort im Laufe eines Jahres verändert.			
Ich kann einen Tag/einen Ausflug planen.			

Zeit und Veränderungen

Trage immer das Datum ein!

Termine	☺	😐	☹
Ich kann einen Terminkalender/ein Hausaufgabenheft führen.			
Ich kann mich zu einer Zeit verabreden und dann pünktlich sein.			
◗			
◗			
◗			
◗			
◗			
◗			
◗			
◗			
◗			
◗			

Zeit und Veränderungen

Trage immer das Datum ein!

	☺	😐	☹
◗			
◗			
◗			
◗			
◗			
◗			
◗			
◗			
◗			
◗			
◗			
◗			

Raumerkundung

Trage immer das Datum ein!

Unser Ort			
Ich kenne öffentliche Einrichtungen in unserer Nähe (Bibliothek, Feuerwehr, Altenheim …).			
Ich weiß, was man bei uns nach der Schule machen kann.			
Ich kann sagen, was in unserem Ort für Kinder gut ist und was man noch verbessern sollte.			
Ich kann sagen, was in unserem Ort für Menschen, die hier leben, gut ist und was man noch verbessern sollte.			
Ich kann sagen, wie mein Traum-Wohnort sein sollte.			
Ich kenne wichtige Plätze meiner Heimat:			
♦			
♦			
♦			

Raumerkundung

Trage immer das Datum ein!

Ort – Landkreis – Bundesland	🙂	😐	☹️
Ich kenne wichtige Personen meiner Heimat:			
♦			
♦			
♦			
Ich kann Landkreise und kreisfreie Städte meines Bundeslandes nennen.			
Ich kann die Landeshauptstadt nennen.			
Ich kann sagen, welche Städte in meinem Bundesland wichtig sind und warum.			
Ich kenne die Nachbar-Bundesländer.			
Ich kenne typische Landschaften (Gebirge, Küste, Moor …) in meinem Bundesland.			

Raumerkundung

Trage immer das Datum ein!

Ort – Landkreis – Bundesland	☺	😐	☹
Ich kann erklären, wie eine dieser Landschaften entstanden ist.			
Ich kann erklären, wie Menschen hier die Landschaft verändert haben.			
Ich kann sagen, warum bei uns die Landschaft so verändert wurde.			
Ich weiß, was wichtig für die Menschen (Arbeit, Leben …) in meinem Bundesland ist.			
Ich weiß, welche Landwirtschaft es in meinem Bundesland gibt.			
Ich weiß, welche Flüsse es in meinem Bundesland gibt.			
Ich weiß, welche wichtigen Verkehrswege (Straßen, Flüsse, Einsenbahnlinien …) es in meinem Bundesland gibt.			
Ich kann wichtige (große) Betriebe in der Nähe nennen.			
Ich kann einen Werbeprospekt für meine Gegend erstellen.			

Raumerkundung

Trage immer das Datum ein!

Karten – Pläne	🙂	😐	🙁
Ich kann Naturgebiete aufzählen, die bei uns geschützt werden müssen, und weiß, warum das wichtig ist.			
Ich weiß, was für den Schutz getan wird.			
Ich kann verschiedene Karten und Pläne „lesen“.			
Ich kann auf Karten Berge, Täler, Gebirge, flaches Land und Küsten unterscheiden.			
Ich kann Kartensymbole erklären.			
Ich kann unbeschriftete Karten beschriften.			
Ich weiß, wofür Legenden, Maßstäbe und Höhenlinien auf Karten sind.			
Ich kann Weglängen schätzen (in Metern).			
Ich kann nach Plänen und Karten einfache Strecken gehen.			

Raumerkundung

Trage immer das Datum ein!

Karten – Pläne	🙂	😐	🙁
Ich kann die Weglänge auf einer Karte übersetzen in die Originallänge des Weges (Maßstab lesen).			
Ich finde Orte und Wege auf einer Karte.			
Ich finde mein Bundesland auf einer Deutschlandkarte.			
Ich finde Deutschland auf einer Europa- und Weltkarte.			
Ich finde andere Länder auf der Weltkarte / auf dem Globus.			
Ich finde Europa auf der Weltkarte.			
Ich kann die Kontinente benennen.			
Ich erkenne Bekanntes in Plänen, in Modellen oder auf Luftbildern wieder.			
Ich kann Modelle bauen (z.B. im Sandkasten): Traumhaus, Schule, Ort, Landschaft …			

Raumerkundung

Trage immer das Datum ein!

Himmelsrichtungen			
Ich kann die Himmelsrichtungen aufzählen und zeigen.			
Ich kann den Stand der Sonne nutzen, um zu wissen, wo welche Himmelsrichtung ist.			
◗			
◗			
◗			
◗			
◗			
◗			
◗			
◗			
◗			

Trage immer das Datum ein!

Werkzeuge

Ich kann mit diesen Werkzeugen arbeiten:

Werkzeug	☺	😐	☹
♦ Schere			
♦ Falzbein			
♦ Schraubendreher			
♦ Schraubenschlüssel			
♦ Messer			
♦ Zange			
♦ Hammer			
♦ Handbohrer			
♦ Raspel			
♦ Feile			
♦ Schraubzwinge			

Technik

Trage immer das Datum ein!

Werkzeuge	☺	😐	☹
♦ Schraubstock			
♦ Säge 			
♦ Nagelbohrer 			
♦			
♦			
Ich weiß, was man beachten muss, wenn man sie richtig und sicher benutzen will.			
Ich kann planen, wie ich beim Bauen vorgehen muss.			
Ich kann vor dem Bauen aufmalen, wie mein Bauwerk aussehen soll.			
Ich kann Brücken/Türme aus Papier oder Bausteinen bauen.			
Ich weiß, wie ich sie bauen muss, damit sie sehr stabil sind.			

Technik

Trage immer das Datum ein!

Modelle – kleine Geräte	🙂	😐	🙁
Ich kann nach Anleitung bauen:			
♦ Kran			
♦ Balkenwaage			
♦ Segelflugzeug			
♦ Segelboot			
♦			
Ich weiß, wofür Kräne gebraucht werden und wie sie funktionieren.			
Ich baue Kräne mit Winde und Handkurbel nach.			
Ich kann eine Kugelbahn bauen.			
Ich kann lenkbare und nicht lenkbare Fahrzeuge bauen.			
Ich kann erklären, wie einfache Geräte arbeiten: Waage, Fahrradkette, Flaschenöffner.			

Technik

Trage immer das Datum ein!

Strom – Elektrizität			
Ich kann Geräte mit Rollen, Zahnrädern oder Hebeln zeichnen.			
Ich kann den Begriff *Ketten- und Zahnradantrieb* am Beispiel eines Fahrrades erklären.			
Ich kenne die Teile beim Kettenantrieb des Fahrrades.			
Ich weiß, woher der elektrische Strom kommt.			
Ich weiß, wie Strom erzeugt wird.			
Ich kann Beispiele nennen, wofür wir Strom dringend brauchen.			
Ich kann sagen, welche Umweltprobleme die Stromherstellung schafft.			
Ich kann erklären, wie ein einfaches elektrisches Gerät funktioniert (Fahrradlicht, Föhn, Bügeleisen ...).			
Ich weiß, wie ich Strom sparen kann.			

Technik

Trage immer das Datum ein!

Strom – Elektrizität	🙂	😐	🙁
Ich kann einen einfachen Stromkreis bauen.			
Ich kann einen einfachen Stromkreis zeichnen.			
Ich kann Licht in ein Puppenhaus einbauen.			
Ich kann ein Fahrzeug bauen, das mit Batterie läuft.			
Ich kenne Beispiele, an denen man die Kraft von Wind, Wasser und Sonne merken kann.			
Ich kann sagen, wie aus Wind, Wasser und Sonne Strom entsteht (Propeller, Windrad, Wasserrad).			
Ich kann erklären, wie eine Windmühle (ein Segelschiff, eine Wassermühle ...) arbeitet.			
Ich weiß, warum man Wind, Wasser und Sonne erneuerbare Energien nennt.			

Technik

Trage immer das Datum ein!

Umweltschutz	☺	😐	☹
Ich weiß, wann/wo man diese gut nutzen kann.			
Ich weiß, woher unser Trinkwasser kommt.			
Ich weiß, welchen Weg unser gebrauchtes Wasser geht.			
Ich weiß, wie unser gebrauchtes Wasser gesäubert wird.			
Ich kann an einem Schaubild eine Kläranlage beschreiben.			
Ich weiß, wie ich Wasser sparen kann.			
Ich weiß, welchen Weg Müll (Restmüll, Papier, Kompost …) geht.			
Ich weiß, wie ich Abfall vermeiden kann.			
Ich weiß, warum ich weniger Abfall machen sollte.			
Ich weiß, welcher Müll wiederverwertet werden kann.			
Ich kenne Dinge, die aus Müll, Altpapier … hergestellt werden.			
Ich kann wichtige Erfindungen aufzählen.			

Trage immer das Datum ein!

Erfinder – Erfindungen	☺	😐	☹
Ich kann bedeutende Erfinder nennen.			
Ich weiß, wie Erfindungen das Leben verändert haben.			
Ich kann am Beispiel ______________________ zeigen, wie sich Erfindungen verändert haben.			
◗			
◗			
◗			
◗			
◗			
◗			
◗			
◗			

Technik

Trage immer das Datum ein!

Mobilität

Trage immer das Datum ein!

Straßenverkehr	☺	😐	☹
Ich kenne die Regeln, an die sich Fußgänger halten müssen.			
Ich unterscheide: Gehweg, Radweg, Haltestelle, Fußgängerüberweg, verkehrsberuhigte Zone, Fahrbahn.			
Ich weiß, wie ich an Kreuzungen ohne Ampel sicher die Straße überquere.			
Ich kenne Gefahren im Straßenverkehr.			
Ich weiß, wie ich mich bei Gefahren im Straßenverkehr richtig verhalte.			
Ich weiß, wie ich im Verkehr Rücksicht auf andere nehmen kann.			
Ich weiß, wie ich im Auto sicher mitfahre.			
Ich kenne umweltfreundliche Fortbewegungsmittel.			
Ich kann die öffentlichen Verkehrsmittel in meinem Ort aufzählen.			

Mobilität

Trage immer das Datum ein!

Fahrpläne – Fahrrad	☺	😐	☹
Ich kann einfache Fahrpläne lesen.			
Ich finde im Fahrplan den nächsten Anschlussbus oder den nächsten Anschlusszug.			
In großen Orten: Ich kann die Streckennetzkarte für Busse oder Züge lesen.			
Ich weiß, wie ich mich in Bussen oder Zügen verhalten muss.			
Ich weiß, was ich beim Aus- und Einsteigen beachten muss.			
Ich fahre sicher Fahrrad ohne Gepäck.			
Ich fahre sicher Fahrrad mit Gepäck.			
Ich weiß, wie ich mit dem Fahrrad sicher abbiege.			
Ich weiß, wie ich mit dem Fahrrad sicher überhole.			
Ich weiß an einer Kreuzung, wer zuerst fahren darf.			

Mobilität

Trage immer das Datum ein!

Fahrrad	☺	😐	☹
Ich erkenne verschiedene Radwege.			
Ich kenne Verkehrsschilder für Radfahrer.			
Ich kann die Teile eines verkehrssicheren Fahrrades nennen.			
Ich kann am Fahrrad Luftpumpe, Reifen, Fahrradklingel und Lichtanlage reparieren.			
◗			
◗			
◗			
◗			
◗			
◗			
◗			

Mobilität

Trage immer das Datum ein!

Natur und Wetter

Trage immer das Datum ein!

Feuer – Erde – Wasser			
Ich kann erklären, warum wir ohne Feuer, Erde, Wasser, Luft nicht leben könnten.			
Ich weiß, warum wir unsere Umwelt schützen müssen.			
Ich kann sagen, wie die Luft verschmutzt wird.			
Ich kann Beispiele dafür nennen, dass Luft nützlich und gefährlich zugleich sein kann.			
Ich weiß, was Feuer zur Verbrennung braucht (Verbrennungsdreieck).			
Ich weiß, wie sich Materialien durch Feuer verändern.			
Ich kann die Aufgaben der Feuerwehr beschreiben und weiß, mit welchen Geräten sie arbeitet.			
Ich kenne den Polizei- und Feuerwehr-Notruf.			
Ich kann den natürlichen Wasserkreislauf beschreiben.			

Natur und Wetter

Trage immer das Datum ein!

Feuer – Erde – Wasser	☺	😐	☹
Ich kann sagen, welche Eigenschaften Wasser hat und wie Wasser sich verändern kann (Eis, Wasserdampf).			
Ich kenne die Folgen der Wasserverschmutzung für Menschen, Pflanzen und Tiere.			
Ich weiß, warum die Meere verschmutzt sind.			
Ich weiß, welche Böden Wasser besser speichern als andere.			
Ich kann Zucker- und Salzlösungen herstellen.			
Ich weiß, wie Wasserdampf entsteht.			
Ich kann verschiedene Flüssigkeiten mit Wasser vergleichen (Eigenschaften, Lagerung, Verwendung …).			
Ich kenne die Besonderheiten von Ton und Kompost.			
Ich kenne die Bedeutung der Sonne für das Leben auf der Erde.			

Natur und Wetter

Trage immer das Datum ein!

Magnetismus – Wetter			
Ich weiß, warum der Mond Einfluss auf unser Leben hat.			
Ich kann sagen, warum Vulkanausbrüche, Überschwemmungen oder Großfeuer für uns gefährlich sind.			
Ich kann Ursachen für Erdbeben und Vulkanausbrüche nennen.			
Ich kann erklären, wie Magnete funktionieren. 			
Ich kann die Begriffe *abstoßen*, *anziehen* und *Pole* erklären.			
Ich kann einen Magnetkompass bauen.			
Ich kann Beispiele nennen, wie man sich vor Lärm schützen kann.			
Ich kann Original und Spiegelbild vergleichen.			
Ich kann erklären, wie ein Schatten entsteht.			
Ich kann das Wetter beschreiben.			
Ich kann mir eine Wettervorhersage ausdenken.			

Natur und Wetter

Trage immer das Datum ein!

Wetter			
Ich kenne die Wetter-Begriffe:			
♦ Hagel, Reif, Hagel			
♦ heiter, wolkig, bewölkt			
♦ Windrichtung, -stärke			
♦ Gewitter, Nebel			
Ich kenne die Wettersymbole. 			
Ich kann verschiedene Wolkenarten unterscheiden.			
Ich kann einfache Messgeräte für eine Wetterstation bauen.			
Ich kann Werte zu Temperatur, Bewölkung, Wind und Niederschlag in Tabellen aufschreiben.			
Ich kann sagen, wie sich der Stand der Sonne in den Jahreszeiten verändert (Tagbogen).			

Natur und Wetter

Trage immer das Datum ein!

Jahreszeiten – Wetter			
Ich weiß, wann die Tage länger sind.			
Ich weiß, wie sich das Leben von Menschen, Pflanzen und Tieren in den Jahreszeiten verändert.			
Ich weiß, welches Wetter für eine Jahreszeit typisch ist.			
Ich kann Winter- und Sommersonnenwende erklären.			
Ich kann Wetterkatastrophen benennen und weiß, wodurch sie entstehen können.			
Ich kann Erfindungen nennen, die den Menschen vom Wetter unabhängig machen.			
Ich kann vergleichen, welchen Einfluss Wetter früher hatte und heute hat.			
◗			

Natur und Wetter

Trage immer das Datum ein!

	☺	😐	☹

Pflanzen und Tiere

Trage immer das Datum ein!

Tiere	☺	😐	☹
Ich kenne den Unterschied zwischen Haus- und Nutztier.			
Ich kann ______________________ (Haustier) vorstellen (Aussehen, Fortpflanzung, Nahrung, artgerechte Haltung …).			
Ich weiß, was der Mensch bedenken sollte, bevor er sich ein Haustier anschafft.			
Ich kann ______________________ (Nutztier) vorstellen (Aussehen, Fortpflanzung, Nahrung, artgerechte Haltung …).			
Ich kenne den Unterschied zwischen Vögeln und Säugetieren:			
♦ Aussehen und Körper			
♦ Fortpflanzung			
Ich kann erklären: Freiland-, Boden-, Käfig- und Stallhaltung.			
Ich kann die Nachteile der Massentierhaltung nennen.			

Pflanzen und Tiere

Trage immer das Datum ein!

Tiere	☺	😐	☹
Ich kann das Leben eines Tieres in Gefangenschaft und in freier Wildbahn vergleichen.			
Ich kann am Beispiel erklären, wie sich Tiere an ihre Umgebung anpassen (Tag, Jahreszeit).			
Ich kann die Entwicklung von einer Kaulquappe zum Frosch erklären. 			
Ich kann die Entwicklung eines Insekts erklären. 			
Ich weiß, wie Menschen Tiere schützen können.			
Ich kann geschützte Tiere nennen.			
Ich kann an einer Pflanze den Wechsel von Werden, Wachsen und Absterben erklären.			

Pflanzen und Tiere

Trage immer das Datum ein!

Pflanzen	☺	😐	☹
Ich kann Baumarten nach Blättern, Blüten, … unterscheiden.			
Ich kann am Beispiel ________________ (Nutzpflanze) erklären:			
♦ Wie keimt sie?			
♦ Was braucht sie zum Wachsen?			
♦ Wie vermehrt sie sich?			
♦ Wofür brauchen wir sie?			
Ich kann beschreiben, wie sich ein Baum im Laufe eines Jahres verändert.			
Ich kenne giftige Pflanzen/Pflanzenteile.			
Ich weiß, was Pflanzen bei uns gemeinsam haben müssen (z.B. im Vergleich zur Wüste).			
Ich weiß, wie der Mensch Pflanzenarten gefährdet.			

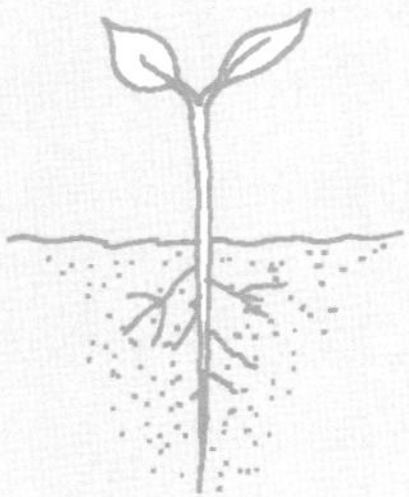

Pflanzen und Tiere

Trage immer das Datum ein!

Wald			
Ich weiß, wie der Mensch Pflanzenarten schützen kann.			
Ich kann geschützte Pflanzen nennen.			
Ich kann Pflanzen des Waldes nennen.			
Ich weiß, welche Pflanzen wo im Wald wachsen.			
Ich kann Beispiele nennen, wie sich Pflanzen und Tiere dem Lebensraum angepasst haben.			
Ich kann Beispiele nennen, wie Menschen Lebensräume (Wald, Wiese …) verändern.			
Ich kann Tiere des Waldes nennen.			
Ich weiß, welche Tiere wo im Wald leben.			
Ich weiß, welche Tiere welche anderen fressen (Nahrungskette).			
Ich weiß, wofür wir den Wald brauchen.			

Pflanzen und Tiere

Trage immer das Datum ein!

Wald – Wiese			
Ich weiß, warum der Wald gefährdet ist.			
Ich habe Ideen, wie man den Wald schützen kann.			
Ich kann Frühblüher benennen.			
Ich kann Pflanzen der Wiese nennen.			
Ich kann Tiere der Wiese nennen.			
Ich kann erklären, warum diese Tiere und Pflanzen denselben Lebensraum haben.			
◗			
◗			
◗			
◗			
◗			

Pflanzen und Tiere

Trage immer das Datum ein!

Arbeit – Medien – Konsum

Trage immer das Datum ein!

Arbeit – Berufe	☺	😐	☹
Ich kenne verschiedene Berufe.			
Ich weiß, warum der Mensch arbeitet/arbeiten will.			
Ich weiß, warum bei uns viele Menschen nicht arbeiten/ arbeiten können.			
Ich weiß, was es für Menschen bedeutet, nicht arbeiten zu können.			
Ich kann Arbeit nennen, für die man Geld oder für die man kein Geld bekommt (bezahlte und unbezahlte Arbeit).			
Ich kann Gründe nennen, warum Menschen arbeiten, ohne Geld zu bekommen.			
Ich kann beschreiben, was Hausarbeit ist.			
Ich weiß, wer welche Aufgaben in meiner Familie hat.			

Arbeit – Medien – Konsum

Trage immer das Datum ein!

Produkte			
Ich kann zeigen, wie ______________ (Produkt) entsteht:			
♦ Welche Materialien brauche ich?			
♦ Welche Werkzeuge oder Maschinen brauche ich?			
♦ Wie gehe ich vor?			
Ich weiß, wie dieses Produkt in einem Betrieb hergestellt wird.			
Ich weiß, wie dieses Produkt vor 100 Jahren hergestellt wurde.			
Ich kann zwischen handwerklicher und industrieller Herstellung unterscheiden.			
Ich kann aufzählen, was in meiner Gegend hergestellt wird.			
Ich weiß, dass in manchen Ländern Menschen für die Herstellung z.B. von Spielzeug ausgebeutet werden.			
◗			

Arbeit – Medien – Konsum

Trage immer das Datum ein!

Medien	☺	😐	☹
Ich kenne verschiedene Medien.			
Ich kenne Vor- und Nachteile verschiedener Medien.			
Ich kann sagen, wie lange ich am Tag fernsehe.			
Ich kann sagen, was ich mir im Fernsehen anschaue.			
Ich kann Computerspiele miteinander vergleichen.			
Ich kann sagen, wie wichtig Medien für mich jeden Tag sind.			
Ich kann sagen, warum ich mir etwas ansehe oder anhöre.			
Ich kann Lebensnotwendiges und Luxus unterscheiden.			
Ich kann kaufbare und nicht kaufbare Geschenke unterscheiden.			
Ich weiß, welchen Einfluss Fernsehen, Radio, Zeitschriften auf meine Wünsche haben.			
Ich kann beschreiben, wie Werbung funktioniert.			

Arbeit – Medien – Konsum

Trage immer das Datum ein!

	☺	😐	☹

Allgemeine Fähigkeiten

Trage immer das Datum ein!

Experimente	☺	😐	☹
Ich kann mit Fernglas, Thermometer, Lupe und Kompass umgehen. 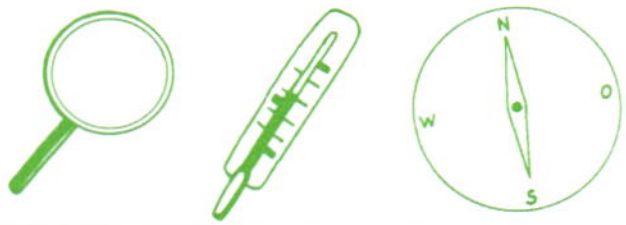			
Ich kann Pflanzen, Tiere, Bilder und andere Dinge nach bestimmten Merkmalen ordnen.			
Ich kann mit Bestimmungsbüchern arbeiten. 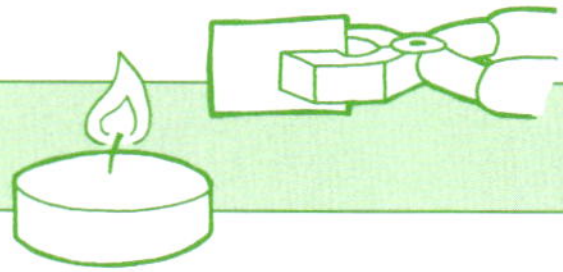			
Ich kann ein Experiment planen.			
Ich kann ein Experiment durchführen.			
Ich kann vermuten, wie das Experiment ausgeht.			
Ich kann danach sagen, ob meine Vermutung richtig war.			
Ich kann sagen, was der Ausgang des Experimentes bedeutet (Schlussfolgerung).			
Ich kann ein Beobachtungsprotokoll schreiben.			

Allgemeine Fähigkeiten

Trage immer das Datum ein!

Beobachten – informieren – präsentieren	🙂	😐	🙁
Ich kann Tiere, Pflanzen, das Wetter und anderes längere Zeit beobachten und Veränderungen beschreiben.			
Ich weiß, woher ich Informationen bekommen kann.			
Ich kann aus Bildern, Zeitleisten, Texten, Tabellen und Diagrammen Informationen herauslesen.			
Ich weiß, welche Informationen für eine bestimmte Frage wichtig oder unwichtig sind.			
Ich kann sagen, was bestimmte Informationen bedeuten.			
Ich kann Plakate, Collagen, Fotodokumentationen, Mini-Ausstellungen … erstellen.			
Ich kann einen Vortrag zu einem Thema halten.			
Ich kann meine Meinung zu einem Sachthema vertreten.			

Allgemeine Fähigkeiten

Trage immer das Datum ein!

Fragen – Computer			
Ich kann Fragen zu einem Text stellen.			
Ich kann Fragen zu einem Thema stellen.			
Ich kann Fragen für ein Interview oder eine Umfrage sammeln.			
Ich kann ein Interview oder eine Umfrage durchführen.			
Ich kann Texte am Computer schreiben und gestalten.			
Ich kann mit Suchmaschinen im Internet arbeiten.			
Ich kann am Computer Bilder öffnen, kopieren und speichern.			
Ich kann Bilder in einen Text kopieren, einfügen und bearbeiten.			

Allgemeine Fähigkeiten

Trage immer das Datum ein!

Urkunde

Lieber/Liebe ______________________

Du bist ein Sachunterrichts-Könner/
eine Sachunterrichts-Könnerin,
denn du hast schon viel gelernt!

Prima, weiter so!

____

Unterschrift Lehrer

Stempel